献给我们的儿子沃尔特

现实生活中的英雄

躲在迪士尼里的童年

关于爱、勇气和孤独症的真实故事

Life, Animated
A Story of Sidekicks, Heroes, and Autism

［美］罗恩·萨斯坎德 著

肖毛 译

2016年·厦门

作者按语

就像您即将从本书中了解的那样,在我儿子欧文的个性与情感的成长过程中,迪士尼动画片中的对白与歌词起到了至关重要的作用。

我要感谢沃尔特·迪士尼公司,他们同意不干涉本书的内容,即使文中包含对于他们核心业务的评估。该公司已经明智地信守了这个承诺。

在这种情况下,本书独立于迪士尼,也是符合双方利益的,迪士尼不以任何方式担保其动画片可用于解决自闭症方面的问题。

下面讲述的是一个家庭过去二十年的经历,以及我们的发现。

目录

1 第一章 / 逆生长

33 第二章 / 碰壁

57 第三章 / 入戏

85 第四章 / 抢椅子

103 第五章 / 伙伴的守护人

131 第六章 / 旅途之歌

173 第七章 / 奇计妙法

205 第八章 / 不幸之幸

239　第九章　/　完全是好事

267　第十章　/　电影大仙

301　第十一章　/　做出自己的选择

331　第十二章　/　激活的生命

363　伙伴们

370　鸣谢

375　附录

393　译后记

第一章
逆生长

有一盘令我纠结的录像带。

它拍摄了一个学步的男孩拿着尼尔夫牌玩具宝剑跑过落叶的情景。带子的拍摄日期是1993年10月。男孩大约两岁半，跑得像同龄的孩子一样，莽撞前冲、摇摇晃晃，但他马上就不会再这么跑了。我们知道这一点是因为在影像丰富的20世纪末，我们知道事物看起来应该是什么样子，我们也能够根据活动的画面做出各种推断，而这些推断通常都是正确的。他是个天真的男孩，头发打着卷儿，穿着绿色的灯芯绒裤子和色彩鲜明的羽绒服。树木的种类和地形暗示那是美国的东北部。院子里铺满落叶，前面的房子虽然小，但那架精美崭新的秋千却反映了一对小夫妻的良苦用心。一个大孩子般的黑发男人哈哈地笑着，手拿小树枝追赶着男孩。他追着追着就跪在落叶之中，一边催促男孩转过身，一边笑眯眯地准备战斗。双"剑"相交的时候，那个男人说："他不是男孩，他是会飞的魔鬼！"这是迪士尼动画片《彼得·潘》里的胡克船长的台词，他模仿得还真像那么回事呢。

那个男人和男孩正在背诵一部1953年拍摄的动画片的对白，这表明了盒式磁带录像机的普及。录像机标志着当时声像电子记录技术迈出的最新一步，首次进行录音的人则是一个世纪以前的托马斯·爱迪生。要是懒得去电影院，你可以在家里看电影，播放多少遍都用不着掏钱。他们就是这么办的。当时迪士尼开始发行《小飞象》《丛林之书》和《彼得·潘》等经典动画片的盒式录像带，那些出生于1946年至1965年的生育高峰期的人一旦做了父母，就可以把从小爱看的动画片买回家,与孩子们分享。这是个了不起的商机,有助于解释为什么出现了这样一盘录像带:记录着两个人背诵动画片对白的情景。

现在来想一想这些细节的普遍意义吧。毕竟,这段记录了父与子玩耍场景的录像承载着大量隐藏的情感:男孩每走一步都在渐渐成长为他的丰富想象中的英雄;至于从内心深处隐隐知道儿子终将长大并代替自己的父亲,则在这段时间里考虑着种种富有创造性的死法。男孩刺出最厉害也是最漂亮的一剑之后,战斗轻松地结束了。那个男人倒在地上,就像发出碎裂声的枯叶那样"死"掉了,但下一秒却把那个咯咯笑的孩子举到了头顶。

我就是这一小段平常但美好的录像里面的父亲,那个男孩是我的儿子。我已经把这段录像看了一百次,我的妻子也是如此,一直看到我们再也不忍心去看为止。

这盘录像带无情而且永远地记录着他最后的影像。

一个月以后,那个男孩消失了。

在我们结婚之前,她叫柯妮丽娅·肯尼迪,来自康涅狄格州的一个信奉天主教的爱尔兰大家庭,她现在的姓氏是萨斯坎德。我是她的丈夫罗恩,是来自特拉华州的犹太人。我们有两个儿子,大儿子当时五岁了,名叫沃尔特,他的名字取自在我幼年时去世的父亲。我们的小儿子叫欧文,也就是拿着泡沫塑料宝剑的那个。那是我们第一所房子,连同那个铺满落叶的后院一起,坐落于马萨诸塞州的戴达姆。我已经在《华尔街日报》的波士顿分社干了三年,我们打算去华盛顿特区,我打算为那里的报纸报道国事。前面提到的那盘录像带就

3

是在搬家车到来的前一天拍摄的,当时我们都还安坐在"正常"的土地上。我根本没有对"正常"这个词寻思得太多,"正常"的定义不言而喻,与其说我们根据"正常"是什么来界定其含义,不如说根据"正常"不是什么来界定其含义。这就像一个圈,圈外的一切界定了其范畴。

我们刚刚在华盛顿住了几个星期,柯妮丽娅就发现了欧文的反常。她整天守着他,每天都是如此。

可怕的事情发生了。

欧文心烦意乱。他大哭大闹,到处乱跑,停一会儿,接着哭喊。上气不接下气停下来的时候,他似乎只是盯着前方。

不闹的时候,他就用探究的目光看着柯妮丽娅。她用双手捧住他那汗湿的红通通的小脸,问他出了什么事,但他似乎无法告诉她。虽然向来不如爱说话的哥哥那样健谈,但欧文也挺能说的——他会说几百个单词呢,其中近三成是常用的,他时刻准备用这些常用词说出自己的需要或者爱意,甚至讲个小笑话或者故事。

我们搬进了乔治城租来的房子里,杂务缠身:打包的行李要解开、为沃尔特找新学校、我在大而嘈杂的新闻处开始新工作。所以,我们没有注意到欧文已经不怎么讲话了,直到他只能说出几个词的时候。搬家车是在 11 月出发的,一个月以后,除了"果汁"二字,欧文什么都不会说了。

有时,他甚至不愿意去喝装在鸭嘴杯里面的果汁。他差不多在一年以前就学会使用"大男孩的杯子"了,但他在乔治城时用其他杯子都会洒,好像不会用杯子喝水了似的。他确实不会了。他老是打转转,走路歪歪斜斜的。于是,坐在滚轮椅上的柯妮丽娅总是尽量拉住他,同时在脑子里迅速检索着过去几个

第一章 / 逆生长

月发生的事情。是不是出了什么问题,她却没有意识到呢?

这就像回忆绑架案的各种线索。去年8月,我们到南安普敦游玩了一次,那天他动不动就哭,怎么也哄不好,以前他可不是个爱哭的孩子——从来都没有哭过呢。接着是10月底,搬家车过来装车的那天,当天替我们照顾两个孩子的好朋友开车把他们送回来的时候说,欧文一直在睡觉。他是会不时地打盹儿,但怎么能睡上半天呢?柯妮丽娅打开一个箱子的时候,发现一盘搬家那天拍摄的录像带。当时太阳就要落了,沃尔特被领到我们半空的房子里转悠了一圈。他挺开心,去华盛顿就等于出一趟远门呢。他的金鱼阿蒂和泰勒——它们的名字来自跟他最要好的两个小伙伴——已经装在密封的盆子里,为旅行做好了准备。"我的鱼也要跟咱们一块儿走啦!"他说。接着,欧文在摄像机镜头前面一闪而过,他懒洋洋地轻声说:"这是我的小床和我所有的东西。"

她又在那个箱子里翻出来一盘录像带——"彼得·潘"挥剑战斗记。那天晚上,她和我一起看了这盘录像带,可从那里根本看不出什么问题。瞧他跑得有多起劲,说话又是多么流利呀。我们把录像带倒回去,重看一遍,然后再看一遍,试图从中寻找线索。

12月中旬的一天,柯妮丽娅跟欧文一起躺在他的下铺,沃尔特则在上铺熟睡着。加热灯照亮的小鱼缸在书架上嗡嗡作响,阿蒂和泰勒在水泡之间默默地游动着。当时是凌晨三点。欧文正在来回翻身,咕哝着毫无意义的话。柯妮丽娅尽可能地抱紧他,好让他安静下来。在黑夜的绝望中,她开始祈祷,流着眼泪对自己的孩子耳语,希望天主能够听见:"请帮助我们吧。不管发生任何事,我爱你至深,我因你而爱。我会一直牵着你渡过这一切。"

眼看着就要过节了——在这个互相馈赠的节日里,人们有好多礼物要买,华盛顿也因各种各样的活动而热闹起来。

这应该是满怀希望的时候。表面上看来，我们酝酿多年的生活计划完全实现了。大学毕业以后，我和柯妮丽娅在组织一次竞选活动时变成了朋友。她坐在我的桌子上，看了看我要向法学院提交的申请书，然后告诉我，我看起来不太像想去法学院——我后来的确没有去——但这篇申请书写得挺上档次，我应该考虑去当作家。她那时已经是作家了，还是个新秀呢，而我立刻就喜欢上了这个建议。在四十六岁那年死于癌症之前，父亲给我和我哥哥写过一封信，恳求我们用自己的生命"做点儿值得做的事"。新闻工作似乎挺合适的，因为你能跟官方对着干，探寻点滴的真相，还能培养读者群。我们的候选人输掉了竞选，我们俩却比翼双飞了。她在纽约的《人民》杂志社谋得一份记者工作，我进了哥伦比亚大学新闻学院，两年以后去《纽约时报》当新闻事务员，那时她已经高升为纽约的一家杂志的主编了。给《（佛罗里达州）圣彼得斯堡时报》做了一年半的新闻报道以后，我们在那个州喜结连理。柯妮丽娅跟着我去波士顿的一家小经济杂志社当编辑，1990年在与波士顿旧南会议厅仅有一箭之遥的《华尔街日报》新英格兰分社谋得一个职位。为了遵从我那在布鲁克林长大的无比自豪的母亲大人的指示，我从几乎不会说话时起就一直在编故事。在父亲去世以后的那段难熬的岁月里，我甚至把编故事变成了持之以恒的生活习惯。但我还在年复一年地学着给风格独特的报纸头版编写篇幅更长的故事，我被调动到华盛顿就是为了专门干这个——这可是个理想的工作呢。

所以，我们到了晚上就尽量只谈一切具有正能量的事情——新朋友、为我们租来的三层高的联邦风格排屋买来的旧家具、我们日后说不定会买房子的社区。有一次，柯妮丽娅却不情愿地提到了她当天的经历，即欧文干了什么叫人担心的事。"一切都会好起来的。"我说，接着又试图找出一些可信的解释：欧文遇到了什么麻烦事，有可能是肚子疼，甚至有可能是变得有点耳背了——我们会把事情彻底搞明白的。

"小孩子怎么会越大越耳背呢？除非他正在逆生长。"

儿科医生要求单独看一看我们的儿子。他吩咐我们坐在候诊室里，我们用不着在场。他想知道欧文是怎么独自与陌生人交流的。因为孩子们都是容易相信别人的小家伙，他们往往会对陌生人进行观察；他们很好奇；他们喜欢吸收信息，就跟小小的真空吸尘器似的；他们总是用眼睛看着你，表达自己的看法。至少这是他们应该有的反应。

几分钟以后，医生吩咐我们进入诊室。欧文什么反应都没有。我们说，是呀，我们知道，要不我们干吗到这儿来呢。柯妮丽娅三言两语地描述了一番她看到的情况，以及我们有多么揪心，我们的生活有多么乱套。

医生听她说完。"要是家族状况导致了如此严重的反常，"他说，"那么这确实是个问题。"要是儿科医生说不准他们看到的状况，尤其是跟小孩子有关的，他们所谓的"母亲般的关怀"就不过是空谈。

他说他要采集血样，以便进行两项基因测试。第一项测试是为了检查有没有脆性X染色体综合征（我们后来才搞明白，这是一种神经系统的疾病，具有可以追查的遗传标记与可怕后果），第二项测试是为了检查有没有家族黑蒙性白痴病。我知道后一种病是什么：这是在婴儿期引起精神和身体渐渐衰败的疾病，患者四岁时通常会因此致死。这种病在东欧裔的犹太人中间特别多。所以，如果欧文有这个病，那就是由我这儿来的了。在希伯来学校里，你会听说这种病，连同纳粹分子对于犹太人的大屠杀。随后他介绍我们去马里兰州罗克维尔的一所中心，那里也许会帮上更多的忙。

2月的一天，我们进入雷金纳德·S.劳里婴幼儿中心，坐在一间截然不同的候诊室里。与候诊室相连的是一间可以通过单向镜观察的游戏室。里面布置了大块的彩色积木、秋千,还有给孩子玩的垫子……孩子处于被观察的状态下。我们被领进一间诊室,有个黑发女人等在那里,她个子挺高,表情挺酷。她跟欧文打招呼,柯妮丽娅则尽可能紧地抓住他的手。在她的诊室里,她跟我们说了更多好玩的东西。欧文毫不动心。几分钟以后,她吩咐他在那个长长的走廊里行走,从我这边走向柯妮丽娅。让他走吧,我真想说:"走得又快又直,就像在戴达姆那样,哪怕就这一次呢。"他没有办到。他摆动着胳膊,转来转去,磕磕绊绊地沿着之字形前进,好像在闭着眼睛奔跑。柯妮丽娅把他抱起来以后,我们返回了那个女人的诊室。"看起来他有广泛性发育障碍症,这会影响大多数正常发育部位,"她说,"别的不说,单从他走路的样子来看,这个症状就很明显了。"她继续用冷淡而又超然的语气往下讲,几乎不去看坐在地板上摆弄手指的欧文。那时我们其实心不在此。我和柯妮丽娅都神思不属,好像浮在半空中俯瞰着那对坐在椅子里吓得目瞪口呆的小两口不时地点头,还有他们身边的孩子专心致志地研究双手的情景。这就是医生说出"自闭症"这个词的时候我不太相信她的缘故。

不相信是一件力量强大的武器。多年以后,一位好友的父亲——他是精神科的老医生——向我提出了睿智的忠告:"重视不相信的力量吧。它的存在是有用处的,它是应对不能面对的问题的方式。"我都三十四岁了,却从没有重视过不相信的力量,甚至都没有见识过。

开车回家的路上,我和柯妮丽娅默默地坐在那里,欧文在我们身后的儿童安全座椅上拼命地扭动着。那个女人肯定说错了。我们当时对自闭症的了解和多数人没什么两样。凡是美国人都看过《雨人》,我们也不例外。我们的儿子可不是达斯汀·霍夫曼扮演的雷蒙·巴比特。根本不可能。

一个月以后,我们找到了新医生,他是一位前程远大的青年儿科医生,在生意兴隆的贝塞斯达诊所工作,看起来酷似柯妮丽娅相识多年的高中校友——我在大学里跟这个人挺亲近,柯妮丽娅和我就是经他介绍才认识的。这让我感觉好多了。

艾伦·罗森布拉特医生把欧文抱到大腿上,和蔼可亲地说:"嘿,小家伙。"这一次,欧文把脸转了过来。他们做了几个动作——医生把自己的手挪过去,接触他的手指,跟他一起观察。随后,他们一起蹲在地毯上。欧文似乎并不紧张。他们用积木搭建小房子,罗森布拉特开始搭第一座,想看看欧文会不会跟着搭。

他没有。他们之间没有多少交流。欧文站起来,开始溜达。罗森布拉特喊他的名字。接着欧文就爬到椅子底下,回头扫了医生一眼,露出一闪即逝的"过来抓我呀"的表情,引诱对方追赶。罗森布拉特在写字夹板上匆匆地写了几个字。

医生在椅子上坐下来,说:"恐怕欧文有我们如今所说的广泛性发育障碍症,或者说广发症,但他还有一些'未另行说明'的行为。"这句话的意思是,欧文有些"类似自闭症患者的行为",但也有其他行为,比如做出"过来跟我玩"之类的表情,而这不符合如今对于典型的自闭症的定义。

他为欧文制订了一个生活计划,认为我们应该立刻实行。我们要给他进行言语强化治疗、作业治疗和游戏治疗,还要马上寻找将在秋天开学的合适的学校,而他对这个计划有些建议。"早期干预,是至关重要的。"他又补充说:"要是孩子有宗教信仰或者常去某些宗教团体,往往会恢复得更好一些。"这个补充叫我们不寒而栗。那个大灾难就要降临了,但柯妮丽娅很快就会从中汲取力量的,她可是个从小受主熏陶的天主教徒呢。

欧文没有被贴上自闭症患者的标签,这让人松了一口气。同样使人放心的是,罗森布拉特把欧文的问题定性为"滞后"。这些术语给了我们多么含蓄的保护，我们是以后才更多地领会到这一点的。他的话产生的重大影响是：我们没有从诊室狂奔而出，也没有在开车回家的路上觉得就像刚刚被切掉了四肢似的。

4月的一天，与罗森布拉特边聊边走向停车场的时候，我们得到一笔用来构建防御体系的红利。我们提到一个在波士顿认识的高明的儿科医生，他是哈佛大学的医生，名叫鲍勃·迈克尔斯。罗森布拉特过了一会儿才反应过来。匹兹堡人？对，我们激动地说，他是在匹兹堡长大的。"我认不认识鲍勃·迈克尔斯？我小时候就是在他父亲那里看病的，他是个了不起的人。要不是因为他，我多半还不会成为儿科医生呢！"

我们一到家就给哈佛的迈克尔斯医生打电话，告诉他这个惊人的巧合，接着又绝非顺便地解释说，自从离开马萨诸塞州以后，我们一直在带着欧文忙活什么。他让我们等一下，好去拿欧文的病例。他翻阅了一会儿病例，尽管几乎用不着去翻。"去年夏天我刚刚为他检查过，他什么毛病都没有。我想象不出他怎么会有这个问题。"

我们也想象不出。是的，他出了什么毛病，但就连医生也搞不清是什么呢。他是"非典型的"——罗森布拉特用过这个词——他的问题是各种行为的滞后。这些是可以矫正的。我们在那天晚上睡得稍稍安稳了。我们要用每个醒来的时刻拯救这个孩子，让他恢复，让他再生！我们真是异想天开。

第二天早上，柯妮丽娅牵着欧文的手，陪着沃尔特离开我们在乔治城的房子，顺着街道往下走了七个街区，前往海德小学。沃尔特在学校过得挺滋润，只是有点儿纪律散漫的问题——学校第一次组织早集合的时候，他用吹口琴的办法宣布自己到场。他喜欢上学、交朋友、做游戏、学知识，也喜欢长大。那

第一章／逆生长

天把沃尔特送到学校以后,柯妮丽娅领着欧文去跟几位孩子家长会面。与周围的其他几所华盛顿西北部的小学相比,海德小学也是蛮拼的,不过它正在奋起直追——学校不久就要搞一次海德春季义卖会,她们就是准备在那天早晨的咖啡聚会上商讨这个活动的。义卖会可能而且应该为学校筹集大量资金,身为义卖会联合会长的柯妮丽娅一直在忙着邀请捐款人和组织捐赠物品之类的事情。

这一切使得两周以后的那一天——也就是5月初的一个星期六——变成了搬到新社区以来的大日子。那天早上的晚些时候,学校旁边栅栏围着的大操场里渐渐客满了,娱乐设施管理员忙着给跳跳床充气。这情景正像我们希望在华盛顿看到的,其实也是任何人都想要的——有成群的快乐武士相伴,建造了一个被玩具和食物围绕的小世界,大批家长和孩子聚集其中,为崇高的事业发出欢呼。

我们当然在那天为欧文制订了非常谨慎的计划,好让他可以跟我们一起参加活动。通往操场的门只有一道,看门的家长志愿者认识他,时刻提防着他悄悄溜出去。这甚至都不算个问题,因为我或者柯妮丽娅将会时刻与他同在。我们陪伴了他好几个钟头,狂热的义卖会则潮水涨落般地持续着:要加冰块吗?谁知道电源开关在哪儿?我们的热狗卖光了!

确切的时刻实在难以说准。一般都是孩子父亲的错。孩子母亲的体内大概有一种固化的神经器官,可以立刻查出孩子的坐标,它的形成历史大约可以追溯到创世大爆炸时期。情况本来挺正常的,直到我在下午松开他的手,把剩下的一小半热狗——欧文午饭吃了一大半——塞进嘴巴里,又拿起放在地上的可口可乐罐。等到我扭过头,左边一英尺远的地方——那片有秋千的石子路上——变得空空如也,而他刚才还在那里站着。

孩子父亲的体内也有这种器官,但启动电路不一样。第一条规则:不要慌。持续而又迅速地扫描周围:90度、180度、270度、360度。

接着我就慌了神,我先是慢跑到门口,向看门的一个孩子爸爸打听:"您有没有看见他——欧文有没有溜出去？"真奇怪，一个奔跑的男人竟然吸引了这么大的关注。我回头望着一小群尾随我而来的家长……领头的是柯妮丽娅。

我用不着说起他的失踪，她看得出来的。所以，我直接说出有关的事实："我和他三十秒以前还在秋千那里呢。他没有出门！"

幸亏义卖会接近尾声了——没有多少人能够挡住我们的视线。五分钟以后，还是不见他的踪影。我和柯妮丽娅连跑带喘，把彼此共享的同一个记忆压在心底：一年前，他在学校义卖会上就失踪过一阵子，那是在韦尔斯利镇，我们在马萨诸塞州的房子附近。我们把这件事归了档：他在两岁时失踪过。这种事确实有，事实上却很少发生。他们往往能感应到与父母分离的焦虑——正好匹配母亲的雷达——可以渐渐地注意到，父母不在跟前。他们就是在明白自己找不到父母时哭喊的。不管欧文的身上有没有过那种感应，反正它现在关闭了……这里又不是郁郁葱葱的韦尔斯利。这里是乔治城的一片用栅栏围起来的混凝土地，许多汽车都在圆石铺成的环形街上穿行，或者沿着半个街区之外的威斯康星大街（华盛顿的主干道之一）超速行驶。

十分钟以后，恐慌情绪四散。家长们扇形散开，进入各条街道。我和柯妮丽娅跑进了学校。那里不许义卖会的参加者进去，但有一扇门是开着的，门口伸出来几根电源线。那是20世纪初砌成的大而空的砖楼，檐板摇摇欲坠，楼内有两条走廊，我们各自顺着一条往前跑。外面响起鸣笛声，听起来好像威斯康星大街上出车祸了。我的心跳偷停了一下——请老天保佑，不要让他出车祸吧。柯妮丽娅此刻跑得跟幽灵似的，无声无息，速度飞快，脚不点地。她魂不守舍。她正在试着以欧文的角度思考，以欧文的角度观察。她在心里和儿子轻声地交谈着："你打算到哪儿去呢，宝贝儿……你想去什么地方呢？"多数教室都锁着门，一扇门是半开的。

一扇宽阔的窗户向操场微敞着，他静静地站在窗边的沙盘跟前，每个人都在操场上高喊"欧文，欧文！"，外面的家长们都在不安地走动，欧文则在专心地观察着沙粒流过手指的情景。

闷热的6月里的一天，早晨八点刚到，华盛顿北部的一个舞厅里差不多已经座无虚席了。大家都在马里兰州罗克维尔的皇冠假日酒店里，气氛十分热烈，到处是急促的交谈与左顾右盼的渴望的表情。

柯妮丽娅刚刚在一张被许多人包围的桌子旁边找到唯一的空座位，O.伊瓦尔·洛瓦斯医生就走上舞台，引起热烈掌声。他六十有七，头发花白，精力充沛，春风满面，两眼碧蓝，讲话只有一点点挪威口音。

洛瓦斯带着他在加州日益扩展的业务，从加州洛杉矶分校的办公室来到东部，旨在鼓励忠实的信众，但也是为了赢得更多的归附者。为此，他将举办一场演示。一种心理戏剧很快就使舞台热闹起来，伊瓦尔本人亲自主持，参与演出的是对自闭症患儿施行洛瓦斯模式应用行为分析的治疗师们。

他的主要方法是激励，即让一个受过行为分析法训练的治疗师坐在一个小孩的对面，通过奖品和口头的"厌恶刺激"——厉声斥责与不时地大喊——驱使孩子改变行为。这是纯粹的行为矫正。洛瓦斯是B.F.斯金纳理论的信徒，他的奖惩手段是用来形成条件反应的，所以他展示的是怎样减少抵触行为、怎样增大孩子的注意范围、怎样运用简明的指令、怎样利用对行为产生的有效影响、怎样依序使用教育材料培养更复杂的行为，等等。在外行看来，这就跟驯兽似的。比如说，为了建立目光接触，行为分析法的治疗师会把奖品（玛氏牛奶巧克力糖是最受欢迎的）放到孩子的鼻梁上，好让他们抬头去看治疗师的脸。听到简明的指令"看我"之后，如果双方有了目光接触，那颗牛奶巧克力糖就会啪地进入那张小嘴里。至于炸薯片指令，则是用一些抓和推的动作当作辅助手段，帮助孩子的手移动到正确位置，就像"住手"（自闭症患者经常拍手）或者"住口"（不许自言自语）指令一样。20世纪70年代，洛瓦斯曾经对四个一组的患有早期自闭症的孩子进行治疗，但他对患者有几条选择标准，其中一条是他们必须有旺盛的食欲，这样才有可能通过扣留食物的办法产生最大的效果。

洛瓦斯这位幽默大师恳求观众允许孩子在四岁之前接受他的每周四十小时的强化治疗，以便达到最佳治疗效果。

"一旦他们年满四岁，事情就会更加难办——所以请不要再等待了。"他说到这里，又讲述了他如何让几个孩子持续好转的激动人心的治疗经历。

在1987年发表的有关十九个孩子的研究报告中，洛瓦斯陈述了惊人的成果。他的方法"治愈"了九个患有严重的自闭症的孩子，使他们顺利地进入普通班级，而他的研究成果直到1994年初期才得以复制。

那些愿意为治疗而进行尝试的家庭倒是不愁找不到的。

自从遇到罗森布拉特以来，我们的学习速度一直在噌噌地飙升着。《雨人》里面的知识太小儿科了，有待学习的自然比那多得多。这种病的历史可以追溯到20世纪30年代末期，约翰·霍普金斯医学院的儿童心理学家利奥·坎纳首次对十一个孩子进行测试，接着又写出了研究成果，其中提到一个特别的男孩，不但"不愿意说话，生活在自己的小天地里"，而且"对周围的一切毫不在意"。孩子们通常会有语言表达方面的困难，他的治疗对象则一般不爱与人交谈，如果生活惯例有所改变就会大发脾气，但多半具有极强但范围有限的记忆才能，所以坎纳写到，他们"不能被看作任何通常意义上所说的低能儿"。

大致与此同时，在世界另一端的奥地利研究员汉斯·阿斯伯格对四个男孩进行了最初的研究，发现他们的行为和能力显得"缺乏移情能力，交友能力低下，喜欢单方面谈话，痴迷于某个特定的爱好，而且不擅于运动"。与坎纳素不相识的阿斯伯格把那些男孩称为"小专家"，因为他们在小小年纪就会滔滔不绝地发表演说，一心钻研着自己特别喜欢的东西，同时又是"自闭的"，过着与社会隔绝的孤独生活——这还真像阿斯伯格本人。

随后的数十年间，这种病症的起因问题引发了多起争论，参与争论的包括坎纳和著名的后来者布鲁诺·贝特尔海姆。布鲁诺错误地把所谓的"冰箱母亲"归罪为这种病症的起因——这个理论最终土崩瓦解，因为20世纪80年代早期的基因测定表明，出生后即分离的同胞式双胞胎更易患自闭症。

可是自闭症患者的数量一直在增长。到了20世纪90年代初期，人们顺着最初由坎纳界定的"典型的自闭症"特征，为表现出各种特点的孩子——喜欢打转、自我满足、从不交谈或者喋喋不休、全神贯注的孩子——找到了这种病症的诊断标准。至于阿斯伯格及其发现的"阿斯伯格症"，起初甚至不为世人所知，直到他被忽视的研究报告在1991年被德国裔儿童研究员乌塔·弗里译成英文以后。如果孩子的情况不完全符合前述两种病症当中的任何一种，那么他大概得了介于这两种病症之间的广泛性发育障碍症，或者未另行说明的广泛性发育障碍症。

在1994年年初出版的最新的《精神疾病患者诊断与统计手册》（或简称为《精神病患者手册》）中，这些病症都被列入其中，包括我们的罗森布拉特医生在内的几位医生已经把它们归入同一谱系的相关疾病。患者的数量似乎正在增长，其中的原因是个谜，有效疗法也不明晰。最有希望的疗法似乎共有两种，一是洛瓦斯的行为疗法，一是乔治·华盛顿大学的斯坦利·格林斯潘教授研究出来的所谓的"地板时间"，也就是一种有系统的跟踪观察孩子的治疗法，不管那些被强烈自主冲动所驱使的孩子去了哪里或者说了什么，你都要想方设法地使他们和你交流。这是两种大不相同的治疗法，差不多完全相反，却都奉行与孩子保持极度密切关系的一对一模式，目标也都是把孩子带回现实世界。

欧文的某些表现是"非典型的"，而应用行为分析法当时针对的多是出生时或者不久以后表现出来的"典型的自闭症"，所以罗森布拉特建议我们选用"地板时间"疗法。欧文已经跟着格林斯潘的一个始终不渝的信徒上过几次课，她是个中年妇女，似乎跟地板不太合得来。这位信徒通常吩咐柯妮丽娅来到地板上，指导她怎样跟着欧文到处转悠，以便学会她能够模仿的动作和可以重复的声音，或者他对走路时有可能遇到的任何东西所流露出的她能够再现的表情。这种疗法使人累得要死，却没有什么看得出来的进展。柯妮丽娅觉得至少应该看看洛瓦斯想要提供的办法，所以她才会在这天早上来到那家酒店。午休时，她与同坐在圆桌边的十多个与会者进行交谈，拿到成摞的应用行为分析法的介绍材料，随后意识到他们差不多都是蒙哥马利县的老师和治疗师，渴望获得应用行为分析法的教员资格证书。这个会议是获得证书的第一步。一旦拿到证书，他们就可以受雇于被患病的孩子困扰的家庭，基本上成为这个家庭的一员。治疗方案是每周在某人的家里度过四十个小时，成天紧跟那个孩子，还要培养孩子的父母在晚上和周末进行训练。治疗的关键在于彻底营造环境。这会花费大把的金钱，但那些绝望的家庭愿意进行任何尝试。

柯妮丽娅说得不多，经常静静地听着他们激动地讲个不停。她很快就意识到，她是这个舞厅里的稀有动物：患儿的家长。

她的身份暴露了……同情心让他们脸红。跟我们说说你家孩子吧，他几岁了？三岁。他会说话吗？不，不会。有人问，观看应用行为分析法的舞台训练表演是不是令人难受？她点点头，挤出笑容。一个治疗师说，要是她想雇人的话,她很愿意每天早上去一趟华盛顿。柯妮丽娅没有告诉她,我们正在考虑另外的治疗办法。

这天下午的晚些时候,我从学校里接走沃尔特,把欧文放进儿童安全座椅,从华盛顿向北驾车行驶到马里兰州的罗克维尔,去接柯妮丽娅。她早已在那家酒店门外等着我了。她默默地走进我们的沃尔沃牌旅行车——我们唯一的汽车——看起来疲惫不堪。"我跟那些冰上皇后连续坐了八个钟头,就像过了一整天。"我们现在喜欢把我们遇到的第一位治疗自闭症的医生尊称为"冰上皇后"。她讲了讲当天的见闻,接着概括了她的看法:"我们用不着参与这种猴子训练,因为欧文跟那些孩子不一样。"

我点点头。我们都表示同意。我们只需与他进行交流,搞清楚是什么原因导致了这场包围着他的暴风雨,那么我们就可以驱散乌云,让阳光透进来。要是把这件事交给洛瓦斯,还得每年给他四万多块。我认为这是一大笔钱,远远高于我的税后收入的一半,而我们刚刚把这笔钱省了下来。为了表示庆祝,我们决定顺着罗克维尔公路寻找吃晚饭的地方,路边的每家聪明人开的饭店看来都像是汉纳和巴伯拉公司制作的动画片里的。我们最终选定了银餐车,它是一家外观极为精美的连锁店,看起来好像是真正具有本地特色的小饭馆,深受孩子和饱受他们纠缠的父母的喜爱,是一个可以沉湎其中的完美去处,全天都供应圣代冰激凌。

乔治城的一家音像店里摆着用一张硬纸板做的真人大小的喜剧明星像,他们是沃尔特最近喜欢的电影《沙地传奇》里面的人物,这部电影是20世纪福克斯电影制片公司最新上映的,讲的是几个彼此为邻的孩子在一支组织散漫的棒球队里变成朋友的故事。1994年9月到来的时候,我们长达数月的恳求与劝诱总算收到了效果：那家音像店的老板把那张明星像交给了我们，愿意用它交换电影公司的另一件随赠品。所以，沃尔特在我们家附近的公园里举行六岁生日聚会的时候，他的小伙伴们围在真人大小的伯特勒姆·格罗弗·威克斯、"斜眼"迈克尔·帕莱多拉斯、"喷气式"本尼·罗德里格斯，也就是《沙地传奇》的纸板像之前，连同站在最突出位置的沃尔特，形成了一道幻想与现实之间的界线。我们咔咔地拍照，拍了好多照片。

要是在一年以前，这个稀松平常的场面几乎不会引起什么特别的感受。他朋友众多，生活得轻松自在——当然是这样了，为什么不呢……这是意料之中的。在戴达姆就是这样的。我们当时没有对意料之中的事给以关注，现在它却给了我们非同寻常的感受。

给我们添了一些欣慰的是，喜滋滋地回家的沃尔特似乎没有意识到，我们其他人都在强颜欢笑。

生日聚会结束了。几天以后，我们把欧文放进汽车，用四十五分钟的时间来到马里兰州的罗克维尔，又把车开向艾维芒特学校。它是当地最大最好的残障儿童学校，共有两百名学生，可以从学前班一直念到高中。它最初在一座教堂的地下室里授课，那是在1961年，其他学校都不肯接收有严重智障的唐氏综合征患儿，或者那些患有严重发育残疾症的儿童。尤妮斯·肯尼迪·施莱弗于1968年举办特殊奥林匹克运动会和公众意识开始增强之前，大多数智障儿童或者留在家里，或者因长期生活在收容机构而缺乏自理能力。

需要经过漫漫长路，才能从那段历史走到这座具有艾森豪威尔时代风格的大型教学楼跟前。它曾经是一所公立小学的校舍，用煤渣砖建成的楼体粉刷得焕然一新，楼外有金色的小树林，还有一个图书馆和体育馆，楼内的走廊特别长，走廊两边的墙壁上贴着学生的画作。有两个男孩在欧文的班级里等着上课，一个是患了唐氏综合征的埃里克，另一个是和欧文病情相仿的朱利安，同样有着未另行说明的广泛性发育障碍症,而且不会说话。欧文是这个班的第三名学生。露西·科恩老师解释说,学校不久前还有更多的孩子,但不少孩子都在去年退了学,在家里接受洛瓦斯模式的应用行为分析法训练。这个班将由三个人负责,除了露西,还有一位语言治疗师和一位助手。我们应邀坐在小地毯上,靠墙旁观。与此同时,露西尝试吩咐三个孩子去做一些简单的事情。欧文和朱利安都在转来转去,喃喃自语,东张西望,埃里克则按照老师的指示,在一张纸上画画。

我坐在小地毯上,背靠墙壁,怀着惊奇且有几分懊丧的心情,不知不觉地想,我们对自己的孩子有过多少不着边际的指望呀,尤其在他们小时候。总统?诺贝尔奖得主?世界名流?超级橄榄球赛的四分卫?芭蕾舞剧的女主角?这些指望全都可以有。更靠谱的指望或许是希望他们当个腰缠万贯的慈善家。或许指望他们至少从哈佛、耶鲁这样的一流大学毕业,再去研究生院当学霸,在他们的研究领域里成为最出名的专家。与获得诺贝尔奖相比,这些指望当然更靠谱……所以无疑更可以有。注册入学的时候——他们会在学校里遇到其他孩子,被安排到好班里,取得考试成绩,进入或者被踢出球队——我们却开始与这些深藏不露的指望进行格斗,面对是可忍孰不可忍的现实。即便被现实揍得鼻青脸肿,这些异想天开的指望依然有着惊人的恢复能力。只要孩子在赛场上,还在参加联赛的正选赛,这些指望毕竟还是可以有的。

这些又名"梦想"的指望倒是怪激动人心的,但其中有多少是注定要实现的呢?最合乎情理的做法是把它们一个个地揪出来,在角落里摔个稀巴烂。它们简直是空中楼阁。我们一分钟一分钟地坐在小地毯上,后背紧贴着煤渣砖,也就等于指望空中楼阁的出现。欧文还在打转和自言自语,紧挨着那个可爱的金发男孩。我们以前从没有见过长得像欧文一样的男孩,这个男孩有可能被看成欧文的孪生兄弟吧。可是埃里克呢?看起来跟我一样老,年纪轻轻就深知唐氏综合征的滋味，但如果不从接送智障儿童的"短校车"的车窗内往外看就不会引起关注。不，他们不在赛场上。他们是残次品，完全可以受到无情的嘲笑。为什么？他们甚至都不知道自己是别人的笑柄。他们是任意球。现实情况就是这样，就是这么丑陋。

这也是欧文遭遇的现实。我们那时还是菜鸟，自然不了解他们的情况——比如唐氏综合征患者往往具有极其发达的感觉器官。他们的这个方面的问题或者说障碍往往会在别的方面引发具有补偿性质的能力。这种情况差不多像盲人往往听力极强一样，唐氏综合征患者能够对情感表现出更强的洞察力，或者说更加善于表达情感。

埃里克突然站到我的面前，他的目光与我的交汇在一起。他看着我，皱起眉头，接着又看了看柯妮丽娅。他看得出来，我们坐在那里，因痛苦而呆住不动。他张开两只小胳膊，一边搂住我的脖子拥抱我，一边说："我爱你。"我说不准他有没有去拥抱柯妮丽娅，只知道我变得恍恍惚惚的，我的世界颠倒了。然后他走了回去，继续画画。

柯妮丽娅需要找个人谈一谈。

她打不通我的电话。她的朋友们其实都不清楚这件糟糕的事情。大概只是小问题——是的，欧文有问题——但算不上大事。她认为，这一切不能和外人谈，至少在我们弄清问题的性质之前不能。

她往康涅狄格州费尔菲尔德的娘家打电话，却在电话铃声响起的时候意识到，她还不太清楚自己要说什么。她的娘家人其实也不清楚这件事。当时是1994年11月，我们已经在华盛顿生活了一年，但远离老家和旧友就意味着新家里没有什么常客。

她刚要挂断电话就听到了母亲的声音："谁呀？"

"是我，妈妈。"

"噢，是百合呀。你的日子过得怎么样？"

百合是她过去的外号。她的日子过得怎么样？

一团糟。她早晨要开车送欧文上学，中午要把他接出来，送他去接受言语强化治疗和作业治疗。这一切似乎都没有多少效果。他还是极度烦躁不安，不能表达他的需求，动不动就会哭。就在几分钟之前，他刚刚从长长的楼梯上面向她扔过去一个木头梯凳。他愤怒了。他似乎不想伤害她，但她还是哆嗦起来。

这些事都不能告诉她的母亲。她尽量东拉西扯，不让自己哭出来，她的脑子却在想办法摆脱这种孤独的生活。我们仍然没有在新家里跟欧文交流过"一句话"，他的许多治疗师也一样。但她想到了母亲的一个堂姐之子汤米，柯妮丽娅小时候经常见到他。他不能说话，有时很难控制，尽管那往往是出于焦躁而不是愤怒。他最终去了一家州立的养育院。柯妮丽娅的母亲总是忍不住要同情别人，再加上她跟堂姐的儿子挺亲近，所以常去养育院探望汤米。

想到这里，柯妮丽娅一边用"噢，顺便问一下"这样随随便便的话来打掩护，一边突然向母亲抛出与汤米的诊断有关的问题。"他们说他弱智，"她的母亲说，"但我总是怀疑他得了自闭症。"柯妮丽娅深吸一口气，随后向母亲说起近来发生的一些事情，一直说到最糟糕的情况：欧文在这一天冲她扔来木头梯凳。"我感觉就像跟傻子在一起！"她不假思索地说，心中充满怒气。

电话线似乎断了，但其实并没有。她的母亲打破了沉默："我有没有告诉你，今天我买了一床新被子？"

欧文正在我们的楼上卧室里观看他的迪士尼动画片录像带。每到这种时候，他似乎总是感到平静、安心，甚至满足。

在华盛顿的第一年，这多半是欧文独自去做或者两个孩子一起去做的事情。此外他们还能干什么呢？他们用来看录像的电视机摆放在电视架上面，那个架子则钉在我们的小卧室的墙角高处。他们会把几个枕头堆放在我们的床上，挨着坐在一起，沃尔特经常搂着欧文的肩膀。

令人难以了解的是，现在快四岁的弟弟的剧变会让六岁的哥哥有什么样的想法。我们不禁想要知道，哥哥是不是想用这种办法让生活维持原样，留在他熟悉的环境中。

对于年幼的沃尔特来说，坐在电视屏幕前面观看迪士尼动画片是正常的。与他年龄相仿的多数孩子都是这样。沃尔特出生的第二年，也就是1989年，经历了数十年萧条期的迪士尼重振旗鼓，凭着动画片《小美人鱼》获得了流行文化的关注。人们成群结队地前往电影院，甚至还要购买《小美人鱼》的录像带——当年卖得最火的录像带。1991年上映的《美女与野兽》也受到同样的关注，甚至取得了更大的成果，成为第一部获得奥斯卡金像奖最佳影片提名的动画片。迪士尼在1992年又推出了《阿拉丁》，结果它成为当年票房收入最高的影片。我的同龄人都在给自己的孩子扩大动画片录像带的收藏规模。我们收藏的不只是最近的也就是评论家所说的迪士尼的"新黄金时代"出品的动画片，还包括迪士尼始于1937年的最初的黄金时代的出品，即《白雪公主和七个小矮人》《小飞象》《幻想曲》《木偶奇遇记》和《小鹿斑比》。

我们逐一地观看它们，哼唱插曲，随着音乐跳舞。

第一章 / 逆生长

这一切遭到了某些与我们年纪相仿的大学同窗好友的温和的鄙视。他们有一个高明而又合理的看法：迪士尼渴望借助神怪传说，以商业化手段为孩子们洗脑；他们利用原始传说诱使孩子的心里对于那一切——从去世的母亲（继母就不用提了）到几个男孩寻求快乐的经历（《木偶奇遇记》中的男孩去了快乐岛，永远变成驴子），再到一个公主看起来应该是怎么样的（根本长不成那个模样）——得出有害结论，不知不觉地受到坏影响。

不过他们多半都没有孩子。我和柯妮丽娅都不是迪士尼的大粉丝，但那些录像带提供的轻松与便利是令人无法抗拒的。动画片录像带是招之即来的临时保姆，是父母和孩子都能参与的全家欢活动，而且总是触手可及。欧文出生时，沃尔特已经学会自己使用遥控器了。

没过多久，他的弟弟就完全迷上了动画片。欧文就出生在这样的家庭嘛。我们正在准备制定几条特别的限制规定，免得他们每次看起动画片来都看个没完。离开戴达姆的前一年，我们限定了观看动画片的时间，一度甚至把电视机收了起来。我们惊奇地发现，沃尔特没怎么生气。几周以后，我们明白了原因：他一直去其他孩子家里观看迪士尼动画片。别人家也都买了那些动画片的录像带。

可是，这一切都发生在搬家和出现变故之前。如今，每当看到两个男孩坐在床上，枕头堆得高高的，电视屏幕里闪现着《彼得·潘》或者《阿拉丁》的画面，我们都希望时间就此定格。

当然，一到傍晚六点钟沃尔特就会被吸引走的。新朋友。新的一切。去年夏天的一个傍晚，他在悄悄出门之前教会了欧文怎么使用遥控器。不过他的弟弟并没有多少看动画片的闲工夫，我们尽量把欧文的"生活计划"安排得满满的。柯妮丽娅总是带着他走动，拼车去上这个或那个治疗课，还要带他去市场、逛公园、办杂事。他们到家的时候，她已经累得筋疲力尽，任凭他去看动画片，而这似乎不算什么大错。所以他经常在我们的楼上卧室里，手拿遥控器，一部接一部地看动画片。他会把某些情节倒回去，重看一遍，没完没了地往回倒。但他似乎乐此不疲，而且聚精会神。

我们就这个问题请教过儿童成长专家、医生和治疗师。他们都耸了耸肩膀。他感到放松吗？是的。片子看起来令他开心吗？当然。不要老是播放它，他们说。可是，如果动画片对他有这些好处，那就没有停播的理由。

于是，11月末的一个寒冷多雨的下午，我们仨来到楼上，跟他一起看动画片。欧文已经上了床，对我们的在场毫不在意，只是咕哝着莫名其妙的话："补果饲泥升，补果饲泥升。"在过去的几周里，我们一直听到他这么咕哝。柯妮丽娅以为也许他还想喝果汁，结果却不是这样，因为他不肯去接鸭嘴杯。我们靠着枕头坐好的时候发现，电视里正在播放《小美人鱼》。我们如今已经把这部动画片看了十多次，比沃尔特看过的次数都要多。但当时正在播放的是最有意思的场景之一：为了让阴谋得逞，那个刻薄的女歌唱家，也就是海底女巫乌苏拉，向任性的美人鱼爱丽儿唱起了那邪恶的歌曲《可怜可悲的人类》，同意让爱丽儿变成人类，前去寻找英俊的王子，条件是爱丽儿交出自己的声音：

  可怜可悲的人类，

  有的痛苦，有的需求；

  这个女孩渴望变得更苗条，

  那个男孩想得到这个女孩。

  我会帮助他们吗？

会的，当然会！……
偶尔有那么一两次，
有人不想付出代价，
那么我恐怕要责备他背信弃义。
是呀，我也有点儿小毛病，
但我大体上是个圣徒，
愿意帮助那些可怜可悲的人类……
我们成交了吗？

我告诉柯妮丽娅，这也是我每天都会从单位的公关部听到的。她笑着说："对，我们也有点儿小毛病，但我大体上是个圣徒。"

那首歌唱完了。欧文举起遥控器，按下倒带键。

"行了，欧文，就让它接着播吧！"沃尔特抱怨。但欧文没有把片子倒回那首歌的开头，只是倒回了二十来秒，那时乌苏拉正在高唱最后一段：

开始吧——做出你的选择！
我忙得脚打后脑勺，
不能等待你一整天。
这个代价不算大，
不过是你的声音！

他又做了一次。停止，倒带，播放。跟着又做了一次。

播完第四次的时候，柯妮丽娅低声说："不是果汁。"

我几乎没有听见她的话。"什么？"

"不是果汁,不过是……不过是你的声音!"

我抓住欧文的肩膀。"不过是你的声音!这就是你一直在说的吗?"

他直视着我,一年来初次与我进行真正的目光接触。

"补果饲泥升!补果饲泥升!补果饲泥升!"

沃尔特大喊起来:"欧文又说话啦!"

那个美人鱼一下子就彻底失去了声音。这个不能说话的男孩也是这样的。

"补果饲泥升!补果饲泥升!补果饲泥升!"欧文一边继续这样说,一边看着我们高喊和欢呼。我们全都站起来,在床上蹦蹦跳跳。欧文也是如此,同时一遍遍地唱着:"补果饲泥升!"任凭泪水缓缓滑落的柯妮丽娅则轻声说:"感谢天主……他没有离开。"

跳"补果饲泥升"舞的事过去三个星期以后,我们来到了迪士尼乐园。

我们几个月以前就预订了廉价航班的机票,准备去佛罗里达州旅行,探望我哥哥莱恩和他的两个与我们的儿子同岁的男孩。我哥哥住在佛罗里达州的好莱坞,我母亲如今也住在那里。

有个在我们家流传的玩笑说,莱恩从没有读过父亲临终时写的那封要我们"做点儿值得做的事"的信,所以他直到今天还在一边当财务主管一边寻找值得去做的事。我们家还流传着一个动听的传说,那就是我更像身为保险经理却梦想教书或写作的父亲,具有审美眼光,善于想入非非;我哥哥则更像我那务实得不能再务实的母亲。不过,这个传说充其量只有五成的可信度。

我们为人父母以后就看得出来,就像我们的孩子那样,我们两个兼具父母的个性特点,还有好些不知道打哪儿来的特点。一天的末了,只有我们两兄弟才要把当天的事情彻底弄清楚，这是我们多年不变的习惯，从过去到现在都如此。那天深夜，大家熟睡以后，他问我日子过得怎么样。我们常在电话里进行短时间交谈，现在则可以深谈了，因为我们平静地坐在他的游泳池边的棕榈树下，头顶是星光灿烂的苍穹。

"日子有好也有坏。"我说，接着就谈起那些在工作时不能细说的事，或者在面对挑战时才会显得令人惊叹的柯妮丽娅，或者正在向七岁的辉煌日子冲刺的沃尔特。可是我们真的说不准欧文的未来会是什么样子。

"我发现，他一直都没有说话，"莱恩说。

没有。

"这可能要等一段时间吧？"

可能。

"每周有五次或十次的治疗，每个钟头的治疗费是一百二十元——这些费用在不在医疗保险的承保范围内呢？"

不在。

然后我们只是在那里坐着，任凭微风把棕榈叶吹得沙沙作响。我知道，他正在进行某种计算。计算生活是他每天都要替委托人干的事，他是干这种事的行家里手，这个特点一定源于我们的母亲的真传。

沉默了几分钟以后，我想我能估摸出那个方程式的复杂程度。

"在最坏的情况下，我们要养活他五十年，我们死后还能再养活他三十年。"

他已经算出结果了。

"你认为会出现最坏的情况，还是更有希望的情况呢？"

"情况大约在两者之间吧，但我们要抱有希望。"

呣。他不是那种毫不相信希望的人。他知道希望的用处，就像我劝他竟选高中毕业班的班长而他竞选成功的那一次。

"希望不是不重要,"他对天性乐观的弟弟轻声说,"只不过算不准它什么时候来而已,就是这样。"

我们都点点头,起身拥抱,接着就去睡觉了。

两天以后,我们开着从他们家借来的汽车,用三小时的时间来到奥兰多。

为了这个重要的日子,沃尔特穿上了乔治城的运动衫。他特别喜欢的临时保姆搬到那里去了,沿着城里那条街走过去就是。这里有了不起的篮球传统,而他对这一切了如指掌,还能把那些统计数字列举出来。作为典型的七岁孩子,他的自我意识正在渐渐扎根于一个位置或者说适合他的位置,而他不管走到哪里都会带着它。自我意识是一种在日益宽广的世界里找到位置或者说合适位置的感悟能力,多数孩子在三岁左右就渐渐形成了。

难以了解的是,欧文是否也经历了这些传统的进程。他的想法与感受仍然是个谜。我们把观看《小美人鱼》时发生的事情告诉了他的各位治疗师。我和柯妮丽娅也可以有一些其他看法。根据录像带激发的想象力,我们觉得这就像《雨人》给换成了《奇迹的缔造者》,我们则生活在那个经典的情景之中——通过一边在那个聋盲女孩的手心写"水"字,一边让水龙头里面的水从她另一手心流过的办法,安妮·沙利文对年幼的海伦·凯勒的教育取得了突破性进展。在那个多雨的下午,看到爱丽儿失去声音的时候,我们一定也是安妮·沙利文,感觉我们取得了一个突破性进展。欧文从他的封闭世界里走了出来,尽管只是一会儿。我们跟我们的孩子交谈过。

言语治疗师给我们的热情泼了一瓢冷水,罗森布拉特医生也一样。他解释说,"模仿言语"是欧文这样的孩子的共同特征。在学着把咿呀学语声变成言语的时候,六至九个月大的婴儿有时会不断地复述那些辅音和元音字母。在因患有发育残疾症而不能说话的人那里,也会看到这种情况。就像那个术语暗示的,他们模仿的往往是一句话的最后一两个单词。如果母亲对女儿说"你又聪明又漂亮",孩子就会回答说"漂亮",而这是模仿。那些孩子知道那些单词的意思吗?我们追问罗森布拉特医生。"通常不知道,"他说,"他们也许想要把两者之间联系起来,这是令人鼓舞的。"

"他们只是在重复最后的声音,"我用沙哑的声音说。他点点头。他为什么要用几个星期或许更久的时间,我最后追问了一句,从长达八十三分钟的动画片中把那部分倒回去,让电视播出那个短语,而他说出来恰恰就是它呢?罗森布拉特医生耸了耸肩膀,表示无法知道。

所以,我们现在暂停在海伦·凯勒和宠物店鹦鹉之间的什么地方暗中摸索,走进那个魔法王国的大门。

1971年,我和柯妮丽娅来迪士尼乐园玩儿过,那时距离我俩有孩子还有十年,迪士尼乐园的样子竟然至今未变。改变的是我们……如今我们做了父母,正在透过两个儿子的眼睛观察这一切,观察他们的所见所感。沃尔特抓住欧文的手,领着他走在美国大街上,我们紧随其后。梦幻乐园里有着疯帽匠的茶会、白雪公主的惊人冒险、蟾蜍先生的飙车之类的迷人去处,重现了他们同样喜欢的动画片里面的场景。沃尔特起劲地玩闹和大笑,跟欧文一起坐进了彼得·潘的会飞的两人座纵帆船,就在我们的前面旋转,接着就下降到永无岛的风景与人物的上方,岛上的那些"失踪的男孩"正在他们的小窝里嬉戏,温迪正在准备走跳板,彼得·潘与胡克船长正在举剑交锋。在光线引起的错觉里，他们看来就像任何兄弟一样，而他们就是兄弟。我们还跑进了迪士尼米高梅影城，想要找到忍者龟。那天的游乐日程表说，《忍者龟》的演员将会举行签名活动。两个男孩在长长的队伍中等待着，后来拿到了与多那太罗还有拉斐尔的合影，这两个演员都打扮得好像刚刚从去年的马萨诸塞州万圣节前夕走出来。好像什么都不曾改变过，好像过去的一年半是个噩梦。

每次我们都觉得自己弄错了。"补果饲泥升"事件带来的兴奋感已经过去，再加上被医生劈头泼了冷水，所以我们试图搞清楚，目前看到的会不会只是我们想要看到的东西。

可是直到下午三点左右，欧文显然没有滔滔不绝地咕哝莫名其妙的话，也没有像往常那样拍手。他有时也会咕哝和拍手，但持续的时间很短。他似乎平静又专心，总是跟着人群，看着他们，情绪异常稳定，脸上挂着微笑，眼睛闪闪发亮，就像正在我们的床上观看动画片似的。

到了这天傍晚，我们都有几分离开戴达姆以后不曾有过的安定感，沉浸在一种随意漫步的宁静气氛里。欧文在这里似乎挺自在的，好像这个地方对他的自我意识，或者说某种程度的自我意识产生了影响。

离开魔法王国的路上，沃尔特在旋转木马附近发现石中剑的时候，我们不由自主地沉湎于幻想之中。那天装扮成梅林法师的迪士尼演员每过一阵子才会来到那把剑附近，而我们碰巧在那时遇见了他。两个男孩刚刚走近那把剑，他就在那里背诵《石中剑》里面的对白："让这个男孩试一试吧。"紧接着，石台附近的什么人打开隐藏的开关，松开了那把剑。沃尔特把剑拔出来的时候，梅林法师大喊："我的孩子，你就是我们的国王！"

随后，他们都转向欧文。

"你能办到的，小文，"沃尔特低声说，"我知道你能。"

欧文冷静地看了看哥哥和梅林，走向石台，真的拔出了那把剑。

难道他听懂了沃尔特的话？难道他只是在模仿，因为他亲眼看见了哥哥的做法？这到底有什么要紧呢！

今天，在阳光下，他是他想象中的英雄。

第二章
碰壁

我和柯妮丽娅都在改变。这是可以从镜子里瞧出来的——在1995年3月，我们在华盛顿的第二个遭遇危机的春天。

改变不仅仅体现在我们的眼袋上。我们变成了一心一意的人。一年半以来，柯妮丽娅整天忙于拼车去学校、去见治疗师、参加家长会和去见更多的治疗师。她每天还要时刻跟着欧文走来走去，尽量模仿他的各种动作，探究他的世界——她把这叫作格林斯潘氏"地板时间"治疗法的夜以继日版，对此表现出强烈而又乐观的兴趣。这一类事情需要集中精力并优先考虑。夹在为欧文进行紧张的治疗和照顾正在成长的沃尔特之间的，则是每天都要操心的琐事。那些"你怎么样了，你家孩子还好吧"之类的电话问候统统被取消了，而它们是与老朋友保持联系或者结交新朋友的基础。谁还有工夫去干那种事呀？有些波士顿的朋友还以为我们加入了证人保护计划。

我也在改变，即使这是由我不能，或者至少可以说不想察觉的潜意识极力促成的。

一年以前，确切地说是1994年2月，恰好在我们会晤了"冰上皇后"，初次听到"自闭症"这个可怕的词汇以后，我跟哥伦比亚大学新闻学院的室友托尼·霍维茨闲聊过。当时他刚刚从波斯尼亚返回，他在那里给《新闻报》撰写过一篇有影响力的报道，介绍了交战地区的儿童唤起希望的能力。在闲聊过程中，我突然意识到，在华盛顿的某些治安最差的"混乱区"，学习是一种高大上的事，就像那些波斯尼亚儿童当中的一个在街上发现了微积分课本就去学习微积分一样。如果发现了这样的孩子,我们就会把红地毯从哈佛一直铺到前南斯拉夫去。但是,如果在子弹穿梭时挣扎着学习的是市中心贫民区的非洲裔或拉美裔美国人的孩子,我们却在那里耸肩膀。我意识到这是一个未经考察的空白领域,而这往往是一篇报道的起点。

我搜寻美国最差的高中,发现配得上这个称号的是华盛顿东南的弗兰克·W. 巴卢高中。所以,在欧文"迷失"以后的那些忧心忡忡的日子里,我的多数时间都是在那所高中里度过的。

要想到那所高中去,就要把汽车从城市的这头开到那头,经过国会大厦的圆顶,沿着马丁·路德·金大道前进。我的车里有一盘柯妮丽娅给我的约翰·普里内的录音带,那是她大学时代最喜欢的录音带之一。我经常在路上播放普里内的那首《嘿,你好》,歌中唱的是受到漠视的老年人:

请不要只是从他们身边走过和盯着瞧,
好像你毫不在乎;
你要说:"嘿,你好!"

在巴卢高中的过道里观察了孩子们几周以后,我渐渐习惯了眼中的情景。这所学校的学生几乎都是非洲裔,学校所在的华盛顿的这个地区里,70%的年龄在十八岁到三十六岁之间的人都有过犯罪记录,一千四百个学生里面的四百个每天都不上学,但学校里从来没有配备过警察和保安。与我在特拉华州威尔明顿郊区的高中母校里多半准备念大学的学生相比,这些学生多半会在日后进入监狱或者变得更糟糕。但我有没有考虑过,两者的某些基本情况是否完全不同呢?在早期的记者生涯中,我一直激流勇进、全力以赴,总是忙着在日常的竞争过程中查找各种消息的来源,以便公布消息或者发现可以写成报道的最惹眼的秘闻，从来不会去问，或者说自问这种需要停下来想一想的问题。

看着这些遭到遗弃的学生，我是不是有点儿像那些看着我儿子的人，一旦受够了他的胡乱拍手和咕哝，就会对他不屑一顾呢？很可能是这样，尽管我当时不会这么说。

我与巴卢的孩子共度了许多日子，那些留着时髦发型的女孩和穿着肥裤子的男孩往往将自己封闭在警惕的外表里，但我尽量倾听。他们不愿意跟我沟通，总是提防着我所在的那个世界，而我们有着不同的说话方式，彼此缺乏共同语言。但不管他们说得多么少，也不管他们说的是过道里的争论、一种新款的耐克牌运动鞋还是最新的说唱歌曲，我都会接着他们的话茬讲，不管话题会被引到什么方向。几个月以后，他们开始向我透露出几丝真实的想法。

其中一个孩子叫塞德里克·詹宁斯，他是个孤独而且受到孤立的好学生，一心梦想着加入常春藤联盟，却被过道里那些占统治地位的犯罪团伙头目看成灰头土脑的穷二代。他所在的高中近十年里都没人能够进入任何一所名牌大学，但他坚信，如果能够被录取参加麻省理工学院为有才华的少数族裔学生在高三升入毕业班前夕设立的高淘汰率的暑期课程，他就会踏上成功之路。他会为一个渺茫的学习机会付出一切，别的事统统不想，即使周围的一切都已坍塌（父亲坐了牢，单身母亲在苦熬，毒品贩子统治了附近的每个角落），即使老师们都说（用他本人的话说）："何必费劲呢？你不可能，你绝不会。"他把他们叫作"梦想的克星"。

我是不是觉得，每个听到我们谈到欧文将来有可能独立生活的人都是梦想的克星呢？

那还用说吗。我会承认他们的看法吗？一点儿也不。

一天凌晨的三点钟，不知不觉地进入空荡荡的《华尔街日报》办公室后才想到，我要给一篇五千字的报道写出结尾，它的内容是塞德里克和他的同学们在毫无希望之际努力唤起了希望。我一直写到了笔记本的末页：那天晚上，漫长的祈祷会结束以后，塞德里克和他的母亲——愿意为儿子牺牲一切的"教堂妈咪"——走出教堂，经过那个每到午夜毒品贩子就会成堆出现的街角，从公寓楼的门厅信箱里拿出邮件，登上碎裂的楼梯，进入他们的房间。

分社里静悄悄的，别人都不在场。我不知道自己到底坐了多久，然而我在某一时刻写道：

> 《电视指南》的下面，有一个白信封。
>
> 塞德里克拿起它，双手颤抖。"我的心都跳到嗓子眼了。"
>
> 它是从麻省理工学院寄来的。
>
> 他紧张地撕开信封。
>
> "等等，等等。'谨此欣然奉告……'天哪。天哪。"他在小厨房里来回跳舞。詹宁斯女士想要伸手拥抱他，与他分享这个时刻，他却转到了她够不着的地方。
>
> "我简直不敢相信。我被录取了！"他大喊，把那封信贴在胸口，闭紧双眼，"好了，我的生活就要开始了。"

我不是爱哭的人。在父亲去世以后的二十年间，我只哭过几次。但我是透过泪眼写出这些话的。

凌晨四点钟，我跌跌撞撞地回到家。柯妮丽娅还没有睡觉，她在欧文身边逗留了好几个钟头，刚刚把他哄睡。她一直试图与他沟通，把他拉进现实，但最近的几天很难熬，而她又度过了一个时睡时醒的夜。

我告诉她，我写完了那篇报道。坐在办公桌边写出最后几段的时候，我的情绪失控了。"我想我精神错乱了，三更半夜的，我却在分社里哭得跟什么似的。"

"不。"她说,露出了令我惊讶的笑容。

"什么?"

"这是好事。你变得成熟了。"

她躺下去,想在日出之前补充几个钟头的睡眠,我悄悄地走进两个男孩的房间。

房间里黑漆漆的,我坐在地毯上,听着他们沉重的呼吸。上铺一切正常,包括沃尔特在内;下铺却不然。我开始想,在生活过得有条不紊而且稳定如常的时候,写东西是多么轻松的事,因为你可以抽身出来,做一个既客观又充满智识的观察员、精心推敲的全知者。一旦你感觉到世事有可能变得极其复杂,你能掌控的又是极其少时,信念就会变得难以维持了。我总是心乱如麻,一直没有把大部分心思用在工作上,这个做法可太危险了,因为新闻工作者应该是"不带个人感情的",不管工作内容是什么。现在,我的感情却泛滥了。但也许就像柯妮丽娅说的,这兴许不是什么坏事。有件事却是我能说准的,那就是她再过几个钟头就会起床,像每天那样起来,认为今天就是那一天,欧文的生活即将开始或者说再次开始的那一天。

自从一年前的那天凌晨去分社撰写报道以来,我每天醒来时也这么觉得:欧文的生活将会在今天发生变化。但我在一天的末了意识到,变化还没有出现,我没有看到任何值得关注的情况。

欧文是在 1995 年春天开始说话的。他说得不多,只能连续地说出几个词汇而已。他说话特别缺乏节奏感,不像他原来的声音,听起来竟然有点儿像海伦·凯勒,或者是自己听不见却试着说话的人说出来的。他可以用生硬的声音说出自己的需要。他可以完整地说出"果汁"这个词。但他说出来的好像都是汽车、我的、热、冷之类不超过两三个字的词汇。

最常用也是最实用的词是"我的"。关键在于反应迅速。要是他指着书、录像带、玩具之类的东西说"我的",你就抢先把它拿到手,再举起来问他,这个东西叫什么。你要等着,他只有在想出答案时才会回答。"一本书。欧文,说'书'。"

艾维芒特学校的老师几乎每晚都要打来电话,把他们白天做过的事情逐一地讲述一遍。今天他们三个,也就是欧文、与他情况相同的朱利安还有那个善解人意的唐氏综合征男孩埃里克,要么去体育馆观看音乐会,要么去室外的橄榄球场学习怎样投球,要么学习握笔姿势。

这些事也许会提供某种联系的纽带,至少理论上如此。但她在叙述怎样指导孩子并且吩咐他们坐下、注视她,或者跟着大家走的时候,也就等于在指导我和柯妮丽娅怎样与我们的儿子相处。在她的指导之下,我们渐渐明白了问题究竟严重到什么程度。他的听觉处理系统——我们倾听和理解语言的通道——几乎不能正常运转。他的视觉处理系统也不正常。他经常歪着头,从眼角乜斜着眼睛看东西,好像直视是令他痛苦甚至无法忍受的事情。这都是自闭症患者的特点。夜里起床也是。当身体的感觉器官在休息和补充精力的时候,自闭症患者的感觉官能却时刻都在湍急的水流上不断地漂移,没有被睡眠的系泊绳索或者锚拴住。欧文倒不是这样。他的上次打盹还是在戴达姆,此后就再也没有打过盹。他每晚会睡上三四个钟头,要是我或柯妮丽娅在他醒来时把他摇晃睡了,他也许还会再睡一两个钟头。我们听说了一个叫作"退化的自闭症"的新术语,指的是那些起初看起来正常,却在十八到三十六个月之间出现变化,即退化的孩子。虽然我们还是使用未另行说明的"广泛性发育障碍症"这个词,但"退化的自闭症"这个词似乎也挺合适的。

有一次，他在天亮前累得想要接着睡觉的时候，我们却听见了一个金子般的短语——"抱你"——这个词把我们带到了另一个方向，因为他表现了自闭症患儿本不该表现出的建立联系的强烈要求。他说出这个短语，接着就伸出了双臂，我们则坐在从戴达姆的儿童室里抢救出来的秋千椅上。这种事并不常有，但有几次就足够了。

表达出来的需求就会获得满足。当然，如果小狗能说话，它也做得出这种事；如果一只受宠的黑猩猩学会了手语，它也能表达出与抱或拥抱差别不大的需求。可是，这个短语使我们坚信希望依然存在。

至于生活中的其他方面，一切照常进行。我们全家经常去看最新的儿童电影或者巴尔的摩金莺队的棒球赛，或者去爬弗吉尼亚山，或者尽量满足沃尔特的一切要求。哪怕时间和空间不允许，我们也不能因为欧文的病，就不把沃尔特应得的给他。最好的防卫是强攻，也就是表明我们和别的家庭一样，而且比他们做得更好。每项活动都必须参加，包括刚开始参加的打冰球活动，还有聚会、举办生日聚会、去街道的游乐场玩、参观博物馆、参加家长会和家长教师联谊会，等等。每件事都要做，也一定会做到。

带着欧文去商场、电影院和饭店的时候，我们的表现当然一点儿也不典型。我们总会吸引眼球。有时人们要过一阵子才会转过脸去。我们都变成了盯人高手。某些残障儿童是一下子就能看出来的，因为他们的某种症状会体现在外表上。欧文却跟他的同学朱利安一样，外表十分正常。说实在的，他们都是五官俊美的孩子，看起来萌萌的。既然在饭店一角的火车座上吃饭的那个孩子看来什么毛病都没有，他为什么老是嘀嘀咕咕，把银餐具掉到地上，胡乱地摇晃脑袋，动不动就把饮料弄洒呢？他准是个顶坏的孩子，说不定还

第二章 / 碰壁

会打爹骂娘呢。

我们更喜欢坐火车座，尤其是小饭店的，这样就可以把欧文留在座位里面，留在墙壁和台式自动点唱机之间的隐蔽地点，免得别人把他看得太清楚，对我们进行规模更大的围观。

沃尔特注意到了房间里的每只眼睛。他的自我意识增强了，看得出来，这让他感到难以忍受。他怎么能受得了呢？我和柯妮丽娅硬是表现得什么事都没有发生，假装一切正常或者没有什么值得关注的。不，他只是在自言自语。能不能再给几张餐巾纸，好让我们把这个擦干净呢？谢谢你，请结账吧。

我们发现，沃尔特正在扫视房间里紧盯着我们的眼睛。我们跟别人没什么两样，沃尔特。这是我们的标准回答。他看着我们，好像我们发了疯。

柯妮丽娅打来了电话，听起来好像有什么急事要讲。

"怎么了，出了什么事？"

"没什么，"她说，"他刚才又那么干了——说出动画片里面的话。"

那又怎么样呢，我想。自从发生"补果饲泥升"事件以来，他一直在那么干。

"这不过是模仿言语的现象，就像鹦鹉学舌。他只是在重复那些声音。"

我可以听见她在电话线的另一端摇头的声音。

她就像跟小孩子讲话似的，慢条斯理地解释说，她刚刚弄明白，他在过去几个月里一直重复的那句费解的短语究竟是什么意思。他老是没完没了地观看《美女与野兽》，而且似乎喜欢定期重复什么"美哉星林"。刚才在车里的时候，他把那个短语又说了一遍。"你一定不会相信它的意思。"

尽管还在接电话，我却在听到这里的时候跳了起来。"什么意思？说呀！"

"美在于心灵。"

一分钟之内，我什么话都说不出来。

"你还在听吗？"

"我听着呢，我只是不能相信而已，"我最后说，"那部动画片里有那么多的短语，他偏偏说出了这一句。那是它的主题呀。他会不会真的看懂了自己看的东西呢？"

我告诉她，今晚再给她打电话，今晚一定打！可是我必须跑步前进，要不上课就会迟到了。

这是1995年秋季，表面上的变化极为可观。我可没有重新注册上大学。为了写一本书，我目前正在罗得岛州的普罗维登斯，继续追踪塞德里克在布朗大学度过的对他有重大影响的大一生活。这年春天，有关他和其他孩子在那所摧残希望的高中里的系列报道为我赢得了普利策奖。那些报道中也谈到了天赋的智力与悟性，但基本上谈的是心灵的美，虽然这些品性经常难以发现而且更难衡量。我们似乎还是热衷于分发贷款和奖金之类的事情。我描述了塞德里克和他的同伴在犯罪团伙主宰的高中里的生活，全面展示了他们的一切品性。读者受到了感动，因为他们认识到，我们许多人的看法都是那么的不确切，而这也是我和柯妮丽娅开始慢慢认识到的，就在欧文去教室上课的那一天，大致是在那个唐氏综合征男孩埃里克拥抱我们的时候。

现在我把奖章拿到手了，而从它目前激起的反应来看，它当然取得了截然相反的效果。就像很多奖章一样，它相当于一种断章取义的说法，就像单凭书的封面评价书的好坏。它基本上与你的名字绑定了，人人都要为这个名字喝彩。只有我和柯妮丽娅才能感觉得出这些讽刺意味，而同样具有讽刺意味的是，我们的个人奋斗方向如今正在对我的职业生涯产生推进作用。

不过，欧文对此有自己的看法。我赢得这个奖章以后，他没过多久就发现了它。那些和平奖或者诺贝尔奖都颁发一个用丝带吊起来的金奖章，普利策奖却不是这样。它是一件蒂芙尼公司的水晶制品，看起来挺小，大约有梅子那么大，上面雕刻着约瑟夫·普利策的头像，旁边是获奖者的名字。我们把它放在位于乔治城的房子的起居室里一张齐腰高的桌子上，旁边挂着几幅镶在画框里的照片。那个位置恰好在欧文的视线之内。可是他刚刚走近窗户，我就注意到了那件水晶制品的反光。当时我在长沙发上看书，可以撞翻沙发椅冲过去。就在他要把它扔出窗户之际，我抓住了他举起的手。

欧文一眼就看透了名誉的泡影——对于这件具有讽刺意味的事，我和柯妮丽娅哈哈大笑了好半天，然后决定必须把这个奖章放到新房子里面，放在壁炉的高架子之上。

柯妮丽娅就是在新房子里面给我打来电话，把"美哉星林"的事告诉我的。我们用兰登书屋给那本书出的预付款交了那座朴素的新房子的首付，它有三间卧室，位于华盛顿的最北角，靠近马里兰莱恩。

承认普利策奖的讽刺意味当然不会阻碍奋斗。拿到这个奖以后，我们又开始感到幸运了，这可是多年以来的头一次呢。此外，获奖使我们有能力为欧文营造我们所需的世界。对于每一个"为什么"，似乎突然都有了一个"为什么不"。什么都不会令我们感到惊讶。以非常传统的观点来看，我们简直有点儿失去理智，因为我们开始低估恐惧，又过分高估了希望。

这意味着欧文的生活有了改变。希望之旅开始了。具体来说，他现在每天用半天的时间在艾维芒特学校上课，另外半天则在克利夫兰公园小区的一个可爱的小幼儿园里度过，那里的孩子出身特权阶层，多是有特殊需要的。幼儿园的全称是全国儿童研究中心，简称国童中心，是20世纪20年代用洛克菲勒基金创建的研究儿童发育的场所。几十年以后，那里形成了一个传统，即每年都会招收少数有特殊需要的儿童。那里可不是谁都能进去的。不过在大批的律师、说客、智囊团领军人物、投资代表的孩子当中,可以增添一个《华尔街日报》的国家事务记者的孩子,因为该记者撰写的关于全城贫民区儿童不为人见的美德的报道刚刚获得了普利策奖。是呀,这就是华盛顿的办事方式。

柯妮丽娅现在的累计行车里程比跑长途的货车司机的都多,但她还是每天早上乐此不疲地驶向北方,把欧文送进艾维芒特学校。她经常在学校里做义工、喝咖啡,或者去附近的商场采购,或者去做任何可以消磨几个钟头的事情。然后她会递给欧文一袋在车里吃的午餐,迅速开车前往国童中心,让他置身于普通孩子中间,在那个名副其实的"阳光教室"里度过下午时光。这个做法并未获得我们的治疗师的坚决支持,但这可以使欧文仿效新同伴的行为,也许还可以使他建立人际关系,以便发挥才智,迎接挑战。在我们看来,这一切就像阳光一样。

"放弃"和"希望"当然是表亲。要是把它们两个拉到一起,你就会抱有幻想。国童中心没有真正的人际关系,至少对欧文来说没有。我和柯妮丽娅倒是建立了不少,我们交了一大群朋友,那些普通孩子的家长都愿意把我们纳入他们的生活圈子。现在和欧文同班的孩子都还太小,他们的朋友经常要由父母挑选。每个班的学生都不多,恰好适合两打父母及其一打左右的孩子形成关系密切的群体,彼此一致行动。家长们经常组织各种聚会和烧烤野餐,到了晚上就统统出去潇洒,孩子则一律留在某人家里,交给临时保姆照看。最好的活动是生日聚会,因为全班都会受到邀请。这可是校规,比父母的命令还有效力!

在那些生日聚会上并没有多少相互交流,但谁家都有录像机和迪士尼经典。所以,他们到会时也不怎么交谈,只是互相拥抱一下,或者说声"嗨"(这是欧文学会的新词之一),就肩并肩地一起观看《丛林之书》或者《白雪公主和七个小矮人》,直到别的孩子渐渐散去。要是不细看的话,这倒挺像朋友关系呢。

至于沃尔特……没有什么好担心的。他就像个七岁的小大人,能够应付一年级小豆包遇到的任何问题,还能够利用拉斐特小学——我们家附近的公立学校,位于华盛顿的西北——势必提供的一切便利。

每个人创作的故事都源于他们的经历和基本人性的驱动,我和柯妮丽娅则创作过一个沃尔特的故事。

那件事发生在沃尔特进入一年级的头一个月,柯妮丽娅开车送他去新学校的路上。任何孩子都会对新学校感到发怵,对不对?汽车经过几个街区以后,沃尔特却拍了拍母亲的胳膊,说:"让我出去——我可以从这里走,妈妈。"柯妮丽娅被弄糊涂了。"沃尔特……他们知道,你有爸有妈。你又不是街头流浪儿,说什么也不能自己走。"

"我不会有事的。我熟悉这条路。"说到这里,他走出汽车。不久以后,他开始骑着自行车去大约半英里之外的地方上学,引起几个同学家长的震惊,他们年年都会在牛奶盒上看到失踪儿童的照片,担心发生最坏的事情。

我们从不为他担心。他向独立迈出的每一步看起来都是值得赞赏的壮举。尤其值得肯定的是,他没有放弃对于弟弟的希望,不然我们才会真正担心呢。

多年以后,步入成人生活的沃尔特解释了那件事的真相。弟弟使他感到尴尬。他仿佛一直在面对茫茫人世间的窥探的眼睛,那些盯视和疑问多得令他难以应对或者用目光压住。他告诉我们,他之所以想要下车,是因为弟弟也在车里。沃尔特知道,要是柯妮丽娅在他上学的第一天就像别的母亲那样陪着他走,那么她肯定会带上欧文,而随后有可能发生的事就只有天知道了。

当时我们对此一无所知。我们把第一天开车送他上学的经历说给朋友听，像讲故事一样。沃尔特那孩子可真是的，他太独立了。

有一个地方不会被盯着，那就是我们的地下室。1996年春天，欧文五岁的时候，他在电视屏幕前度过的时间越来越多，沃尔特有时会在旁边陪伴他。统治地下室的是迪士尼动画片（我们现在已经收藏了十五部，外加几部动画短片）。

为新房子购置的大电视就放在地下室里。它是个又黑又暖的洞穴，里面只有一点儿自然光，那是从靠近洞顶的半扇窗户透进来的。我们总是轮班走进来，陪着欧文坐在长沙发上观看动画片。对于按照排得满满的日程表上完课又接受完治疗的欧文来说，这下边可以使他安静下来。柯妮丽娅偶尔会走进来，与他一起看《小姐与流浪汉》。沃尔特傍晚骑自行车到家以后，恰好可以看到《小美人鱼》。到了晚上，欧文上床睡觉之前，我会跟他们挤在一起看一会儿《阿拉丁》。

这个做法是否明智呢？"欧文队"——这是我们现在对于欧文的医生和治疗师团队的总称——也说不准。我们告诉他们，他能够用十或二十秒的时间背诵动画片里面的大段对白，却似乎一点儿也不明白他在说什么，就像有人唱了多年的《雅克兄弟》，却一直没有发现——坦率地说，他或许并不在意——那首歌跟某个叫约翰兄弟的人有关。

在学校里，这个背诵冲动渐渐变成了需要治疗的毛病。他不但在应该安静或者听课时这么干，最令人头疼的是，他在与其他学生一起进行某种活动时也会这么干。那些医生（现在又包括老师）都把这个毛病叫作"自言自语"，并且将其正式定义为"言语重复的行为"，而这是自闭症和广泛性发育障碍症患者的一个特点，医学文献里的定义则是"尽管令其产生反应的刺激已经缺乏或者中止，仍然对于词汇、短语或者手势之类的特定反应进行重复，该症状通常由脑损伤或者其他器官功能紊乱导致"。他们正在想办法控制或者减少这种症状，并且建议我们每天只看一个钟头的动画片。

我们说，那不可能。一部动画片有九十分钟，要是没有播完就停止的话，他就会变得焦躁不安。发生"补果饲泥升"和"美哉星林"事件以后，我们不打算远离电视屏幕。虽然他的发音含糊，语调变化过快而且缺乏节奏，我们还是一直在设法从连续不断的话语中寻找一个熟悉的单词甚至发音。比如说"萨拨"这个词，听起来好像《小美人鱼》里面的人名，所以我们知道，他正在背诵的那段话与那只叫塞巴斯蒂安的螃蟹有关，它是《小美人鱼》里面的特里同国王的助手。当然，我们需要把那部动画片里的人名统统回想出来并且说一遍才能知道。我们这样做的时候，他用感到好笑的表情看着我们，经常露出笑容。迅速背诵完那段话之前，他很可能对于那只螃蟹极其生动的表演——它的配音演员塞缪尔·E.赖特有着低沉浑厚的声音，在配音时运用了加勒比海地区的口音——表示了"塞巴斯蒂安真好笑"一类的意思。

进行所谓的"平行游戏"时，每个学步的孩子都在另一个孩子的旁边玩，而不是大家一起玩。一旦孩子成长到十二到十八个月之间，那个阶段往往就会结束了。在很多方面，欧文显然已经退回到那个阶段之前了。进行平行游戏的时候，他仅仅采用最普通的玩法，看起来更像是近距离游戏。游戏的目标，或者说每个人的目标，都是最终实现互动游戏的光明前景，即通过大量表达、互相学习和迅速响应来培养平等交流的精神和集体合作的观念，而这个目标是促进儿童生长发育极其有效的因素。在戴达姆度过的最后那段日子，他为了这个目标做过许多事。

但你必须接受现实。我们每天都在追求着肩并肩的密切关系。观看一部特别喜欢的迪士尼动画片时，他会安静下来，某个情节可以使他露出笑容，我们则从他的笑容里获取温暖和我们渴求的联系感。当然，就算似乎没有用语言对那部动画片做出反应，他也一定会通过表情做出反应。比如说，在演唱《像我一样的朋友》时，给《阿拉丁》里面的精灵配音的罗宾·威廉斯能够以闪电般的速度把自己的声音变得好像阿诺德·施瓦辛格的，再变得好像杰克·尼科尔森的，再变得好像威廉·F.巴克利的，而欧文有时会对此发出大笑，我们则以赞许的姿态捧腹大笑，即使这是第二十次观看。有时他似乎一直挺安静，比如在观看琼博太太从囚禁她的汽车里把鼻子伸出车窗，裹住并且摇晃小象丹波睡觉的时候。他经常坐在我或者柯妮丽娅的旁边，而我们总是把他拉到离我们更近的位置。

可是，后来我们听到一个令人苦恼的短语："不高兴。"他经常那么说。这是个新情况。我们经过一番调查，发现这个短语来自他上午要去的艾维芒特学校里一个老师的助手。她经常告诉他尽量控制或者改变自己的行为，否则她就会"不高兴"的。

不管在家、在汽车里还是在商场里，欧文动不动就说"不高兴"，而这很快就使我们对艾维芒特感到"不高兴"了。欧文今年似乎稍微比班级里的某些孩子更有能力，而这不太显著的进步就足以激起希望。1996年秋天，他告别了艾维芒特，连同善解人意的埃里克那样的孩子们和安排周密的"有特殊需要的"课程。他整天都在国童中心，与普通孩子在一起。

就在1996年感恩节前夕，马里兰州的一位精神科医生（他在国家精神卫生研究院最新成立的负责评定自闭症疗效的委员会里任职）准备在国童中心发表演讲。这件事引起了广泛关注。学校里挤满了对此感兴趣的国童中心的家长,他们从华盛顿和马里兰赶过来,很多人正在为自己的孩子寻找下一所学校。在向大家介绍那位 C.T. 戈登医生之前,国童中心的负责人邀请柯妮丽娅代表其他有特殊需要的家庭,谈谈我们家的经历。

"对于我们这些家庭来说,由于家里有一个有特殊需要的孩子,去某些地方也许是一件困难的事,"柯妮丽娅对听众说,"因为我们不知道我们的孩子会在公共场所做出什么样的举动。我们担心其他人和孩子的兄弟姐妹的反应。这种担心一直与我们同在,给我们带来极大的压力。在国童中心,我们却不感到担心。在这个地方,我们的孩子得到了真正的关爱与帮助,这里的每位员工都使我们感到自己是受欢迎的,就像在家里一样。"

后来,她和戈登医生进行了一番交谈。他也有个患自闭症的孩子,比欧文大一岁,没有语言能力。戈登医生很快就加入了欧文队。

这是一个可喜的夜晚,我们感到了片刻的宁静。时值晚秋,家长们开始转弯抹角地索要大奖,也就是为他们的小宝贝打听华盛顿几所著名私立学校的入学要求,比如克林顿和戈尔的孩子就读的西德瓦尔教友会学校,或者是为未来的领袖开办的圣·奥尔本斯私立学校。国童中心是这两所学校和华盛顿另外几所高级学校的生源学校。在这个满是潘趣酒和曲奇饼的招待会上,人们纷纷谈论着哪个孩子要申请哪所学校的问题。

欧文呢?

"他的表现很不错。"柯妮丽娅说,笑容渐渐凝住了。谈话到此为止。他们在为将来做打算,而我们却只能抓牢现在,拼着命地抓。

第二天下午,我又来到学校,戴着一顶红黄条纹相间的高筒礼帽,就像出演《戴帽子的猫》一样。过去一年来,我会不时地戴着这样的帽子来访,领着孩子们玩一些特别消耗精力的游戏,使之成为一场小型的娱乐表演。

我对其中的某些孩子已经认识一年多了,对很多孩子的家长也是如此。我一边扫视着那些微笑的孩子,一边想着每次来访时都会想的问题:在这群孩子里面,谁会打破隔膜,跟欧文一起玩耍呢?我很想知道,在那些冷淡的微笑与一口气背诵对白的声音背后,究竟隐藏着什么。如果我是小丑的爸爸,也许会帮助他与大家建立关系。如果我能把那些孩子一齐吸引到共同参与的喧闹的活动之中,那么给他的帮助就会更大。与每次一样,我试图营造一个正常的圈子,一个十分诱人的旋涡般的环境,这样,欧文也许会悄悄地融入其中,说不定他会在这里找到朋友。

我一直在奔跑、玩杂耍、把孩子放到我的肩膀上。一个钟头之后,我慢慢地走进我们家的前厅,汗水淋淋。

"玩得怎么样呀,小丑脸先生?"柯妮丽娅已经拿出了刚刚给我们做好的午饭。

"大家玩得都挺开心,欧文也一样。"

"有没有哪个孩子跟他一起玩呢?"

"没有,今天没有。"

对于那场招待会,昨晚我们一直谈论到深夜:柯妮丽娅的讲话、愉快的招待会、结识了一位儿子患有自闭症的医生。现在,我们边吃午饭边谈论所有的孩子将会怎样朝着下一步迈进。"我想,等到来年春天,他不会再次见到他们中的很多人了,"我说,"他们会继续前进。一定是这样。"

这所学校一直是个短暂的幻想。在这里,欧文每天都在普通孩子中间活动,仿佛他们中的一员。如今,这个幻想正在碰撞现实的砖壁。

他的下一步应该怎么走呢?当时我们觉得就算回到艾维芒特也没有用,那就等于倒退。随后的几个月里,我们去几所学校看了看,但那些地方都不适合他。在华盛顿的公共教育体系里是没有多少选择的。我们别无选择。

除了一个。

通过"山上的光辉之城"这个词,罗纳德·里根一下子就冲散了吉米·卡特这位一本正经的"问题解决者"所导致的沉沉死气,宣告了坚守乐观的新时代和以"信心"一词作为魔咒的尝试期的到来。

文化变迁之际,往往是体现变迁并且充满着时代韵律的各种机构开创之时。一个这样的机构应时而生,在山顶散发出灿烂光辉,俯瞰着波托马克河的上游,它就是华盛顿实验学校。

以拯救为主题的故事总是富有感染力,这所学校及其创立者的故事则颇为感人。20世纪60年代末期,纽约一家百货公司大亨的花枝招展的女儿不知不觉间陷入了华盛顿真正的官场生活,因为她的丈夫是一位善于交际的雄心勃勃的国务院官员。一切似乎都令人羡慕嫉妒恨,直到她的儿子生来就有特殊需要的事变得明显起来。萨莉·史密斯把一切精力都用来照顾儿子,很快就离了婚,在家里给儿子加里和其他几个有特殊需要的孩子当家庭教师。她有教育孩子的技能,因为她在本宁顿学院就学时跟玛莎·格雷厄姆学过跳舞,又从纽约州立大学取得了心理学硕士学位。现在她有教育孩子的使命,尤其是因为华盛顿的人建议她的儿子与那些情绪异常或者智力迟钝的孩子在一起。她说,加里跟这两种孩子都不一样,他看起来很机敏,在某些方面甚至是聪明的,只是没法像其他多数孩子那样学习而已。

哪一所学校都不适合他,于是她创立了一所,招收了许多无处可去的孩子。

立刻人满为患,这所学校在十年间不断地更换校址。在她的教学岗位上,史密斯以美国大学的教授身份撰写了大量谈论学习障碍的文章,尤其是最常见的阅读障碍症,以及如何让已经估算出来的占儿童总数3%的学习障碍者迅速提高学习能力。在她的一本畅销书里,她试图彻底洗清围绕着学习障碍者的耻辱感，表明有学习障碍的孩子往往可以通过合适的视觉学习或者培养艺术技能，抵消因阅读或语言问题造成的不便。这是一个教育框架，将会在二十年以后适用于大量具有自闭症谱系障碍的儿童。

但学习障碍是最值得关注的问题，史密斯在1984年获得的大好机会就是关注学习障碍问题的重要理由。她把学校搬到了新地方，一座高耸于波托马克河之上的亟待整修的石头城堡里面。她决定试办一场募捐晚会，随后与一位学生家长，也就是《人民》杂志华盛顿分社的负责人进行了认真的商谈。他们两个一方面请几个演员或艺术家谈论"学校里的问题"，并且把谈话内容刊登在那家杂志上，一方面拨打了许多动员电话。最终，五个非同寻常的名人被吸引到了华盛顿，准备领取他们所说的有学习障碍的成功人士奖。

那年秋天，在新建于华盛顿商业区的赫克特兄弟百货公司为一场正规晚会做好布置的大房间里，一千名身穿礼服的华盛顿男女聚集在没有摆放任何东西的地板上。走向讲台的晚会主持人是众议院的议长小托马斯·奥尼尔，赢得众人关注的却是萨莉·史密斯。她在介绍每位特邀嘉宾时都要夸张地挥挥手，就像在主持名人电视访谈节目《这是你的人生》。她的创新是把那些介绍变为直截冗长的陈述，而她对每位特邀嘉宾差不多都是这样说的："您是＿＿＿＿＿＿（在下划线上填写一个名人的名字即可），曾经被看作永远不会有出息的笨蛋……由于不能阅读，您在上三年级时被要求留级……您对自己的考试成绩感觉羞愧，就把试卷藏了起来……可是一位老师把您拉到旁边，说：'让我来帮助你……'"接着走上台领取雕花水晶盘，并且用粗哑的嗓音说起他们隐藏已久的缺陷的人，恰恰是雪儿、汤姆·克鲁斯、布鲁斯·詹纳和艺术家罗伯特·劳申伯格。罗克·赫德森刚刚去世了，就在他患有艾滋病的消息得到披露以后。每个获奖者的心里都有过使自己羞愧的丑闻和秘密，而它们造成的麻烦都被奋力解决了。获奖者讲话的时候，包括大量国会议员和内阁秘书在内的观众们站了起来，欢呼得嗓子都沙哑了。华盛顿实验学校通过那天的晚会募捐到三十八万六千元，第二天早晨，《华盛顿邮报》的时尚版整版刊登了这则消息。

不久，这所学校渐渐获得了更多关注，名声渐渐超过了国内几乎所有的学校。美国公共电视网为它制作了电视特别节目，史密斯通过美术教育来培养患有阅读障碍症或者注意力缺乏多动症的孩子的方法起到了示范作用，不久便得到广泛的采纳。劳申伯格每年都会来到这所学校，培训并且称赞那些运用创造力为"不同寻常的学生"释放天赋的美术老师。

更多的名人来学校领奖，每年都有一份光彩夺目的获奖者名单。受到一些通常对空洞无物但政治正确的演说十分不屑的游说团体的鼓励，学校把"学习障碍"这个词换成"学习异能"以后，很快就获得了一大批学习异能的成功人士的明确认同。很多家长开始以全新的目光看待自己的孩子。学习异能？这个看法似乎言之有理。传统的学习之路被堵住了，有补偿性质的技能就会被激发出来，以便寻得另外的道路。

这会带来什么样的实际影响呢？更多的家长和儿科医生都愿意相信孩子是有学习障碍的，确诊为患有学习障碍症的孩子往往显得比确诊为患有自闭症谱系障碍疾病的孩子更多，但后者的数量正在渐渐增加。根据1975年颁发的《针对学习障碍者的个性化教育法》和相关法规，他们不久就会享有合法的权利，进入由政府出资建立的，能够提供"限制最少的环境"的安置所，即为适应儿童需要而建立的学校。

事实上，有学习障碍与自闭症谱系障碍的患者正在联合发展成两个有特殊需要的庞大群体。那场辉煌的华盛顿晚会结束二十五年以后，遗传学家将会开始发现，大批渐渐增多的各种疾病（包括强迫性神经官能症、躁狂抑郁性精神病和精神分裂症在内）很可能与学习障碍症或者自闭症有亲戚关系，因为它们都源于大脑自动控制功能方面的问题。没有人能够搞明白为什么上述此类疾病谱系的发病率正在增高。把这类疾病联系到一起,看来就像系在共同锚地上的许多航标。到 2012 年为止,上述疾病侵袭了差不多 20% 的国民。

但萨莉·史密斯和学习障碍症首先引起了关注。1984 年的那场晚会之后,实验学校和其他类似的学校的外面开始排起长队。没过多久,这些队伍似乎变得一望无际了。

1997 年春,在实验学校的有学习障碍的学生里面,将近四分之一的年龄偏小者具有类似自闭症的行为与状况。为了让欧文入学,我们使出了浑身解数。史密斯知道,许多申请入学的孩子都难以通过测试,尤其是具有自闭症谱系障碍的孩子。按照她的要求,学校只会考虑接收在某些或是任何方面表现出天生的才能的孩子。

我们的测验专家比尔·施蒂克斯鲁德医生是能力倾向测验的权威,即使是深藏不露的能力也会被他测验出来。作为国内一流的神经心理测验员之一,他的难题是不但要估量欧文的潜在能力,还得把它们找出来。欧文现在似乎更愿意倾听了,经常可以注视着你,有时还会跟你一起微笑。艾伦·罗森布拉特医生那天在椅子下面看到的爱玩的欧文已经长大了,身体也挺不错。可是从哪方面着手才能测验出他是否具有足以进入实验学校的能力呢?他快满六周岁了,却几乎不会说话。在参加各种测验的时候,按照指令行事是至关重要的,而他很少这样做。施蒂克斯鲁德去年进行的测验表明,他的能力介于同龄孩子的 1% 至 3% 之间,他的智商估计有七十五分,这说明他已经迈进了精神发育迟缓的门槛。

这些测验成绩也太令人泄气了,甚至都不值得交给学校。

在这一年的前两个月得到的测验成绩还是令人泄气,同样不值得交上去。

第二章 / 碰壁

在 2 月末，距离 3 月 1 日的最后申请入学期限只剩几天的时候，厨房里响起了电话铃声。施蒂克斯鲁德想最后尝试一次。他们在 20 世纪 50 年代为听障儿童做过一种智力测验，叫作非语言能力的莱特测验，测验用具是一套笨重的大东西，包括给不能读或听懂指令的孩子准备的积木和其他物件。

可是，去哪儿才能找到一套测验用具呢？我们凑到一起商量。他认识本地的几位老心理学家，他们多半都退休了，也许有一位心理学家的壁橱里放着一套莱特测验用具。我们打起电话来，差点儿把电话打爆了。第二天，一位退休的心理学家说，她家的壁橱里也许有一套测验用具，她住在康涅狄格大道的一幢公寓楼里，离我们家不远。

柯妮丽娅急忙开车过去，不久就和欧文来到施蒂克斯鲁德在马里兰州银泉社区的治疗室里，等着比尔专心地阅读那些用具的操作指南。虽然从来没有做过这样的测验，但他一定会把测验进行下去，分析测验结果，在第二天，即申请入学期限到期日，把测验结果带给实验学校。

他吩咐柯妮丽娅坐在欧文的后面，免得使孩子分心。那里有许多贴有塑料贴面的儿童桌，比尔和欧文围着其中一张桌子摆弄那些"物件"的时候，柯妮丽娅看得到比尔的脸。

柯妮丽娅也在进行一项测验：一个成年人坐在三年级小学生的塑料椅子上可以屏息多久呢？或者说不眨眼地看上多久呢？比尔从大大的粗麻布包里接连拿出来两套积木的时候，她观察着那些细微的表情变化。那些积木就像早期的魔方。欧文试图看出来比尔想让他干什么，再按照要求去做，比尔却拿出了测验员的本事，显得面无表情。对于欧文混乱的听觉处理系统而言，比尔的话就像日本话一样难懂。

柯妮丽娅的测试结果出来了，她的屏息时间是二十四秒。她在这么长的时间过后看到，欧文向前探出身子，忽然变得聚精会神，小小的肩膀动来动去。

他看出一个规律，知道那些散放在桌面上的积木应该怎样拼合。于是，他开始迅速而又准确地拼合积木。施蒂克斯鲁德从那个包里又拿出一套积木，欧文则转动着肩膀，"咔咔"地把这套积木迅速拼到了一起。直到那时施蒂克斯鲁德才终于抬起眼睛，缓慢而又坚决地点点头，这个人人都懂得的姿势意味着"一切顺利"。

既然如此，柯妮丽娅进行的最后测验就是，怎样无声无息地把在每条神经和每个隐藏的神经节积压了数月之久的紧张不安的情绪通过泪腺排放出去。

那年秋天，六岁半的欧文·萨斯坎德进入了华盛顿实验学校，那里可以成为让他度过十一年的家。他们会发现他的优势，并且将其拓宽为一条学习之路，那所学校的办学宗旨就是让有特殊需要的学生从学前班一直读到高中毕业。

第三章

入戏

模式识别需要保持一定距离才办得到。模式很容易隐藏在生活的嘈杂、偏爱和成见中间，而爱又往往会阻碍识别。

也就是说，统计学家、医生、玩具公司的销售员都看得出来的模式，孩子的父母却难以识别。说到底，每个小孩子都是一朵与众不同的雪花。如果真是那样的话，你的目光就会转向可以证实其与众不同的东西，尤其是这会使你心里暖暖的，发现年轻人是多么善于选择父母的时候。

对于沃尔特，我们一直在寻找那种金子般的特质，即日益成熟地应对、正视并且以意志改变大千世界的能力，希望他能在日后利用这种后天习得的能力帮助弟弟。这就是我们称赞他那坚定的独立精神的缘故。

他有时会在过生日那天变得感情冲动，这一扰人的事实给扔进抽屉里，贴在抽屉外的不是"家传的个性"（我也这样），就是"普遍的例外"（每年仅有一天如此）的标签。他顽强、坚韧而机智，任何出格的行为都不过是偶尔的反常。

1997年9月的一天，欧文六岁半的时候，沃尔特度过了他的九岁生日。生日聚会的最后，结束了在后院与伙伴们的打闹并且跟他们说再见的时候，沃尔特碰巧显得有些泪汪汪的。

等到他平静下来，擦去眼泪，跟一个最后也没有离开的男孩——那个男孩住在附近，可以走着回家——继续打闹的时候，我和柯妮丽娅回到厨房，准备清扫聚会时留下的垃圾。欧文紧跟着我们，从后院走了进来。

他目不转睛地看着我们当中的一个,再把目光转向另一个。他似乎有话要说。

"沃尔特不想长大,"他平静地说,"就像狼孩莫格里或者彼得·潘。"

我们都默默地点点头,俯视着他。他也点点头,接着就消失在他自己的什么幻想之中。

这就像一道闪电刚刚从厨房里划过一样。

一个完整的句子,不只是"我要这个"或者"把那个给我"。不,一个复杂的句子,自从离开戴达姆以来,过去的四年之中,他一直没有说过这样复杂的句子。真的,从来没有说过。这完全是另一码事。

对于刚刚发生的事情,我们起初什么都没说,随后却不停地谈了四个钟头,就像层层剥笋般,一层层地往下谈。

除了说话的能力之外,本来也不能料到他会有这样的推断能力,想到有人过生日的时候哭也许是因为不想长大。不但典型的六岁孩子不大可能拥有这样的洞察力,就连我和柯妮丽娅都没有注意到这个简单的联系。

仿佛欧文让我们刹那间瞥见一个在他内心生成的神秘的网格、一个矩阵,那上面放进了他每天看见而我们也许甚至根本没有察觉到的东西。

还有与他的内心世界的网格精准对应的另外一个世界,与它平行排列在一起,那就是迪士尼的世界。

晚饭后,两个男孩都回到了楼上的阁楼卧室里,柯妮丽娅开始琢磨现在怎么办。

我在琢磨着两个平行的世界。她在琢磨着无法与他人交流的孤独心情。他回来过。"你到底是,"她差不多是说给自己听的,"怎么回来的呢?"

我觉得她是在问我。多年以来,我一直这样告诫记者们:总是会有一个人口的。要是不能让某个人开口说话,那就是你的错。

沃尔特悠闲地向地下室走去，这说明欧文独自待在阁楼的卧室里。

我踮着脚走上铺着地毯的楼梯。欧文坐在自己的床上，正在翻看一本根据迪士尼动画片改编的画册。他当然不能阅读，但他爱看那些图画。我的任务是在楼梯的扶栏尽头伸出手去，从他的壁橱里抓起那个叫伊阿古的木偶，它是《阿拉丁》里的鹦鹉，他最喜欢的角色之一。他总是模仿伊阿古的对白，这很容易听出来，因为给伊阿古配音的吉尔伯特·戈特弗里德的声音听起来就像失灵的食品搅拌机似的。他的床离第一个楼梯台阶只有几英尺，刚刚把伊阿古拿到手，我就从他的床脚轻轻地拉下床罩，溜到床罩下面。我做出这些举动的时候，没有引起他的注意。我和伊阿古用了四分钟的时间才安全地躲到床罩的下面。

现在，我像蜗牛那样慢慢爬，沿着床边爬到床的中间位置。很好。

我在这里一动不动地停留了一分钟，想着我的开场白。有四五个句子在我的脑子里涌现出来，我默默排演着。

随后我有了一个想法：扮演伊阿古。伊阿古会怎么说呢？

我把木偶从床裙下举起来。

"嘿，欧文，你好吗？"我说，尽量模仿吉尔伯特·戈特弗里德的声音，"我的意思是，你的感觉怎么样呢？"

我可以透过床裙看到，他向伊阿古转过身，就像偶然碰见了老朋友。

"我不高兴。我没有朋友。我听不懂别人的话。"

他的声音自然而又流畅，具有一般口语中惯有的节奏，自从他两岁以来，我还是头一次听见他这样说话。

我，或者说伊阿古，正在跟我的儿子谈话，这可是过去五年来的第一次。

一定要入戏。

"嘿，欧文，我和你……你……是从什么时候变成好朋友的呢？"

"从我开始看《阿拉丁》的时候起,我们一直是朋友。你让我乐得不行呢。你太逗笑了。"

我迅速地在脑子里搜寻着对白,任何一句都行。伊阿古曾经告诉邪恶的首席大臣贾方,他真应该变成苏丹——我亲眼见过欧文观看并且重播这个情景。

我继续扮演伊阿古。"逗笑?不错,欧文,就像我说到……呃……那个,那个,你和公主结了婚变成笨老公的时候。"

"我喜……喜……喜欢你的小头脑琢磨事情的样子。"欧文发出一种低沉沙哑的声音,好像想要清嗓子,或者找到更低的音调。

这是贾方的话,那部动画片里的下一句对白。他模仿的是贾方的声音,音调当然有些高,却把那种淡淡的英国口音和阴险的语气统统模仿出来了。

我是邪恶的鹦鹉,正在跟迪士尼动画片里的反面角色说话,而他也在跟我说呢。

随后我听到了开心的轻笑声,好像多年来都不曾听到似的。

9月末的一个工作日夜晚,我和柯妮丽娅吃过晚饭就领着孩子们去了地下室。

扮演伊阿古取得重大突破的事已经过去一周了,而我们在那段时间里基本没有寻思别的。今晚,我们决定做一个实验。

每当我们聚集在二十六英寸的玛格纳沃克斯牌电视机前,欧文总是负责挑选动画片。这天晚上,我们为他挑选了《丛林之书》。这部动画片是两个男孩一直喜欢的,也是我和柯妮丽娅的童年记忆之一,由迪士尼出品,于1967年首映,再现了英国诺贝尔文学奖获得者鲁德亚德·吉卜林创作的莫格里的故事,莫格里是印度丛林里的一个男孩,被狼群养大,从脾气暴躁的大熊巴鲁和充满关爱的黑豹巴格希拉那里学到本领。动画片的内容多半来自吉卜林的故事集的第二个故事,也就是创作于1893年的《蟒蛇卡阿的狩猎》,故事里的莫格里最终战胜了大老虎希尔汗象征的恐惧,有些不情愿地被巴鲁带回人类的村庄,在同类中间长大成人。就像吉卜林的冒险故事一样,这部动画片充满了有关个体与群体的生存,以及相互依存的本质的寓言。

我们看着这部动画片。几分钟以后,我们听到了那首风格独特的歌曲。《最起码的必需品》是一首说唱歌曲,演唱有时会被对白打断——这种情况并不多见——而这首歌的开头就是一句对白。我们把屏幕上的画面定格并且调低声音以后,每个人都站起来,在长沙发跟前转来转去。我按下播放键,竭力模仿给那头大熊配音的菲尔·哈里斯的声音和抑扬变化的语调:"瞧,现在要这样做,小家伙。你要做的只是……"

随后我们都唱起来,跟着调低的歌声一起唱,尽量把歌词唱准:

> 寻找最起码的必需品,
> 最简单最起码的必需品……
> 当你看看石头底下和植物,
> 瞅一眼可口的蚂蚁,也许就会品尝几只。

在动画片中,巴鲁掀起了大石头的边缘;在我们的地下室里,我掀起了沙发垫子的边缘。

我看着欧文,就像巴鲁看着莫格里那样。他也直接看着我,这可不是常有的事。紧接着事情就发生了。欧文恰好在此时说:"你吃蚂蚁?"那是莫格里的台词,欧文说得如同莫格里的声音,几乎像是录像带里播出来的。接下来,欧文把脑袋伸到掀起的沙发垫子下面,好像在用手捧起蚂蚁似的。

我冷静地说出巴鲁的下一句台词:"哈哈,你最好相信!你一定会喜欢它们给你挠痒痒的方式。"

紧接着,柯妮丽娅大喊起来,模仿那只谨慎的黑豹巴格希拉的声音:"莫格里,当心!"

我放下垫子的时候,欧文迅速往后退去,就像莫格里在那块石头落地时做的那样。

我们稍后才意识到,我们竟然完全进入了角色——我显得活跃而又冲动,柯妮丽娅则一直显得谨慎而又关切。

几分钟以后,当给猴王路易,也就是那只疯疯癫癫的猩猩配音的爵士乐小号手兼歌唱家路易斯·普利马用歌声告诉莫格里它想变成人类时,沃尔特已经做好了准备:"把人类制造红火焰的秘密告诉我。"沃尔特说完就拉着耳朵,等待那个男孩低声说出秘密。就像动画片里的莫格里那样,欧文退缩了一下,说:"我不知道怎么制造红火焰。"柯妮丽娅与我对视,我则晃了晃脑袋,我们两个都感到放松。要是在别的场合,他不可能说得既抑扬顿挫又轻松自如。但这是他熟悉的环境,他说的也都是熟悉的话。

他就像没有自闭症似的。他的表演跟我们的不一样,他比我们演得更好。模仿是一回事,但这是另一回事。他的动作、状态和情感看起来都是那么逼真,好像通过体验派表演法演绎出来的。

地下室里的表演活动就是这么开始的。对于记性极好的沃尔特而言,这简直是小菜一碟。虽然他的兴趣渐渐转向动作片,那些迪士尼经典动画片却都是他过去常看的。仅次于他的是记忆能力超强的柯妮丽娅。我更善于模仿,可是一旦进入了角色,我的记忆力似乎就会变好。

不过欧文是最棒的。他的记性毫无问题,只是记忆方式与众不同。他在三岁那年突然丧失了对于口头话语的理解能力。从每次测试和他在三岁以后的记忆来看，这一点毋庸置疑。现在听听他的声音吧，就好像他一边反复观看一部九十分钟的迪士尼动画片，一边在以多音轨的方式采集、记录那些声音和旋律，而每一道音轨都像圆周率那样，可以延伸到上千个数字。动画片中的台词自有其微妙的乐感，我们多数人关注的是词汇及其含义，而不是发音。但欧文多年来关注的都是发音，也就是词汇的音调与节奏，只是不明白那些词汇的意思。这就像有人记住了黑泽明导演的电影内容却不懂日文似的。通过动画角色夸张的面部表情、当时的处境和交流方式，他似乎慢慢地学会了说日文——或者更确切地说，英文。这是我们起初的推测，毕竟婴儿就是这样学会说话的。但他的情况有些不一样，因为他的记忆方式是把几打迪士尼动画片含有的大量原始材料储存到记忆里。我们现在可以通过蹦跳、旋转、剧烈运动和快乐表情，促使那些储存的声音出现在适合它们的环境里，就像我们设法用《丛林之书》做到的那样。我们毕竟是活的，我们全都有心跳。我们可以触摸他，他也可以触摸我们。严格来说，我们是互动的。我们相互交流着，在由现实世界与迪士尼世界构成的平行世界里。

白天，我们各自奔忙。沃尔特每天早上骑自行车上学，下午回家。柯妮丽娅做家务、付账单，为两个孩子忙得脚打后脑勺。我那本有关塞德里克及其同学的书即将完成，又开始给《华尔街日报》编写稿件，每天穿着套装，坐着地铁，去市中心的分社工作。

谁也不知道我们过着双重生活，一到晚上就会变成动画角色。

这是极不寻常的六个月，超出寻常之外的事情发生得如此之多，以至难以全面把握其脉络。我和柯妮丽娅开始以全新的方式观看那些动画片。在此之前，我们一直在寻找欧文会感兴趣的某一部或者说任何一部动画片，接着就投入地表演，尽量设法与他交流。如今，我们却改为海选了，就像把望远镜转到另一端似的。我们家大约有十五部迪士尼动画片的录像带，而我们选择的任何情节他几乎都乐于表演，并且可以轻松地表演出来。毫无疑问，他把那些动画片的情节记得滚瓜烂熟。

我们开始以评估的眼光观看动画片。我们应该为下次的地下室表演活动选择什么情景呢？之后又该选择什么情景呢？要是把我们的收藏品排列起来，从20世纪40年代的《木偶奇遇记》和《小飞象》到90年代的《狮子王》，那会排出好长的一串呢。

差不多每个情景都可以供我们进行角色扮演，不管是开心的、挑战的，还是悲伤的情景，我们的表演从冬天持续到来年春天。

迪士尼俱乐部的场地就是从那时扩展到地下室之外的。它可以在厨房、后院，也可以在安装着纱门的门廊里。

它甚至可以在汽车里！我们开始经常用迪士尼动画片里的对白进行交谈。想出一句对白，把它说出来。你一定要把感觉找准才行，因为语调和内容几乎一样重要。说真的，这两样你都得弄准了，要是能表现出那句对白的节奏、语调和口音，那就更好了。

因为欧文可以跟你配戏。他会兴高采烈地说出下一句对白，突然焕发神采，就像开始发光的萤火虫。

巴鲁、莫格里和与石头有关的情景？那个情景确实挺有内涵的。但那部动画片适用于一切场合、情绪和时刻，里面还有好多角色和无数情节可供选择呢。要是欧文想要逃避游泳或者试骑自行车之类的事情，你可以继续从《丛林之书》里面选出老虎希尔汗这个角色，模仿给它配音的乔治·桑德斯，用最低的声音说话。片子里有一段关于恐惧的简明交谈，就在希尔汗向莫格里提问的时候："你怎么可能不知道我是谁呢？"

那就是开场白。不管欧文正在干什么,他都会迅速扭过头……扮演莫格里:"我确实知道你是谁。你是希尔汗。"欧文说得惟妙惟肖,他的姿态也一样。当他向前走去,挺着胸脯时,看起来就像动画片里面的莫格里,或者一个尽量鼓起勇气的男孩。

"说得对,"我用桑德斯中规中矩的腔调说,同时察看指甲,因为希尔汗会在那时做出这个动作,"那么,你也该知道,谁见了希尔汗都会逃跑的。"

"我才不怕你呢。我看见谁都不会逃跑。"

"啊,你这个小不点还挺有勇气哩。"

我之所以选择这段情节,当然是为了让他从我的最后一句回答中汲取勇气。听到这里,欧文露出笑容。我也心照不宣地对他微微一笑。接下来,他通常都会去做原先不敢做的事情。这是最奇妙的情景。它挺有效果。

我们的交谈经常只是为了闹着玩。沃尔特有时会用巴鲁的声音说:"你会成为了不起的熊。"欧文就会把他推倒,坐在他的肚子上大喊:"嘿,熊爸爸!"

到了睡觉时间,柯妮丽娅会说起小飞象丹波在树上睡觉的事情。她只需说出一句对白,比如老鼠蒂莫西说的那一句:"得了,丹波,你能办到的。"欧文就会进入环境,由树联想到睡觉,接着急忙上床。等到吃过早饭,应该带着我们的狗安妮出去散步的时候,我们的对白全都来自《101 斑点狗》。

虽然一切对白都是别人编写的,我们却可以通过那些词汇和他们讲述的故事进行真正的交流。

2008 年 4 月,那本有关塞德里克的书出版了,书中讲述了他的家庭和与他交往的两拨孩子(一拨来自希望遭受摧残的华盛顿东南,另一拨则是布朗大学的一年级学生)的故事。书名叫作《黑暗中的希望》,里面穿插着塞德里克及其母亲和十三个次要人物的故事,都是以纪实风格写出来的,毫无传统的阐释段落,践行着我奉行已久的新闻记者的写作标准。这本书向读者说明了什么是重要的,什么是不重要的,以及应该怎样看待书中的人物。书中的几条叙述线索相互交织,读者可以自行做出判断。这样写是为了使故事就像罗夏墨迹测验①的图片——人们会从中看到各种情况,包括他们自己。

别忘了,我们家的情况也是这样。比如,欧文在《美女与野兽》里看到的也许就跟我们看到的不一样。但我们共享着故事本身,这是我们真正共享的少数东西之一。

要是他在别的地方也那么放松就好了。在实验学校里,他几乎没有什么可以与老师或者同学共享的。

第一年过得挺不容易。虽然就像史密斯常说的那样,有学习障碍和自闭症谱系障碍的孩子都在与由"大脑本身的构成方式和大脑信息传递方面的疾病"导致的不能说话的问题搏斗,但是,为克服阅读障碍(也就是学校里的最普遍的学习障碍问题)而进行的搏斗却多半与语言的理解有关。作为一种广泛性发育障碍症,自闭症导致的不能说话的问题更为广泛,尤其妨碍说话能力的是,它给语言的听觉处理系统造成了混乱。对于有自闭症谱系障碍的孩子来说,诸如"现在让我们把记号笔收集起来""课间休息时间到了,现在排着队出去吧",或者"每个人去找一个伙伴"之类的基本指令往往是一闪而过的东西,就像露西·鲍尔在那个著名场景中面对的传送带上的巧克力。你要把那些指令装进摆放在大脑恰当部位的盒子里才能理解它们的意思,进而做出适当的行动——开始收集记号笔啦!要是这些进程不能及时完成,就像已经掉下的巧克力没有落

---

① 又名墨渍图测验,是通过让测试对象解释不同的墨迹图形,以判断其性格的一种人格测试方法。——编者注

进盒子，新近从传送带上掉下的巧克力也不会落进盒子里，而你最终就会像露西一样，弄得满嘴都是巧克力，又把盒子弄得到处都是。可是巧克力还在一直往下掉呢！所以当老师说"欧文，欧文？！"时，他要对付的巧克力不仅仅是一块，而是越来越多。

欧文的第一年就是这么过的，直到我们在5月末接到一个反映问题的电话。他随地大便。

"是可忍，孰不可忍？"低年级班的负责人在第二天与我们会面的时候说。是的，我们知道。那么问题来了：他为什么要这么干呢？我们需要把这个"为什么"追查清楚。他在两年前就知道自己去厕所了。出于某种原因，他要么不想请假去男厕所，要么感觉压力太大，要么感觉慌张失措，而问题又来得使他猝不及防。他总是喜欢干净，不愿意把自己弄脏，就像某些男孩那样。他一定不会再出现那种意外事故了。以后需要大便的时候，他会去寻找隐私场所。

他们说我们得做点儿什么，我们说会的。然后，那个学年结束了。

正是由于这个原因，在欧文入学第二年的几周之前，也就是1998年9月初的一个傍晚，我们和他一起坐在长沙发上。我们生怕再有突然大便的事发生。要是欧文在这一年里再出一两次事故，他会被开除的。

但我们有一个可以解决问题的办法。按照史密斯寓教于乐的妙计，各个班级每年都要围绕某个目标安排课程和活动，而欧文他们班在这一年被称为"洞穴俱乐部"，所以他们会在俱乐部活动时谈到一些跟恐龙有关的内容。

他喜欢史蒂文·斯皮尔伯格制作的系列动画片《史前期的大陆》，我们就尽量根据原有的情节添枝加叶说，动画片的主角，也就是那只叫小脚板的雷龙，总有时间去上厕所，他会告诉别的恐龙等一等，他只用了一分钟的时间，后来大家还是及时赶到了大谷地。我们很快就搞定了这个问题。

"你明白吗，要是在学校出现随地大便的问题，你就不能加入洞穴俱乐部了。"柯妮丽娅说。他点点头。

一年前的那个晚上,我用伊阿古的声音跟欧文讲话,他则用自己的声音做出了回答,后来我们却再也不曾有过那样的时刻。也许,那一时刻令人少许惊奇的关键在于:一个动画角色直接把他称为欧文。没过多久,欧文竟然开始用贾方的声音进行回答了。动画片里的一个角色对另一个角色说话的情景似乎会使他更加放松,就像谈论动画片的各种情景里的某些基本含义有助于改进他的行为一样。

到了10月中旬,我们渐渐乐观起来,因为再也没有发生过随地大便的事情。可是他在班级里还有别的问题。应该上课听讲或者参与讨论的时候,他却在那里嘀嘀咕咕,经常用他喜欢的动画角色的声音说话。万圣节前夕的某一天,我们听说他因此而遭到训斥,又受到了一次"隔离处分"。

看着他忧郁地坐在自己房间的地毯上,我不禁想起了几乎可以算是内涵最为丰富的动画片《石中剑》。就像《丛林之书》《阿拉丁》和《狮子王》那样,《石中剑》里也有一个男英雄,而且更容易给他带来影响。不过,亲切的梅林导师对孤儿亚瑟提供的建议都可以从任何育儿手册里查得到。这部片子里有一个特别合适的情景:为封建领主工作的亚瑟受到训斥,失去了去伦敦旅行的机会。

我冲着门口低下头。"我知道你特别想去伦敦。"我模仿着给梅林配音的早已去世的卡尔·斯温森的口音,用温柔而又尖细的声音说。这并不难,只要让声音带有基本的英国口音就行。

欧文抬起头,露出笑容。"噢,这不怪你。我不该说气话。现在我真的沉到底了。"他用亚瑟的声音说。

我们继续交谈着:

"不,你在一个非常关键的位置,小子。你不能往下沉,你只能从这个位置往上走。"

"怎么才能办到呢?"

"动一动脑筋。运用你在训练时学到的知识,小子。"

"那又有什么用呢?"

"先试试看嘛。以后的事又有谁能说得准呢?你愿意试一试吗?"

"好吧……反正我又不会有什么损失。"

"这就对了嘛!我们从明天开始吧。我们会让他们瞧瞧你的本事的。是不是,小子?"

"我们一定会的。"

我和欧文还是头一次这样交谈。不过我们的身份是梅林和亚瑟。这些对话具有洞察力和感知力。语法无懈可击,用词也一样。这只是版本更加复杂、更有互动性的言语模仿,还是我们在进行真正的交谈呢?我无法说准两者之间的界线。

有一件事却是我可以说得准的,那就是在动画片《石中剑》(欧文观看过不下百次)两个角色之间传递的温情,如今就在我们之间传递着。我能感觉到它的存在。

沃尔特所在的棒球队刚刚上场,现在他穿上了接球手的衣服,准备与新投手进行热身运动。那是 1999 年的春天。

柯妮丽娅离开下层露天看台,去看在棒球场旁边的操场上跑来跑去的欧文。她的目光不断地从这个儿子转向那一个。几分钟以前,她发现对方球队一个孩子的父亲正在看着欧文,显然不明白出了什么事。她尽量不去理会他,只想看着沃尔特的球棒,把心思集中在那上面。可是,那个人现在又盯着欧文了。

"嘿，宝贝儿，你在扮演什么角色呢？"她走近沙箱和秋千，大声招呼欧文。他没有理会她，直到她轻轻拉住他的手，蹲下来专心地看着他。要是采用了正确的做法，他就会用同样专注的目光去看你。

"滴水兽。"

她知道，他说的是他这年春天最爱看的迪士尼动画片《钟楼怪人》里面的角色。"哪一只呢？"

"维克托。"

"哪个情景呢？"

"它们和卡西莫多跳舞的时候。"

那部动画片里共有三只滴水兽，另外两只叫雨果和拉韦尔纳，而把维克托和雨果这两个名字加在一起就可以向那部名著的作者表示敬意了。

"我可以扮演拉韦尔纳吗？"她问。

"不用了，我可以的。"

"好吧，那我去看沃尔特打球了。我马上就会回来的。"

欧文往露天看台的方向看了看，点点头，然后转回身表演一套歌舞，内容与15世纪的一个巴黎流浪汉有关。

利用迪士尼动画片进行角色扮演活动的好处现在已经不容置疑了，而这个活动始于十八个月之前，我扮演伊阿古的那个晚上。那是一个隐秘的王国，重要的是必须小心前进。我们对他的世界很感兴趣，但不能横冲直撞，否则就会走得跟跟跄跄的，把家具撞倒。我们既好奇又礼貌。我们向他提出有关那些角色的行为和感受的问题，这可以促使他进行交谈，一点点地提高了他的实际说话能力，同时逐渐地化解着他更加令人费解的感情藩篱。

欧文在操场上跑来跑去地模仿着那些情景，一如往常。发生了改变的是我们的看法——我们对他的看法。他的规律行为其实是有道理的。

柯妮丽娅走过草地，返回露天看台，返回的却不是我们这边。她径直走向那个抻长脖子盯着欧文的男人。她刚一接近，他就迅速转过身去，好像给冲击波推得身不由己。

"请问有什么问题吗？！"她说，双手叉腰，瞪着对方。

"啊？什么？"

"盯着别人看是没礼貌的。"

"我刚才没有，我的意思是，我根本就没有……嗯……盯着别人。"

"不错，他很特殊。他就喜欢那样玩。您总是喜欢盯着有特殊需要的孩子吗？"

他无言以对，开始嘀咕着什么听不清的话，但她已经转身离开了。这是她第一次跟别人对质，也是她第一次在交谈时气得发抖。

在动画片尤其是迪士尼动画片的结尾，往往会再现主题歌的流行音乐版，伴随着带有全体演职员表的片尾字幕一同播出，演唱者则是迈克尔·波顿或者埃尔顿·约翰之类的歌星。我或者柯妮丽娅经常在第 N 次听到演唱主题曲时急忙离开地下室，因为一切要干的事情都留到了这九十分钟以后：一锅要用文火煮的意大利面、一篇需要修改的报道、给亲戚朋友和新闻爆料人打电话、各种各样的家务活、去杂货店采购、喂狗、散步、洗澡、铺床、收拾花园或者只是去地上晒几分钟的太阳。沃尔特通常要去写作业，欧文必定会留下来不走。我们认为这是由于歌曲。他似乎爱听那些重唱的歌曲，总想等到它彻底结束再走。在他看来，如果屏幕没有变成黑色，那部动画片就没有播完。由于急着去做那些没有做的事，谁都没有计算过：片尾字幕仅仅出现两到四分钟，他怎么会在那下边逗留半个钟头呢？

直到 1999 年春，我们才纳闷地注意到这件事，于是顺着原路返回，发现他正在把片尾歌曲倒回去二分之一、全部或者三分之一。他这样做了好几次。就像他做过的其他许多事一样，这件事还是个谜。也许他只是爱听主题歌吧。

我们觉得这跟片尾字幕没关系，因为，嗯，他不会阅读。不太会，但不是没有尝试过。八岁那年，他从每周利用一天的放学时间前来授课的家庭教师那里了解到字母表、辅音和元音，又艰难地学习着一些发音最简单的单词：狗、猫、跑。实验学校为学生总结出许多对付阅读问题的技巧，而有这种问题的不但包括有学习障碍和多数有阅读障碍的孩子，也包括有自闭症和发育迟缓的孩子。

后来他的家教却说，某种阅读技巧肯定正在产生效果。他的词汇拼读过程在前两年慢得就像蜗牛爬，如今则在逐渐加快速度，而且变得越来越准确。她想知道，实验学校是不是试用了什么新技巧。

于是我们就去打听了一下。没有，学校里没有什么新技巧。

看起来，迪士尼俱乐部似乎增加了一门新课程：片尾字幕的阅读与理解。

它竟然还是一门欧文自修的课，我们很快就意识到，似乎……只有采用这种办法，他才能进行学习。早期教育的五个基本步骤是坐、听、记、说和测试成绩（测验），而它们不会对他产生真正的效果。对他而言，前四个步骤当然行不通。他不会决心记住什么东西，除非是他感兴趣的。

可是他渐渐对幕后的那些人有了强烈的兴趣，因为他们为动画角色赋予的色彩和活动给他提供了大量的快乐与精神食粮。我们不知道是从什么时候想到这一点的，只知道事实就是这样。除了现实世界和与之平行的迪士尼世界，现在又有了与它们平行的第三个网格。前两个世界是通过第三个网格联系起来的：包括那些艺术家、歌手、剧本顾问、导演、动画师等在内的所有人精心创作出来多变的场景，正是欧文在不睡觉时经常尽情驰骋想象力的地方。他不是

73

在寻找上帝,但也跟那差不多少。他在搜寻的是那些创作者。

播放,停止,倒带,播放,停止,倒带,一帧帧地播放。操作方法合情合理,而且经过了深思熟虑。他似乎想要等到我们离开地下室才这么做,所以我们开始从恰好在楼梯之上的厨房里偷听。以下就是我们在那年冬天的一个晚上听见的情景:他先是拼读那些角色的名字。从中挑选一个。乌乌乌……乌乌苏……乌苏苏娜。他认为那部片子是《小美人鱼》,所以他能够而且确实做到很快推断出"乌苏拉"这个名字来。这只是热身运动,海底女巫的配音演员的名字更加陌生难读。他按下播放键,一分钟之后又按下停止键,让那个名字在屏幕上定格。帕帕……帕帕帕……

艰难地试读了几分钟之后,他说出了那个名字:帕特·卡罗尔。我们听见,他用近乎虔诚的语调把那个名字轻声重复了好几遍。我们随后听到的是其他人的名字,比如那些助理和副手、灯光、导演和制片人。他似乎满足而又专心地让画面一帧帧地滚动播放着,平静但极其专注地忙个不停,因为有好多动画片可以选择呢。我们的任务只有一个,那就是不去打扰他。

1999年6月初的一个星期六,沃尔特和欧文在离我们家一英里的华盛顿公共图书馆里转来转去,翻阅着那些图书。确切地说,我一分钟以前回头看的时候,他们就是这样的。

我一听见有人尽量用压低的声音大喊就扭过头去,及时看到了正在发生的情景。说实在的,我最先看到的是沃尔特瞪得溜圆的眼睛。

那个低声大喊的人是图书馆管理员,正在从借书登记台那边迅速走过来。"你在干什么呢?!"

我要走过一整块地毯才能从那些当代史料类图书跟前去到他们那边,而我是用大约五秒的时间小跑过去的。那个图书馆管理员是个戴眼镜的年轻人,正在用亟待解释的目光看着沃尔特,接着把目光转向我视线之外的低处,最后又去看眼睛瞪得比刚才更圆的沃尔特。我跑到那边的时候,沃尔特转身跑出了图书馆。

我看见他们正在看什么了:欧文的屁股和从下面一格架子上伸出的乱踢的双脚。他把那些书推到两边,全身差不多都塞进了两个书架之间的黑暗空隙里。

我立刻意识到,这是欧文一直迷恋的 20 世纪福克斯电影制片公司拍摄的电影《时空大圣》里面的情景。除了迪士尼动画片,他也爱看少数其他公司的电影,其中就包括这一部和《空中大灌篮》,因为它们都是由动画角色和真人一起表演的,就像他和全家人越来越奇特的生活。《时空大圣》于1994年公映,简直是为他和他那可以迅速切换的现实世界创作的。它的主角是由麦考利·卡尔金扮演的一个名叫理查德·泰勒的谨慎的男孩,暴风雨之夜他被困在图书馆里,意外遇见了一个由克里斯托弗·劳埃德扮演的虚构人物。那个人就是巫师般的书页大圣,他带领男孩进入了书库和一个隐藏在两个书架之间的世界。在那个世界里,《化身博士》和《白鲸》之类的精彩故事全都变得活灵活现。男孩的导游是三本会说话的书,分别代表幻想类、冒险类和惊悚类图书,它们领着他进行了一次直面他的恐惧的旅行。

这部电影就是我们今天去图书馆的原因之一。在寻找适合两个男孩星期六下午参加的活动时,欧文欣然接受了去图书馆参观的提议。

这就是我们角色扮演活动的副作用。它没有自然分界线。现实世界如今变成了欧文的舞台。我从两个书架之间拉起欧文,尴尬地向那个震惊的图书馆管理员道歉。"这只是在模仿他非常爱看的电影里的情节,那部电影跟图书馆有关……我相信,你也会爱看的。"

我出去找沃尔特。他坐在长椅上，摇晃着脑袋。

"爸爸，他非得这么办吗？"他用略带恳求的语气说。

我拿不准怎样回答才好。我解释了一下欧文的行为方式。"他不是做任何事情都采用这样的办法，我相信，要是可以选择的话，他也不会选择这样的办法。可是他没有选择，我们也没有。我们只能随时准备帮助他。"

沃尔特明白这些道理，但那也不管用。他感到十分苦恼。这种感觉显然不是刚刚出现的。"他不知道应该怎么遵守规矩。一点儿也不知道！"

我同意他的说法。我们都知道，他说得对。我只是陪着他坐了一阵子，等着他恢复平静。我和欧文出来的时候，他还在生气呢。欧文开始在一片草地附近跳舞，我搂住他哥哥的肩膀。"你比任何人都更了解他，沃尔特。他就是这样的。我知道这会令人苦恼，但我们必须想办法理解他，表扬他，就像人们理解你一样。他很幸运，有你这样的哥哥。"

几分钟以后，我在带着孩子们驾车离开的时候，感觉到在连线游戏里，"应该"那个词连到很多其他词。

沃尔特刚才使用的那个词也是我最近常用的。自从一年前出版《黑暗中的希望》以来，我经常在演讲过程中提到人们必然要问的问题，那就是塞德里克怎么能够反抗笼罩在他的学校和周围地区的低期望值与不良行为准则。原因是多种多样的，既与他的家庭熏陶、母亲和信心有关，也与穷二代的身份促使他采取了脱离那些社会准则的做法有关。但他这样的人属于凤毛麟角。近来有关"模式化观念的威胁与促进"的研究表明，在按照模式化观念（非洲裔美国人身体健壮且有宗教信仰，亚洲裔美国人则是数学奇才）培养人才的过程中，期望对于一百个婴儿的成长产生了惊人的力量，他们的基本能力起初完全相同，成人以后却有着很大的差别。从成长的初期开始，这些期望就决定了别人如何看待我们，以及我们如何看待自己，而别人的目光给予的鼓励或者打击影响着我们能力的形成。

要想做出这些"应该"做的事情,你当然要有对于周围环境和自己的位置迅速做出判断的基本能力。

沃尔特与欧文的最大区别就在于此。

对于沃尔特(以及多数人)而言,这个能力是固有的、本能的,早已影响了他的行为和个性的发展。

欧文的专科医生说,欧文的最基本的、明显的缺陷就是做不出这些事情来。在自闭症领域,这叫作"环境盲"。

他一点儿也不知道什么才是"应该"做的事情,因为他看不懂那些赞成或反对的表情和在人群中传播的情绪,所以让每个刹那间发自内心的念头影响了他的生活方式。这意味着他不知道不应该在图书馆里做出在操场上做的事情,或者多数的八岁孩子不应该去看什么电影。问题调查员忙于询问的是这个赤字究竟是有意虚构的还是能力不足的结果,会不会是某个人造成的,如果真是这样又应该怎么处理。但每天的事实是无可置疑的:就像越来越多的具有自闭症谱系障碍的孩子和成年人那样,欧文的行为受到了源自内心的越来越强烈且经常难以解释的念头的驱使、影响和诱导。每个人的心里都有不少自我引导的冲动。只是我们的冲动立刻撞上了我们对于周围环境闪电般的判断。那个碰撞造成的大气带就是行为。

沃尔特之所以感到苦恼,是因为他经历了许多就像我们刚刚在图书馆里经历的那种尴尬时刻,并且怀疑我们还会经历更多的类似时刻,而他很可能是对的。在十一岁男孩看来,那就意味着他一辈子都得经历这样尴尬的时刻,除非离弟弟远远的,至少在公共场合如此。这是一个艰难的选择。

在这段时间里,欧文很想知道,沃尔特为什么一直在哭。

一个月以后,也就是 1999 年的夏天,我们走进了一个另类的现实世界——有时也被称为"地球上最幸福的地方"。

这是我们第三次去迪士尼乐园,欧文现在九岁了。他可以做得更多,说得更多。比更多还多。

环境盲?我们突然发现,他正在掌控着我们看不到的环境。

就连疯帽匠也看不到呢。

我们是在第一天早晨去吃所谓的动画角色主题早餐时遇见他的,而一顿传统的旅馆早餐就这样被迪士尼人物打断了。当时我们正在吃薄饼,阿丽思却突然现身,跟在她后面的是一个疯疯癫癫的小个子男人,戴着高高的绿帽子。

欧文面不改色地从桌边站起来,向他走过去,我们几个急忙跟在他的身后。

"打扰一下,"欧文说,疯帽匠把脑袋转了过来,"请问你认识埃德·温恩吗?"那个人以前当过歌舞杂耍演员,曾经给迪士尼动画片《阿丽思梦游仙境》里的疯帽匠配音。

"那还用说吗,他是我的铁哥们儿。"疯帽匠回答说,动画角色总是这样回答,因为他毕竟要时刻保持角色的身份。欧文专注地看着他,试图从那个假鼻子后面和扑过粉的脸上看出他的表情。什么也看不出来。欧文继续提问。

欧文:"那么你认识韦尔娜·费尔顿吗,也就是给红心皇后配音的那个人?"

疯帽匠迷惑不解,没有回答。

欧文同样迷惑不解:"她也是《丛林之书》里的威妮弗雷德、《仙履奇缘》里的仙女、《小姐与流浪汉》里的莎拉姑妈、《睡美人》里的三位仙女之一、《小飞象》里的四头大象之一——这说明她们都是同一个人!"

疯帽匠："韦尔娜什么？"

说到这里，他急忙走开了，好像再不抓紧时间就会误了一场十分重要的约会。

这就是欧文。

我们从此让欧文打头阵，这让我们感到欣喜——不，应该说狂喜才对。在迪士尼乐园的三天里，有那么多的事情可做，有那么多的景点可看，还有那么多尚待提问的动画角色呢。当然，他们几乎都不说话。只有由真人扮演的阿丽思、疯帽匠或者爱丽儿之类的角色才能做出回答。不过，通过那些简短的交谈，或者欧文对于默默来去的动画角色的提问，我们瞥见了他在海底构建的亚特兰蒂斯。他不仅凭着阅读片尾字幕掌握了人名的发音，也记住了那些人名并且做了分类——比如韦尔娜·费尔顿共为五部动画片配过音——并且在脑子里创建了可以相互参照的索引。这样一来，他在遇到动画角色时就有许多可以讨论的问题了。

迪士尼公司在它的前五十年里依靠的配音演员都来自同一份名单，他们有的赫赫有名，有的名气不大，彼此混合搭配着为艺术家辛勤绘制出来的动画角色配音，直到音轨录制成功为止。这些配音演员的人数不多，在幕后出现的次数却不少。比如说，斯特林·霍洛韦曾经在三部重要的动画片里与韦尔娜·费尔顿一起配音，他负责配音的角色是《丛林之书》里的蟒蛇卡阿、《阿丽思梦游仙境》里的柴郡猫、《小飞象》里将大耳朵婴儿交给象妈妈的鹳鸟。此外，著名的小熊维尼的声音也出自霍洛韦之口。第三天的晚些时候，欧文在梦幻乐园里向小熊维尼提出了跟这个配音演员有关的一切问题。维尼不停地点头和耸肩，而欧文拥抱了他。看到这个情景，我和柯妮丽娅都感到不自在：我们与欧文单方面交谈了多年以后，现在他却只愿意与维尼交谈。维尼似乎明白，欧文是用拥抱来表示感谢。我们对欧文那样做了多少次呢？我们站在那里，开始调

79

整我们的目光,以便看到他看到的东西。那些动画角色也是家人——他的家人。他和他们一起成长,依靠他们,向他们学习。他可以利用这个机会弄清彼此的关系,发现彼此的纽带。

欧文一看到好像大狗,或者马,或者任何动物的高飞就跑过去拥抱他,因为欧文一直在寻找高飞,还曾经担心不会看到他呢。他们真的拥抱了好半天,直到我不得不让还在高飞怀抱里的欧文转过身拍照为止。

这令人既高兴又泄气。他跟那些动画角色在一起时显得富于表现力和感情,同我们或者任何人在一起时却几乎没有这样的表现。

我和柯妮丽娅在荒野小屋的咖啡馆里谈到了这个问题。他对他们的感情太深了,这到底好不好呢?这会不会有危险呢?他看到的景观和事实是不是我们成年人的眼睛看不到的呢?

我们要从哪里着手呢?那是一个完整而又独立的虚拟世界。她说起了我们那天傍晚看到的事情。一群人聚集在汤姆·索亚岛附近的潟湖旁边,低头看着水里的什么东西。那会是什么呢?我们挤进人群,终于瞥见了它。它是一条小小的短吻鳄,约莫两英尺长。那些抻着脖子瞧热闹的人一直在争论它是电子动物还是真正的鳄鱼,大家的说法各不相同。

我认为它是真的:"过去的三天来,我们在这里就看到了这么一样真东西。""嗯,还有这杯啤酒。"柯妮丽娅俏皮地说。于是我们举起啤酒杯,为决定在私语峡谷咖啡馆卖酒的迪士尼经营者干杯。

欧文的这些感情不能等同于"对真人的真正的感情",我坚持说,"他的内心深处一定知道,那些动画角色不是真的。"

她耸了耸肩膀。"瞧,尽管怀疑圣诞老人不可能独自去那么多地方送礼物,孩子们还是相信他的存在。相信和怀疑可以共存很久呢。比如那些神秘的信仰之类的东西。"

她认为,更重要的问题是那些动画角色会让他有什么感觉和表现。几年以来,每当与他共度一天之后,她看到的都是他的平静、镇定和自信,好像他就在这里。我们看得越来越清楚,他几乎不再做出自我刺激的愚蠢行为,如自言自语或不断拍手,他的行为是由难以理解的复杂环境引起的。"环境盲"往往会导致过度紧张,每当遇到挑战的时候,他就会撤退到内心世界里。

这里的一切却都是倒过来的。他熟悉这个环境,可以对它迅速做出判断,毫不费力地游走其中,仿佛多数人每天做的那样,紧张情绪在不知不觉中得以缓解。如同在真实世界里一样,他当然还是要谈论、行走、交流和做出选择。如今是要在砖块与石灰构造的坚固的景观地上,迅速做出购买带有迪士尼主题的冰激凌、要不要再坐彼得·潘的班机之类的决定,但那些景观来自他十分熟悉的动画片。动画片似乎影响了他的个性,就像外部世界影响了沃尔特。不管他对于动画角色有什么感觉,我们都同意的是,与我们相比,他在这里显得更专心、更有感情,也更如鱼得水……尽管如此,在迪士尼的虚拟世界里沉浸了七十二小时以后,我们都巴不得回到真实世界里。

欧文却可以永远留在这里。在这里,他就像在家里一样舒适自在。

他有两个家。

他还想要第三个家,那就是学校。

我们都是如此。1999年秋,在实验学校第三学年开始的时候,我们发现他的初步阅读能力和简单计算的新能力得到了改善,只是表现时好时坏,交友成绩也是如此。

他通常都难以跟上大家,校方悲观地提醒我们,因为他的心思经常在那个平行的动画世界里游荡。

这种心思过度集中的行为是未另行说明的广泛性发育障碍症导致的问题之一，而欧文需要克服这一病症。我们不使用"自闭症"这个词，至少在公开场合如此，因为我们感觉这个词仍然带有不少《雨人》的印记。就像罗森布拉特合理解说的那样，与更为严重或者看起来更为典型的完全封闭的自闭症患儿相比，欧文的表现不太一样。与罗森布拉特见面的第一天，欧文曾经从椅子下面向罗森布拉特示意，这说明欧文能够与他人建立关系，而重要的是，他对此有着周期性的渴望。但我们现在开始发现，那些称谓定义的往往不是患儿的功能问题，而是他们的基本行为、与人交流和遵守规矩的能力。实际情况是，在各种"类似自闭症患者的行为"当中，我们只承认一种，即患儿往往会"对某些狭隘的兴趣进行自我指导"。我们开始看出一系列不知不觉地形成的特点，很多医疗专家如今也愿意接受这个看法。一方面，我们发现欧文这样的孩子更愿意上学，在转移到新话题和参加新活动时可以有更好的适应性。他们经常在与人交流时显得迟钝，但可以通过经验来提高社交技能，因为他们在听取老师意见、效仿同龄人和跟随集体方面具有更强的能力。

另一方面，我们发现，如果用客观的术语来说，欧文这样的孩子更加"复杂难懂"，就像欧文的精神科医生 C.T. 戈登的儿子。

如今，每周给欧文看一次病的戈登也像越来越多的医生那样，发现自己的孩子患了自闭症时才开始对这种病进行专门研究。由于自闭症的发病率看起来越来越高，再加上如今的一些医生也是自闭症患儿的父亲或母亲，为救助儿女而夜以继日地坚持工作，所以那些医生已经超越了他们的治疗领域，飙升为研究领域和全国性讨论活动中的大腕明星。戈登创立了一个组织，对有关自闭症的新疗法、病因的说法和最新科学发现进行评估，评估报告则发表在一份越来越受关注的刊物上。他的儿子扎克没有语言能力，就像很多更复杂难懂的自闭症儿童一样，依靠带有一个屏幕和一个键盘的小型装置与人交流，在七岁时每分钟可以在那个屏幕上打出一百个字。他像欧文一样酷爱迪士尼经典动画片，但只有做出大量复杂的旋转和系列重复动作之后，他才能观看动画片，从每次的治疗课上获得一点点快乐。如同多数专家那样，戈登的观点是应该利用扎克对于动画片的酷爱，鼓励他完成教育任务和追求个人目标，否则就不会满足他观看动画片的渴望。"写不完作业就不许看电视"当然是每个家庭的老生常谈。可是，对于医学术语中所说的具有"典型性神经系统"的典型孩子来说，不管是从当晚的家庭作业中发现启发性内容，还是从带回家的满分试卷中获得快乐与赞许，都可以使他们发现并且保持更为广泛的兴趣。对患有自闭症的孩子来说，他们渴望观看动画片录像带之类的某个兴趣极其强烈，而且很可能是无法抑制的，别的一切往往都难以吸引他们。假如允许他们想怎么办就怎么办的话，他们就会钻进自己选择的环境里，把别的一切排除在外。对有些孩子来说，他们的兴趣是逐渐培养出来的；对另外的孩子来说，他们的兴趣是不可更改的。或者说，我们可以肯定，在欧文、扎克和其他许多孩子看来，只有迪士尼动画片才能引起他们的兴趣。

要限播，戈登建议说。不要禁播。应该把录像带当作奖励，如果孩子做完了什么事情就允许他在指定时间观看。不许倒带，戈登觉得这就像在沟里乱转的轮子，只会加深言语重复的症状。他对扎克就是这么干的。定时观看动画片，但不许按下倒带键。录像带之所以重要，主要是因为它是激发学习兴趣的工具。

我们早已对观看动画片的行为进行了一些限制，现在又增加了限制条款。我们根据欧文每天在学校的表现设立了记分制，只要做出一件遵守规矩的事，不管上课听讲还是参加活动，他就可以得分。每天得到足够的分数就意味着每晚有录像带可看。有些晚上，他的分数不够用。很抱歉，没有录像带可看。

他在学校的表现有了一定的改善，不再有出格的行为。可是，连着两天下达了不给看录像带的命令以后,柯妮丽娅半夜被惊醒了。

她把我推醒,"我肯定听见了楼下的什么动静。"我看了看时钟,凌晨三点。五分钟以后,我握着棒球棍,在地下室里看到了欧文。他已经看了好长时间的动画片。

他一再道歉,保证不会再这么干。几天以后,我们却在早晨发现了一些线索。他只是变得更善于掩饰自己的踪迹了。

不久,我们家展开了火药味不太浓的游击战,或者说显然令我们喜忧参半的理智与情感之战。这就像我们切断了他的补给线。校园生活压力大,他的解脱和安慰之路又遭到了封锁。

一天早晨,柯妮丽娅在开车送欧文上学的路上给我打来电话。欧文睡着了。既然这样,送他上学又有什么用呢?她问。看来我们得拿出重武器了。下班以后,我顺便去了一趟五金商店。

那天晚上,我们聚集在地下室里,讨论最新的家规。我给装着大电视的柜子上了挂锁,我拿着钥匙,好像执法官。

"我和妈妈掌管这把钥匙,它是独一无二的。"

迪士尼动画片从此变成了管制品。

第四章
抢椅子

我们的观念出现了大逆转。

由于我们家的电视现在属于管制品，由于我们试图帮助欧文控制他的爱好和冲动，所以我们需要把他对动画片的爱引向学校。实验学校老是强调它的富有艺术特色的课程，那么就让我们看一看，他们能不能控制欧文的自我指导，就像我们一直在地下室里乃至各处做的那样。我们只不过是把那些情景表演出来，而戏剧教学是实验学校的一项专长。

当然，欧文的自我指导使这件事变得有点儿复杂。我们必须遵循欧文喜欢的动画片的指引。时间从1999年秋天转眼进入了2000年冬天，他还是深深地迷恋着《南方之歌》，对别的迪士尼动画片统统不屑一顾。

这部电影在1946年上映时就捅了马蜂窝，那还是在民权运动之前。

在它首映之后，《时代》杂志评论说，这部电影对于南北战争之后的种族关系这一历史题材的艺术处理"很可能会置它的制作人于水火之中"。的确如此。许多激进主义分子在电影院门前抗议，举着的牌子上写着它是"对黑人的侮辱"。某些人的看法无疑是这样，但它还是因《唱一曲滴嘟哒》赢得了奥斯卡金像奖的最佳原创歌曲奖。

唉，美国。

欧文喜欢那首歌曲。迪士尼乐园的"激流勇进"游乐点不停地播放着这首歌，这也是欧文第一次玩儿的刺激项目，落下来的时候就像乘坐过山车似的。在乘坐的时候，恐惧与欢乐融为一体，一切都是"令人称心的"。他现在开始使用电脑了，而且找到一段雷默斯叔叔演唱那首歌曲的视频。那段视频初次展示了真人与动画角色混合在一起的情景，其中有几只微笑地围着雷默斯飞舞的蓝鹊。那种真人与飞旋在其头顶的动画角色的虚实联合，几乎就是欧文的生活，或者说他的特殊环境的写照。

总体看来，这次会取得重大进展：是的，既然他难以在这个充满喧闹、变化、推诿和欺骗的现实环境里与那些容易变得狂热的人交流，那么当他变得更愿意主动与人交流时就会知道，过着与现实环境格格不入的生活究竟是什么样的滋味。他们都说离了广告你根本没法活下去，但你最容易忽视的就是在电视广告时间、杂志里、广告牌上和大型购物中心的玩具店内看到的广告。尽管如此，那些不断狂轰滥炸的广告还是导致人们不停地说"请给我买这个吧，求求你"，或者由此培养了不断增长的，把需求变成必需的消费者群体，只是这些根本无法引起欧文的注意而已。

在欧文选择的环境里，他仿佛深井里的鱼。他的一切需求都来自那口深井。今年他最想要的光明节或圣诞节礼物是《南方之歌》的录像带。

我们很快就发现了，"圣诞礼物"早已被易趣网打入冷宫。

这部电影当然不是一直受到欢迎的。由于意识到了这一点，那家公司从来都没有在美国出版过它的录像带。

不过，你可以在万维网早期的网页上找到它。日本、英国等少数国家有它的限量发行版，而我们在英国找到了一盘供拍卖的录像带。我们真的不想知道，交易的另一方究竟是何方神圣。我们只知道，英国的某个人赚到一百元以后，我们很快就看到了一个盒子，上面带有雷默斯叔叔与那些蓝鹊向我们微笑的剧照。

它无法播放。我们明白了，英国的录像带格式跟美国的不一样。它的格式需要转换。作为美国广播公司《晚间报道》节目的特约记者，我一直在跟节目主持人特德·科佩尔进行某些合作，因而结识了那个电视网的几名录像编辑。虽然办不成这件事，但他们听说过能够把这件事办成的录像制作公司。只需要四百元！

就这样，新年即将到来的时候，我们坐在地下室里观看一盘价值五百元的录像带。亲切的雷默斯叔叔其实受到了几个白人孩子的恶意诬陷，这也许会在南方重建运动中造成可怕的后果。当时我经常在电视讨论小组里露面，以白人代表的身份"谈论种族问题"，但那些话都是合乎现存体制的。在家里，我们活在一批迪士尼动画片收藏品里面。既然如此，一个八岁孩子就可以选择并且接受他的奇妙而又安全的迪士尼动画片世界之外的习俗，因为他不清楚历史、文化背景和那些社会准则，而这往往是可喜的事情。即使六年级的沃尔特所了解的情况也足以使他感到难堪呢。观看这部动画片的时候，沃尔特动不动就摇着头说："天哪。"电影结束的时候，我们试图向欧文解释，为什么有些人不喜欢它。令人头疼的是，我们不知道应该从哪里说起。"你还记得贾方吗，他把阿拉丁关进牢房，又化装成妖怪……"几分钟以后，欧文说："现在我们可以唱歌了吗？"

于是，我无可奈何地耸了耸肩膀，与他、柯妮丽娅和沃尔特手拉着手，开始起劲地合唱《唱一曲滴嘟哒》。

欧文对于这部电影的痴迷令我们难以实施改变方向的重大策略，但我们还是取得了一些幸运的突破：他的老师珍妮弗跟他建立了互信关系，她在过去的两年一直是他的助理教师，经常在他陷入自我刺激时把他抱到大腿上加以安慰。此外，兔兄弟的故事在非洲民间传统中有着悠久的历史，早在这部电影出现之前就已经存在了。

我们的策略还是有可能实现的。负责上艺术课的珍妮弗经常给我们打电话，为管好欧文并且落实我们的策略想方设法。到了2000年的春天，艺术班经常进行表演练习，班里也有了不少新制的道具。在珍妮弗的指导之下，负责选派角色的欧文安排同学们扮演熊兄弟或者狐兄弟等各种角色，而那些小演员的外貌或者个性全都符合角色的特点。欧文扮演主角，因为兔兄弟与沥青娃娃的战斗故事虽然比较长，他却记得住全部对白。

4月中旬的一个星期二，家长、孩子和老师们聚集在实验学校内部的黑暗的剧院包厢里，剧院是按照纽约实验剧院仿建的。在场的其他人都不知道，对我和柯妮丽娅来说，这是一次多么激动人心的试验：我们的双重生活即将合为一重。迪士尼俱乐部就要向公众开放了。

欧文没有让我们失望，他很快就入戏了。这是必然的，他一直都在入戏状态。这意味着他可以毫不卡壳地对一罐沥青说："你是咋回事呀？我在说'你好'呢！"当他一边不停地说话，一边用两腋各夹着一罐沥青，又用双腿夹着一罐，最后用脑袋顶着一罐的时候，观众发出阵阵大笑并频频点头。"他这一手是用多长时间练成的呢？"柯妮丽娅旁边的一位孩子妈妈悄声询问。"要是你知道……"她低声回答。他的表演和动画片中的完全相同，每个动作和音调都是如此。

看着他在大家面前这么干，感觉有些奇怪。这是他第一次演出，要是确实可以把它叫作演出的话。他不太关注那些观众。多数孩子都是一边说台词一边用目光在人群中搜寻父母，想知道他们的反应，他却不是这样。但他在注意着其他孩子，我们知道这一点，因为他们还要进行的对话内容多半与动画片里一样。要是他们演砸了，那么他也会的。

他和其他演员的表演多数时间都配合得挺好，即便他们的表演中有着更多的演绎成分，跟动画片里不完全一样。他现在和别的孩子做的事情，正是我们一直在地下室里做的。这毕竟是梦寐以求的事。我们有一种极其满足的兴奋感,但同时也承认这有多难得,因为我们为此花费了大量时间。

但我们赢得了胜利。最后,他们手拉手集体鞠躬谢幕,沐浴在潮水般的掌声里。欧文尽力与他们保持着同样的水准,并没有拖大家的后腿,这次没有。其他家长都在起劲地为自己的孩子鼓掌,我们则同样起劲地为欧文鼓掌。我和柯妮丽娅意识到,他确实融入了集体,而这完全是我们真正想要的结果。

演出之后是为前来观看演出的家长举行的招待会,我们跟他们闲聊着,感到十分愉快,因为这次胜利给我们带来了喜悦与片刻的轻松。那些家长都是那么友好。在跟这所学校打了三年的交道以后,我们与很多家长的关系其实并不怎么样。与此大不相同的是,我们不但与沃尔特的朋友的父母欣然建立了友谊,而且与欧文以前的学校里的孩子家长有着同样良好的关系,尽管那所学校里被说成具有"典型性神经系统"的孩子就像现在跟欧文在一起的同学那样,几乎不愿意跟欧文交往,也不愿意真正成为他的朋友。

对于现实世界里的地点和居民,我们每年都要以严厉甚至凶狠的态度仔细审查。我们忠于旧朋友,另外也结交新朋友,而他们也许属于那种可以称为"左右逢源"的人,往往是"墙头草""包打听"或者"信不过",而不是"山间松"或者"信到底"。要是不"理解欧文",对他不放心、不耐烦或者不理睬,那他们就等于踩中了活板门。"嗖"的一声就不见了。

对于"老铁",也就是一打左右的真朋友来说,情况却截然相反。他们熟悉欧文和他的习惯与音调,而这种熟悉可不止一两年了。他们其实多半来自波士顿,在欧文两岁半那年遭遇剧变之前就认识他,这使他们抱有我们在私下里仍然愿意相信的看法:从前的欧文只是被由神经疾病编织而成的某种藩篱围困着，将来总会摆脱困境的。与这些家长及其子女交往的时候，他们的关注使我们四个感到放松和安慰。沃尔特与其他孩子，我们与他们的家长，都建立了持久的关系，而欧文很像是我和柯妮丽娅扩大了的家庭的一部分，扮演了大家共同的孩子的角色，以其迥异的表现促使大家寻找欧文身上独有且特别之处。其他孩子则站在欧文身边，想要设法看到他的世界，再把他拉出来，以求被视为英雄。他们知道，可以通过迪士尼动画片进入他的世界。而欧文喜欢他们提出进入的请求，即使他有时难以表达自己的兴奋之情。

这恰恰是两难的境地：随着诠释能力的加深，如果要发展彼此之间真正的友谊，孩子们最终需要有一个互动过程，这却是欧文难以做到的。

2000年秋季的一天，我们四个交情最深的家庭在佛蒙特州的罗切斯特农场参加聚会。

这是我们第八年来自由山农场聚会，共度长周末。我们以乘坐干草车夜游，品尝美味的家常菜，共享奶牛场主鲍勃或他的妻子贝丝对我们的招待，而我们无须亲自烦劳。

此外，共享的是故事。不是我们一直都在讲的我们的生活故事。我们发起了一个讲故事游戏。今晚，就像在农场里的每个晚上那样，包括我们的两个孩子在内的十二个渴望听故事的孩子统统聚集在楼上的卧室里，尽管上床睡觉的时间就快到了。如今，每个人都知道按照老规矩办。我在房间里走来走去，等着每个孩子说出一个特别喜欢的角色，无论图书或影视作品都行，而欧文每次说出的都是一个迪士尼动画角色，也就是《小美人鱼》里面的塞巴斯蒂安。我负责编故事，它的开头要提到欧文说出的迪士尼角色，这样才能保持他的注意力。其他孩子都像往常那样满怀期待和关注，认真地听我往下讲，等着他们说出的角色出现……"接下来，塞巴斯蒂安和玛德琳遇到了铁皮人！"随着各个角色或早或晚地出现，故事渐渐展开，越来越多的角色一起向着结尾走去，而今晚的故事结尾中照例增添了一个我编出来的角色,一个被大家装在手提袋里的,突然弄破了垫在屁股上的尿布的婴儿。在他们这么大的孩子看来,与尿布有关的笑话总是可笑的。

每个角色当然都是每个孩子或者他的保护人的化身。我把那些角色混在一起,希望孩子们能够与欧文内心深处的角色,或者说化身进行交往。一只螃蟹、一个法国小女孩、一个生锈的铁皮樵夫——这三个角色之间的差别简直太大了。但在摸索着跟跄前进的时候,他们可以互相依靠,步调一致。

这就是我想讲述的故事。我希望可以成真的故事。

萨莉·史密斯也在讲述着她希望成真的故事。我则从旁协助她。

我们刚刚同这所学校打交道时,她就把我和柯妮丽娅拉进了授奖典礼委员会。作为新闻工作者,我们擅长搞到电话号码、突破权势或者名誉的保护网。由于柯妮丽娅忙得不可开交,这多半是我的差事。我和史密斯成了搭档。我们每年都要召开许多与授奖典礼有关的会议,而这变成了史密斯酷爱,差不多可以说是令她痴迷的事情。

我们总是交换可能有学习障碍的成功人士的名单,那些名字或是来自有关学习困难的新闻报道,或是来自认识某个名流的人提供的内部消息,而我经常要给他们打电话。1998年,我通过电话争取到雷内·鲁索,但她没时间出席授奖典礼。于是我们邀请了文斯·沃恩,接着是一位崭露头角的明星。

举行授奖典礼那天,我们通常要请获奖者先去参观学校,再与主要捐助人共进午餐。多年以来,每当他们从教室里的学生那里依稀看到自己当年的影子时,我都会从这个观念与事实的方程式里发现一丝紧张的情绪。

在五月花旅馆顶层吃午餐的时候,文斯·沃恩问起了我儿子的情况。我只是实话实说:"他有自闭症。"高大文雅且有过轻微学习障碍的沃恩诧异地看着我。"这所学校里有很多自闭症儿童吗?"

当然不多,而且每年都在减少。这也许就是我刚才说出"自闭症"这个词的原因,尽管以前我很少这么说。可供我们选择的词还有未另行说明的广泛性发育障碍症、典型的自闭症,或者阿斯伯格症,但我们渐渐玩够了这个换汤不换药的游戏。

在一个特别的夜晚,隆重的授奖典礼在首都举行,取得了很大的成功。学校里挤满了有学习障碍的孩子,他们或是来自华盛顿的富人家庭,或是来为了实验学校而搬到华盛顿的家庭。笼罩着阅读障碍症或者注意力缺失症患儿的疑云被驱散了,他们当中的许多人将来都准备去念一流大学。这所学校的成效无疑得到了宣传,即使它对孩子的好处多半在于离家更近。

2000年,我准备说服詹姆斯·卡维尔和凯莉·麦吉利斯出席授奖典礼的时候,柯妮丽娅渐渐感到了绝望。兔兄弟在这年春天取得的胜利成果没有保持到秋天。欧文一直在进步,进步速度超过了我们的想象,但别的孩子进步更快。他的最大亮点是在美术方面。他们让孩子们随便绘画,而他兴高采烈地画起了包括他特别喜欢的迪士尼动画角色在内的角色。但学校只允许他把自我指导的热情发挥到这个地步。戏剧表演不是常有的活动,为此耗费精力就难以把心思集中到每天的课程上面。

迪士尼动画片仍然是锁藏的管制品,他在学校自言自语的时候更少了。但由于校方没有对他新生的创作冲动加以引导,于是柯妮丽娅开始插手了。

一天晚饭后,在我们通常要去地下室为某部迪士尼动画片进行角色扮演的时候,她把他带到了一边。"欧文,"她边说边拉着他的手蹲下去,以便与他对视,"你所有的表哥表姐都会来过感恩节,我们要和他们一起把一部你喜欢的动画片表演出来,你是监制、导演和主演。"

欧文一下子就高兴起来。他可是这方面的行家里手呢。他立刻选出了他在那段时间里最喜欢的动画片之一——迪士尼根据罗尔德·达尔的同名经典童书改编拍摄的《詹姆斯与巨桃》。这部动画片采用了黏土动画技术，由真人与精致的泥塑角色共同表演。它的拍摄手法是：让角色移动一下，拍摄一次；让角色再移动一下，再拍摄一次。这种"停格拍摄"手法曾用于电影制作。他们在20世纪30年代就曾对一个十八英寸高的木偶使用过，那是在拍摄《金刚》的时候。但在拍摄动画片时使用停格技术还是最近的潮流，在某种程度上提升了动画片的拍摄档次，因为先绘制无数帧画面再拍摄的办法要比这麻烦得多。

就像罗尔德·达尔的原著那样，迪士尼拍摄的《詹姆斯与巨桃》是一个内容丰富的寓言，涉及包括恐惧、死亡、遗弃、救赎、成长在内的一切重大问题。其中有几个令人产生强烈共鸣的角色，他们的领袖则是父母双亡的孤儿詹姆斯。他落到了两个恶毒的姨妈海绵团和大头钉的手里，这两个人物则是达尔在走向狄更斯的梦魇般的过程中创造出来的。在魔法的作用下，一棵桃树从她们的院子里拔地而起，结出了唯一的巨果。在这个多汁的巨桃渐渐漂向大海的时候，詹姆斯爬进桃子，在里面发现了几只真人大小的会说话的昆虫。詹姆斯起初曾经被敌人打退、遭受撞击和欺骗，但当这个桃子终于来到梦中的美国时，他和伙伴们有了不少关于他自己和外部世界的发现。

我们当然希望欧文扮演主角詹姆斯。大家都在鼓励他，包括沃尔特在内："欧文，只有你才记得所有的插曲和对话！"

欧文不肯答应。"让布赖恩扮演詹姆斯吧，他挺合适。"布赖恩是柯妮丽娅的哥哥迪恩和嫂嫂凯思林的儿子，比沃尔特小一岁，问题却有一箩筐，有时会在学校惹麻烦，有时会在家里闯祸。沃尔特领着表兄弟们一起打橄榄球的时候，布赖恩经常被弄得鼻青脸肿。我们很快就同意了欧文的说法。欧文是选角导演，这是他的选择。

柯妮丽娅早就渴望与亲戚共度一个感恩节了,把娘家的大家族请到威廉斯堡酒店就意味着某种团聚与休息。今年的感恩节就要这么过,那场演出会把周末的欢乐推向巅峰的。

感恩节那天,亲戚们围在威廉斯堡酒店铺着地毯的大聚会厅里,到场的共有二十七个人,包括柯妮丽娅、他们的孩子、叔叔婶婶,还有她的父母,其中的八个人是兄弟姐妹。欧文和柯妮丽娅已经做了几套简单的戏装,又给每个角色做了一两套包括帽子、手杖、背心在内的识别身份的道具。每个孩子都收到了为表演而简单编写的剧本。

于是,模仿舞台的灯光亮了起来。兼任解说和舞台监督的我向大家介绍每个演员,示意他们从过道附近的舞台两侧过来,进行自我介绍。

首先走过来的是欧文的聪明自信的马特表哥,他比沃尔特大几个月,扮演言辞犀利的蜈蚣,最终却暴露出强硬的外表下温柔的一面。马特戴着帽子,叼着雪茄,用十二岁孩子的语言坦率简单地描述了自己扮演的角色。接着走过来的是沃尔特,他自我介绍说,他扮演的是老练的节肢动物蚂蚱,他的腿十分有力,既能拉小提琴也能干出大事来。那些男孩、女孩就这样一个个地走出来介绍自己,直到九个角色全部露面,只除了一个。"最后有请我们的监制、导演和蚯蚓的扮演者。"我边说边挥起手。欧文戴着圆片眼镜走了过来,他扮演的蚯蚓是这个故事里面最懦弱、最悲观的角色。在动画片和原著里,勉强同意当诱饵的蚯蚓引来了许多饥饿的海鸥,而海鸥统统给蜘蛛小姐的网罩住了,充当起飞行器,稳稳地带着桃子继续飞往美国。

欧文注视着那些熟悉的面孔,把目光从舅舅的脸转向舅妈,再转向姥姥、姥爷,每个人也在注视着他,用各种令人鼓舞的笑容表示他们的会意、激励、慈爱与期待。从某种角度来说,他们都是为了欧文到这里来的,不但有些年龄稍大的孩子看得出这一点,甚至有些年龄更小的孩子也看得出来,比如他四岁的格雷丝表妹，蜘蛛小姐的扮演者。她发现，与其他角色相比，就在几英尺以外的欧文站得离观众太近了，没有踩到地毯上贴成 X 形的标明方位的胶带上。尽管发现了这个问题，但她像每个人那样保持沉默。她清楚得很，欧文要在大家的帮助、矫正和引导之下做一些最简单的事。

就应该这样做，尽管你在那个"特殊"的孩子刚刚到来时没有得到任何人的通知。整个大家族都自上而下地发生了巨大的变化，因为他将会让我摆脱持续的压力，他的成与败属于令人激动的家族内部的重大事件，影响着每个家人的行为。为什么呢？因为他的与众不同引起了满怀温情和爱心的搜寻活动，每个人时刻都在从他那里寻找一切共同点。而寻找得最久的是我们。

现在他真的站在大家面前准备讲话了，这可是第一次呢。他沉默着，但他正在低头看着下面或者什么地方的内部，也就是他动不动就会进入的无形之地，寻找着什么可以帮助他的东西。

"蚯蚓，"他轻声但镇定地说，"胆小而且有时糊涂。蚯蚓羡模……羡母……"他一直在脑子里看着那个词，试图把它拼读出来。他肯定读过或者听过它，却从没有说过。聚集在他附近的二十来个观众似乎都不能帮他说出那个词。一秒之后，与他特别亲密并且经常能够劝诱他的玛丽塔姨妈打破了沉默。"羡慕？"她说。

欧文抬起脑袋，点了点头，继续往下讲。"蚯蚓羡慕蚂蚱、蜈蚣和别人的能力，因为他做不到他们能做的事情。所以说，我是蚯蚓。"

幸亏没有注意到自己的话里面藏着什么样的暗示，所以他没有看到每个大人的闪闪泪光。

演出开始了，在欧文的带领下，每个角色迅速入戏。欧文既要在他们忘词时做出提醒，又要扮演落伍和胆小的蚯蚓。现在，欧文和他们共同演绎着这个有关旅行、冒险和正视恐惧的寓言。

直到晚些时候，他们才发现漏唱了一首歌。是的，这部动画片的主题歌。柯妮丽娅急忙分发歌片，但多半是给大人的，孩子们都记得歌词。大家齐声唱了起来：

> 只要抽出一点时间，
> 瞧瞧我们到了哪里。
> 我们走得非常非常远，
> 大家一起。
> 如果我可以这么说，
> 如果我也可以这么说，
> 要不是为了你，兄弟，
> 我们任何地方都不必去。

孩子们唱得十分响亮，大人们手拿歌片跟着唱，熟知歌词但不知对它有何感受的欧文则边唱边跳。他的双手忽而叉着腰，忽而伸出去挥舞，在热烈的庆祝活动的高潮中放纵自我。他的表现和那句歌词"要不是为了你，兄弟"似乎在暗示能够做得更多的蚂蚱和蜈蚣把蚯蚓扛在肩膀上，别的孩子则统统凑过来，想要够到他。欧文被抬高，歌声也越来越高，充满了这个亮着灯光的房间，每个人都在纵声高唱，积藏多年的情感终于得以释放。

> 爱是最美妙的东西。
> 爱在你相信它时才会到来。
> 爱体现着我们对你的感情。
> 我们是一家人，我们是一家人，我们是一家人，

我们和你是一家人!

就这样,在2000年的感恩节,我们对于《詹姆斯与巨桃》的情节的改编使得蚯蚓成了英雄。我们没有冒犯达尔或者詹姆斯的意思。这只是一个家庭用一个故事来满足需要而已。我们毕竟生活在一个喜欢为成功者唱赞歌的社会,而提高一个人的地位比什么都重要。我们知道成功者看起来是什么样子。虽然欧文扮演的是配角,但我们成功地把他提升为符合传统标准的英雄。他觉得挺不自在,因为他不喜欢这样。

但这由不得他来做主。

"911"事件发生的那天,柯妮丽娅试图撬开锁住电视机的锁头,收看美国有线电视新闻网的报道。

五角大楼吐出了火舌,沃尔特就读的西德瓦尔教友会学校与五角大楼的距离是四英里,位于波托马克的实验学校与五角大楼仅仅相距一英里。慌乱中,她忘了昨天把钥匙藏在哪里,昨天的事情突然变得遥不可及。

我在远处进行新闻报道工作。她继续尝试。把两个孩子从学校接回家以后,为了撬开锁头,她请一个邻居带来了一把断线钳。以后再也不能给电视机上锁了。那个时代已经过去。

另一个时代也在过去。

快到感恩节的时候,我坐在萨莉·史密斯的办公室里。

她说欧文在实验学校里的问题根本无法得到解决。我提出辩解:他正在以自己的方式取得进步,每天都有所改善。我提到,由于记住了1997年拍摄的迪士尼动画片《赫拉克勒斯》的内容,并且逐渐对希腊诸神产生兴趣,他十分轻松地进入了在小学阶段为大孩子开办的希腊诸神俱乐部。

"他正在把那些动画片变成工具，越来越多地利用它们理解外部世界。"我告诉她。

她同情地看着我，却依然坚持立场。"这些孩子当中的很多人都是难以管教的。他们的爱好太少了，可以抓住或利用的把柄不够多，至少在课堂上是这样。"她暂停片刻，"听着，如果不懂得社交提示，就会产生不能承受的负担。他们不能与老师或同学轻松交流，也没有足以自行推进的能力。"

我告诉她，我不想与她争论。这所学校是她开办的，她有权决定学校应该招收什么样的学生。我们当然都知道，实验学校初建时急需的资金就是在授奖典礼上获得的，而今年的授奖典礼正在顺利筹办着。学生们现在越来越不像当初促使她办学的儿子，而是越来越像那些获奖名人年轻时的样子。

我们简单谈了谈今年邀请的有学习障碍的成功人士，其中包括超级律师戴维·博尔斯（他因患有阅读障碍症而被迫培养出惊人的语言记忆力，用来在法庭上击败对手），还有思科系统公司的首席执行官约翰·钱伯斯。

这两位获奖者都是重量级的社会人物。"要是听说他们年轻时都有过难熬的日子，"我说，尽量不让我的声音带有愤愤不平的腔调，"人们就会普遍改变看法，相信学习异能者的潜力。"

"差不多吧，"她说，"消除那些负面看法可不是什么小事。这非常难办。"

我该走了。她说希望我们能够继续做朋友，也希望我能继续帮助她筹办授奖典礼。我从椅子里站起来。"你开办这所学校，是为了让你那谁都不肯接收的儿子有地方可去。"我边说边穿外套。加里现在是个成年人，面对过许多挑战，就跟欧文差不多，"你认为，要是换成今天，这里会接收他入学吗？"

这简直是挑衅，但我忍不住。我想的是这会给欧文造成多大的困难。值得称赞的是，萨莉没有起身应战。

"听着,我很抱歉,"她平静地说,"时代改变了。我们现在只需履行一种义务,而且履行得很好。这里不再适合像欧文这样的人。"

他们打算在 2002 年 6 月初举办一个小型的毕业典礼。欧文的五年级同学都会升入初中。

除了欧文。

别的选择不太多。我们给艾维芒特学校打电话,告诉他们欧文被"劝退"了。他们表示同情。这就像在玩一场抢椅子游戏,参加游戏的患有自闭症谱系障碍症的孩子却听不出音乐是何时停止的。校长助理说,他的老学校欢迎他回来。

我们在 5 月初就把这个消息告诉了欧文,那时离毕业典礼只剩一个月。我们在外面吃晚饭的时候宣布,他要回到艾维芒特去。他在实验学校里有几个朋友,他们经常一起做事,正在形成一些小小的仪式,而友情在很大程度上毕竟是通过仪式体现的。他觉得他属于那里。"太好了,小文,"沃尔特说,他搂住欧文的肩膀,"我相信,你会看到几个还在艾维芒特的老朋友。"

听到这里,欧文扬起眉毛,尽量挤出最明显的笑容。他把这个叫作"快乐脸"。要是担心自己会哭出来,他就会做出这种表情。

毕业典礼那天,孩子们纷纷向欧文赠送他们制作的表示祝福的小卡片。他与他们相处了五年。他们在卡片上画出了米老鼠或者辛普森一家,欧文则听从沃尔特的盼咐,收下那些卡片。发育延迟的伊丽莎白是几个俄罗斯女孩当中的一个,她在卡片上写道:"我是你的朋友,欧文。我会非常想念你。在要求我们安静的时候,我喜欢帮助你安静下来。我觉得很高兴,因为你喜欢《詹姆斯与巨桃》,我也喜欢迪士尼动画片和里面的角色!"另一个叫塞巴斯蒂安的朋友在卡片上画出了霍默·辛普森,又在旁边画出了米老鼠,他在卡片上写道:"我会想念你,霍默也会的。"他们在卡片上写的多半是希望他能认识新朋友。

他们还在一张卡片上共同签了名，祝愿他"在迪士尼世界的沃尔特魔法里活到一百岁"。

他们都与他拥抱告别。低年级班的班主任尼拉·塞尔丁交给他一份证书："承认欧文·萨斯坎德成功地完成了初级课程。"他们在证书上盖下了金色的印章，使它看起来像毕业文凭似的。

欧文没有上当。回家的路上，他不声不响地坐在车里，只是望着窗外。在举行"毕业典礼"的过程中，柯妮丽娅一直坐在学校后面的草地上，尽量保持镇静。她不想让他们看到她哭泣。为了让欧文留下来，她在这里付出了那么多的努力。她感觉既愤怒又伤心，这不仅是由于欧文被推出了他的心爱之地，而且由于患有自闭症谱系障碍症的其他孩子也都受到了曾经许下教育承诺的校方的不公平对待。

回家以后，柯妮丽娅告诉欧文，她给他安排的下午活动内容是：去逛音像店和书店，吃几个冰激凌，晚上再吃比萨饼。他想去哪里都行。

欧文寻思了一分钟，摇了摇头。他更喜欢留在家里。"我觉得我只想去地下室看动画片。这会让我感觉好一些。"

第五章

伙伴的守护人

地下室出了什么事。

什么事呢？我们说不准。

它是新地下室，位于顺着街道往下走两户人家就能到达的新房子里。新房子更大一些，添了一个带有工作室的后院，但其他地方都跟老房子一样。欧文总是从老习惯和老样子里面寻找安慰，我们则在他的新洞穴里为一切重要家具精心寻找合适的地方。那些家具包括沙发、电视和两个摆放着录像带收藏品的书架，每盘录像带都装在原有的蛤壳式外盒里，脊部露在外面，彼此不留间距，只有欧文才明白它们的排列方式。

6月中旬的一天，他进入地下室，坐在搬家之前才铺满整个地板的柔软的地毯上，从书架上拿起一盘录像带，从前到后地察看了一番才把它放回去，又拿出一盘。

我在楼梯底部监视着。自从他几周前遭到实验学校的驱逐以来，我经常这么干。柯妮丽娅也一样。我们知道这是一次打击，但绝不能真正跟他讨论这件事。他的话仍然多半是用来表达需要的，除非内心深处有什么想要一吐为快的东西。但这种情况难得一见，而你永远都不知道它会在何时出现。

于是我监视他的举动，做出种种推断。VHS制式的迪士尼动画片录像带封面通常带有剪接出来的主角像，在他看来，这肯定跟全家福差不多，他喜欢的角色都排到了一起。他显然是这样看待每个封面的，因为他拿得格外小心和轻柔，疼爱地逐一看着动画角色的脸。他爱它们吗？这种爱正常吗？

这些日子里，他跟它们度过的时间比跟我们度过的还要多。他在这个地下室里也比在旧地下室里停留得更久，经常在此选择和观看动画片，使用我们给他们购买的新电脑在线搜索，平静而又果断地忙活着自己的事情，好像正在实施什么计划。

"我要去地下室了，你们有事就去找我。"他最近经常这么说，说得几乎比以往任何时候都要抑扬顿挫和流畅。这就像是别人的声音，比他通常发出的单调的中音低了一个八度。我和柯妮丽娅相信，他听见我或者沃尔特说过这句话，就自动把它锁定了，好像那是他要用梅林或者贾方的声音说出的一句迪士尼动画片对白似的。不过，他突然这样说话是想用后半句里的"你们"二字帮助我们了解他的想法："妈妈，爸爸，请不要打扰我，除非有重要的事情。"

于是他下去了。他的实足年龄显然有可能比我们估算的或者有时希望的更小，但在无计可施时我们就相信自己的估算或者希望，互相安慰说他已经十一岁，这么大的孩子也该有自己的空间了。

这种情况持续了几周，直到柯妮丽娅突然感到一阵分离焦虑：他在那下边干什么呢？她还有更为广泛的焦虑，那是被在线聊天室之类的东西引发的。那天晚上，我走下去察看电脑的上网历史记录。他浏览的都是迪士尼的网站、互联网电影资料库或者易趣网的内容，他喜欢搜索停止发行的动画片录像带、动画片首映时发行的海报或者迪士尼动画角色的小塑像，这种小塑像是装在麦当劳的"快乐儿童餐"食品袋里面的奖品，几十年来一直如此。我发现，只有希尔汗和刀疤才是这些小塑像当中的食肉动物。

我们尽量让监视活动保持隐秘——仅限我们，小心翼翼，笑容满面。我们的收获不大，因为他的世界难以进入，他又似乎不喜欢我们的刺探。在实验学校的最后的日子里，每当感觉到灾难逼近，他就会使出全部精力，尽量抑制住自言自语，或者说自我刺激时引起的幻想。只要老师走过来说"别犯傻！"，他就会回过神来，双臂放在身体两侧，瞪圆眼睛，张大嘴巴，仿佛海军陆战队的步兵。这就像在抑制汹涌的河流似的，一两分钟以后，河水又会冲到岸边。但那条河流在此时变得有来有去了。所以，他用一分钟的时间琢磨迪士尼动画片里反派角色的服装是否都带有一点儿红色之类的问题，再用一分钟的时间听老师谈论葛底斯堡演说。至少他能暂时切断那条河流。

这就是他如今常干的事，当我们接近的时候。

这意味着他初次形成了在公开场合隐藏自己的能力。他可以在自己选择的时刻潜入他的秘密世界，等到需要他做什么事时才会钻出来，接着再次深深地潜入。

我们想要帮助他形成并且扩充的，就是这种渐渐增强的对于头脑中突现的想法与画面加以控制的能力。虽然如此，他的能力却使我们更加烦恼，因为这种能力似乎是用来挡住他想要躲避的痛苦的，而不仅仅是父母的妨碍和侦察激起的自然反应。

压倒一切的任务是查明他的感觉，与他分担痛苦，对他加以安慰。为了更加完备地收集线索并且提高效率，我们决定各自记录观察结果、秘密消息与任何疑点，每晚交换观察报告。

我们就是自己家的间谍。

迪士尼动画片《星际宝贝》将于6月21日公映。上网技术如今变得更高的欧文一直在焦急地等着这一天的来临，但他也知道这次可不是想看就能看到的。每逢迪士尼动画片的首映日，我们通常都会去一家他喜欢的华盛顿电影院，先睹为快。

这次却不能这样。在6月中旬，我们已经去新罕布什尔州消夏了，沃尔特整个夏天都在附近的度假营地，我们则在湖边的房子里。这似乎是没有终止期限的例行公事，说不定还会反复进行好多年呢。达特茅斯学院在两年前把《黑暗中的希望》选定为新生必读书，接着又邀请我签约成为他们的夏季访问学者。我会利用这段时间离开《华尔街日报》，在达特茅斯学院提供的湖边消夏屋里一门心思写书。我们都会正式开始自我安排的生活。

要是我们把生活安排得与欧文越来越有自我指导性的生活合拍，那敢情更好。这意味着我们要在6月末的一个晚上驱车一个半钟头，前往佛蒙特州费尔利镇的露天汽车电影院。那天早晨，欧文在当地报纸的电影版上看到了《星际宝贝》将要上映的消息，而它的放映场所只有这一个。

黄昏时分，我们拐进了小镇的唯一街区的主街，街景仍保留着过去的样子。街边有一个木结构的冰激凌摊位、一座带有白色护墙板的镇政府办公楼、一家杂货店和一家小餐馆，街道尽头则是美国仅剩的两家汽车旅馆之一。这种汽车旅馆是20世纪50年代的发明，可以使人在床上观看首轮放映的电影，而这是人类内心深处的基本需求。汽车旅馆的房间足有一长排，每个房间的床边都有面对着大屏幕的观景窗，那些悬吊式车窗扬声器如今放到了床头柜上。如此大胆的新发明早已被录像机、HBO电视网、数字影碟和付费电视所替代，这家汽车旅馆却还在硬撑着，只是那些房间现在多半都是空的。就像其他小镇那样，费尔利的人们已经习惯了在青草萋萋、满是小货车的停车场里看电影。

这是一个闷热的夜晚，车辆塞得满满当当的，大家都来观看迪士尼提供的有关外星人的故事。它外形似狗，聪明，破坏力强，在夏威夷紧急降落之后，被孤女莉萝收养（就像狄更斯一样，迪士尼非常喜欢把孤儿当作故事的主角）。莉萝失去了她收养的外星生物史迪仔，接着就出现了大混乱，几个反派角色露出真面目又被击败，最后她又得到了它。

"欧哈那"是这部动画片里的重要词汇，在夏威夷意为"大家庭"，但有着更加丰富的文化内涵，指的是人们通过血缘或选择结成的任何亲缘关系。动画片里的莉萝试图让史迪仔明白他们越来越亲密的关系，所以对那个外星人说："'欧哈那'的意思是大家庭。大家庭就意味着不能丢下任何人。"

在前座吃爆米花的我或柯妮丽娅都没怎么注意这句对白。这部动画片精彩但老套，而一打迪士尼经典动画片里的对白早已塞满了我们的记忆空间——需要记住的东西实在太多了。

八个月以后，也就是2003年2月的第一个周末，《星际宝贝》的录像带发行的那一天，我们答应欧文，一定排在购买队伍的最前面。没过多久，《星际宝贝》就成了他特别喜欢的动画片，不停地在地下室里播放。

现在他已经回到艾维芒特学校半年多了，无论在学习方面还是交流方面都没有大问题，那里的许多孩子却难以与人交流。柯妮丽娅的反应是增加他的课程。她开始让他跟一位艾维芒特的老师上钢琴课，那位老师则是专门给有特殊需要的孩子上课的。欧文还要逐一拜访那些治疗师，进行我们找得到的任何课外活动。可是，她没有安排多少供他玩耍的日子。

欧文似乎并不介意。他只需要拍纸簿和铅笔，外加记号笔。

他是三年前开始绘画的，当时他还在实验学校——他在那里擅长的少数科目之一就是艺术课。

但他的表现跟原先不一样。他几天就会用光一本素描簿，接着又要新的。"另外那本素描簿到哪儿去了呢，小文？"柯妮丽娅问。他茫然地看着她。好吧，再往便利店跑一趟。几天以后，他又想要新的。我到处寻找那两本如今已经失踪的素描簿，在哪儿都找不到。他能把它们藏到哪儿去呢？

柯妮丽娅是我们的情报机构的代理主任。白天的多数时间，她都跟他在一起；到了晚上，她就会汇报调查结果：他的精神不集中；他看了许多视频；校方举报说，他干了不少"傻事"。我在那里听着，但我的身份不是间谍，而是心理分析专家。

"好家伙,他真是迷上了画画呢。"一个满是阳光的星期六,我在快到中午时对她说。

"我想知道,这到底是怎么回事。"她边说边耸了耸肩膀,与沃尔特悄悄地走出去,准备忙活下午的事情。

我和欧文刚刚吃完午饭,他就迫不及待地离开厨房餐桌,前往他的房间。不久他又回来了,悄无声息地走过墨西哥瓷砖,前往地下室。他的手里拿着素描簿、铅笔,还有一本根据动画片改编的大画册。

我等了一分钟才蹑手蹑脚地跟过去,停在楼梯的底部。他跪在地毯上,身子却向前弓着,飞快地翻阅画册。我慢慢地靠近了,发现那本画册的一页上写着:"怎样画迪士尼的《小美人鱼》。"我不太担心被他发现。他这么全神贯注,就算我打翻了花瓶,他也不会回头看的。

我默默地站在他的旁边,可以看见他把书翻到了画有塞巴斯蒂安的那一页。塞巴斯蒂安就是那只聪明的螃蟹,负责照管女主角爱丽儿。那一页上有好多幅塞巴斯蒂安的画像,大约有二十幅吧,有的画像里有它和爱丽儿,有的画像里只有它自己,那些铅笔速写画是动画师为设计这个角色画出来的,那些彩图则是动画片里的重要情景。在快翻到最后时,他停了下来,那一页有一幅塞巴斯蒂安的画像——它张着嘴巴,瞪着眼睛,脸上露出恐惧的表情。

他突然打开素描簿,抓起黑铅笔,目光不断地从那幅画转向素描簿。接下来,他紧抓的铅笔开始移动,慢慢地拖出一条线。多数孩子或者说多数人都会先画脸部,因为我们往往会先看那里,他却从边缘画起,先画螃蟹的触角,再画蟹爪,都是一笔画出来的。我想起了那些老式的制图机,上面悬着两支铅笔,下面是两张画板,两支铅笔都连在一个交叉的机械装置上,以便一支移动的铅笔与另一支做出同样的动作,画出同样精确的线条。最后,你会一起得到两张同样的图画。

而我眼前的情景是这样的：他的目光跟着迪士尼艺术家画出的一根线条移动，他的手则在一英尺之外的地方把它重画出来。

但不可思议的是，他的身体各部位都在移动，那只手却稳如磐石。他的全身又扭又晃，做出了在跪着时做得出的一切动作，另一只空着的手臂则以塞巴斯蒂安的左螯的角度弯曲着。五分钟以后，他开始画脸部，我抬起头，在黑暗的电视屏幕上看见了欧文的脸，因为我在他的身后，电视就在我们的前方。画册里的螃蟹的表情与我儿子在电视屏幕里的完全一样，而我们当然看过无数次塞巴斯蒂安看着爱丽儿失去声音的情景。

然后这一切结束了，就像一掠而过的暴风雨似的。他扔下笔，仰起身，扭过头，瞟了一眼与画册里的原图几乎没有区别的画。

这使我感到不安。

他写不好自己的名字，却完美地画出了一个迪士尼动画角色，从他房间里的二十本画册里面的任何一本上都能轻易找到的角色。

我刚想说点儿什么——低头看着他的画作的时候，我觉得非说不可——他的动作就改变了我的想法。他突然站起来，蹦蹦跳跳地跑出去，甚至都没有往我这边看一眼就消失在楼梯上，很可能是在表演《小美人鱼》里面的某个情景。

我仍然站在素描簿旁边。我蹲下去，开始翻看。那上面画着一个个动画角色，这一页画的是疯帽匠和拉飞奇，然后是《美女与野兽》里面的大烛台卢米埃，下一页画的是蟋蟀先生吉米尼。它们的表情都十分生动，多半带有恐惧的表情。他画了几十个角色，一页接着一页。

我听见了什么声音，就猛地扭过头去。原来是安妮，我们的拉布拉多猎犬。"只是我，乖女儿，我在监视你哥哥呢。"

我盘腿坐在地毯上,查看这些画。它们意味着什么呢?这些角色的脸是不是反映了隐含而且压抑的情感呢?他还会迅速地翻阅那些书,寻找一个符合他的感受的表情,如实地把那种情感画出来吗?

我大概坐了半个钟头,也许更久。我进入了他的内心,或者我是这样想象的。我的手指顺着铅笔留下的淡淡凹痕移动——巴鲁的微笑的嘴巴、哭泣的小矮人和《小飞象》里翱翔的乌鸦——试图触及他,他的泪与笑,以及那些突然逃避的时刻。这是自闭症带来的深重的痛苦:不能了解自己的孩子,不能与他分享爱与笑,不能安慰他,也不能给他提供答案的痛苦。柯妮丽娅经常把时间花在这里——在他心里——向她的亲骨肉低语。如今我也在这里了。

时间渐渐过去,我一页页地翻看着。然后我看到了他的字迹,就在素描簿的倒数第二页上,就像他平时写得那样潦草,几乎无法辨认:"我是伙伴的守护人。"

我翻到最后一页,那里有一句话,就像幼儿园里的小孩子写出来的,简直难以看懂。

"不能丢下任何伙伴。"

那天晚上,柯妮丽娅坐在床上,靠着枕头,等待交流情报。

"你今天和小文过得怎么样呢?"

我若无其事地告诉她,今天过得挺好,挺有意思,接着就把那本素描簿递给了她。

"你发现了一本——他把它们藏到哪儿了?"她问,打开第一页,看着画在那上面的《小飞象》里的老鼠蒂莫西,倒抽了一口气,"天哪,瞧瞧这个吧?!"她又翻了两页,眼睛瞪得大大的,"动画师——他能当个动画师!"

当然，我已经这样寻思一整天了，即使我发现他的技法是一边看原书一边手绘人物，而动画师采用的是不太一样的手绘原创技法。这两种技法也算挺接近的。我们用不着费太大事就能跃回征服的梦想。改造成功的欧文将会露面，一切回到正轨。嘿，小伙子，你过得怎么样啊？很抱歉，我一直都不在你的身边。

接下来她做了我做过的事：一页页地往下翻，专注地看着每个角色富有表情的脸。"多数表情都是恐惧和惊讶的。"她在几分钟之后说，仍然兴奋得满脸通红，直到发现最后两页为止。

她读完那些话抬起头，平静地长出一口气。"蚯蚓。"

我也呼出了一口气，就像是从心里挤出去的。"对。这一切好像已经在他心底的什么地方酝酿了一段时间。"

倒不是说我们没有不时地想起来，欧文在两年前的感恩节那天扮演蚯蚓时说过，他羡慕蚂蚱、蜈蚣"和别人的能力，因为他做不到他们能做的事情"。他羡慕的人里面当然也包括男主角詹姆斯。我们希望他扮演主角詹姆斯，而他说不行，他扮演的是蚯蚓，配角中最微不足道的那个，因为他也是"胆小而且有时糊涂"的人——我们现在明白了，"配角"就是他所说的"伙伴"。但不只是我们希望他成为英雄，就连把他抬到肩膀上谢幕的孩子们也一样。

我们肩并肩地躺了几分钟，静静地回忆着，过去的时光忽现，愈形清晰。仿佛单方面的谈话或者独白刚刚变成了对话。他正在对我们，也对他现在开始看到的外部世界做出应答呢。

其他孩子都在怀着英雄梦往前冲，而他是一个被起跑器卡住的伙伴。但是，他又变成了众伙伴，也就是配角的保护人，保证每个人都不被丢下。仅此而已。不是想要全世界——只是希望不要被丢下不管。

"我和你把他弄进了著名的实验学校，"我说，"结果反倒使他在残酷的抢椅子游戏①中出局了,他甚至连音乐都听不到,更别说听出音乐在什么时候停止了。"

"他现在能听出来了。"她说。

我们需要做出回应的好时机。随后的几天里,与欧文共度的每个时刻,我和柯妮丽娅都在寻找机会——他独自一个,变得平静、快乐,或者比以往健谈的时候。

与此同时,我在因特网上搜索着他的话的出处。要是他袭用了看过的什么动画片或者在线视频里的对白,我们就可以用它作为谈话的开端。毫无线索。除了后面那句来自《星际宝贝》的与"欧哈那"有关的对白。普通孩子也许能够解释出那些对白的起源,他有什么想法或者他在想什么。欧文却不可能做出解释,也不可能知道哪一句在先——是有关"伙伴"的那一句,还是有关"不能丢下任何伙伴"的那一句。前者表示身份,后者表示环境。把两者合在一起,就会形成更加重大的东西。

后来,机会出现了。他正在看《美女与野兽》,而且希望我们陪着他看。我们很快就一起进入地下室,观看那个熟悉的开头:英俊的王子在黑漆漆的夜晚轻蔑地拒绝了丑陋的老太婆的请求,但她竟然变成美丽的女巫,又把他变成丑陋的野兽;要想打破魔咒,除非他能够"学会去爱别人并且赢得她的爱"。这些话我们已经听过几十次,现在却听出了另外的意思。一切似乎都不一样了,自从我们读了他最近写在素描簿里的两句话以来。野兽是伙伴吗?那部动

---

① 即随乐声抢椅子游戏。游戏规则为:椅子之数比游戏者少一个,游戏者随乐声围着椅子绕圈走,乐声停止时未抢到椅子者淘汰,并减去一把椅子。——编者注

画片毕竟是与贝儿有关的,她是女主角。欧文每到关键时刻就会跳起来,做出与动画片同步的动作,好像电视屏幕是他的镜子似的。随后他又坐进沙发里,直到下次跳起来。沃尔特离开了,去写作业。动画片渐渐发展到最后的战斗和幸福的结局。滚动播出片尾字幕的时候,我们以角色的身份说了几句话。我说的是卢米埃的话:"天哪,入侵者!"给卢米埃配音的是杰里·奥尔巴克,声音里带有一种装腔作势的法国口音。柯妮丽娅说的则是波尔斯太太的对白:"他终于学会怎么去爱了!"给波尔斯太太配音的是安杰拉·兰斯伯里,她的声音带有英国上流社会的腔调。欧文每次都站起来,一下子说出随后的台词,我们则以角色的身份回答。没什么好奇怪的,这只是一个普通的美国家庭在用迪士尼动画片对白说话而已。

不过,这两个角色都是他在素描簿里逼真地描绘过的。

"他们是一对好……伙伴。"柯妮丽娅说。

我们从没有在谈话中对他使用过这个词。

"我爱波尔斯太太和卢米埃。"欧文突然说。

跟我们说说他们吧,我要求。

"他们是伙伴。"他说。

"这是什么意思呢?"柯妮丽娅追问。欧文茫然地望着她。

"伙伴有什么用呢?"她换了一个简短的说法。

"伙伴可以帮助英雄完成使命。"他轻松地说,说得毫不犹豫。

我们沉默了一分钟。我飞快地动着脑筋,想知道他以前有没有听过那句话,也许他在那些以"动画片创作"为主题的视频里听到作家和导演谈论幕后花絮时这样说过,要不就是他听见什么人这样说过。我摇摇头,摆脱了这个想法——那又有什么关系呢?这是一个传统而又简洁的定义。

柯妮丽娅没有像我这样分心。

第五章 / 伙伴的守护人

"你想有个伙伴吗,小文?"她温柔地问。他们的目光交汇到了一起,似乎现在只有他们俩。他们对视着,直到他突然露出"快乐脸",也就是那种十分明显的笑容,嘴唇紧紧地包着他的小牙齿。

"我是伙伴!"他说,声音又高又活泼,没有颤抖的迹象,"我就是伙伴。"这句话说得平淡而又自然。但他每说两个字就点点头,给他的话添加了分量。

"不能……丢下……任何……伙伴。"

厨房里的收音机说个不停。伊拉克战争始于上周,3月20日。随军记者对它进行了全面报道。

黄昏时分,我边听收音机边悄悄地在厨房工作台前行走,寻找咸脆饼干、坚果,或者任何吃的。一周以前,我们听到小布什在全国演说中警告伊拉克,如果不在四十八小时之内同意美国的要求就会遭到入侵。此刻,联合部队正在向巴格达武力推进。

那段时间里,我正在写一本书,内容是小布什政府的表现与特点,尤其是他们在"911"事件以后如何明目张胆且厚颜无耻地判断当下盛行的恐惧情绪,进而利用它实现他们的意识形态目标。我的主要消息来源是不久前遭到解雇的财政部部长保罗·奥尼尔刚刚交给我的一万九千份内部文件。除此之外,它们也可以表明,那些所谓的开战理由,即对于萨达姆·侯赛因拥有大规模杀伤性武器的恐惧,其实不太可能是上周入侵的原因。

在家里后院的工作室把那些文件研究了一整天后,我饿坏了。柯妮丽娅催我快去吃饭。"不吃垃圾食品。我们今晚要吃大餐。"她用不着告诉我,厨房里满是咸牛肉和卷心菜的香味。

这是美国最晚的圣帕特里克节晚餐。沃尔特现在是西德瓦尔教友会学校的八年级学生，刚刚和同学们去波多黎各旅行了一次。他们在贫民区建立营地，白天去海滩游玩。这意味着我们家每年一次的圣帕特里克节大餐要从3月17日改为今晚，也就是3月24日。只要这个犹太教家庭的领导人仍然不折不扣地信仰爱尔兰天主教，柯妮丽娅儿时喜欢的一切传统节日就都该受到热烈的庆祝。她可不打算错过这个节日。

将近七点的时候，孩子们坐在他们常坐的椅子上，我则在那里摆弄收音机。沃尔特已经开始在学校里更加老练、轻松地谈论现代美国史上的战争与和平了，他也知道我打算用那些文件干什么。欧文刚刚第N次看完《狮子王》。我的脑子里突然闪出那部动画片里的一个情景：一群土狼迈着正步往前走，看起来好像纳粹冲锋队员。

我抹去这个情景，抬头一看，发现我们已经摆出了庄重得近乎虔诚的姿态，坐在布置得十分雅致的桌子旁边，听着美国国家公共电台报道说，联合部队的飞机正在攻击萨达姆在巴格达附近的共和国警卫队阵地，而美军已经打入了距离伊拉克首都不足五十英里的地方。

柯妮丽娅问我可不可以关掉收音机。我突然站起来。可以，当然可以。

我关闭了收音机，与柯妮丽娅一起端出大菜盘，里面装的是包着卷心菜炖煮的咸牛肉，还有自制的爱尔兰苏打面包。

她提议我们做饭前祷告。在有着圣公会渊源的营地过暑假时，沃尔特每天晚上都做饭前祷告。柯妮丽娅一直觉得饭前祷告是个好传统，这是她从小养成的习惯之一。

现在我们手挽着手，每个人都在桌边说了一些什么，最后我们转向欧文。

"你想说点儿什么吗，宝贝儿？"

他诧异地望着柯妮丽娅，似乎被这个想法搞糊涂了。"只是跟天主说说话，"她说，"就是这么回事儿。"

欧文点点头，他明白了。

"亲爱的天主，"他在片刻之后说，"请让世界各地的人们今晚获得和平与荣耀，自由与选择。"他停下来，看了看我们每个人，"请让这张桌边的我们可以永远拥有彼此。"

沃尔特吃惊地看着我。"这是你教他的吗？"他不用问，从我张开的嘴巴也可以看出答案。柯妮丽娅的脸颊已经湿润了。

我十分了解沃尔特，我们可以通过蕴含着大量默契和共识的表情来交流；他弟弟此时又是几乎一言不发。然后，一扇窗户打开了。

我们吃饭的时候，我想……他会不会好像比利·费尔克呢？

过去的十年来，我还是头一次想到这个人呢。我突然觉得他好像正在跟我们一起坐在桌边。我们的唯一的患有自闭症的榜样一直是令人敬畏的雷蒙·巴比特，更确切地说，直到此刻，我才开始认识真正的自闭症患者，而不是达斯汀·霍夫曼在电影《雨人》里扮演的自闭症患者。欧文出生那年，我为《华尔街日报》的头版撰写过有关费尔克的报道，却不知道他是自闭症患者。他显然是。

起初吸引我关注费尔克的是一个内部消息，消息是我在哈佛教授新闻写作夜课时从一个学生那里得到的。她在新罕布什尔州的锡布鲁克，也就是波士顿附近，认识一个"不断替人送葬的人"。我总是对那种哀痛不止的人感到着迷，这也许是由于我在父亲去世那段日子里看了《哈罗德与莫德》，电影里的罗丝·戈登总是用出席陌生人葬礼的方式与短促的生命保持联系。我在锡布鲁克发现的是一个在郊区房后的车库里修理割草机引擎的发福的中年人，这完全出乎我的想象。初次在当地牧师那里闯出名头的时候，比利是个十一岁的男孩，他去参加一个大朋友的追悼仪式，凭着听觉记忆在管风琴上奏出了《古老的铁十字勋章》的曲调。从此，他每周日都去教堂演奏管风琴。长成小伙子以后，他三十年如一日地骑着摩托车出席葬礼，为大家带路，尽可能提供任何帮助。我只是以为他是个好心的怪人，似乎记得每个人的生日，不断地向在当地医院看病的孩子们赠送糖果。当我与他一起站在他的车库跟前，试图与他对视和交谈，他却扭过头去看一辆过路的汽车的尾部。"不是本地车。"他低声说。我问他是怎么知道的。"那是外地车牌。"我记录着我的镜头或者说我的生活环境里的一切，这个怪人却密切注意着小城中的各种活动与生死。

  欧文说出了他的祷告，但他从没有听说过那件事。那是那篇报道里根本不曾刊出的一部分内容：锡布鲁克的牧师在退休以后和妻子搬到了马萨诸塞州的西部，比利在一个隆冬接到了这位牧师的妻子打来的电话。她告诉比利，丈夫就快死了，想要马上见到他。于是，比利冒着暴风雪骑了三个钟头的摩托车，赶到牧师身边。老牧师说，要等到比利告诉上帝他是好人、一生慷慨乐于助人之后他才能死去。比利一边这样祷告着，一边拉着老朋友的手，送他离开这个艰难的世界。

  我原本在那篇报道的结尾写了三四段有关那个垂死的牧师的内容，《华尔街日报》的头版编辑说，那些内容太煽情了。

  煽情。要是有人不知道的话，我来解释一下，这个词通常表示过于感情用事，J.D. 塞林格给它下的定义最为适合，起码对作家来说是这样。塞林格说，感情用事这个"写作的大敌"意味着给予你笔下人物的爱"比上帝给他们的爱"更多。然而还不止于此，至少对纪实作品来说，感情用事意味着给他们的爱比社会给他们的爱更多，因为这样做也许颠倒了事情的常态，也就是我们衡量人类价值方面的自信，而我们当中的一些人相当满意地自认为比别人更优越。我同意了我的编辑的说法。那些与比利和牧师有关的内容太煽情了，于是我删掉了它们。

  现在想来，真希望当初我没有那样做。不过那些被删去的段落还是导致了那天晚饭时发生的事。我最不愿意对我儿子感情用事。那天晚上，我在床上翻来覆去，试图解决在我看来是无可争辩而且以事实为基础的问题。我们相信，我们要欧文说些什么的那个晚上，也就是那个国家与世界上大部分国家都被紧张情绪攥住的时候，即使他不理解全部细节，仍然能够感受到焦虑。也许正是由于缺乏合理的怀疑与通常的犹豫，他才会不受约束地向上仰视，在某种程度上发挥出某些无形的能力。跟天主说话毕竟不是闹着玩的，假如你相信他真的能够听见你的话。我寻思着这一切，在黎明迫近时在地板上走来走去，想知道他怎么可能说出那种话——在我们付出所有努力之后，这几乎是我儿子对于我不太相信的神祇说过的差不多最中肯的发自内心的话语。

我和柯妮丽娅许多年都没有睡过好觉了。我们如今也是如此，但失眠的性质改变了。这更像是两个孩子出生以后进入的不眠不休的状态，因为一切新情况，或者说尖叫着宣布存在并且展现自我的新生命，使得我们强迫自己不要睡觉，各自保持清醒。

在与伙伴相处的过程中，欧文取得了某种进步。他的话一直在我的脑子里回旋，我在早上醒来时还在想呢。那天晚上，我和柯妮丽娅讨论着它们的意思。

他现在看到的无疑与我们看到的一样：包括普通孩子和他在实验学校的老同学在内的一切孩子都在继续前进，他却被丢下不管了。在遭到实验学校驱逐的那些艰难的日子里，他选择扮演蚯蚓，后来又在纸上画出了一个个伙伴。他的反应是接受现实及其带给他的痛苦，充当被遗弃者的保护人。保护他不受指责和伤害，引导他轻松地走进温暖的生活、尽量独立自主，当然是我，或者说我和柯妮丽娅应该尽力完成的任务，但我们的任务一定会在什么时候宣告失败。我想我们都知道这一点。不过，我们还是选择了跟着他走来走去，因为他缺乏社交本能的保护膜或者灵敏度，他的心又是彻底而又危险地暴露在外。

是的，他的心暴露在外，但我们突然可以看清它的跳动方式了。他开始把那些伙伴的个性分配给艾维芒特的许多负担沉重的同学，其中有患上各种身体疾病的，更有大量几乎不能说话的自闭症患者。但他发现他们拥有各种品质——有的忠诚，有的温和，有的笨拙，但总是表现得兴高采烈，让他感到好笑。他可以在刹那间穿行于伙伴的万神殿里，为每个伙伴寻找一个与其个性相符的同学。

多数故事的主角往往千人一面，具有可亲可信的淳朴品质，使得读者或观众可以迅速融入故事，一道踏上英雄之旅。这些故事的配角则往往千差万别，活力十足。即使高飞、布鲁托和之后的唐老鸭等早期迪士尼动画片里的第一批伙伴，也往往具有糊涂、脆弱、愚蠢、骄傲、自负的特点，它们的胜利总是来之不易，它们经常不爱学习但富有洞察力。在这些伙伴身上，包含着一系列复杂的人类情感。

迪士尼动画片里的角色能有好几百个。每个主角都有伙伴，通常是几个，其中有像高飞那样笨的，也有显得滑稽或者机智的。每个主角都有保护人，他们不但关爱主角，而且十分明智。

欧文已经对动画片达到了痴迷的程度，我们几乎跟不上他的进度。在楼下铺着地毯的地下室里，他似乎一直在扩充词汇量，利用伙伴厘清自己的情感。

包括他对我们的感觉。2月末，柯妮丽娅过生日那天，他给她画了一个大妈妈，也就是动画片《狐狸和猎狗》里的猫头鹰，它收养了失去母亲的赤狐陶德。欧文把那幅画递给她的时候说，他这么做是因为"在他的一切女伙伴里面，她是最温柔、最有爱心的"。

6月父亲节那天，他在送给我的那张纸上画出了梅林，又在旁边这样写道："你是我最好的爸爸。谢谢你，我的伟大的导帅。"我告诉他，我当然喜欢他的画,而且为梅林能够跻身于那些最明智的伙伴之间而感到荣幸。可是,这里的"帅"字应该改成"师"字。或许他不会写"师"字吧?

"一个伙伴就是一个有爱心的、细心的导师。"他不在乎"帅"字与"师"字的区别。在他看来,这两个字现在是一样的。

9月份,沃尔特过十五岁生日那天,欧文在纸上画出了阿拉丁并且写道:"献给我最了不起的哥哥。"他的素描簿现在已经堆得很高了,其中包括几百幅画,但这是他头一次在纸上画主角。欧文经常专注地瞟着沃尔特,观察哥哥与伙伴们进出房子、在西德瓦尔教友会学校打完初中队比赛以后穿着脏球衣进门,以及在电话里跟别人(很可能是个女生)聊天的情景。

沃尔特的生日过去几天之后,他作业写得累了,就去地下室看《小飞象》。他希望欧文把片子快进到结尾的一段,即丹波试着张开翅膀般的大耳朵,在大帐篷里面飞来飞去,用花生射击那些无情的大象,因为它们傲慢而又自负,曾经把它排挤出去。沃尔特始终喜欢这一段。"最后当然要报复那些讨厌的大象了,是不是,小文?"欧文大笑。

"是的,沃尔特,丹波会飞了。"

"那些大象完全活该,是不是?"

"我不知道——他们活该吗?"

从许多方面来看,欧文真正熟悉而且非常熟悉的另一个男孩就是他的哥哥,他的唯一榜样。

沃尔特被画成了主角。欧文已经通过铅笔毫不含糊地告诉了我们,他本人就生活在伙伴中间。

柯妮丽娅悄悄地走进欧文的卧室,捡起他的背包,转了一下门把手,轻轻地关好门，免得把他惊醒。沃尔特已经睡着了。现在是秋天的橄榄球赛季，经过一下午训练，又写了一晚上作业，沃尔特累得筋疲力尽。柯妮丽娅独处了很长时间，因为我几乎一直住在改装的房后车库里，被几千份在我的脑子里打转的政府内部文件搅得思绪纷乱，却想厘清头绪。我必须疯狂地工作，尤其是在一本书的交稿期限正在逼近时。

她坐在楼梯上，从欧文的背包里拉出活页夹，打开插着彩色标签的数学作业部分，那里有他三年前在实验学校里做过的简单的数学题：2+2=？她翻到阅读作业部分，同样是简单的内容，那里写着最简单的句子：小猫跑步，小狗坐下。只有老天知道，他当初付出了多少努力，才能学会这样浅显的句子，接着再去学习更复杂的。他一直在倒退，而这是一种过错。她想着萨莉·史密斯，想着在街头与她相遇时会说些什么。要是她们真的相遇就好了。

这个记录着文化课内容的令人气馁的活页夹旁边有个隔层，里面放着他的钢琴课本，瞧着挺不起眼，却是他珍爱的东西。他开始每周去鲁斯丽·阿德勒的家里上一次钢琴课，她是艾维芒特的音乐教师，年纪在六十开外。他不断地取得进展，在某种程度上，我们也是如此。十几个有特殊需要的儿童与成人学生每年都会去她家的地下室开办几次演奏会，我们刚刚去她的地下室参加了我们参加过的第一次演奏会，离开的时候有了微妙的改变。在那些学生里面，大约有三分之一是唐氏综合征患者，三分之二是自闭症谱系障碍症患者，有几个人另外还有别的缺陷。他们当中的许多人都演奏得很好。观察一位有唐氏综合征的四十岁女人——阿德勒教了二十年的学生——敲击音符的情景，你就会知道，只有经过无数时间的苦练才能获得重塑灵魂的体验，最终赢得学生们摇摇晃晃地站起来鞠躬的时刻。每个人都把自己的巴掌拍疼了，带头鼓掌的则是她的母亲，与鲁斯丽年纪相仿。

也许，她的演奏不会激起每个人如此强烈的情感，但是对我和柯妮丽娅却是例外。这不是由于我们同情她或必定要长期关爱她的母亲。我们清楚得很，爱的纽带不是同情。我们之所以如此，是由于一方面她的生活必须大部分时间受限于某些有形和无形的缺陷，一方面她却能够忠实而又无畏地演奏出莫扎特、贝多芬、肖邦匆匆写下的组合完美的音符，或者众口传唱且感人的赞美爱的流行歌曲。我们都苦心孤诣地想要表现自己的完美，赢得荣誉，战胜我们不能摆脱的东西。这是我们的天性，但天性也是有可能战胜的。或者在感觉上如此。摇摇晃晃地鼓起勇气进行了十二三次这样的演出之后，每个演奏者都会在沐浴掌声之际感觉自己无疑是没有缺陷的。欧文也在此演出过，而他通常都会热情地弹奏一首他的迪士尼动画片里的经典歌曲。在适当的时候，我总是会向柯妮丽娅低语："要是有天主的话，那么他就在这个房间里。"

就着朦胧的光线，柯妮丽娅翻阅起钢琴课本来。欧文已经学会弹奏课本里的歌曲了，这可是她几年前根本不敢想象的成就。她几乎能在脑子里听见他弹奏那些歌曲的声音。他在这方面是进步了，他的文化课成绩却在退步。学习音乐和数学的能力难道不是受大脑同一个部位的控制吗？这也不合乎情理呀。她把那些东西重新装进背包里。

第二天下午，也就是2003年9月末的一个星期三，柯妮丽娅把汽车停在隐藏在商业街之后的诊所停车场上。这里是马里兰州的肯辛顿，就在华盛顿以北。从三岁那年起，欧文每周都要接受一次教育专家苏茜·布拉特内的辅导。

柯妮丽娅和苏茜有着姐妹般的情谊，这种情况已经持续了八年。她目睹了欧文成长的每一个阶段和转折，只要看到他背包里的作业，就会向他做出详细的解释，把那些数学题或者难解的句子变成十分形象、生动的东西，还能把具有象征意义和理论性质的内容与实际结合起来。同样重要的是，她知道怎样使他在做事时保持注意力。"瞧着我，欧文，瞧着我的眼睛。"——这样的话，苏茜已经说过了一千次。

这周的辅导课开始之前，柯妮丽娅告诉欧文在等候室里坐几分钟，她马上回来。

柯妮丽娅无精打采地跌坐在儿童椅上，过了一会儿才开口说话。"苏茜，我们正在退步。"苏茜坐在对面的椅子上，看着柯妮丽娅从专门为幼儿园儿童制造的桌子上推过来的作业纸。苏茜知道欧文退步了，认为柯妮丽娅最终会来这里算账的。

"我们为什么要拼了命地把他弄进实验学校，希望他留在那里呢？"柯妮丽娅说，"只是为了让他现在彻底退步吗？"苏茜知道，欧文遭到实验学校驱逐的事使柯妮丽娅深受打击，艾维芒特重新接受欧文的事则使她十分感激。但是一年已经过去，她也该往前看了。

"我每周只能教他一两个钟头，也许可以再加一次课。"苏茜说，把作业纸推开。她还说，他们不是不关注他的文化课成绩。这只是次要问题，出于显而易见的原因，他们的教学重点更倾向于帮助学生增长与人交流的基本技能。

双方早就明白这一点，所以她们只是默默地坐在那里。在典型的世界里，孩子家长与他们半年见一次的儿科医生之类的人物都会建立起密切关系。自克林顿的第一个任期起，柯妮丽娅每周都去看一次苏茜。此刻，她们两个什么都不必说，却可以十分顺畅地交流。

柯妮丽娅站起来，去接欧文。"在'与人交流的问题'上，也可以为欧文做得更多。"

与人交流的事通常不会被看成任何问题，一切都是自然而然的。一般人都觉得交流是意愿方面的事，回避别人或者合群，是因为他们喜欢或者受不了独处。交流还是不交流，全凭他们的意愿或能力。

对任何人来说，在一个人的先天与后天技能之间划界是困难的。但在柯妮丽娅看来，欧文的意愿与能力之间，或者说后天与先天技能之间的地方是一个流沙区。欧文的感觉器官也许处于严重的不同步状态，结果导致他不能与人交流，即使他有交流的愿望。这也许会大大减少与人交流的快乐，使得他不太愿意或者不太渴望走出孤独，培养那些技能，即使它们其实是可以培养出来的。所以你要多方探索，进行各种尝试。

正是这个缘故，柯妮丽娅一离开苏茜的诊室就去跟克里斯蒂娜·斯普罗特重新预约治疗时间，克里斯蒂娜多年以前就是欧文的职业治疗师，负责解决感觉官能处理，也就是身体和大脑通过各种感觉官能整合信息方面的复杂问题。研究这个问题的新方法在20世纪70年代就悄悄地兴起了，直到90年代中期才随着患有自闭症的作家坦普尔·格兰丁的出名而得以推广。格兰丁生于20世纪50年代，被诊断为患有自闭症，她在青年时代研制出她所说的"拥抱机"，即一种可以利用操纵装置加压的长方形容器，里面铺着厚厚的垫子。给身体各部分同步施加压力，可以使她感觉舒适自在，思路清晰，好像各自为政的感觉官能得到了整合，允许她更加有效地处理日常事务。格兰丁通过她的畅销书改变了人们的观念，精确描述了长期折磨她的过分敏感的毛病，还有帮助她应付日常生活的"拥抱机"等机器的制造技术。人们现在可以明白，自闭症患者一般描述不出来，什么东西感觉像是什么样子。除了有助于公众理解自闭症之外，那本书的重要性在于帮助人们建立了许多与柯妮丽娅此刻所在的地方类似的诊室，里面满是奇特的秋千、蒙着布料的木板，可以扔或滚的球和供人行走的横木。

朝气蓬勃的职业治疗师克里斯蒂娜·斯普罗特说，有人取消了预约，只要欧文在苏茜那里上完课就可以过来。没有新的职业疗法，但她已经针对特定目标扩充了理疗的内容，把与周围环境相互影响的问题也包括在内。前来解决这种问题的人数最近有所增长，因为孩子家长和治疗师注意到，如果患有自闭症的孩子就像格兰丁进入她的机器那样接受了"拥抱"治疗，或者接受了乘坐旋转木马之类的旋转治疗，他们就会更愿意与他人进行交流与合作。为什么这一类的治疗好像产生了效果，或者说好像加强了使感觉官能得到更好整合的潜在能力呢？即使经过了大量研究，人们仍然不太清楚这种治疗方法为何看起来有效，正如在神经学上还不完全清楚为什么人们在剧烈运动以后会有某些特别的感觉一样。

但我们之所以要进行这种治疗，是因为它有效果。在苏茜那里上完课，欧文去克里斯蒂娜那里做运动，卖力地使用那些器械，与热情洋溢的克里斯蒂娜一起大笑，就像与一群小伙伴共处时应该表现的那样。柯妮丽娅一边观察欧文，一边寻思："这孩子需要几个朋友。"

"我们可以参加生日聚会，因为替人庆祝一次生日就等于参加一次社交活动。此外，学校的俱乐部每周都有集会活动，"柯妮丽娅靠着厨房的工作台说，"要是我们两种活动都去参加，那又会怎么样呢？"

这么晚了还不让我睡觉——她通常不会这么干。

"我们可不可以明天再谈呢？"

"听着，我必须接着谈，这说不定会改善现状呢。"

"说不定，"我嘀咕说，"说不定。"她正在全力以赴地为欧文处理"与人交流的问题"。她打算每周给欧文他们班的几个男孩子搞一次社交活动，具体时间可以安排在每周四晚上或者周六下午。他们可以去打保龄球、看电影，或者吃比萨饼。活动内容可以变更，具体由孩子们一起决定，家长将会轮流监护他们。如果只有四五个孩子，每位家长每个月尽一次义务就够了。要是有一群孩子会更给力，要是有更多的孩子就会有更多的交流途径和联系机会。随着假期的来临，我们有许多事情可做，《华盛顿邮报》也会安排各种重大的活动。

第二天早晨，她更来劲儿了，准备拿着全班的电话簿给那些孩子妈妈打电话。

一周以后，她坐在厨房里，想知道她的手机能不能摔成碎片。此时，她肯定已经打了十几个电话。这确实是个好主意，每个人都承认，她们的孩子准会特别开心，我会再给你打电话的。她们多半打来了电话，摆出一些问题。柯妮丽娅表示同情。她们的生活和我们的一样，许多家长都不在家里工作，需要面对各种压力。她接到了一个个电话，它们的主旋律都是家庭生活的脆弱性，因为孩子需要支持，父母也是如此。每个家庭都有一套固定的老规矩，谁也不敢破坏：一个家长开车送儿子去治疗，另一个家长负责把他接回来；每周要用一天进行特别的家庭活动，而每到下午孩子总是会感到疲倦，尤其是由于他正在试用某种药物。

等到这天早晨，她几乎不抱希望地想，能不能先让欧文只和另一个孩子交往，这也许会培养他们的关系。要想与人交往就得寻找跟自己同一个层次的，以便给人带来安慰或者亲切感，所以喜欢运动的孩子总在寻找爱运动的，普通学校里的笨孩子总在寻找跟他一样笨的，欧文这样的孩子则经常与跟自己能力相仿的孩子结为同伴。他的社交技能在实验学校里有所提高，发现了一些伙伴，与几个跟他类似的孩子建立了友谊，即使他们的能力比他稍强。他越来越愿意见到他们。他在艾维芒特却难以找到伙伴，因为这里简直是各种问题儿童的救生艇，他们的问题多半都很严重。可是，还有一个孩子妈妈的电话没有打，那个孩子叫菲利普，欧文似乎喜欢他。他也是在与人相处时显得更有能力和更愿意交流的孩子。说不定这个孩子可以跟欧文交朋友。

那位孩子妈妈出差了，但现在已经回家并且正在休息，在接到柯妮丽娅的电话时心情很愉快。

她们似乎挺合得来,这一点令人鼓舞,甚至不太出乎意料。柯妮丽娅毕竟从小就跑遍了康涅狄格州费尔菲尔德的主要街道,那些信奉天主教的父亲白天都要开车去华尔街上班,在大房子里留下马修、马克、约翰、玛丽等八到十个或者十三个孩子,柯妮丽娅则跟着他们挨家挨户地跑来跑去,接着又跑到街上,穿过车道和人行道,进入没有危险的树林。这简直是儿童世界。你可以学会怎样与人相处。

柯妮丽娅确实学会了。她可以讲述诙谐的故事,曾经被毕业班的同学投票评选为最有幽默感的人。凭着受人称赞的社交技能与友善、稳重、有礼貌的风度举止,她在东海岸各处赢得了不少持久的友谊。

但有这样一个儿子,情况大为不同,这给这个总是找得到朋友的女人造成了极大的痛苦。她总不能为儿子求、借,甚至偷来一个朋友吧。

她和这位名叫海伦的十分友善的孩子妈妈进行了十五分钟热情洋溢的交谈。她们对于每个话题都有共同语言,而且都像老练的专家那样讲述着自己的经历——儿时受到的教育、大学、丈夫、工作、孩子,还有每个家庭因为孩子的特殊需要而面临的战斗。她们的生活经历跟我们差不多,柯妮丽娅暗想。菲利普就像欧文,在正规班级里也能交到几个朋友。菲利普还有个弟弟,比他小一岁。海伦说,他们和我们都在与同样的问题搏斗,尽量想办法让弟弟接纳菲利普,只要有机会就把菲利普安排到普通孩子中间。

柯妮丽娅说出了她原来的想法,以及这一周受到了怎样的挫折,接着打出她的最后一张牌。说实在的,她是笑着把那张牌打出去的。"现在要是有人邀请欧文过去做客,我一定会很高兴。"

海伦犹豫起来。"问题是我们的日程表安排得太疯狂了,只有星期五晚上才有这个可能。"

"没关系，星期五晚上挺适合欧文的，"柯妮丽娅兴奋地插嘴说。

海伦似乎想要反悔，柯妮丽娅则尽量套近乎。"你知道吗，海伦，他总是说起菲利普呢。"不错，他只说过一次，但毕竟说过。

"哎呀，菲利普也总是说起欧文呢，可是我说了，"海伦继续说，"我们总是在星期五晚上给菲利普、他弟弟和他哥哥的朋友们举行比萨饼聚会。"

双方沉默了几秒钟。柯妮丽娅跪了下来，但她不想祈求或是说出那些藏在内心深处的话："只是让他过去吃几口比萨饼，只是让他跟菲利普、他的宝贝弟弟和他的完全正常的宝贝朋友坐在一起，难道就会要了你的命吗？他是最乖的孩子，真的，他不会伤害任何人。我们会十倍地回报你的。求求你，他只是想有个朋友。"

不过她当然不会这么说的，谁都不会。

海伦关上了大门。"所以说，问题就在这里，柯妮丽娅。那天晚上的时间已经排满了。"

柯妮丽娅拿不准她还能不能说出话来，但她说出来了。

"好吧，海伦。我明白了。"

第六章
旅途之歌

2004年3月初的一个晚上，我悄悄地走进地下室，坐在长沙发上。我开始用更多的时间在这下边单独陪伴欧文观看动画片、谈论他的伙伴。在他看来，这简直是太阳打西边出来了。

我感觉压力山大，而这会帮助我放松。具体地说，我受到了调查，因为美国政府认为我从那一万九千份机密文件之中偷走了一部分。

这项调查始于我和保罗·奥尼尔在一月初的电视新闻节目《六十分钟》里露面之后，《忠诚的代价》出版两天之前，已经持续了将近两个月。一套机密文件的封面页在电视屏幕上迅速闪过，那套文件的正文就是小布什2001年1月在总统任期内与国家安全委员会召开的第一次会议的记录。我没有那套文件或者任何机密文件，在奥尼尔给我的光盘里，这些文件被删掉了。但那些文件的封面页还在，我通过它们发现，从他进入办公室的第一周，早在"911"事件之前，小布什就任性地想要找理由完成他父亲的未酬壮志，把萨达姆·侯赛因撵下台，再把伊拉克的油田抢到手。我当初告诉过莱斯莉·施塔尔，一定要在节目里提出，我没有那套机密文件的正文。他们没有提。第二天早晨，美国财政部的一个官员给我们家打来电话。他问柯妮丽娅是不是我的妻子（犹豫片刻后，她承认了我们的婚姻），又告诉她说，执法官将会过来没收那些被认为保存在我家后院的工作室里的文件。

他用十秒钟的时间解释了这一切，这段时间足以令她冲动地大喊"你怎么敢？"与欧文的多年相处使她变得异常敏感，她怒不可遏地告诉他，她的丈夫是受到宪法第一修正案保护的,"谁也别想来我家没收任何东西"。不过要是他留下电话号码,她会很愿意找到我,让我给他回电话。

她确实找到了我,当时我正在听着从美国国家公共电台录下来的访谈片段。我们商量了几分钟,认为我该给几名律师打电话。我这么办了,而几名每小时收费五百元的华盛顿律师在1月份的一个工作日末尾给财政部打了电话,发起一场合法的战斗。直到3月初,我坐下来准备和欧文看动画片的时候,这场战斗还在激烈地进行着。

"嘿,儿子。"

"嘿,爸爸。"

"你在看什么呢?"

"《狮子王》,我喜欢这部片子。"

"你知道它是根据什么改编的吗?"我问。

"《哈姆雷特》!"

我们经常谈起这部动画片的起源,而他喜欢说出正确答案。我想,这是由于这部动画片对他来说非常重要,了解它的幕后情况使他感到满足。他也喜欢了解滚动播出的片尾字幕里的配音演员的详情,比如给老狮王木法沙配音的詹姆斯·厄尔·琼斯,或者给杀害亲兄弟的坏蛋刀疤配音的杰瑞米·艾恩斯的情况。他知道,他喜欢的这个故事的原创者就是与狮子一起在闪光的幕后对他眨眼的莎士比亚。

或者这也许只是为了讨我的欢喜吧。每当沃尔特和我们的朋友过来串门的时候,我都希望欧文主动说出来,《狮子王》是根据《哈姆雷特》改编的。他经常这样做,几乎总是在我的盼咐之下说出来。我希望人们觉得,他在其他方面也许比他们更聪明,也更有才华。我认为之后他们就会对他更加关心、更感兴趣或者更加佩服,那么他就会对此做出积极回应。重要的是,这可以促使他去了解差不多每个美国北方人在童年时应该了解的知识。因为使他一点点地了解那些知识在我看来就是使他认识自我，而凡是没有自我意识者都会很快被人认出来，遭受欺负。

所以，当欧文伸开双腿搭在黑皮椅上问我"是不是乔治·布什对你发脾气了？"，我反倒高兴起来，因为他知道这个世界正在发生的事，也知道这件事怎样影响了我们的家庭生活。在接受了世界各地的媒体采访之后，我不得不直截了当地回答他，还不能引起他的担心。我说，我只是在做我的工作，总统也在做他的工作。这是一个简单而又坦率的回答，却胜过了我在接受那些采访时说过的几乎任何话。他又问"我们没事儿吧？"，我说没事儿。于是他接着看动画片。他相信我和柯妮丽娅告诉他的话，从不费心寻找潜台词、政治议题或者言外之意。

所以我也不去寻找。不久以后，我们看到了土狼行进的情景。欧文向我提出那个有关小布什的问题时，是否知道这个情景将会出现呢？我实在说不准。他在美国入侵伊拉克的几天以后说出的祷告有助于驱除任何残留的怀疑，因为他确实是在家里家外的紧张环境影响之下说出那番话的。他不能跟人面对面地说太多的话，因为他的治疗师说过，这会在某种程度上过分刺激他。当柯妮丽娅在二楼对我用稍带感情色彩的声音低语什么的时候，我们却会听见下面发出礼貌但急切的询问："没有什么事儿吧？""没有，小文！"柯妮丽娅会回答说，"我只是在跟你爸商量事情呢。"

此刻，影片中父亲被谋杀之后遭到流放的辛巴正在开诚布公地与猫鼬泰门和疣猪蓬巴谈心，它们就相当于《哈姆雷特》里面的罗生克兰和盖登思邓，想要帮助辛巴忘记烦恼。欧文笑着唱起了那首具有非洲风格的插曲："哈库拉—马塔塔……我们就是这样摆脱问题的，哈库拉—马塔塔。"我坐在他身边，跟他一起唱。欧文在电视屏幕前跳舞的时候，我也跟着跳。在这里，他正在忘记自己的烦恼。我也是一样，因为我正在进入他的生活环境——流淌在这个灯光朦胧之地的符号之河，远在浮漾着时事与假象的表层世界的喧嚣之下。

把欧文拉上河面并且使他了解外部世界的常规知识，也许是徒然无益的。《哈姆雷特》可以激起他的兴趣。这简直是恩赐。要是试着问他谁发明了电灯泡，或者为什么会下雨，或者南北战争爆发的年代（就在你可以看到电影的那个世纪），或者七乘以三等于多少，你往往会看到茫然的表情。在实验学校的最后那些天里，尽管对这一类的常识不怎么感兴趣，他还是为了继续与新朋友交往而开始被迫记住了一些，离开实验学校以后，他对于常识的了解愿望却一直在下降，他的写字和算术技能也是如此。

我想解决这个问题，激发他的兴趣，但柯妮丽娅不久前说，也许我们该把心思更多地用在使他享受认知自我的快乐上，而不是想办法时时刻刻地改进他的状况或纠正他的缺点。

我难以抑制这个念头。我希望解决一切，使之变得井然有序，合乎正轨。但与他一起唱"哈库拉—马塔塔"淡化了我的烦恼和替他纠正缺点的念头。这部动画片此刻正在播放这个情景：木法沙的鬼魂来找此时已经懂事的辛巴，要他完成自己的使命。我们默默地观看着，那位亡父的鬼魂则徘徊在一个青年人的上方，盼咐他必须去做的事情。

"我又梦见了大沃尔特。"欧文轻声说，他指的当然是他从未见过的爷爷。他的眼睛仍然盯着电视屏幕。

他第一次梦见我父亲是在几周之前，他把这件事告诉我的时候，我们正在他的房间里翻看根据动画片改编的画册。他说得非常突然："大沃尔特去我的梦里看我了。"我过了一会儿才回过神来。我没有梦见过我父亲，而且经常为此感到纳闷。我只是问欧文，我父亲在他的梦里看起来像什么样子。欧文说，就像他的照片上的样子。休息室的墙上挂着我父亲的照片，那是在四十五岁那年，也就是他被癌症打倒之前拍摄的，照片上的他看起来胖墩墩、笑眯眯的。那一次，欧文就说了这么多。

这次我没有马上回答，因为我想弄清楚怎么说才能鼓励他告诉我更多的情况。于是我们只是看着辛巴完成它的使命。在关爱辛巴的犀鸟沙祖和睿智的老狒狒拉飞奇这两位伙伴的帮助之下，辛巴的使命有可能完成。它们都在引领着辛巴前进。欧文一边入迷地看着，一边站起来伸着懒腰，在这个地下世界，或者说家庭与故事的避难所，他感到满足。

"你说你又梦见了大沃尔特，"我假装不在意地说，"那么在梦里发生了什么事情呢？"

欧文没有感觉到我正在等着听到更多的情况，他只是在全神贯注地观看动画片。

"嗯，这次他看起来是个白头发的老爷爷。他已经过完了一辈子。他可亲切了，我们聊天、做游戏。他告诉我，他爱我。"

2004年4月17日，一个和畅的春天的下午，人们群集在一座现代主义风格的犹太会堂之中，这里的木料都漆成金色，高处耸立着不对称的天花板和天窗，在晴天时可以透进更多的阳光。

欧文一定会喜欢这个地方的。可是我们就像正在落座的一百来个祝愿者那样，不清楚可以期待什么。

一切皆有可能。所以，许多像欧文这么大，还没有正式参加过受诫礼之类以学习、执行和集会为基础的仪式的十三岁男孩，都希望能够发生而且现在必须发生的事是参加受诫礼，不然他们就无法在犹太人社区里获得成年人的身份。

凭着可以给他带来幸福和偶尔的不幸的自我指导，欧文要么觉得这种事应该发生，要么觉得这种事不该发生。他可能会欣然决定说出祈祷文，点头表示同意，随后走向台下。

我们花费了半年的时间，尽量确保他不反悔。在全家人看来，这真是一次近乎疯狂的努力，而它始于去年秋天的那一刻，即我问欧文想不想像沃尔特那样参加受诫礼或者更简单的仪式的时候，他说："就像沃尔特那样做吧。现在也该轮到我了。"

在这两个句子之间延伸着一片未经勘探的心田与一系列深渊。需要搭建好多牢固的桥梁呢。受诫礼其实跟他们常说的"成年仪式"差不多，就像婚礼那样令人紧张，但参加者是情绪多变的青春期男孩，所以通常需要大量的督促。

对欧文而言，我们自然要从动画片着手。有没有既有犹太人风格，又能吸引他的动画片呢？

我们选择了他特别爱看的《美国鼠谭》，那是环球电影公司 1986 年制作发行的动画片，讲述的是几只带有浓重口音的俄罗斯老鼠的故事，它们来到了美国，因为这里的"街道上铺满了奶酪"。这些老鼠被赋予了犹太人的特点，故事的主角菲弗尔是欧文最喜欢的角色之一，这只年轻的老鼠与全家失散，在满是沙砾的 1890 年的纽约广场上兜来兜去。它有许多帮助他完成使命的伙伴，多半是具有犹太人特点的老鼠，基本上可以代表犹太人，就像我的来到埃利斯岛的祖先。把这部动画片看过几次之后，你就会完全相信："犹太人一直是你生活中的伙伴，欧文。"他确实接受了这个观点！

谈到准备参加男受诫礼和女受诫礼的男孩和女孩在四月中旬阅读的《律法书》的部分内容，我们幸运地发现，《利未记》中有摩西接受十诫的段落。此外还有一部很容易找到的动画片，即梦工厂 1998 年根据《出埃及记》故事改编的《埃及王子》。他看过却不喜欢这部动画片，他说，这是因为其中"没有喜欢搞笑的伙伴"。但我们采取了希伯来学校里的做法，强迫他反复观看，最后向他详细解释那些戒律以及对与错的问题。他渐渐对那些戒律产生好感，爱上了带有"你们要"和"不可"的句式。这是患有自闭症谱系障碍症的孩子的共性。他们喜欢规定，因为规定本身限制了许多难以预知的行为。我们为他通读了十诫和《利未记》里列举的适合他阅读的其他戒律的英文译本。他边听边点头，有些内容似乎使他想到了什么，尤其是谈到不可捉弄弱者的那一段。

可是后来他就去忙活自己的事情了，也就是写演说词，因为每个准备参加受诫礼的男孩或女孩都要根据在希伯来文《律法书》里读到的内容发表一次演说。他用彩色记号笔把那些自认为重要的规定写在素描簿上，足足写了好几页。我们曾经在饭前把应该在祷告时说的话告诉他，现在则只需要把那句话写出来，在那个重要的日子到来之前，我们至少要把那句话听上一周。自从在伊拉克战争期间说出饭前祷告以来，差不多有一年的时间，他每隔几天都会在桌旁做一次饭前祷告。我们知道他有这个本事，但只有我们不去打扰他的时候，他才真的觉得好像正在跟天主说话似的。

但他简直无法完成那个主要任务，即运用大多数孩子在学校里获得的学习技能学着阅读《律法书》。他根本不想读希伯来文。参加受诫礼的时候，我的学习技能恰好处于巅峰状态，在三十四年以后则在不断地下降。我们要请个家教，此人应该，呃，超级有耐心。我们找到的是有律师资格的检察官，她在司法部干了一辈子，头发花白，沉稳严肃，即便埃利奥特·尼斯也会对她青眼有加。她的名字是米丽娅姆，人称米姆，是犹太教复兴运动发起人的孙女。犹太教复兴运动源于我们的高速发展的犹太教的一支，将传统崇拜与进步的宗教情感相互融合，欣然接纳我们这样的异教通婚家庭，提出了与日常生活更加密切相关的宗教信仰。在个人信条方面，对米姆影响更深的是她的母亲。在20世纪20年代，她的母亲是美国第一个参加女受诫礼的女孩。在她母亲的熏陶之下，这个六十多岁的女士自愿帮助有特殊需要的儿童，特别愿意帮助许多人都认为不适合参与这样严格、古老仪式的孩子。为了实现这个目标，她会耐心地连续坐上好几个钟头，背诵希伯来文并且用欧文听得懂的方式进行讲解。

这一切都是表面理由，或者说是那些正在贝塞斯达的亚达特平安会堂落座的满怀期待的不同宗教信仰的人们无法察觉的幕后插曲。在这些人当中，包括来自纽约和佛罗里达州的我们萨斯坎德家的人，来自康涅狄格州的柯妮丽娅的娘家人，从波士顿等地来到华盛顿的远方来客，也包括欧文的许多老师和治疗师，欧文的部分同学及其父母。差不多每个人都是欧文在生活中认识的，除了几个因好奇而出席的会众。这是该会堂里举行的第一次"午祷仪式"，也就是极其正统的整天祈祷者所说的下午祷告会。我们不想在会堂的全体会众面前出什么乱子，因为对我们来说，祷告会就是为需要融入社区并且获得正式成人身份的男孩或女孩举行受诫礼的基本条件。

但这些精心策划的目的是一眼就看得出来的，因为欧文想要"轮到我"，就像沃尔特和每个其他犹太孩子尽力追求的那样。

这场激动人心的《律法书》仪式的每个参与者都渐渐感觉到，他们为这个孩子做的事令人产生隐约的压力与希望。为了引领欧文走上前完成仪式，人们相继地被召唤到舞台上。这种舞台被称为诵经台，"诵经台"这个词在希伯来语里读为"亚阿穆德"，意思是"升高"。在队伍最前面的是柯妮丽娅的父母，他们齐声朗诵着翻译成英文的祈祷词。令人吃惊的是，难得激动的柯妮丽娅的父亲约翰脱下帽子挥舞起来。"欧文，愿你永沐阳光。愿你知足常乐。愿爱尔兰天使之翅停歇于汝之门楣。"他朗诵到最后一个字的时候，激动得连声音都变得沙哑了。

柯妮丽娅捏了捏我的手。"哦，"她低声说，"现在就开始了。"

人们准备举起欧文时，与她一起坐在前排的我感觉到一种潮汐的引力。在

《詹姆斯与巨桃》的角色扮演活动中,孩子们把欧文抬上肩膀之际,这种极其神秘的潮流就在它自己的蜿蜒轨道上流淌着,此刻则使这里的整个房间充盈着温暖的感觉。那些被召唤上来的人在仪式中发挥着许多作用,比如打开法柜,拿出《律法书》并且举着它在房间里环行,再揭下沉甸甸的天鹅绒与银饰品,以便开卷展读几个简短的段落,而开卷前后还要说几句简短的祷告词呢。这段时间里,你可以看到他们一边向他们中间的欧文低语"这边,小文"或者"跟我走,老弟",一边轻推着他往前走,准备把他举上去。

或者是他正在准备举起我们。视线模糊了。我和柯妮丽娅被召唤到诵经台上。把塔利特或者说祈祷披巾交给欧文的时候,我们都露出笑容,身子微微颤抖。在这个父母即将对孩子讲话的时刻,也是在完全公开的场合说出体己话的时刻,你要鼓励和称赞孩子,对他表示爱意,传达某种虔诚的信念……而满屋子的人都在偷听呢。进入礼拜堂以后,有些话是你也许永远不会对孩子说起的,因为他们都是喜欢刺探心灵隐私的人。

柯妮丽娅说起了沃尔特的朋友把欧文叫作"神奇男孩"的事,接着又告诉欧文说他确实如此,"因为你从生活里获得了这么多的快乐,看到了这么多的我们看不到的奇妙事情"。她谈到他的毋庸置疑的仁慈,但也暗示这会使他容易受到伤害。"欧文,我为你做的祷告是,"她说,"愿你永远用自己的心去看待生活,愿你信任今天到场的每个全心深爱你的人,愿你继续用天主赐予的一切天赋启发其他人。"凡是善于倾听者都听得出来,这就等于一次恳求,因为这个具有仁慈天赋的男孩在未来的漫长日子里需要帮助和爱护。这是这个房间里的每个人的义务,而柯妮丽娅通过向一排排的人们默默点头的方式表达了确认这个口头约定的强烈愿望。

在她讲话时,欧文一直在看着天窗或者他的最好的鞋子之下的厚地毯,却几乎不看我或者柯妮丽娅。他的目光避开了我们。他就是这样的。我轻轻地把他拉到我们身边，握住他的双手，在她讲话的间歇悄声说："嘿，儿子。"我想要引起他的注意。

　　轮到我讲话时，欧文也不看我。我面对欧文，讲述了一个我亲眼看见的与欧文有关的独特经历，希望能够稍稍改变每个人对他，以及他对自己的看法。就像柯妮丽娅做的那样，我一直在尽力与房间里的每个人订立可以消除我的担心的合约。我提到了我们在过去的几个月里看见的一个新改变，即他决定开始管我们叫爸爸和妈妈，而不是爹地和妈咪。我还顺便提到，他曾经给某些迪士尼动画片"放假"，因为他越来越喜爱真人动画电影《蝙蝠侠》，赞成该片的导演蒂姆·波顿所说的那句话："应该让歌谭市具有阴森的特点。"我们认为，随着受诫礼的举行，他将会以沃尔特为榜样。我想潜移默化地促使他继续保持这个状态，更想促使他追求社会的认同以及与年纪相称的东西。这番话既是说给欧文的，也是说给房间里的每个有可能促使这个少年成熟的人的。所以，说出了这个可以稍稍表明他"长大成人"的小故事之后，我背诵了欧文一个月之前对自己说过的话："欧文，你告诉过我，'你应该远离迪士尼动画片里的那些反派角色，远离那些适合小孩子的东西。你早就该看《蝙蝠侠》了，看一看有点儿阴森和复杂的东西'。"这句话当然引起了大笑。

　　人们的笑声甚至变得更大了，因为欧文回答了一句："还有《海绵宝宝》！"我的整个开场白基本上等于白说了。

　　"欧文，你不是想看有点儿阴森和复杂的东西吗？"

　　"还有《海绵宝宝》！"他再次大喊，引起更多的笑声。还是别再讨论这个了。我试图在最后谈谈他在某些精神层次的领悟，就说起了他与天主交谈并感觉其存在的特殊能力。"当你长大了，开始探索星星的奥秘，你仍然可以与天主交谈。在这种时候，请你替我们谢谢他，因为他把你带进了我们的生活。"

　　随后我们代表他做了发言。柯妮丽娅说无论他怎样都会爱他；我说我会帮助他改变，以便他能够在这个无情的世界里选择自己的路——这是父亲和母亲对孩子朗读的兼具理性和感情色彩的声明，记载着声明内容的打印纸则在我们手中轻轻摇晃着。

我们走下诵经台的时候，他把祈祷披巾披到肩膀上，走上了讲台。已经展开的《律法书》正在等着他。这是我们在自己的座位上看到的情景，现在我们无法为他做什么了。那上面只有他自己。他的导师米姆骄傲地站在他的一边，在另一边主持仪式的则是蕾切尔·赫什，这座会堂的朱迪·柯林斯般的领唱人。

但他看起来还算平静，开始用十分好奇的目光望着那些眼睛的海洋。他从没有受到这么多人的关注。他显得跟平常不一样，似乎既不感到害怕，也不渴望知道人们的想法，而且对此满不在乎。他拥有一个有利条件，那就是虽然记忆体一开始就允许他把几十个钟头的迪士尼动画片贮存下来并且编成密码，但他照样不懂得英文，就像现在不懂得希伯来文一样。他只能记得住令他感兴趣的东西。但米姆低声说出了他应该说的来自《律法书》的第一句话，而他显然对此很感兴趣，所以就跟着用希伯来文一行行地吟诵着，同时看着人群。他身边的米姆轻轻动着嘴唇，悄声地读着源于古老的书卷的每句话，其中的一些话是她经常在仪式上说起的，因为她是这部圣书的严肃的捍卫者。几分钟以后，他完成了这些长得惊人的吟诵。她点点头。完美无缺。等到他同样完美无缺地吟诵出最后的祈祷文，她笑眯眯地伸出了手。他举起手，轻轻地与她击掌。她说了一声"亚阿穆德"，以便召唤那些人走上前来，把《律法书》重新装饰好。随后她的声音就颤抖起来，突然变得泪眼朦胧。看到这个女人哭泣的情景，我笑得前仰后合，柯妮丽娅也是如此。我想，在过去的一千年里被告知不属于这上面的女孩也会跟着一起笑的。米姆大吃一惊，仿佛春雨浇头而下。她擦去眼泪，悄悄地走下诵经台。

这一切都发生在欧文开始用英文演说之前。

我们知道接下来要干什么,因为我们听过那些演说。这就像四段长长的饭前祷告,只需要活动一下他无形的祈祷肌肉。真是不可思议。如果要他写下在三年级课本里读到的或者他听见老师再三强调过的话,他只会给你写两个短句,其中有简单的动词,还有几个错字。如果要他在他认识的众人面前说出内心深处想要对天主说的话,他却可以说得像音乐一样流畅。

我们也知道这个房间里的每个人都将见证这个矛盾的事,就像我们知道他们当中的很多人对于"不能丢下任何伙伴"的看法都会与欧文的相同。我们已经习惯了这种事。

欧文说起了他在《律法书》中选择的内容,其中包括许多有关道德标准的戒律、"有关对与错"的句子,也包括"这一章最重要的规定之一:不可将绊脚石放在瞎子面前。这句话的意思是,你永远都不应该捉弄别人或者对他们不友好。瞎子是有残疾的人,而天主告诉我们,永远都不应该捉弄弱者"。

他把每个句子的末尾都说得抑扬顿挫,因为我们告诉过他,这会在公开演说时取得良好的效果。他还说,他读过的一节经文想要告诉我们"要爱邻人如己",但那里提到的邻人不仅仅指住在隔壁的人,也包括"我们在生活中认识和遇到的每个人"。

他暂停下来整理讲稿,接着又举起食指,不清楚这是表示谴责还是仅仅为了像节拍器那样计时。"人们有时难以爱邻人如己,"他说,平静地指着人群,"人们有时可能会变得生气、嫉妒、残酷、仇视、蛮横、恐慌,而这有可能使他们无法关爱和体谅邻人。"他翻了一页。"有时人们会害怕跟自己不太一样的人,所以就有可能残酷地对待他们,或者对他们不理不睬。"说到那一段的最后一句时,他的声音变得轻柔,好像正在空房间里面自语。随后他抬起头,几乎对这里的人数之多感到惊讶。"要是有人这么对待你,你就会感到害怕或者难过,对不对?"

此刻他正在同时与每个人交谈,每说一个字都会伸一下食指。

"我觉得我是个特殊的人,因为天主让我变得特殊。"他晃晃脑袋,噘起嘴巴,"天主给了我力量、勇气和善良的心。"

他用目光搜寻了漫长的一分钟。我们看见,他的目光扫过每张面孔并且仔细端详着,而他们有的正在强行抑制内心的激动,有的则边点头边说着什么。他显然想要同时与他们所有人建立联系。接下来,他收回目光,准备说出一句我们熟悉的话。他觉得,这句话最有说服力。

"天主希望我们把生活中的每一个人都当成特殊人看待。"

倘若问一问那些人在多年以后还会记得那次演讲的哪些内容,他们往往会在记忆里找出那句话。

有几个人想起来,欧文随后又说起了他的饭前祈祷词,还有他如何"祈祷天主照顾姥姥和莉齐,让她们不再疼痛"。他这么说是为了帮助肯尼迪家的人,他们在过去的一年里始终奋力应对着那位女家长的肺癌,柯妮丽娅的姐姐莉齐则在举行受诫礼时与肺癌搏斗着。

少数人想起来,他的最后一句演讲词是"我总要在祷告开始时说到的词是'希望',我喜欢'希望'这个词。"他这么说是因为赞同我的看法,他知道"哈提科瓦"这个词在希伯来文里意为"希望"。所以他接下来用钢琴弹奏了以色列的国歌《希望之歌》,以此作为仪式的结束,接着从乐谱上抬起头,扫视来宾的眼睛,就像他在背诵希伯来文时做的那样。

记忆就像钩链,把某些感人的回忆或者观点改变的时刻牢牢锁起来,经年不忘。

正是这个缘故，那天出席的每个人都没有忘记，那个极其特殊的年轻人曾经告诉他们，在天主的心目中，我们所有人都应该被当成特殊人看待。

在仪式之后的招待会上，保罗·奥尼尔和塞德里克·詹宁斯提出了有关欧文和自闭症患儿的能力的尖锐问题。我向他们讲述了一些与伙伴和英雄有关的事情。奥尼尔笑了。"我以为我是小布什总统的伙伴，但我说不准他是英雄还是坏蛋。"深受教堂熏陶的塞德里克想知道，欧文将来会不会打算当牧师。

我母亲雪珥过去是在音乐会上演奏的钢琴家和教师，就在我父亲去世的几年之后，她的第二任丈夫也死于癌症。她早已感到有一朵乌云在跟着她走，所以忍不住认为欧文的难题是由于受到她的牵连，或者我们现在都被乌云盖顶了。她硬是觉得，欧文只会受到伤害和轻视。仪式结束之后，她似乎大为解脱，满心快乐。欧文说起了那句与"特殊"有关的话，后来又一边与她对视，一边弹奏着以希望为名的歌曲，而这令她对欧文刮目相看。"他在那上边的表现真是了不起。"在人群走向会堂的招待厅时，她把我拉到一边低语，同时目不转睛地看着我的眼睛，好像在寻找什么线索，"真的，罗恩，我简直不能相信。"她从来没有这样跟我说过话，从来没有。

没过多久，我童年时代的老朋友也把我拉到了一边。"雪珥没事儿吧？她跟往常不一样了，你知道，缺了点儿什么。"他说得对。他第一个注意到，她进入了老年痴呆症的早期阶段。

后来，我去老年公寓探望她的时候，经常会想起那个时刻。我认为，疾病可能在当时对她放松了控制，使她恢复了准确的判断力——就像任何人一样，她的判断力是与生俱来的，不同于成长中形成的经验和选择性的记忆——或者在某种程度上释放了她，使她得以用新眼光看待事情。

欧文的事毕竟是逐年逐日地，自然而势不可挡地在我们家发生的，我和柯妮丽娅也就不再广泛接受那些与所谓的"智力缺陷"有关的推论，因为我们过去的判断力正在被更深的理解力代替。

他的事现在变成了集体的事。我们有时会感到光明，就像我扮演伊阿古的那天晚上或者发现欧文的素描簿的时候，心里不再有负担。而光明如今似乎温暖了会堂的宴会厅，它就在朋友的明亮的眼睛里或者愉快的神情中，也在他们拥抱欧文的姿态里。

令我们惊讶的是，光明也在他拥抱他们的姿态里。

5月第一周的星期六早晨，沃尔特醒过来，制订了一个计划。

我和柯妮丽娅在犹他州逗留了几天，因为我要发表演讲，还要与她共同庆祝我们的结婚十七周年纪念日。对于一个处于生命之春的精力充沛的九年级学生来说，这是一个金色的周末。

我们很久以后发现，他早就打算充分利用那一天了。那些日子里，他确实想要放松一下。学校里的功课太繁重了——西德瓦尔可不是叫人放松的地方——可是他有他的伙伴和朋友。他十分看重那些朋友，把他们当成兄弟。他喜欢自己真正的兄弟，但有时他们很难相处。与欧文沟通简直太困难了。沃尔特希望当他和欧文年龄更大时会更容易沟通，事实却不是这样。我们几乎把一切有关欧文的事都告诉了他，他也愿意告诉我们许多事情，比多数孩子告诉父母的还要多，但我们相信此外还发生了不少我们并不知情的事情。我们尽量参加其他家长都会参加的一切活动，比如学校组织的集会和家长教师联谊晚会，也会去看他打橄榄球。柯妮丽娅甚至会在赛场上奔跑好久，以便表示我们就像别的家长一样，而且比他们做得更好。但我们总是为欧文忙碌着，沃尔特有时可能会悄悄地溜出去。他一直是个独立自主的孩子，可以应付各种事情。

那天留下来和他们一起过周末的是厄瓜多尔的清洁女工尤金妮亚,他和欧文下楼走进厨房的时候,她已经提前把早饭准备好了。

沃尔特精心制订了一个宏伟的计划。他们要带着内森去看动画片。内森是个好孩子,与欧文同岁,就住在隔壁。尤金妮亚可以开车。内森是我们自从住在乔治城以来认识的第一批朋友的孩子,在华盛顿的正常孩子当中,欧文只想与他相处,一直在尽量跟他做朋友。所以内森在我们家深受欢迎,就像大英雄,而他与沃尔特其实有许多共同点,因为他们都是好孩子和出色的运动员,既有趣又讨人喜欢。此外,他对欧文确实很友好。

按照沃尔特的计划,这一天要让欧文真正感到开心。像往常一样,开心的关键在于动画片,而欧文最近非常喜欢的迪士尼动画片是《牧场是我家》。我在欧文举行受诫礼时说过,他打算放弃迪士尼动画片,转而去看《蝙蝠侠》和更多的适合大孩子的东西——这只是我的一厢情愿而已。偶尔也有例外,这当然不错,但迪士尼动画片还是他经常要看的。欧文已经把这部动画片看了三遍,十分喜欢其中的某些情节,总是哼唱着那些插曲。他简直为它着了迷。

他们喝完麦片粥,沃尔特向欧文说出了他的打算。"你愿意跟我和内森去看《牧场是我家》吗?"欧文乐开了花。"愿意,沃尔特!"

那天下午,尤金妮亚开车送他们去看电影,而有内森在场就会感到特别开心。欧文也感到开心。那部动画片还行,虽然算不上最好的迪士尼动画片,他们却看得挺高兴。至少看得下去。欧文当然喜欢看,这才是重要的事。看动画片的时候,欧文能够与他交谈和相处,就像正常的兄弟俩。只是话题必须与迪士尼动画片有关。

他们回家以后,欧文去了地下室,沃尔特则跟着他走下去。

那一天的精心安排其实就是为了这一刻。

"动画片有意思吗,小文?"

"特别有意思。我喜欢这部片子!"

"我也喜欢。听着,我要你帮个忙。"

欧文的表情从期待转为困惑。沃尔特从来没有要欧文帮忙的时候,从来没有。他为什么需要帮忙呢?

"听我说,今天晚上我可能会请几个朋友过来玩,又不想让咱爸咱妈回家时发现这件事。"

欧文慢慢地点点头。"我该怎么办呢?"

"不要告诉他们,"沃尔特说,"我们说定了,对不对?你不是在跟他们撒谎,只是他们用不着知道这件事。"

欧文纹丝不动地站了几秒钟,随后点了点头。他听懂了。

"谢谢你,老弟。我真的很感激。"

沃尔特善于处理各种事情,那是他的专长。在聚会的开始,他处理得非常好。他告诉尤金妮亚说他要请几个朋友过来玩,后来又告诉每个朋友直接去地下室。

那天晚上,欧文大多数时候都在我们的三楼卧室里看着他的动画片,吃着沃尔特提供的比萨饼。谁也用不着去楼上,地下室里容得下好多人。或者沃尔特是这样认为的,直到那些高年级的橄榄球员在十点左右过来串门——因为有人给认识沃尔特的人发了短信。他们的朋友随后纷至沓来,大批地涌进后院,或者在地下室人满为患时轮流出去乘凉。许多人都挤在休息室和洗衣房里,而洗衣房里有一张乒乓球台,台下有一整箱举行受诫礼时没有喝掉的烈性酒。我们买多了,所以还剩下不少,多半是伏特加和杜松子酒。男孩子很快就把它们喝光了,因为原先就有八十个孩子过来,现在兴许有九十个。一切似乎都进行得太快了,直到凌晨三点,沃尔特和两个最好的朋友用洗涤剂清洗地毯的时候,他们边洗边笑,居然没有醉得太厉害。多么棒的夜晚啊。

第二天,沃尔特的感觉还不错,尽管他就睡了一个钟头左右。去跟昨晚睡在客厅的沙发上的尤金妮亚聊天的时候,他准备尽量露出自己有男子汉魅力的那一面。

"你请来的朋友还真不少呢,是不是?"她问。

"我就请了几个,来的人超出了我的估计。"

她看着他。"沃尔特,你是个好孩子,对不对?"她说。

"Más o menos①,"他说,耸了耸肩膀,露出笑容,"我该怎么说呢,尤金妮亚,我有好多朋友。"

我们在星期日晚上回家时,沃尔特尽量用热情的态度欢迎我们,鼻子眼睛都在笑。尤金妮亚身手敏捷地溜出去,脸上露出一丝尴尬的微笑和些许别的表情。沃尔特没有看她,但目送着她离开。他欠她挺大一个人情呢。

几天过去了,他感到脱离了危险。真奇怪,这样的聚会可以把一个九年级学生的社会地位提得那么高。高年级的学生总是在过道里走向他:"嘿……聚会挺不错。"他只是点点头。是呀。不客气。以前的聚会办得就挺好,但他们只会把它办得更好。

星期二的夜晚,沃尔特坐在床上跟一个朋友在网上聊起那次聚会的时候,想到了一件事。他还得赔还那些伏特加和杜松子酒呢。我们肯定不是酒鬼,也许几周甚至更久的时间都不会发现那些酒已经被喝掉了。圣诞装饰品、几箱书本和影集等东西也都在那张乒乓球台底下承受灰尘,有时会连续搁上好

---

① 西班牙语,意为差不多。——译者注

多年。

但他当初甚至都没有想到赔还那些烈性酒的事,这使他感到不寒而栗。他没有脱离危险,还没有。他不清楚欧文看到了多少,但欧文肯定可以从我们的卧室窗户看见后院的每一个人。他站起来,慢慢地走进欧文的卧室。"嘿,老弟。"

欧文坐在桌边,正在翻看根据动画片改编的画册。他抬起头。

沃尔特看起来挺高兴。"一切都好吧?"

欧文看着他。"嗯。"

他们只是对视着。"很好,我只是来看一下。"沃尔特很快就回到自己的卧室,关上门,躺在床上,在即将露馅的关头使劲琢磨着欧文的真实想法。与正常孩子相比,至少欧文似乎不会把看见的事情统统告诉父母。有的孩子却在很小的时候就开始这么做,一边描述自己的感受,一边观察他们的表情变化。没过多久,话题就变成了:今天在学校过得好吗?你在朋友家干了什么事呢?你很快就会觉得他们爱听那些事情,你也确实想要说给他们听,尤其在你只有十来岁的时候。

欧文确实没有这么做过,沃尔特想,除了可能向父母说起他看过的迪士尼动画片和那些角色的情况的时候,而我们都为此感到高兴,就像在参加某种盛大的庆祝活动。除此之外,欧文似乎真的没有考虑过父母们想听什么,包括八十个男孩在几天前来过地下室和整个后院的事情。

只要我们不起疑心并且不去问欧文,沃尔特就不会有事。因为弟弟不会撒谎。想到这一点,沃尔特觉得这真是太奇怪了,就像金·凯瑞在电影《大话王》里遇到的情景——他因为一句咒语而遭受打击,在任何事情上都不能撒谎。如果换个立场看,这倒是种美事,不然那场受诫礼演说就不会彻底打动每一个人。如果真的不能撒谎,就像那部电影里表演的那样,那将是一场噩梦。可是沃尔特也充分考虑过这种事。所以他清楚得很，他们看了《牧场是我家》之后，他要跟欧文谈一谈。爸爸和妈妈用不着知道聚会的事。他只说了这些话。这不算谎言。

我在星期六发现我的自行车不在后院车棚里，就问了一句："沃尔特，我的自行车哪儿去了？"

沃尔特走出厨房，但在进入后院之前暂停下来，寻思了一会儿。他解释说，他的一个朋友过来把车子借走了。我告诉他，最好去把车子找回来。"没问题，爸爸。我现在就给他打电话。"

后来我却在与我家隔着几座房子的灌木之间找到了那辆自行车。

沃尔特从卧室里无意中听到我在前厅跟柯妮丽娅说起这个消息，因为那里恰好在他的听力范围之内。他开始动脑筋。一定要收买欧文。可是怎么跟他说呢？他最不愿意做的事情就是跟欧文谈起七天前的聚会，试图命令欧文守口如瓶。欧文可不会忘掉聚会的事情。就连他在十年前的一个星期二穿的是什么衣服，他都记得住呢。

时间滴答地过去，恐惧煎熬着他。沃尔特开始寻思，要是有个能跟他结成一队的伙伴似的弟弟，那该有多好。有些兄弟会互相打架，他见过这种事，但他们基本还是属于儿童队的，总是共同对抗家长队。这种关系根深蒂固，永远不会有真正的改变，而他们可以替对方防守。他爱欧文，要是有人欺负弟弟，他真的有可能杀了那个人。但现在要是有一个普通的弟弟，那可就太棒了。接下来，他为自己有这样的想法感到可耻。

随后他的脑筋却停止了活动。"欧文，你能到休息室里来吗，跟我和妈妈谈一谈？"我正在告诉欧文从地下室来到楼上。

沃尔特蹑手蹑脚地溜出卧室，走到楼梯顶端的台阶上，悄无声息地坐在那里。他可以听见休息室里的一切动静，因为休息室就在下一层楼的拐角处。

我跟欧文交谈着,好像正在寻找消息来源。"嘿,小伙子,坐下,我要跟你打听一点儿事情。"

沃尔特使劲地听着。短暂的沉默。

"上周六的晚上,沃尔特是不是在这里举办了一次聚会呢?"

没有回答。

"小文,"妈妈说,"你可以跟我们说实话。"

没有回答。

沃尔特攥紧拳头。虽然没有讲话,他却通过传心术告诉欧文:这才是我的好弟弟。挺住,小文。

长久的沉默。事情也许过去了。欧文也许自由了。

才不是这样呢。"好吧,欧文,不提聚会的事了。我们不在乎那个。"我说。

沃尔特考虑着下一步的行动:爸爸究竟打算去哪里追查这件事呢?

"那么我现在的问题是,在上周六的晚上家里来没来过女孩子呢?"

再次沉默。沃尔特增强了战友之间的心灵感应力量:别上当,欧文。聚会和女孩是一回事。聚会就等于女孩。他在试图诱骗你。

"来过。"欧文犹豫不决地说。沃尔特知道与这种声音相伴的表情,欧文在寻找什么暗示呢,也许正在看着我的脸吧。

"好极了,欧文,"我十分高兴地说,"许多女孩吗?"

"是的!许多!"

"大约多少呢?"

"四十一个。"

柯妮丽娅发现了山茱萸的白花,她想,这会令人行道和街道之间零星分布的几片草坪大为增色。

她的汽车停在路边石附近。今早的约会时间是十点,而此刻是九点半。也就是说,在市中心的银泉社区的治疗室里见几名欧文队的成员之前,她还得再消磨半个钟头。

没关系。反正她也不知道有什么可说的。在她的日程表上,今天的约会内容被标注为"进展报告",但没有什么真正的进展可供报告。

她坐在车里,想着她是怎样变得讨厌每年的这个时候的。人家的孩子全都上了一学年的课并且渴望放暑假,而明年也许就会撕开一些厚厚的学校录取函,计划着辉煌的未来,不管往哪儿瞧都能瞧见该死的樱花绽放的情景。对于萨斯坎德家来说,每年的这个时候都是危机时刻,因为欧文不是进了不合适的学校,就是进了合适的学校但很快便会被退学。

他白天去的学校不能满足他的需要。那一带的其他学校似乎也不能。我们如今已经看过了许多学校,甚至包括远在巴尔的摩和安纳波利斯的。她打算与苏茜·布拉特内和比尔·施蒂克斯鲁德讨论择校的问题,因为前者是欧文这样的孩子的导师兼教育顾问,后者是欧文的长期的测试专家。柯妮丽娅翻阅着他的最近的神经心理评估结果,那是一份全面的报告,她在最新一轮的寻访学校过程中使用的就是它。他的各科成绩和全部认知技能都在走下坡路。许多学校要求他在测量智商时做出更多的努力,尽管他们知道这会给有自闭症的孩子造成困难。他的智商一直徘徊在七十五左右,这是智力迟钝的临界点。他在视觉和语言类推能力方面的得分最高,占据了总分数的 90%,但它们都被叫作微不足道的能力。应该有一部禁止把孩子的能力与智商总分挂钩的法律,不然他们这辈子都会被抛到废弃的垃圾桶里。她琢磨起来。智商总分达到多少才能发表那样的受诫礼演说?或者根据记得滚瓜烂熟的长达三十个钟头的迪士尼动画片发明一种语言?要想做出这种事,智商总分应该达到多少呢?

柯妮丽娅把包含着二十二页图表、数字、原始数据和闪烁其词的评估报告放进公文包，用指尖拂过它的油滑表面和凸印在上面的人名缩写：科·安·肯。那个叫柯妮丽娅·安妮·肯尼迪的执着而又冷静的女子曾经在二十多岁时带着这个辅导员专用包去纽约从事杂志编辑工作，后来又去波士顿的公共电视网工作，沃尔特就是在那期间出生的。那时她当然姓萨斯坎德了，但除了第一个孩子带来的变化之外，她一切照旧。她一如既往地喜爱春天。住在康涅狄格州的时候，她在十岁那年开始替隔壁的邻居家照看婴孩，那家人全都乐观得几乎令她难以置信。她在那个家庭帮助一位优雅可爱的母亲照顾五个孩子，目睹了那位母亲每年夏天送几个男孩去新罕布什尔州的营地度假的情景。她发现，他们回来以后变得更稳重、小腿肚更粗、眼睛更亮，握手也更有力了。于是她说，要是她将来也有个男孩，就要把他送到那个营地去。她说到做到，沃尔特如今每年夏天都要去的地方就是那个营地。她过去常常以为，一切都会心想事成的。

后来似乎就事事不顺了。差不多在十年之前，自打欧文遇到麻烦的时候起，她试着做过几份兼职，而她干任何工作都是为了在心里收拾出一小块地方，或者说可供喘息的心灵空间。她嫁给了一个男人，他可以变得很专注，而她喜欢这一点。在她的鼓励之下，他选择了一种几乎要占据自己所有时间、令人眼花缭乱的职业。每个人都可以看到和留意这篇报道或者那本书，提出观点。她早就想要一小块人迹罕至的土地，完全由自己耕种和打理，既不是我喜欢的景观地，也不是为满足欧文的大量需要而规划的乡村——欧文的需要似乎每过一个钟头都变得更大，即使在她睡觉时也是如此。有些日子，她想离家出走。每当察觉到这种迹象，我就会试图用"跟我一起出走"的做法来带给她惊喜。于是我们可以一起出走，通常是去什么地方过几夜。我们每年都会这样出走几次，之后再回来。抱怨也没有用，因为事情就是这样的。就在几周前举行的受诫礼是一次重大的胜利。如今每个人都见到了我们在家里瞥见的他在做饭前祈祷或偶尔讲话时的那种表现，他那深藏于表面之下的内在生命似乎正在显现。

忘了那个吧。内在生命。那会使他们给出更多的智商总分吗？有关伙伴的观念呢？嗯？别去寻思这个世界和它那该死的衡量标准了。她看了看手表。该出发了。没过多久，她和苏茜一起坐在比尔的治疗室里。她也喜欢比尔，正如她喜欢苏茜一样。他们真像一家人，完全了解欧文的一切情况，这使讨论进行得非常顺利。虽然难以开口，但她说得挺流畅。

"那么最新情况是什么呢？"比尔问。柯妮丽娅展示了对于我们最近三个月访问过的五所学校的详细评估，其中的三所学校在马里兰州，另外两所学校分别在华盛顿和弗吉尼亚州。每所学校都有可能提供一些有益的帮助——这一所开设了电脑课，那一所开设了艺术课。安纳波利斯附近的那所学校开设了许多文化课，到那里的车程是一个多小时，在高峰期则需要加倍的时间。弗吉尼亚州的那所学校具有最佳的师生比例。

苏茜对这些学校了如指掌，它们的长处与弱点通常恰如柯妮丽娅所发现的那样。"对欧文来说不太合适，"她说，"他的某些能力非同一般，尤其在他得到一对一的指导的时候，但他的问题也在这里。"

他们都点点头。每个人都明白这一点。"要是我能在每个学校选择一部分课程，也就是他们教得好而且可以满足他需要的那部分，再把它们合到一起，"柯妮丽娅遗憾地说，"那我们就可以做出安排了。"

"你能，"比尔回答说，"你可以自己安排。"

她不知道他是不是在开玩笑，所以就轻声笑起来。

"不，我是当真的。"

"你是说家庭教育吗？"

"是的。"

"你一定是在开玩笑吧。"

他没有开玩笑,与他看法相同的苏茜也没有。"要知道,你真的可以自己安排这件事。"

柯妮丽娅真想彬彬有礼地站起来说有急事要办,随后溜之大吉。当比尔和苏茜说起怎样才能安排这件事的时候,她却没有挪动地方。谈到家庭教育,她想起了俄克拉荷马州的宗教狂热分子。但他们没提这个。他们都认为,自闭症谱系障碍症患儿的父母应该越来越多地采取这种教育办法。柯妮丽娅可以购买各种教材,安排各种课程,利用各种网站。苏茜可以帮忙。比尔也可以。

不容置疑的是,欧文队的半打左右定期为他治疗的专家差不多都是各自领域的顶尖人物。现在,其中的两位可敬的队员正在鼓励她亲自出马,为了欧文。

"你最明白他的需要,或者怎样与他沟通。"苏茜说。

"有时候,只有一条路可走。"比尔补充说。

大多数时候,比尔和苏茜只是隔着桌子激动地交谈——那么她能够这么办,或者她可以试试这个办法——就像"她"听到的那样。那么他们正在谈论的这个人——她的生活又该怎么办呢?换句话说,即使这是正确的路,她也不清楚该不该这么办,尤其是考虑到家庭教育的社交隔绝性质,而难以与他人交往的问题又是他的重要缺陷之一。她将会整天跟他在一起。每一天。真的。她有时会把自闭症想成吞下了她儿子的野兽,而她每天都要跟它不停地战斗,试图营救他,把他拉出来。她也会被吞下去的,她和她的整个生活。这使她突然想到什么呢?《木偶奇遇记》里的那条该死的鲸鱼蒙斯特。而她是蟋蟀先生吉米尼,跟着匹诺曹进了鲸鱼的肚子。有谁行行好,把这些迪士尼动画片的影像从我的脑子里赶出去吧!

她振作起来,看了看时钟。早就该走了。她突然站起来。"这可要前进一大步呢,我得好好考虑考虑,仔细调查一番。"比尔和苏茜点点头,试探性地抬头望着她,看起来他们都没有怎么考虑过柯妮丽娅对于此事的反应。她知道他们已经把她看成了合伙人、联合调查员或者亲属。天知道,这是对她的赏识。可是他们在此谈论的并不是完全相同的事。这是他们的工作,但那是她的生活。对他们来说,这是贡献,而对她来说,这是彻底献身。"谢谢你们,真的,我真得考虑一下。"

她悄悄地走进街道,做出了三个决定。第一,她不会向丈夫提及此事的任何内容,因为他会进入鼓舞人心的演讲模式,告诉她"什么事都难不倒你",而这会使她想把他掐死。第二,她需要坐在安静的汽车里,独自沉思。第三,她悄声告诉自己:"说不定我能一直把车子开到谁也找不着的地方呢。"

几个大男孩走出茂密的灌木丛,来到一小片用作舞台的草地上。

他们的戏装十分简陋,只有长剑和剑鞘,以及对十五六岁的孩子来说显得太瘦的护胸甲。一片嘈杂声。那些道具都得搬到舞台上。孩子们的家长也在这里。

这是"林中空地演出",沃尔特每年夏天都去的营地里的诸多节目之一。这个营地已经开办了一个多世纪,这种演出活动也持续了这么久,演出地点恰好在山腰,由此可以俯瞰清澈且泛着涟漪的新罕布什尔湖。

沃尔特在这里成长得如此健壮,以至于你不禁要问,他在我们家的生活中缺少了什么。对他来说,这几个月的日子挺不好过,在我们把欧文争取为指控他的污点证人之后,他受到了一个月不准出门的处罚。我们没有因此感到开心。说真的,我们起初对那件事毫无察觉,因为那完全是父母的盲区。我催问欧文是否有过聚会时，他的双唇闭得紧紧的，好像嘴里面正在进行激战。欧文的表现显然可以说明，沃尔特就什么事征求过他的意见，而这是加深他们兄弟关系的大好事。由于对聚会感到生气和担心，我们犯了个大错误。沃尔特第一次单独与他的年轻的同谋达成了兄弟协定，而我们一下子就把这个协定毁掉了。

这似乎没有对沃尔特造成太大的影响。他受到了批评，又如同他说的那样"振作起来"，迅速前往北方，在因固守传统而显得与众不同的帕斯坎奈伊营地度过他的第三个长夏。自打1895年开办以来，这个营地没有任何显著变化。在那个渐进的时代，包括那些创建营地的耶鲁大学毕业生在内的许多人都是拉尔夫·沃尔多·爱默生的仰慕者，重视自立、无私、助人、朴实、诚信、谦逊之类的品质，比别人显得更加独立。沃尔特刚刚来到营地那年就养成了第一个和最后一个美德，接着又逐年培养中间的那些。他有了立竿见影的变化。十二岁那年，他在第一次去营地的孩子当中表现突出而获得最佳营员奖，而他在三天之后才告诉我们。那些年来，他的心里隐藏着一个不为人知的渴望，即悄悄地处理自己的事情。他从不夸耀自己的成绩，这种品质在残障人的同胞身上经常可以看到。他们因幸免于残障而从小就被灌输了成年人的责任和力量，所以很容易赢得荣誉，却多半不愿意接受。不可否认的是，由于每天都要在家里与引人注目的父亲和弟弟进行即兴表演，他更愿意加入那个一百零七年之后依然稳固的组织，接受适合所有人的规定与惯例。

正是这个缘故，他现在才会穿着在麦金利政府时期显得时髦的印有蓝色的"帕"字的白色运动背心和带有蓝条纹的大号灰色短裤，站在山腰的圆形剧场上，用目光在观众当中搜寻我们。

我们的目光终于相遇了。他稍微点点头，把目光转向别处。

他没有对父母露出明显的笑容，而这是符合规定的。这是严肃的事，演出时必须保持严肃。确切地说，他们演出的是莎士比亚的戏剧《亨利五世》，它讲述的是年轻的国王率领臣民进行一场以灾难告终的战争的故事。

我和柯妮丽娅几乎不知道怎么打发时间。我们把欧文送到了在缅因州为自闭症患儿设立的正规营地。由于他的素描簿打动了他们，我们又与夏令营辅导员和管理人员通了多次电话，做了大量的报告，他们似乎能够对付他的"各种表现"了。

在 2004 年 8 月初，在这个美好的下午，我们可以像其他人一样。沃尔特对此感到高兴——他怎么能不高兴呢？我们也很高兴。为了他。为了我们。

营员们开始表演，虽然不是全剧，内容却不算少，因为那些场面和戏剧本身都是由营地的聪明的助理主管精选出来的。他告诉柯妮丽娅说，他觉得这部戏剧会让孩子们产生格外强烈的共鸣，因为小布什和已经持续了一年零几个月的伊拉克战争与这部戏剧有许多明显的相似之处。

他说得对。由于与父亲的恶劣关系和缺乏抨击法国的法律依据，那位被顾问簇拥着的任性的年轻国王感到恼怒。管弦乐声中，历史与现实交织在了一起：如果更换一下角色的名字，这部四百年前的戏剧完全可以改成供《纽约时报》刊载的与去年 3 月的开战有关的任何报道；里面涉及关于狂妄的永恒议题，一个年轻人寻求尊重的故事，最后还有俄狄浦斯情结的破灭。我在观看这部戏剧的开头时就在寻思，要是欧文也在场的话，我怎么才能向他解释这一点呢？你得马上写出一篇小故事，接着再用迪士尼动画角色的声音把它朗读出来。可是，我们——我和柯妮丽娅——在这难得的林间空地上摆脱的东西恰恰是那些持续不断的思虑。我们在斜斜的草坡上歇息，从持续不断的轻度紧张状态中放松下来，不再考虑如何把欧文与我们和广大的世界拴到一起的问题。

这当然是一部出色的戏剧，它突然演到了亨利在圣克里斯宾节这天为准备战斗的手下人打气的情景。亨利说，他们在这一天的战斗事迹将会创造一个

经久不衰的历史传奇[1]:

> 我们的名字在他的嘴里本来就像家常话一样熟悉:
> 什么英王亨利啊,培福、爱克塞特啊,
> 华列克、泰保啊,萨立斯伯雷、葛罗斯特啊,
> 到那时他们在饮酒谈笑间,就会亲切地重新把这些名字记起。
> 那个故事,那位好老人家会细细讲给他儿子听。

而亨利最后说的是——

> 而行动在这个节日里的我们也永不会被人们忘记。
> 我们,是少数几个人,幸运的少数几个人,我们,是一支兄弟的队伍。

那些十五六岁的男孩抓住长剑,用在幼儿园运动场上打打闹闹的动作表演阿金库尔战役的情景。他们一边乱刺乱挥,一边尽量忍住笑,直到扮演泰保的男孩在获胜的刹那大叫一声,倒在地上。现在他们都回到戏里,怀着悲伤的心情,庆祝胜利。他们共有六个人,扮演主角亨利的是沃尔特的朋友罗比,紧随其后的是扮演葛罗斯特的沃尔特,扮演泰保的是一个叫维克拉姆的瘦削的营员。在亨利的指挥之下,他们把阵亡的泰保抬到肩膀上,走上舞台中间的过道。小山谷沉寂下来。过去与现在,或者说文学作品与人生,仿佛一张嘴巴突然"啪"地合拢了。望着这个超越时空限制的情景,感觉就像对不容置疑的命运投去了一瞥。他们多半不是我们的儿子,此刻不是。他们是几个年轻人,很快

---

[1] 以下剧本译文采用朱生豪先生的翻译。——译者注

就会长到与那些正在费卢杰和喀布尔奄奄一息的人相同的年纪。他们边走边齐声轻唱哀歌：

"Non nobis, non nobis, Domine Sed nomini tuo da gloriam."——歌词原文是用拉丁文写的，本是用来表示谦恭和感恩的祈祷文，意思是："耶和华啊，荣耀不要归于我们，不要归于我们，而是要归于你的名下。"

我们突然感到谦恭和感激，因为沃尔特在此得到了无上的快乐与解脱。他们经常说，养育子女就是为了爱与放手。那么我们都在尽分内的责任，就像正在注视和轻声呼吸的其他父母那样。

沃尔特还在往前走，两眼平视，目光专注。"瞧瞧他。"柯妮丽娅轻声说，她的呼吸传到我的耳边。觉察到生命之钟整点报时之际，你会有一种熟悉的空虚感或者说悲喜交加感，而我们都有这种感觉。这促使我们鼓掌，接着又发出更加热烈的掌声和令人激动的欢呼。我们希望他听见我们的声音。在这个适合他的环境里，他追随着自己选择的命运，没有受到围绕每一家，当然包括我们家的万有引力场的约束。那个经常独自徜徉的男孩迫使我们为满足其需要而全力改进我们的世界，这个正在与一群伙伴鞠躬致谢的男孩却懂得运用一切判断力、原则和令我们担心的难以抑制的力量，接受大千世界的挑战与磨炼。

我们希望他这样，尽管他的弟弟不能跟着他走这条路。

我决定首先顺路去一下办公室，听听事情的整个经过。

欧文在缅因州的营地主管走出纱门，跟我打招呼："进来吧，我们谈一谈。"

他是个中年人，脾气好像还不错，看起来更像信贷员，而不像穿着短裤工作的人。他昨天给我打来电话，说我应该过去一趟。

"我们简直拿他没辙，"他说，"我们没有料到，他的注意力这么不集中。

他的脑子里寻思的事情太多了。他很随和，但问题不在这儿。所有的辅导员差不多都管不了他。"

我没有争辩。"嗯，他坚持了五天呢——这还不算太糟吧。"我说，尽量往乐观的方向看。随后我想到了欧文必定会有的感受，接着又觉得我就像个白痴。我们太急功近利了，而他在这件破事上表现的愚蠢行为把我们给打败了。虽然他可以在参加受诫礼时发表那样的演说，后来却消失在内心的幻想之中，几乎不知道自己身在何处。当然，他们被他的素描簿打动了——谁能不被打动呢？我也许把欧文吹嘘得太过分了，而他现在受到了打击。

"你告诉他了吗？"我问。

"我们告诉他收拾自己的行李了。"

我走到小屋跟前的时候，欧文正在屋外的行李箱上坐着。

"我非走不可吗？"

"是的，小伙子，所以我才会到这儿来。"

他起身站在那里，纹丝不动，有什么东西正在他的脑子里翻腾着。我知道，现在不是打破沉默的时候。

"我不走，除非你保证，以后我还能回来。"

我毫无准备。我没有抱着他们会让他回来的希望。

"没问题。"

天哪，我真不愿意对他撒谎。你说什么他都会相信的。对他撒谎就等于犯罪。

我们在车里沉默了五分钟，接着是十分钟。他只是看着车窗，露出了在实验学校被毕业时露出的表情。缅因州的海岸线从我们眼前渐渐掠过。现在，我们已经沉默十五分钟了。

他开始唱歌。

第六章 / 旅途之歌

> 跟我来，跟我一起漫步
> 前往比远方更远的地方，
> 星星就在那里自由徜徉。
> 纵然旅途艰辛充满坎坷，
> 紧跟着我你就会把心放。
> 因为有我你就会有指望。

天哪。这是去年春天公映时遭遇票房滑铁卢的迪士尼动画片《牧场是我家》的插曲。该片的主要故事情节是：两头母牛（由罗丝安妮·巴尔和朱迪·登奇女爵士配音）想要计胜一个邪恶的偷盗牲口的投机商，以便挽救小天堂牧场。这部片子里面有许多身强力壮的伙伴，包括一只叫"幸运的杰克"的聪明易怒的长耳野兔。

欧文知道这部动画片不太受待见，但他不在乎别人怎么看。他喜欢它，也喜欢由蒂姆·麦格罗、邦尼·雷特和K.D.兰演唱的电影原声碟。他常看这部片子。他乐在其中。

由于满脑子都是这首歌的片段，我过了一会儿才意识到，它跟我以前听过的不一样。他在唱歌时没有使用片子里的任何角色的声音。

那是他自己的声音。他的腔调与平常唱歌时的完全不一样。

> 不错，漫漫长路在面前，
> 真的，艰难路途我们闯。
> 可是，亲爱的，我发誓，
> 我一定会把你带到那里，
> 不管这条路会通向何方。

这就是我们面前的漫漫长路,真的,路途还挺艰难呢。

随后的五个钟头里,我们一路西行到阿巴拉契亚山间小道的最北端,而他大概把这首共有五段歌词的歌曲唱了二十次。

我们接近费尔利镇和湖边房子的时候,我终于忍无可忍,恳求他别再继续唱了。

"欧文,你千万别再唱了。你可把我折磨苦了。"

他毫无反应。

"好吧,我们来谈一谈。告诉我,你为什么要唱这首歌?你为什么那么喜欢它呢?"

"因为它是旅途之歌。我最喜欢这种歌曲了。"

那天晚上,我和柯妮丽娅在码头说起了这件事。她对营地感到失望。欧文不开心。我们能不能安排一下,把事情办好呢?这就是我们的模式——她迅速制订计划,我来推行它。

一周以后,我给营地的主管打了电话,提到欧文在我去接他时说的那些想要回来的话。我们煲了老半天电话粥,我由哄骗到悔恨、理解再到愤怒,然后又回到悔恨。这些年来,欧文去过几处夏令营,但我们每次总会雇用一名"影子"助手跟着他,告诉他应该怎么做。这是我们的错,我告诉主管说,因为我们这次没有派助手来。但我们在过去几天里找到了一个可以回来陪他的"影子"。我把他说服了。那个人只想离开电话。

就这样,欧文在这个夏天的最后两周返回了营地,陪伴他的是高中毕业班的学生弗兰克,我们每年秋天去佛蒙特州的奶牛场看望的波士顿孩子之一。两个男孩从小就认识了,弗兰克熟悉欧文的一切行为,也熟悉他看过的动画片与爱好。

第一周过得挺顺溜，弗兰克跟着欧文到处转，告诉他参加活动，就像私人辅导员和导游。他督促欧文参加体育、绘画和手工制作活动，促使他与睡在同一床铺的伙伴交谈，特地暗示欧文用《辛普森一家》里面的伯恩斯先生和史密瑟斯等人的声音说话，因为其他孩子爱听他们的声音。全营接力赛的最后一棒是在障碍赛跑道上进行的，参赛的夏令营辅导员通常要背着每个铺位的最小的孩子，跑过最后几百码，穿越终点线。欧文参加了那场赛跑，人高马大的弗兰克把欧文夹在腋下，为他们那个小屋的营员赢得了胜利。弗兰克后来告诉我："我夹着欧文就跑，跑得比什么时候都快。"这真是我们生活里的趣事，我和柯妮丽娅为此笑了好几天。

但弗兰克不能夹着欧文参加最后一周的重要活动，也就是所有孩子都做好全面准备的才艺表演。他问欧文知不知道想要表演什么，欧文说知道——他打算唱歌。就是这样。他需要伴奏音乐吗？不。为了打听更多的细节，弗兰克提了一百来个问题，可什么都问不出来，甚至连歌名都打听不到。辅导员关注着他的情况，感到疑惑不解。别的孩子都在练习。正如在营地中对"有天赋和有艺术天分的表演者"所期待的那样，歌舞、滑稽短剧和音乐演出都会是精品。弗兰克仅仅告诉他们："他只是说想要唱首歌。"

最后一次晚餐过后，一百五十来个孩子、辅导员和职员们聚集在熊熊篝火之前的娱乐中心，它是用大波纹钢搭建的，上面带有一个宽敞的舞台。欧文与弗兰克和同屋的孩子们一起坐在人群中心，大家都穿着T恤衫，跷着腿。三分之二的节目结束以后，舞台导演拿着板夹走过来，跟弗兰克打了个手势。"欧文，该你上场了。"

一分钟以后，他登上舞台，手持麦克风，望着营员们。

感到拘谨是很正常的，谁都不愿意为不欣赏自己的人进行表演，谁都不愿意在台上显眼或者受到嘲笑、漠视。欧文的大脑里却没有这些想法。在某种程度上，这是一种更为公平的交流，具体就看他有没有感觉了。要是感觉来了，他就会把它抓住。

而他就是这么做的。他一边尽量唤起感觉，一边用目光扫描着人们的反应，检视着那些面孔。他发现，有几张嘴巴正在准备悄悄发出"呃噢"声，因为他们希望这个自言自语的怪孩子会因为怯场而演砸了。可是，随着时间一秒秒地过去，他的双眼不论在扫视着什么，都还同时看着内心的一处地方，那里大约有同样数量的动画角色——由一百五十来个（多数是他的伙伴）组成的群体——与他一起经受成人才会遇到的孤独与失败。如果可能的话，这两个群体将会联系在一起。

他终于把麦克风举到了唇边。

> 只要穿过遥远的地平线，
> 生活就会变得非同寻常，
> 但我们每天都要相信它。

他现在演唱的当然是在这个艰难的夏天里非常适合他的主题歌《不管这条路通向何方》，他把它当成了感伤的流行歌曲或者说再次流行的东西。他扯着嗓子高唱起来，好像没有明天似的。但对他来说，确实没有明天了。他表现得这样洒脱，完全适应了现场的环境，这是"环境盲"的副作用之一。

这个营地里的每个孩子都是拥有这种或那种天才的温室之花，时刻憧憬着前途似锦的明天，想着将来成功的那个会不会是自己。在这些多才多艺的孩子看来，欧文够胆量，也够洒脱。

欧文唱到一半的时候，他们起立欢呼，不停地鼓掌。

第六章 / 旅途之歌

他们不知道他有过怎样的经历。就算他们向他打听,他也无法说出来。不过他的深鞠躬本身就是一个故事,正如涌向他的欢呼那样。

柯妮丽娅来到楼上,想要看看两个孩子睡了没有。返回我们的三楼卧室之前,她把灯打开了。我能够透过后院的工作室天窗看见柔和的黄光。我注视着它,因为这是我们事先商定的信号。我走进房子,来到楼上。我们低声谈论起来,以免孩子们无意中听见。在别的时候似乎都不该谈论这个。

对柯妮丽娅的姐姐莉齐来说,这个秋天挺难熬,她正在跟一种特别致命的乳腺癌搏斗着。9月和10月,柯妮丽娅曾经从华盛顿去往康涅狄格州,在那里度过几个周末。

在柯妮丽娅的五姐妹和三兄弟当中,只有莉齐从没有结过婚。可是,在我们的两个孩子和他们的十二个普遍在十五岁上下的表亲看来,莉齐始终是一个轻松活泼、老成稳重的姨妈。

这些孩子都不太清楚,莉齐已经染病将近一年了,但还在与疾病搏斗着。

许多迹象当然都可以说明莉齐的病情,比如她在受诫礼接近尾声时的表现。那天她穿着蓝色连衣裙,戴着棕色假发。被喊上诵经台的时候,她从讲台上坚定地看着欧文,读了哈利勒·纪伯伦的一段话,用它来做开场白:"欧文,在我看来,你是不屈不挠的典范……我要为此感谢你。"

可是人们通常不会这么说,即使仅限于成年人之间。这有什么值得说的呢?莉齐出生在一个坚韧不拔的家族,你真该看看她在岩石嶙峋的爱尔兰海岸操作土豆挖掘机的情景。她一无所求,从来没有要求过什么。她的医生是最好的。她正在与疾病抗争。

过去十年来,柯妮丽娅经常拜访那些令人困惑的自闭症医生,听取他们的最佳预测,而这使她渐渐远离了不切实际的希望。

她付出那么多努力,就是为了看清事情的真相,而不是她希望看到的样子。在工作中,我能够做到。在我的生活中,这可不是那么容易做得来的。

我们坐在床上,灯光朦胧。"我觉得她熬不过这个周末,"柯妮丽娅说,现在完全直言不讳但语气平静,"我得过去一趟。"她入睡的时候,我抚摸着她的脑袋。

第二天,也就是星期五下午的晚些时候,她悄悄地把几件东西装进小提箱里,拿起钱包和手机。我们在前厅拥抱。我告诉她替我向她姐姐表示我的爱,她说我应该告诉孩子们她去探望莉齐了,有事她会打电话的。她打开大门时,我们听见有人正在蹦蹦跳跳地下楼梯。

没过多久,欧文站在前厅,手拿一张激光唱片。

那是他最稀罕的宝贝——《牧场是我家》的电影原声碟。

他把它递给柯妮丽娅。"给她播放第六首。告诉她,这是我送的。"

莉齐也是一位社工人员,居住在布里奇波特市的公寓房间里。护士和家人们一直在来来去去,但当柯妮丽娅落座以后,屋里只有她们两个。莉齐只有四十九岁。多年以来,她和妹妹柯妮丽娅一直共享着一间寝室。此刻,她们又在共享寝室了。

柯妮丽娅来给莉齐打气的时候,她身体越来越差了。疲惫完全淹没了她,仿佛压倒一切的巨浪。她拥抱着妹妹,终于被恐惧和渺茫的前景打败了。"我不清楚应该有什么感受。"她哽咽着告诉柯妮丽娅。

应该在最后关头拉她一把,就像我们很多人做的那样。

姐妹俩哭泣了一会儿,柯妮丽娅告诉她,欧文要送给她一样东西。

第六章 / 旅途之歌

莉齐又躺到床上,等着柯妮丽娅把那张激光唱片放进播放机。"他告诉我,为你播放这首歌。"

那首歌向她们飘过来:

> 不错,漫漫长路在面前,
> 真的,艰难路途我们闯。
> 可是,亲爱的,我发誓,
> 我一定会把你带到那里,
> 不管这条路会通向何方。

> 我说不准我们何时到达,
> 也许要付出一生的时光。
> 我们正在前往未知之地,
> 很快就可以在那里徜徉,
> 可是在那一天到来之前,
> 至少我们不会独自闯荡……

> 不错,漫漫长路在面前,
> 真的,艰难路途我们闯。
> 可是,亲爱的,不要怕,
> 因为我将会在这里给予,
> 给予你需要的一切力量……
> 只要我们还没走完全程,
> 我就会一直在你的身旁,

不管这条路会通向何方。

莉齐听着那个同样不知道应该有什么感受的人急着送给她听的歌曲，突然啜泣起来，卸下心头的负担。

"替我谢谢小文，"她低声告诉柯妮丽娅，"他一直是我的天使。"

几分钟以后，她不知不觉地进入梦乡，不久便陷入昏迷状态。她再也没有真正地醒过来。她在两天之内就去世了。

星期一的葬礼过后，柯妮丽娅告诉欧文把他的书包起来捆好。他们要在这个11月初的早晨走上半英里左右的路程，前往切维蔡斯转盘道附近的浸礼会教堂。

那座教堂的地下室里有一个空房间，柯妮丽娅每月为它交了五百元的房租，条件是她可以粉刷它。

沃尔特现在是华盛顿西德瓦尔教友会学校的十年级学生，他和一个同学利用星期六的时间，按照欧文的详细说明粉刷了那些煤渣砖墙。

我们为欧文队增添的新成员丹·格里芬医生（一位拥有博士学位的心理学家）建议欧文给这个房间起个名字。

欧文这样做了。于是，就像9月初以来的每天早晨那样，他们在这天早晨进入了正式命名为小天堂学校的房间，把外套挂在挂钩上。小天堂学校有十英尺宽，十六英尺长，仅有一扇窗户。

为了尽力教好一个难教的男孩，男孩的妈妈开办了这所学校。即使我们还需要最后那一下推动，今年夏天我们也得到了这个促力。现在压倒一切且无可争辩的是：我们的儿子已经把在动画片（多半是迪士尼的）方面的酷爱转到了可以决定个性和体验情感的语言方面，而即便对于大多数少年甚至成年人来说，个性和情感也都是碰不得管不得的。但他必须进一步学习包括阅读、算术、常识与听答在内的基本技能，不然就不能顺利进入可以引导他向前迈进的高中。为了冲击那个目标，我们必须与他并肩作战，陪伴着他，切断他对于那些心爱的动画片的隐蔽的激情。这终究是个问题：你究竟可以从迪士尼动画片那里了解到多少现实世界的真实情况呢？

　　柯妮丽娅和欧文坐在粉刷一新的煤渣砖中间，准备寻找答案。

第七章
奇计妙法

欧文看着他用胶布牢牢地贴在灰色金属储物柜正面的那幅画中的伊阿古，感觉那只鹦鹉的声音正在萦绕着他。

他已经拥有了一些与伊阿古有关的秘密，唯有他才知道的秘密。现在是2005年秋天，小天堂学校进行教学试验的第一年，一个秘密世界正在欧文的心里成形。可是，那个世界只为他存在。

尽管几乎没有出声，欧文却让伊阿古挤眉弄眼地嘀咕说："好啦，好啦，现在听我说，贾方。"

"不要自言自语，欧文——除非你想交谈。"柯妮丽娅边说，边把她的外套挂在储物柜里。她也有一个储物柜，上面贴着欧文画的《狐狸和猎狗》里的大妈妈。"要是你想跟伊阿古说话，那么我们就一起跟他说。"

他看着她，想要拿定主意。"不，我不想。"欧文说，轻快地一屁股坐在深蓝色沙发里，沙发旁边有一张金黄色的木桌和文件柜，柜顶蒙着带有白色螺旋形图案的法国蓝的毛毯，这一切都是柯妮丽娅去年秋天去宜家商场大采购时划拉回来的。

在货柜店购买L形教师桌的时候，她看到两个用来陈列学生用品的储物柜，就请求店员卖给她。"很抱歉，女士，那是非卖品，"店员回答说。柯妮丽娅硬是要买，从此每天给这家货柜店打电话，而他们不出一个月就答应了她的请求。

如今，这两个五英尺高的普通型学校用储物柜成了她的重要道具，因为它们使这里感觉就像真正的学校，而不仅仅是欧文每天都要跟母亲一起去的地方。

一年以后，学校轮廓渐成，各部位就序，仿佛魔法成真。不管是从教学白板，还是从柯妮丽娅的举止态度，看得出她尽力把自己母亲的身份暂时"挂"了起来，就像把外套挂在钩子上。每当他们进入这个房间，她的语气和关注点就会与欧文在厨房注意到的大相径庭。她得关心他，但也得严格要求他，不许他在未经同意的情况下开玩笑，她对学习成果十分关注，总让欧文不时地为找出答案而苦苦思索。总之，她也是老师。

欧文每过一两分钟就会变得精神分散或者说漫不经心，接着便自言自语起来，但她绝不会在他犯这种老毛病时露出困惑或者不耐烦的表情。她可以是美梦也可以是噩梦，具体取决于她的身份。她是个可以看见并且了解一切的老师，而这是只有母亲才能做到的。她对这个学生了如指掌，他是她唯一的学生，每时每刻。

对于有自闭症谱系障碍症的孩子来说，这种一对一的强化教育方法恰恰是最有效的，不管它属于洛瓦斯模式的行为训练法，还是格林斯潘氏的给予过分关注和鼓励的"地板时间"治疗法。柯妮丽娅把这些方法混到了一起。表现出色和彻底完成任务无疑会获得奖赏。欧文对于专为他设计的教案的反馈都会获得满腔热忱的密切关注，他的许多与教学无关的看法也不例外，前提是它们与必须学习的知识有关。

因为他们到这儿来就是为了掌握必须掌握的知识，以便进入我们一直在盯着的适合有特殊需要的学生就读的马里兰州罗克维尔高中。若想为进入那所高中做好准备，他还有很长的路要走，接受了一年的家庭教育之后，他一直在取得惊人的进展。尽管柯妮丽娅打算为达目标不惜一切，她还是尽量提醒自己不要做得太过分，以免伤害唯一比这个目标更加重要的东西：母子关系。要是每天都这样咄咄逼人地批评他，就有可能造成那种伤害。所以她要拉近母子关系，经常带他去实地调查，而一批代理父母和治疗专家现在也参与了他们的课程。

根据今天的日程表，2005年9月12日，也就是星期一，欧文要在中午参观华盛顿特区的史密生自然历史博物馆，下午拜访他的具有创新精神的游戏疗法专家丹·格里芬医生。明天上午11点，职业治疗师克里斯蒂娜·斯普罗特将会接欧文去罗克溪公园攀岩，她从欧文五岁起就开始为他进行治疗了。星期三早晨，欧文先要做两个钟头的课堂作业，接下来柯妮丽娅和他将会这样度过这天剩下的时间：去马里兰州的贝塞斯达，跟基督教青年会的乔安妮老师学习游泳，乔安妮有一个患了残疾的孩子；午饭之后，来到艾维芒特学校的半退休的钢琴教师鲁斯丽的家里，跟她上钢琴课。星期四，欧文要去精神科医生C.T.戈登那里上课，戈登组建了一个在星期四下午学习社交技巧的小组，尽力教欧文和另外两个患有自闭症谱系障碍症的男孩学习基本社交技能。

去戈登医生那里上完课之后，也就是星期五，言语治疗师珍妮弗将会来到他们的教室里，用一个钟头的时间教授欧文言语技能，接着带他去附近的店铺进行实践，比如去赛百味快餐连锁店排队订购午餐。从欧文四岁起就对他进行辅导的教育专家苏茜·布拉特内每周都会来访一次，辅导他学习阅读和算术，同时也指导柯妮丽娅学习基本教学原则。

最重要的是，柯妮丽娅每天早晨都要用两个钟头的时间督促欧文集中注意力并且记住那些知识，就像她在这个清爽的秋天早晨所做的那样。

这种教学方式基本取得了成功，在这个房间里教了一年的书之后，她在运用奇计妙法方面变得更加在行，总是能够从动画片里找到吸引他的东西，使他变得更活跃、更有理解能力，也更有学习热情。她熟悉他的语言。一旦你进入他的脑子里，通过他的眼睛往外看，那就等于在玩对号入座游戏。为了满足教学或者治疗需要，或者只是为他寻找与人沟通的办法，就要从他心里的许多迪士尼动画片当中找出令他着迷的地方，也就是他的内心深处讲出的那些最佳切入点，接着再利用它们把他拉到现实之中。她成功了。我和她已经把这个做法告诉了他的治疗专家。它正在产生效果。

"好啦，欧文，我们现在要当海盗了。"

他点点头，专注地望着她。她知道接下来将会怎么样。

"很好，这就开始吧。"

"现在听我说，詹姆斯·霍金斯。"欧文用布莱恩·莫瑞，也就是迪士尼2002年上映的动画片《星银岛》里的约翰·西尔弗（比尔的兄弟）的声音说，他闭上了一只眼睛，好像戴着眼罩。《星银岛》是根据经典小说《金银岛》改编的，但故事的发生地换成了宇宙空间。"你有成为大人物的潜质，但你要好好掌舵，自己制订计划。不管遇到多大的狂风，你都要坚持下去！要是时机来了，你就有机会真正展示你的本领，让他们瞧瞧你是不是好汉！嗯，那一天到来的时候，我希望我能在场，目睹你的风采。"

他大约说了二十六秒。柯妮丽娅笑了，她怎能不笑呢？欧文满心欢喜地背诵这段令人产生共鸣的对白，好像全身都在放电，在说到"目睹你的风采"时，他的放电量最强。

好像他的整个身体突然有了一致性。用临床术语来说，他已经相互协调了，不管他的感觉官能还是重要的情感核心都是如此。现在他准备进行广泛的讨论，首先要讨论的是这部动画片讲述的故事发生在什么时间。"我想是未来，但又有点像过去和未来的结合。"他说。

柯妮丽娅接着往下说："这是因为，欧文，他们的船好像哪个时代的海盗船呢？"他拿不准，但他想知道。关键就在这里。于是她打开教材，也就是《目击者丛书》中一本叫作《海盗》的畅销童书。他们朗读了与所谓的18世纪海上抢劫黄金时代有关的内容,了解到许多有趣的人物,包括爱德华·蒂奇(黑胡子)、威廉·基德和托马斯·杰弗逊总统在1802年与之宣战的北非沿海的巴巴里海盗。无论是高个子约翰·西尔弗,还是胡克船长或者2003年上映的迪士尼电影《加勒比海盗——黑珍珠号的诅咒》里面的每一个角色,当然都会把那些海盗当作榜样。

半个钟头以后,他知道了18世纪的船只装载什么货物,杰弗逊有什么信仰,甚至是立于蒙蒂塞洛杰弗逊故居旁的他的墓碑上的碑文。

随后要休息一下,她知道他什么时候需要休息,什么时候需要继续学习。接下去的半个钟头,他们学习电脑知识,尤其是如何选定和粘贴文本。柯妮丽娅一直在教他学习基本的电脑操作技巧,包括怎样使用可以给他帮大忙的拼写检查功能。

下一门课程是算术。柯妮丽娅每天都要从欧文擅长的模式识别方面着手,对于患有自闭症的孩子来说,这是一个传统的切入点。今天的活页练习题是:8,16,___,32,___,___。他给出的答案是:24,40,48,接着写出了解法:每次增加八。这样的题目他做了不少,还是不能完全掌握。这就叫"瑞士奶酪效应",长处和弱点有可能并存。对多数孩子来说,做算术就好比对付一块实心的切达奶酪;对有自闭症谱系障碍症的孩子来说,做算术却好比对付有洞的瑞士乳酪,看起来好像掌握了办法,但一不小心就有可能掉进洞里。要是让欧文计算用一元钱买东西时应该找回多少零钱之类的基本减法题,他就不会做了。

正是同样的概念思维方式,使得文字题像噩梦一样。欧文虽然能够解读文字题的每一个单词,却不能识别其模式,不会把文字题转换成等式。

于是柯妮丽娅为他写出了一个等式:3+6=9。很好,他知道这个模式,可以在脑子里算出答案来。欧文,她说,现在根据这个等式写出文字题吧。

第七章 / 奇计妙法

他寻思了一会儿。

"我写不出。妈妈,你能帮我吗?"

她摇摇头。"你能写出来的,小文。再考虑一分钟就行了。"

一分钟过去了,又一分钟过去了。他的视线游移不定,仿佛飞进房间的小鸟。他在使劲动脑筋。

他写的是:幸运的杰克有三捆炸药,他在一座老房子里面又发现了六捆。他总共有多少捆炸药呢?

欧文大受表扬。是的,表扬他的人既是母亲也是老师,而且是可以拥抱他的老师。

很好,现在我们接着来。

柯妮丽娅又写出了一个等式:19元+10元=29元。

欧文露出笑容。

现在他写得很快,好像刚才一直在琢磨这道题怎么写:伊阿古在宝箱里发现了19元,加上10元,现在他有多少元呢?

这是五年级的算术题。他都十四岁了。但这毕竟是进步。

他大笑着,挥舞手臂。

"什么事这么好笑啊?"他的母亲问。

"没什么,"他笑着说,"只是觉得好笑而已。"

柯妮丽娅不知道刚才发生的事情,真的不知道。谁都不知道。那个星期一傍晚,欧文悄悄地进入了仍然是他的庇护所的地下室。

他很快就上了网,打开谷歌的网页。他用一根手指敲出了检索词"阿拉丁剧本",接着又点击几下鼠标,进入一家私制剧本的网站。有些影迷会反复观看一部电影，再把剧本写出来。这不是真正的分镜头剧本，但内容完全一样，要是加上对于场景的简介和演员的提示，就跟真正的剧本没有区别了。欧文运用当天学来的电脑知识，选定了全部文本，再按下复制键，接着新建了一个 Word 文件，把文本粘贴进去。他不但保存了《阿拉丁》的剧本，而且将其据为己有。对欧文来说，这就像携带着《死海古卷》潜逃一样。

他心安理得地把这个剧本滚屏阅读了一遍，就像老练的读者那样，浏览着熟悉的内容。这些话早就装在他的脑子里了。

一年以前，欧文初次决定把伊阿古贴在他的储物柜上的时候，我和柯妮丽娅都问他为什么这样做。伊阿古是他的学校储物柜上的标志性角色吗？欧文解释说，伊阿古与其他的反派角色都不一样。"他是迪士尼的反派角色里面第一个可以'逗人笑'的伙伴。凡是有幽默感的人一定都会有些优点。"第二年，他把这些话说了好多遍，几乎说得一字不差。

此刻，他正在做着什么与此有关的事情。他翻到了剧本的开头部分，也就是阿拉丁被关押在地牢里，遇到了其实由贾方装扮的老态龙钟的同牢犯。这部动画片的故事情节就是在此时初次展开的，那个老同牢犯向阿拉丁讲起了传说中的奇幻谷，还有他急需一个"生着强壮的腿和强壮的背"的人进入奇幻谷，为他找到精灵的油灯。阿拉丁答应了他的要求，于是他打开地牢的活板门，带着阿拉丁去完成使命。

在剧本这部分的开头，贾方装扮成老头子初次露面的那一段，欧文新建了一个页面，开始打字：

斯玛格斯：听着，小子，我有办法离开这里。

那个老头子不再是贾方装扮的了。他是个新角色，有着自己的个性。

现在欧文进入了新领域，开始构想全新的情节：

伊阿古迅速进入地牢，去看不久就会被处死的阿拉丁。

斯玛格斯：这个地牢的深处藏着一个宝箱。

伊阿古：宝箱。天哪，天哪。听起来好像我的菜。

年老的斯玛格斯说，如果伊阿古帮助他和阿拉丁逃跑，他就会与鹦鹉分享宝箱里的宝贝。

斯玛格斯：你的心眼儿其实不算坏，你只是在替坏蛋做事而已。那些宝贝会帮助你获得自由的。

伊阿古：你怎么知道我的心眼儿不算坏呢？

斯玛格斯：因为你挺逗人笑的。凡是有幽默感的人一定都会有些优点。

阿拉丁：你可以成为我的伙伴和朋友。

伊阿古：我总想有个真正的朋友。

他以前没有写过对话，不过他的脑子里装满了它们。他的脑子里想的内容就是此刻写在那个页面上的，好像这部动画片也许该这么演，也许就该如此吧。

多年以后，当向我们说起在那个傍晚改写《阿拉丁》剧本的时候，他解释说，当时有个需要解决的问题。他很久以前就想把那只鹦鹉变成他可以信赖的伙伴，而我多年之前的那个晚上就在床罩下面发现了这一点。可是，反派伙伴怎么能成为欧文的好朋友呢？在某种程度上，观看了无数次动画片之后，他渐渐形成了这个有关好坏以及一个人有能力改变自己的看法。他当时知道吗？这个看法不是完全来自对于真实环境里的真人所做的观察吧？他说不准。他只知道，他偷偷地改变了这段情节，以便一个反派伙伴改变立场，从地牢里放出两个囚徒，帮助英雄完成使命。

我在几周后才在孩子的地下室电脑旁边看见一堆打印纸。那是1990年上映的迪士尼动画片《救难小英雄澳洲历险记》的剧本。他是怎么把它打印出来的呢？我真纳闷。他以前从没有打印过文件。但最上面那页打印纸上的内容挺奇怪，格式也不正确。

我看见了一段对话，讲的是弗兰克说它如何熟悉这部动画片中的小英雄。弗兰克是一只脖子上带有褶边的蜥蜴，在欧文的诸多伙伴当中占据着高位。那个小英雄是个男孩，想要保护一只巨鹰，以免它受到偷猎者麦克利奇的伤害。

弗兰克：我打心底里不了解他。我不是神经病学家，要是你明白我的意思就好了。可是我特别熟悉他。还有一件事，我总是说实话。总之，麦克利奇对他撒了一个缺德的谎，说他从什么地方听说，那只大鸟已经死掉了。男孩一听就跑着去找那只鸟，他就跟在男孩的后面。

这些对话持续了好多页。通过一个确实改动过的场景和两个新场景，他解决了这部动画片的关键问题，因为原来那个场景虽然重要，但能够逗人笑的重要角色弗兰克在其中的出现和消失都很突兀，没有真正推动情节的发展。

在翻看那些打印纸时，我的欣慰感、父亲的自豪感与内心深处的悲哀统统交织到了一起。我向那个超乎想象的更丰富更复杂的内心世界投去一瞥，同时也看到了那个世界的局限性：他只能借助一部不出名的动画片里的令人印象不深的角色的声音来表达自己的想法。

不过，在这些看法和对话之中无疑蕴藏着快乐。它们显然使他感到快乐，这完全是好事。

那天晚上，我和柯妮丽娅仔细研究那个剧本的时候，我们变得更有信心了，把这看成了变化的第一个迹象，因为他也许想要摆脱好像紧身衣一样裹住他的冷漠现实。在他和我们的共同努力之下，那些迪士尼动画片剧本被搭建成了一个我们可以由此看见他并且与他接触的平台，不断地在基本学习方面为他提供营养。虽然我们多年以后才知道他在剧本中增添了一个与伊阿古有关的情节，但我们当时知道，对于《救难小英雄澳洲历险记》剧本进行的了不起的错综复杂的改写同样显示了他那呼之欲出的潜力。

这不是陈词滥调或者鹦鹉学舌，他在创作。不管受到了内心的什么变化的驱使，反正他开始改编那些心爱的故事了，他在这些故事上花了那么多时间，现在他要改变它们了。

午夜时分，柯妮丽娅坐在厨房里，以行家的眼光察看那部剧本，发现他在创作场景时运用了作业里涉及的知识，包括为什么多数动画片的主角都是老鼠，而脖子有褶的蜥蜴是吃老鼠的。柯妮丽娅曾经用弗兰克来鼓励欧文学习与蜥蜴有关的知识，而从他重写的对话来看，他学到并且充分掌握了这些知识：

三只老鼠中的一只说了一句俏皮话："谢天谢地我们不瞎。"
弗兰克开玩笑说："谢天谢地我不饿。"

她转了转眼珠，把剧本放到厨房的工作台上。"他正在地下室里开办自己的小型家庭学校呢。他的其他知识都是打哪儿学来的呢？我不知道他在哪儿学得更多——是白天跟着我学得多，还是夜间独自学得多呢？"

"好像两方面最终在互相促进吧。"我说。

"嗯，这是乐观的看法，"她回答说，"可是我怎么才能让他在描述与动画片无关的内容或者心里的想法时也写得这么清楚呢?"

我问我们该不该找个机会跟他谈谈,看他能不能解释内心的某些情感,就像我们发现画着那些伙伴的素描簿时做的那样。

"不,你去谈吧。那更像是治疗方面的问题。我是他的老师,"她苦笑着说,"再说我还得早点起床去学校呢。"

没过多久,我独自坐在厨房的岛式操作台旁,与剧本为伴。我起初想把它放回我发现它的地方,这样欧文就不会知道我看过它,那么我就可以找个合适的时间跟他谈一谈。也许不该让他知道我看过它,就像我从消息来源者那里得到一份政府文件之后掩饰自己的行踪。这个想法——现在不该这么想——使我感到恶心。

我厌倦了老是偷偷摸摸地做事。去年的联邦调查结束以后,我的律师还在为我保留文件的权利进行战斗。他们相信我遭到了监听,虽然根本无法证实这一点,而我开始撰写一部新书,内容是"911"事件的反响如何重塑了这个国家及其政府。这意味着去年我一直游走在光明与黑暗之间,不断地与那些隐瞒和误导的行家里手,也就是情报官员和特工私下交谈,试图搜集到一点点更加符合事实的信息。

可是我拥有这个家的厨房,我有权知道欧文的神秘矩阵里出了什么事情。我们过去小心翼翼,总觉得要是在不合适的时候催促他,他就会像不情愿的举报者那样守口如瓶。现在不可以这样下去了。

第二天放学之后,我当面把那个剧本递给他。

"我读了你对这个剧本的改写,欧文。"我说。

他的目光从剧本转向我。我知道我闯进了他想要掌控的神秘世界,但我必须知道那里发生了什么事情,这样我才能够了解他的情况。

他收回了目光。"我还是喜欢《救难小英雄澳洲历险记》!我没做什么错事儿吧,对不对?"

我感到意外。他觉得,改写剧本就好像背叛了他心爱的动画片。

我告诉他没关系,反正那部1990年的动画片和它的剧本还是老样子。

"你在创作你自己的东西,比如那些帮助弗兰克变得更加有趣更加生动的情节。"

我们站在他的卧室里。他的夹克已经脱下,背包放在地板上。当时是下午的晚些时候,按照每周五的惯例,再过一会儿我们就该去逛音像店和吃比萨饼了。

一时间,我们只是站在那里。

"弗兰克不会表示感谢的。有些伙伴不会,"欧文说,"我这样写,是为了使他在帮助英雄完成使命时发挥更重要的作用。"

他暂停下来,似乎正在寻思别的事情。我等着。

"爸爸,弗兰克还有好多话要说呢。"

黄昏时分,孩子们相继到来,进入我们家的前厅,他们的父母紧随其后。因为是万圣节前夕,孩子们都打扮得有些怪诞。尽管穿着精心设计的可怕的化装服,这些十四岁的孩子都看上去一点儿也不可怕,也没有少年人的不安。有的孩子装扮成迪士尼动画角色,有的孩子装扮成幽灵,有一个孩子甚至扮成了公主。他们的小东道主则装扮成幸运的杰克,也就是《牧场是我家》里的那只妙语如珠的长耳野兔伙伴,他告诉大家过来吃热狗,而且要抓紧时间。"我们得快点儿走,"欧文说,"今晚是我们的。"

他通常不会表现得这么坚定,这么富有感召力。但这是他的每年一次的万圣节前夕聚会,已经持续了六年的传统。他几个月之前就做好了计划,每个细节都考虑在内。这是他一年当中最喜欢的夜晚,每年都是如此。他的客人都挺感激。他们受邀参加的聚会并不算多。他们都是有自闭症的孩子,除了来自隔壁的内森,他是欧文的"正常"的好朋友。

鉴于欧文对他们全都那么友好,典型的友谊概念则需要加以改变了。他们当中有几个来自艾维芒特学校,有几个是他过去那些年玩耍时认识的,有几个则仅仅是每年的这天晚上才会看到的。但他对他们一视同仁,通常拿他们当伙伴看待,所以他们都受到了邀请,正如他说的那样:"不能丢下任何伙伴。"

从一开始,我和柯妮丽娅就总是把这种万圣节前夕聚会办得同时适合孩子和家长。现在我们对那些家长都很熟悉。我们彼此致意,默默无语,时刻不敢让孩子离开视线,总是目不转睛地关注着他们内心深处的变化,总是说不准将来会发生什么事情。

要是换成其他人,准能明白这个庆祝活动的好处——瞧,有成瓶的外国啤酒、红酒、墨西哥玉米饼、炸薯条,还有鳄梨色拉,跟热狗多么相配呀。"大家为什么不能放松下来呢?"柯妮丽娅边说,边收拾孩子们的脏盘子。"我要和沃尔特领着他们出去,"我补充说,"大家可以休息一个钟头。"这个提议引起了一阵会心的点头。是呀,这可太好了。

一个叫苏珊的孩子妈妈把我拉到了一边。她的十四岁女儿梅甘是个漂亮的黑发姑娘,没有语言能力。多年以来,梅甘每逢此时都会把自己装扮成爱丽儿公主,因为那一直是她最喜爱的角色。"你知道,梅甘几乎从不离开我,她不熟悉这一带的路。"

"她不会有事儿的,苏珊。我们会照看她,我们都会的。"沃尔特在几步远的地方咽下热狗,点了点头,表示一切都包在他身上。

不久以后,孩子们出去了,嚓嚓地踩着落叶,欧文一马当先。可是,不管在这些孩子中间领先还是落后都没有什么要紧。他们不会像多数孩子那样,往往喜欢互相估量，看看谁的表现更好。就算这个孩子胡乱挥舞胳膊或者那个孩子悄声嘀咕不停，那又能怎么样呢？就算那个漂亮的小姑娘不能讲话，那又有什么关系呢？这就像那首古老的浸礼会圣歌中唱的："天堂众生，一般无二。"

今晚，在这个美国自创的节日里，他们就像进入了天堂。面对着不赞许的目光，他们敏锐纤细的神经颇受挑战，患有自闭症的孩子知道，该如何牢牢地抓住自己喜欢的故事并且乐在其中，直到能够再次想象自己置身于一个重建的世界为止。

街上到处是雕刻过的南瓜灯笼、挂在篱笆桩上的蜘蛛网和充气式骷髅，好像正在举办一个又一个街区聚会。这一带都是老砖房，住满了华盛顿特区的公务员、律师和新闻记者，包括少数有着辉煌过去的人。每隔几个街区就会有几座闹鬼的房子，附近喜欢玩"不请客就捣蛋"游戏的孩子都愿意到那几座房子里去。

这些身穿化装服的人顺利地走进了一个景观地，迂回穿行着。在他们看来，这里简直如同幻梦，上面还装饰着花彩。

在这里，就像参观迪士尼乐园时一样，欧文没有自言自语或者念叨对白。根本用不着通过背诵来想起动画片里的情景。他正在动画片里行走着，面带微笑，神情专注。

所以，幸运的杰克第一个注意到出了什么问题。

他转向沃尔特，瞪大眼睛。"爱丽儿不见了。"

沃尔特抓住我的袖子。"梅甘失踪了！"

我恐慌了一会儿。她有可能在任何地方，街上人山人海的。附近有一个黑森林，也就是罗克溪公园。"咱们非找到她不可，"我冲动地说，"有人得跟其他孩子在一起。"

虽然经常把目光转向别处，欧文这会儿却紧盯着哥哥。"今晚你是英雄。"

他淡淡地说。沃尔特点点头。欧文每天跟母亲在一起，与幻想对抗和并存；沃尔特如今是深受欢迎的高中橄榄球队员，高大英俊，雄心勃勃。这两个孩子就像生活在两个相互矛盾的世界里，而它们竟然合二为一了。沃尔特突然飞奔起来，跑得又快又稳，渐渐消失在人群之中。

人群似乎变得密集起来。沃尔特消失了两分钟，然后是五分钟。

"她不会说话，"我一边轻声自语，一边迅速思考：她不知道自己在什么地方；她也许在森林里迷路了；我们也许得给警察打电话。

欧文专注地看着我，好像正在试着看清我的想法。

"别担心，爸爸。沃尔特会成为英雄的。"他说。

"欧文，那是动画片。这是现实生活！"我回答说。

他暂停下来，从《小美人鱼》里寻找答案。"沃尔特在好些地方都挺像埃里克王子的，"说起那部动画片里的英雄之前，他找出了一些两者之间的重要特性，"沃尔特爱玩，也很勇敢，就像埃里克。对不对？"

"对，欧文。我想是这样。"现在我最不想谈的就是迪士尼动画片。

他把一只手放在我的肩膀上。又过去了一分钟，孩子们越来越不安了。我在心里琢磨着，应该怎么告诉梅甘的母亲。就在这时，我们都看见了沃尔特牵着梅甘的手挤出人群的情景。

大家都在欢迎爱丽儿归队，欧文却没有注意到，他正在看着哥哥。沃尔特和他举手击掌。"你是英雄，沃尔特，"他说，"英雄是什么事都难不倒的。"

两周后的一个晚上，饭桌边的交谈转为通常的话题，也就是欧文不断提出的愿望——重新采用手绘动画技术，开创"手绘动画片的新黄金时代"。

我们都在听着。他对手绘动画满怀热情，满屋子的图画都是这种热情的结果。自从他画出大妈妈以来,已经过去了三年,这意味着他为我和柯妮丽娅送了三次生日卡和圣诞卡。沃尔特也得到了他自己的收藏品。每个人都想把它们展示出来,它们是具有鲜明的个人风格的艺术品,上面画着特别挑选出来的角色,写着表达强烈感情的话,那些话的写作者却难以用言语来表达自己的情感。

接下来要提的是那些就快堆到天花板的素描簿,有好几十本呢。我们还不能完全看清欧文的快乐会带来什么影响,只知道他会连续几个钟头用铅笔越来越精确地勾画伙伴的形象,现在偶尔也会画反派或者英雄。我们可以看清的是,在绘画时,他的面目表情通常与即将呈现在素描簿上的完全相同。他只画自己喜欢的手绘动画片里面的角色,这往往可以反映他的想法,就像声音是可以表达感情的语言形式一样。

其他人自然有截然不同的愿望。自从皮克斯动画工作室制作的《玩具总动员》在1995年横扫戏院以来,电脑动画的浪潮就变得方兴未艾了。我们认识的患有自闭症谱系障碍症的孩子似乎对电脑制作的动画片并不买账,尽管我们的调查对象不太多。欧文也看这种动画片,而且喜欢其中的一些,但它们往往激不起他的兴趣,所以他就一再地去看经典动画片或者重温《牧场是我家》之类的少数手绘新作。

我和柯妮丽娅假定,这是由于电脑动画的三维现实也许与他每天面对的过分刺激的现实太相似了。可是还有别的缘故。手绘角色的表情往往显得更加传神,而打动欧文的恰恰是这种更完美的表情,从他很小的时候便是如此。自打他还没有学会说话的时候起,他和手绘角色的纽带就一直存在着。"我可以感觉到那些角色。"他说。

于是,自从参加受诫礼以来,"回归手绘动画的传统,尤其是迪士尼的"就变成了欧文选择的使命。他经常那么说,至少每过一两天就说一次。这简直是他的民权运动,这种持续不断的宣言就好比《我们一定胜利》的欧文版。手绘动画的式微不仅仅是他和多数孩子从电影院和数字影碟那里看到的,也体现在他从在线动画片网站得来的搜索结果里。他知道,他的手绘世界正在萎缩。

我和柯妮丽娅当然对此深表同情,而且安慰他说:"别担心,欧文,手绘动画还会出现的。"欧文神经系统的缺陷既是不幸又是恩典——他总是相信我们的话,但在这件事情上,不管是从心底还是从单方面进行的调查来看,他都可以认识到,实际情况与我们的说法恰恰相反。

那个晚上,大家在饭厅里吃大餐的时候,我们给出的是"相信我们吧,一切都会好起来的"之类的回答,欧文却固执地提出了一连串的为什么(为什么电脑动画要代替手绘动画)和怎么做(怎么做才能让手绘动画再次流行起来)的问题。

沃尔特注视着晚餐桌上的论争情景。我知道,他仍然记得发生在那个万圣节前夕的事。我们前几天的晚上谈论过那件事——欧文怎样指望沃尔特找到梅甘;我们怎样不时地担心欧文失踪或者受伤;把那个沉默的女孩安全带回来以后,长大以后想当消防员的沃尔特有着怎样的感受。

那次谈话的时间不算长。沃尔特是个小忙人。他十七岁了,血气方刚,一直在通过摸爬滚打的老办法接受严峻考验,经历了许多我们闻所未闻的冒险。那天晚上的事和欧文的拥抱却似乎使他突然决定帮忙。

"听着,欧文,"沃尔特打断了我们的以"别担心"为主题的二重唱,"他们差不多每个星期要制作两部电脑动画。要是希望手绘动画再次流行的话,你就得赶紧行动了,带头前进。你要用一辈子的时间去搞这种动画。你有没有想好动画片的故事情节呢?"

欧文点点头,表示听见了沃尔特的话,听得很清楚。

他的哥哥,他的英雄,正在发起挑战。对欧文来说,这是个新领域。他

第七章 / 奇计妙法

噘着嘴唇,扬起下巴,垂下眼睛,扮了个鬼脸。我们都知道,这个表情的意思是鼓起勇气,就像起跳之前的助跑。

"我有个故事,"他犹豫不定地说,"十二个伙伴去寻找英雄。他们在旅途中遇到各种障碍,每个人都找到了自己内心的英雄。"

沃尔特发出了欢呼声。我们握住了自己的杯子。尽管欧文没有说出他的动画片的名字,我们还是一起碰杯祝贺:"为伙伴干杯!"

我和欧文小心翼翼地走下台阶,进入丹·格里芬医生在马里兰州塔科马帕克的地下治疗室的侧门。这是12月的一个下午,圣诞节的前一周,天气寒冷,风雪肆虐。一场猛烈的冰风暴正在侵入东海岸。但不管天气怎样都没有关系,这个地下治疗室已经变成了欧文的庇护所或者说安全地。

格里芬医生照常用拥抱的方式欢迎我们,我们则坐在常坐的椅子上。开始进行家庭教育时,柯妮丽娅做了一个精明的管理决策,因为她告诉我,每周带着欧文与格里芬医生进行约会是"你的事情"。

欧文从十三岁那年开始看心理医生,柯妮丽娅在这里陪伴他度过了大量时间。但她需要休息,而格里芬的狂热但有时散漫的行为方式从一开始就很适合我。

与任何治疗专家不同,这位心理学家基本采用的是"迪士尼治疗法",它可以概括为"亲和力治疗法",也就是沃尔特一直协助我和柯妮丽娅在我们家实施多年的办法。他定期更新柯妮丽娅为了教会欧文更广泛的知识而采用的迪士尼剧本教学法,又在小天堂学校里为他特制了一套教学用具。

每周进入格里芬的治疗室以后,我们都尽量用剧本教他学习社交与生活技能。我或者柯妮丽娅与格里芬只有一个区别,即我们都不是受过训练的教育家或者治疗学家。他却是个训练有素的专家,十五年来一直在治疗许多患有自闭症谱系障碍症的孩子,而且以富有耐心著称。

与我们见过的许多其他治疗学家一样,格里芬起初有些担心,觉得欧文对于迪士尼动画片的爱好太强烈了,但与其他治疗学家不同的是,这一点渐渐激起了他的兴趣。格里芬一直保留着那些治疗笔记,并且在多年以后拿给我们看,使我们更加充分地体会到他当时的想法。这是我们第一次了解到一位学识渊博的局外人对我们的原原本本的看法:

> 前不久与欧文的家长谈论了欧文是怎样消磨时光的,而我在谈话的过程中发现,他酷爱迪士尼动画片,尤其是20世纪四五十年代的迪士尼经典和90年代初期上映的动画片。他们告诉我,他很小就特别爱看迪士尼动画片,而且喜欢反复研究它们,表演其中的情景。他把所有剧本都记得滚瓜烂熟,可以表演每部分内容,模仿每个角色的声音。这个极其狭隘的兴趣使我想到许多典型的自闭症儿童。我见过的其他孩子都对汽车、宠物小精灵或者科学与历史的神秘世界有着浓厚的兴趣。但迪士尼动画片是不一样的,因为它们涉及各种关系,具有情感方面的复杂性。
>
> 我决定进行一个试验,即尽量在早期阶段把他对于动画片的兴趣纳入治疗计划,仅仅将其作为一种手段,以便与难以集中精神或者难以通过实用的语言表达思想的孩子建立联系。我先是告诉他,我喜欢老迪士尼动画片的情节;继而我请他把它们表演出来。在这方面,我可以与他进行交流。比如,我问他是否知道《赫拉克勒斯》里面的一个情节,也就是简称菲罗的菲罗克忒斯变得灰心和因为当教练员而受到嘲笑的事情。他熟悉那段情节,而他对于剧本的精确记忆和角色声音的再现使我

感到吃惊。但使我更加吃惊的是，他竟然可以精确地模仿角色的感情。比如说，有一段情节是菲罗对自己感到厌烦，而赫拉克勒斯鼓励他不要放弃。在表演那段情节时，欧文似乎真的怀有菲罗的绝望情绪，也能表现出赫拉克勒斯的同情与鼓励。欧文为那些对白注入了真正的情感，好像他在表演时确实领悟了那些感情的意味。这种对于情感的敏锐性通常不应该是患有自闭症的儿童的长处。我认为特别了不起的是，他能够从菲罗的身份转变为赫拉克勒斯的身份，捕捉到他们的每一种情感。

他的一位家长——我想是罗恩——曾经向我提到，几个专业人员建议他不要让欧文迷恋动画片，因为这是自我刺激和逃避的表现，也就是说他会利用动画片避免社会交往，隐居在幻想之中。我知道这恐怕是专业的共识，但我记得我想过甚至也许说过："我说不准。"另外的选择可能是利用动画片作为奖励，以便欧文做出符合期待的表现，但我认为可以通过更加综合的办法利用它们。对于欧文这样的孩子，你往往只是教育他们如何在社交场合中渡过难关，但他对于迪士尼动画片的爱好可以为他提供额外的活力，不仅能够帮助他更好地集中精神或者免于碰壁，而且能够帮助他从心底打起精神来。我有这种预感，是因为他在表演迪士尼动画片时与我有着广泛的联系。我们谈论动画片的时候，感觉不太像上治疗课，更像是令人愉快的合作。表演确实使他高兴，而我的关注似乎使他开心。与我在其他方面跟他进行的交流相比，他的表现简直是天壤之别。看到他的表演之前，他虽然彬彬有礼，却好像传统意义上的"自闭症患者"，动不动就会"走神"。可是一旦进入了表演状态，他就会变得活力四射，时刻跟你在一起。

我的顿悟源于我与欧文和罗恩上一堂治疗课的时候。我们正在探索怎样在交谈过程中提出后续的问题。这看上去是个值得探索的技术，但我们没有取得进展。我和罗恩扮演的是记者和接受采访者的角色。我们都在尽职地表演着，而欧文显然不感兴趣。为了使我们都活跃起来，罗恩和欧文突然说起了迪士尼动画片里的对白。那些对白与《阿拉丁》里面的贾方有关，而罗恩的出色表演打动了我。令我感到惊讶的是，不仅仅是欧文变得活跃了，罗恩在某种程度上也是如此，我以前还从没有见过他有这样的表现呢。此外，他们之间出现了令人激动的关系。我注意到了无数的欢乐、热情、纯真和笑声，而他们之间的关系似乎变得更加自然了。房间里处处洋溢着欢乐的火花。

格里芬提到的顿悟时刻其实始于三个月前，也就是2005年9月的一天，我和欧文去他那里上治疗课的时候。当下次去上治疗课的时候，我向他详细描述了欧文对于伙伴和英雄的看法、他扮演的"伙伴的守护人"的角色，以及他是怎样用这种说法构建个性的。他显然把内心深处的感情、恐惧与渴望转移给了伙伴。

10月初，与欧文上了几堂以即兴表演迪士尼动画片情节为内容的治疗课以后，格里芬提出了一个巧妙的计划，即要求欧文对一位伙伴提供保护和忠告。几次讨论之后，我们选择了在《狮子王》里面负责保护小辛巴的骄傲但天真的犀鸟沙祖。欧文在讨论的过程中说："沙祖有好多要学的。"

最后的决定是，欧文负责教沙祖学习……就像教他自己一样。

所以就有了这份合约：

教育沙祖

我，欧文·哈里·萨斯坎德，同意承担这富于挑战性但特别重要的任务，也就是为我的好朋友沙祖提供既有趣又有教育意义的知识。这个计划将需要许多精力和准备工作，但应该很有意思，对沙祖也大有好处。我愿意在2005—2006年度的学年里做好这件事。

下面是给沙祖制订的学习计划，包括但不限于以下内容：

1. 学习在这个世界上生活
2. 怎样集中精力
3. 怎样听从命令
4. 怎样保健
5. 怎样提问
6. 怎样交友
7. 怎样娱乐
8. 怎样关爱他人
9. 怎样学习科学知识
10. 怎样帮助他人

签约人＿＿＿＿＿＿＿＿＿＿ 欧文·萨斯坎德＿＿＿＿＿＿＿＿

保证人＿＿＿＿＿＿＿＿＿＿＿＿＿＿＿＿＿＿＿＿＿＿＿＿

保证人＿＿＿＿＿＿＿＿＿＿＿＿＿＿＿＿＿＿＿＿＿＿＿＿

欧文郑重其事地在这份合约上签了字，我和格里芬都把名字签在保证人的位置上。

12月初的一天，我们在治疗课开始的时候说起了沙祖和他的学习进展。今天我们要说的主要是合约的第六项内容，即怎样交友。

欧文没有朋友，通过谨慎组织的活动认识的除外。他熟悉我们的邻居内森，他们每周用一个晚上的时间在我们家一起上艺术课。促成他们会面的是实验学校的一个二十多岁的媒体艺术家，他是威斯康星州人，身材高大，性格开朗，可以帮助两个男孩创作简短的动画书。欧文还可以在戈登医生的社交技巧小组里看到布赖恩和罗伯特，他们是两个患有自闭症谱系障碍症的男孩，同样爱看动画片。

可是，在给沙祖提建议的时候，他似乎突然有了满肚子与交友有关的看法。

"要想交朋友，你就得够朋友。"他说。这句话是他们在沃尔特的夏令营里说过的，柯妮丽娅也对他说过好几次，但他从没有重复过。

"你要对他们喜欢的东西感兴趣，"欧文补充说，"那么他们就会对你喜欢的东西感兴趣。"

在职业生涯里，格里芬也许多次听见孩子们说出这些话。但使这个时刻显得特别的是，欧文似乎为这些劝告注入了感情。他不仅仅是在重复那些与社交技巧有关的陈词滥调，而是好像真的承认它们。为了保持这个势头，格里芬引入了"第二个问题原则"，也就是为了使谈话继续而提出更加细化的问题："你从什么时候开始这样做的？还有谁跟你一起呢？那种感觉怎么样？"我们进行了许多这样的交谈，我们三个都参与了。

欧文提到，沙祖难以学会合同的第八项内容，也就是"怎样关爱他人"，因为它为"没有管好辛巴而感到羞愧"。当初要不是辛巴从犀鸟的锐利目光下溜走，最终就不会惹出乱子，导致木法沙的死亡。

在过去的几个月里，有两个孩子的格里芬一直在业余时间重温欧文喜欢的动画片。格里芬硬着头皮要求欧文详细谈谈沙祖和辛巴之间的相当复杂的互动——要是没有达到预期目标，令关心你的人感到失望，你会有什么样的感受呢？在欧文寻思的时候，我无声地向格里芬说出两个字："菲——罗"。他马上明白了我心里想的是哪个情景,于是就问欧文,如果《赫拉克勒斯》里面的菲罗遇到这种事,他将会怎么样?

欧文笑了。"我可以表演出来吗?"

不等我们点头,欧文就迅速地说出了菲罗试图向那些怀疑者说明赫拉克勒斯的英雄潜力时的对话:

菲罗:这孩子是真材实料的。

男人甲:这不是训练过阿喀琉斯的那个"羊人"菲罗克忒忒斯吗?

菲罗:不要乱说,朋友!

壮汉:是呀,你说得对。嘿,你把他训练得挺不赖,就是忘了训练他的脚后跟!

菲罗:我现在就训练你的脚后跟。我要揍得你再也不敢傻笑!你——

赫拉克勒斯:嘿,菲罗!菲罗!菲罗!冷静点儿,菲罗。

壮汉:你疯了吗?嘘!

胖女人:小伙子,我们要的是训练有素的英雄,而不是业余的。

赫拉克勒斯:喂,等等。别走哇!要是谁也不肯给我一个机会,我又怎么能证明我是英雄呢?

丹后来在他的备忘录里提到这个感人的时刻,说了欧文给予他怎样的惊讶和感动,因为欧文在表演这个情节时把菲罗、赫拉克勒斯和其他三个角色的情感表现得淋漓尽致。

那天的治疗课结束以后,格里芬把我拉到一旁。"像欧文这样的有自闭症的孩子不应该有那样的表现——这真是越来越奇怪了,不过这样挺好。"

柯妮丽娅飞快地闪进我在房子后面的工作室,把欧文的书面作文本放到我的写字台上。当时是 2006 年的 2 月末。

我看得出来,她急于宣布什么令人振奋的事情。

"读一下这个。最后一篇。"

我翻到作文本的最后一页。她要欧文编一个故事,把他自己当作主角。

"有一个男孩,不敢想象未来他会有怎样的生活……"故事的开头是这样写的。经历一几番磨难之后,男孩闯进森林,发现了一块石头,魔法石。如果把那块石头朝着太阳倾斜,它就会变成镜子,男孩可以从中看到未来。男孩喜欢这块石头。他亲眼看到了自己在未来遇到的各种事情,这一切都令他感到兴奋。不过男孩在过河时滑倒了,弄丢了那块石头。

"可是这没有关系,"他在故事的最后写道,"他再也用不着那块石头了,现在他已经知道,他的未来会是光明的,而且充满快乐。"

"我想他已经准备好了。"她说。

"我想你是对的。你准备让别人来接管吗?"我回答。

她露出笑容。她说,早在开始家庭教育之前,她就担心这件事会毁了她的生活。"我想我真的会怀念这段时光的。就凭着咱们俩,摸索前进。可是他准备好了。这就是我们一直以来的奋斗目标——让他跟别的孩子在一起。"

下个星期,2006 年 3 月的第一周,欧文十五岁生日的前几天,我们告诉他,他要去马里兰州罗克维尔的"凯托高中",也就是凯瑟琳·托马斯高中接受面试,因为我们一直希望他能进入这所学校。凯托高中在去年开始实施新的高中课程,这个课程的发起人是罗娜·施瓦茨,她以前是实验学校高中部的校长助理,现在则是凯托高中的校长。这所学校跟实验学校差不多,但它的学生当中多数是更加典型的孩子，患有自闭症谱系障碍症的孩子则占三分之一左右。

这些孩子的数量并不多，只有四十来个，但也许是由于需要更多的生源，罗娜·施瓦茨告诉我们带着欧文过来看看。她领着我们到处参观。教学楼里很宽敞，但有半数的房间是空的。我们看得出来，欧文一边点头，一边检查着在他眼里代表着学校的场所：教室、图书馆、实验室、音乐室、艺术室、体育馆，还有我们闲聊时所在的校长办公室。

罗娜在萨莉·史密斯的手下工作过，知道她对于欧文的看法。这所学校是为九到十二年级的学生开办的，目前开班的只有前两个年级。她解释说，欧文将在今年秋天成为九年三班的学生。"你愿意吗，欧文？"

"愿意！"他说，露出明显的笑容，"我认为这个地方适合我！"我们都笑了。我从没有见过他这样，看起来就像渴望成交的推销员，表情庄重，眼睛明亮，讨人喜欢。柯妮丽娅露出沉思的表情，这个表情的背后是跟我一样的想法：他肯定非常非常愿意。罗娜告诉欧文和我们，他应该再来一天，以便观察"这个地方是不是确实适合他"。

我们与施瓦茨的第二次交谈是在欧文的观察日结束以后。这简直是一场灾难。她告诉我们，他一直在过道里行走、踱步和挥舞胳膊，做出"许多刺激性举动"。他在经过一间教室时发现了他在社交技巧小组认识的朋友布赖恩，于是就大步流星地闯进去。尽管大家都在上课，他还是大声告诉布赖恩，他就要来这所学校念书了。

事情突然变得悬乎了。我们马上冲向学校。柯妮丽娅解释说，他肯定是太急切了。"他平时不这样……我每天都跟他在一起，"她说，"他肯定是紧张过了头，所以才做得太过分了。"跟我一起参观时，他看起来确实挺平静，罗娜说。她会再给他一次机会的。

欧文在第二个观察日的表现稍好一些，但还是难以自控。可是罗娜在第三个观察日结束以后说,他的表现"好多了"。这三个观察日延长为四个多星期。对我们来说,这一个月简直是活受罪。

不过他合格了。我们把这个好消息告诉了欧文,他乐得不行。"我确实喜欢这所学校,"他说。他在家里接受教育的时候,我们总是担心所谓的交流障碍,因为他每天的大多数时间都跟成年人在一起,采用一对一的方式进行学习,结果失去了与同龄人交流的机会。在过去两年多的时间里,我和柯妮丽娅尽量安排他与别的孩子一起进行有组织的活动或者参加"玩耍约会",即使潜在的朋友实在太少,而他们多半不过是潜在的朋友而已。这所高中会给他和我们带来希望,因为那里有像他一样的孩子,他最终可以交到朋友。

我们相信,欧文在访问时的急切心情给他造成了压力,只是因为他太想入学了。

没过多久,小天堂学校里的书桌、文件柜和便携式擦写板就开始在网站上出售了。柯妮丽娅最终把一切都捐给了塞德里克的老家的一个母亲,因为她宁可在家教育孩子,也不敢把他送到附近的学校去。那位母亲不想要那两个储物柜,柯妮丽娅就把它们送给了当地的教堂。

这些东西已经没用了。

一个灿烂的6月早晨,欧文醒过来,悄悄地溜下床,把一盘录像带塞进带有内置录像机的小电视里。在数字影碟、视频网站和流媒体文件早已大行其道的时代,这件东西简直是老古董了——我们当年使用它的时候,他和沃尔特还在马萨诸塞州的戴达姆蹒跚学步呢。

这正是它讨欧文喜欢的地方。它的形状和功能都是那么熟悉,给他带来了安慰。录像带播放的图像的清晰度比数字影碟播放的稍差,但在播放逐帧拍摄的实体动画时，两者的差别几乎觉察不出。尽管如此，他还是能看出来。另一个可喜的地方是倒带功能。在播放 VHS 制式的录像带时，你可以逐帧地倒带，按下暂停、倒退和播放控制键，分离出最细微的表情变化，或者对出某个单词的口型。

尽管用不着，他偶尔还会拿屏幕当镜子，观察自己的口型或者动作与屏幕上的是否一致。或者只是反复播放一小段使他感到惊奇、害怕或亲切的情节，再三体会角色的感受。

把这台袖珍电视机放到卧室里是他今年才赢得的特许权，这对他大有好处，因为他可以把录像带塞进去，拿起遥控器，悄悄地回到床上观看。最近他开始玩起了新花样：清晨起床看几段动画片，同时把声音调低，为新的一天做好准备。

他在这天早晨观看的是《阿拉丁》。他坐在床上，手拿遥控器，按下快进键。这需要一分钟，他选择的是快速前进，画面飞速地掠过，直到接近尾声。

这是贾方和伊阿古被击败以后的情景，一切主要问题都迅速得到了解决。阿拉丁必须决定，是用第三个愿望把自己变成有资格与茉莉公主结婚的王子，还是如同当初许诺的那样为精灵解除奴役。精灵建议他选择前者，因为"这是为了爱情，而你再过一百万年也不会找到这样的女孩"。阿拉丁选择了后者："我希望你获得自由。"听到这里，精灵欢呼起来，兴奋地飞了几圈：

精灵：啊，这种感觉真是太给力了！我自由啦！我总算自由啦！我要到处溜达，我要去瞧瞧全世界！我要……

他开始把东西装进手提箱，但他低头一看，发现阿拉丁显得非常难过。

阿拉丁：精灵，我会……我会想你的。

精灵：我也一样，阿拉丁。甭管旁人怎么说，在我看来，你永远是王子。

欧文按下倒带键,他把这个情景重看了一遍,又一遍。他身边的床头桌上放着一堆卡片,那是他在过去的几天里画出来的,差不多有一打。每张卡片上都写着谢谢你,准备送给他的治疗学家和音乐老师、美术老师、游泳教练等——在小天堂学校念书的那两年里,他每周都会见到他们每一个人。他的团队成员。

每张卡片上都有一个伙伴的画像。

心理学家丹·格里芬医生用薄薄的索引卡片为欧文制作了一本动画书,每张卡片上都带有他喜欢的迪士尼动画角色的图像,以便提醒他注意倾听别人说话、尽量保持笑容、不要为不能控制的东西担心,而欧文不管走到哪里都会带上那本书。欧文将要送给丹的礼物则是一张画着《狮子王》里的拉飞奇的卡片,在画得惟妙惟肖的图像旁边写着这样的话:"亲爱的丹,我想谢谢你,因为你帮助我明白怎样交朋友和受到欢迎。你是我认识的了不起的聪明人。"

每个精心选择的图画和赠言都符合一个人的身份。每周用一天晚上教欧文把图画变成视频的实验学校的媒体艺术老师托尼·里尔将会得到的卡片上,画着一个栩栩如生的宝蓝色精灵……他毕竟也是伙伴嘛。

为了帮助欧文和其他男孩创作揭示内心感受的故事而带领他们去大自然远足的精神科医生 C.T. 戈登将会得到的卡片上画着尼利厄斯,它是汉纳与巴尔贝拉公司 1993 年制作的动画片《从前有一座森林》里面的老教师,曾经领着"几个动物的小孩子"去森林冒险,教它们学习知识。

沙伦·洛克伍德是个温柔的言语治疗师兼心理学家,已经人过中年,经常陪着欧文看动画片并且分析那些可以在生活中应用的情节,以便帮助他克服焦虑。在某些方面,她是他的治疗师当中最像母亲的一个,因为她说话温和、机敏且有同情心。于是她得到的画像经常是《狐狸和猎狗》里的大妈妈，就像柯妮丽娅一样。

他就是这样想的。每个人都在他的心里占据重要地位。

午后，他们上门了——每个人及其丈夫或妻子。有时他们还会带上朋友。这一天挺暖和，我们家的后院开着花。丹带来一盘胡椒香肠，他不但会下厨，还是个率性的意大利或爱尔兰裔音乐家。沙伦和她的身为精神科医生的丈夫带来一个掏空的大西瓜，里面装着水果沙拉。

柯妮丽娅向大家分发小天堂学校的毕业纪念册，那是二十来页的小精装本，由她负责设计和在线打印。在毕业纪念册里面有他们每个人与欧文的合影，照片上的说明文字写着他们为了他和指导他做过的事情。

处于这一切的中心的是欧文，他一直在观察着他们的每个最轻微的举动。他们都在喝酒、端着纸盘子热烈交谈，成对成群地在铺着石板的后院空地上转来转去。他看着以几种有趣的方式从他们身上——尤其是女人的耳环和男人的手表上——反射的阳光。一个人通常在另一个人的面前大笑，好像在进行某种仪式，接着他们却互换了位置。没有人穿红衣服。女人有时会触碰男人的胳膊，反过来却不会这样。鸟儿在高枝上鸣叫。汽车在远处驶过街道。克里斯蒂娜的动作看起来好像《牧场是我家》里面的漂亮但可笑的母牛格雷丝。他很高兴，因为他要送给克里斯蒂娜的卡片上画的就是格雷丝的形象。

"欧文。欧文？时候到了。"柯妮丽娅说，端着蛋糕盘子走出后门，递给他一个夹着那些感谢卡的纸夹。

他把卡片分发出去。他没有多说什么，只是愉快地说了一句"这是给你的卡片！"而且他用不着说别的，它们已经替他说了。

多年以后，他能够追忆那些日子时告诉我："我很激动，因为我就要上高中了。我确实想上高中。可是，离开我所有的治疗师和老师以后，我害怕自己会做出不合适的事情来。他们都是熟悉我的人。"

欧文观察他们阅读卡片，逐一地扫过每张面孔，于是他知道，现在也可以强烈地感觉到：这是为他举行的聚会。他们都是为他而来的。他就要进入高中了，就像沃尔特一样。真正的高中，有高中里会有的一切。在场每个人都帮了他的忙。

他听见了阿拉丁的声音，就在他的心里。他不是英雄，不是。可是他肯定会想念他们的。他们都在阳光下微笑着，他的十二个伙伴。

第八章
不幸之幸

柯妮丽娅看了看蜷缩在羽绒服里睡觉的乘客,塞满羽毛的衣领给他的脸颊提供了一个软绵绵的依靠。他的牛仔裤的膝盖位置带有破洞,在双膝之间摇摆的则是满得快要冒出来的背包——美国随处可见的高中生的标志。

他看起来确实挺像高中生。这不单单是由于他的睡相。他吃过晚饭就把自己关在卧室里写作业。他差不多每天晚上都要给两个朋友当中的一个打电话,只是聊聊天而已,接着通常会把电话打给另一个。每当母亲喊他起床上学,他总是哼哼唧唧地说:"再等五分钟。"

现在是八点过七分,2007年11月初的一个凉爽的早晨,再过十来分钟就该离开州际公路的出口,前往马里兰州罗克维尔的凯瑟琳·托马斯高中。再过几个月,如今已经十六岁的欧文就会成为那所高中的二年级学生了。

每天早晨都需要半小时的车程,他通常不会在这段时间里睡觉。不过他昨晚熬夜了,今天还要参加一次重要的数学考试呢。听着他那轻轻的呼吸,看着他在温暖的车里安睡,柯妮丽娅也有种温暖的感觉。他看起来似乎既高兴又专注,这正是她所希望的。欧文的母亲对他有着各种各样的担心——有的由来已久,有的则是新起的。她不知道,他会不会在进入青春期以后向传统观念发起挑战,因为像他这么大的青少年身体长得越来越快,心智或者说感觉、智力和个性却依旧留在原地,被远远地甩到了后面。可是,每天早晨开车送他上学或者下午接他回家的时候,柯妮丽娅都会感到更加放松。她曾经郁结已久的心结,如今可以解开了。

第八章／不幸之幸

沃尔沃牌旅行车可以自动驾驶，而她在这条路上来往许多次了。她在离学校还剩最后几个弯道时把他轻轻推醒："我们到地方了，宝贝儿。"

"为数学考试做好准备了吗？"她问，她自己数学一向也不怎么样。他的弱项是代数，他们把这门课程拖了两年。后来又由他的父亲帮助他学习。

"准备好了，嗯，我没问题，妈妈。"他低声咕哝，听起来自然得令人惊奇。他在醒来时往往会显得正常，好像正在觉醒，身体也忘记了他的自闭症。这不过是那些幻想之一，她明白，患有自闭症谱系障碍症的孩子有时可以通过一种表情、一句话，或者一个手势，使自己显得再正常不过，似乎他们突然摆脱了魔咒。当然，这只是再次发病的前奏而已。这种自闭症没有受到魔咒的限制，只不过是一种存在方式。如今柯妮丽娅早已在心中筑起了护墙，不会受到令人振奋的假象的冲击。

汽车轻松地驶入了接送点，他打开车门。"放学再见，妈妈！"他说得简直跟唱歌一样，兴高采烈的。有个声音在她的脑海里说：希望他可以在宿舍里说出更多的话。

可是她在对谁说呢？她不太清楚那些宿舍里发生着什么，但事情就应该这样：在某种程度上，男孩必须逐渐离开母亲。任何书不都是这么说的吗？

几分钟以后，她坐在"帕内拉面包"的火车座上，这家连锁餐馆位于学校附近的商业街。再过大约四十五分钟，凯托高中的校长罗娜·施瓦茨就会过来跟她见面。于是她先是喝茶和吃松饼，接着回复昨天的电子邮件，给她的姐姐发送了几个短信。大约十八个月前，在柯妮丽娅的家庭教育试验结束后，她的生活基本恢复了正常，而这来得正是时候，或者不是时候——柯妮丽娅正值中年的弟弟在今年初死于癌症，就像她在 2004 年去世的一个姐姐。两个月前，她的父亲病故了，还是癌症。由于连续受到打击，柯妮丽娅有些麻木了。她不能时刻陪伴欧文了，今年不能。他在凯托高中找到一个家或者说救生艇，这也正是时候。这叫幸运。不幸之幸。

她从手提包里拿出半打折叠起来的纸页，那是对于欧文在上一年的年终评价，里面提到了九年级的所有课程。

柯妮丽娅看了看日期：2007年5月。自从她的弟弟马丁死后，日子真是太不好过了。可是她真的看得下去吗？这不仅仅是由于马丁的缘故。这些年来，她一直收到许多令人沮丧的有关欧文的进展报告，她几乎没有勇气再看这些东西了。

可是她得抓紧时间了，罗娜很快就会过来的。她扫视着关键部分，也就是对于欧文的直接评价，而这使她感到惊讶。大体上都是正面评价：他偶尔分心，需要督促，学习用功，难以掌握抽象概念，尤其在学习数学的时候。可是这已经挺不错了。他的英文考试成绩不理想，但他"看起来特别喜欢在我们的阅读课上给角色配音"。

柯妮丽娅往下看。在电脑课上，他的作业内容跟班级里的多数人不一样，但"他能够出色地画出迪士尼动画片里面的角色"。在戏剧课上，"他在演绎角色性格发展时显示出非凡的表演技能"。此外，"作为一个演员，他的表演技巧富有非同寻常的创造性"。

一个老师写道，他在这个学年开始时"缺乏独力行事的技能而且经常踱步"，最后却"基本不需要督促而且很少踱步"，也能够独力行事了。

柯妮丽娅把那些纸折叠起来，小心地放回手提包里。经过十三年、换过四所学校之后，这也许是她收到的第一份具有正能量的报告。她不想拥抱不久就会幻灭的希望，但这是无可争辩的进步。凭着自觉与努力，他几乎通过了每项评估——他总是能够完成作业，即使对于进展缓慢的功课也会付出全力。不管小天堂学校在培养技能方面起了什么作用，反正功课与丰富想象力的融合教会了他控制焦虑，现在他可以主动前进了。在对他进行评价时，每个老师都会提到他渴望提高成绩。他确实是这么想的。

她听见有个操着纽约口音的人走过来,就抬头去看。罗娜·施瓦茨拥抱了一下柯妮丽娅,坐进火车座,拿出旅行咖啡杯。她看起来小巧机敏,有着黑色的短发和黑色的大眼睛,笑容稍纵即逝。

她们不是初见,也就不再客套。再过二十分钟,她就得返回凯托高中去。罗娜介绍了这所新兴的高中在开办第三年的最新情况。学校现有29名一年级学生,18名二年级学生,再加上很可能即将成立的新班级里的15名新生,总计62名学生。这些学生当中包括一部分有学习障碍的学生,其中大概有四分之一患有自闭症谱系障碍症,另外还有不少患有注意力缺乏症和注意力缺乏多动症的学生,外加几名具有严重医学问题的学生。有些学生当然会有自我情绪调节方面的问题,但情绪紊乱的学生必须另找地方。这一带凡是不适合入读其他特殊教育学校的孩子,基本上都进入了凯托高中。

不适合公共教育系统的学生大多是由华盛顿特区或马里兰州资助,每人每年的费用将近三万五千元。

我们和其他大约三分之一的家长属于自掏腰包的群体。对于这么小的学校而言,增收的这些钱可是相当给力呢。学生和老师的比例是4:1,共有15名老师,多半精力充沛,从艺术家到退休教授等都有。他们教的是典型的高中课程,但内容有所精简,进度也有所减缓。包括欧文在内的有些孩子将会获得高中文凭,有些孩子将会获得结业证书。

罗娜向柯妮丽娅保证,欧文的表现很不错。真的。

她说起了他在第一年的成长过程,但她们都知道,最大的突破性进展是,他现在有了朋友。欧文认识这里的一名学生,也就是他在社交技巧小组认识的患有自闭症谱系障碍症的男孩布赖恩。罗娜轻描淡写地告诉柯妮丽娅,她给欧文介绍的伙伴是另一个男孩康纳,而他从此变成了欧文的另一个好友。柯妮丽娅认识康纳,他从凯托学校的小学部一直读到高中部,像欧文一样爱看电影,同样温柔乐观。施瓦茨说,她当初建议欧文跟他交朋友,尽管欧文说他已经有了一个朋友(布赖恩),如果试着跟其他人交往,也许就会失去这个朋友。

罗娜告诉柯妮丽娅,她从患有自闭症谱系障碍症的孩子那里了解过这种想法,他们宁可选择可以支配和一成不变的东西,也不愿意去冒难以确定的风险。她说她曾经把欧文叫到办公室里,试图说服他。她通过维恩图的那些重叠的圆向他表明,布赖恩和康纳的圈可以重叠但仍然保持不同的特征,他们都可以与欧文的圈重叠到一起。她让他给三个圈重叠的地方涂上他喜欢的颜色。他选择了绿色。施瓦茨告诉他,友谊就在那个绿色区域。

柯妮丽娅知道的是,欧文、康纳和同样爱看电影的布赖恩现在自称为"电影大仙"。他们通过电影建立了三人同盟。这差不多是欧文在生活里遇到的最好的事情了。渴求朋友多年以后,他现在拥有了两个朋友。

"我不知道这件事是怎么发生的,也不知道你是怎样找到康纳的,"柯妮丽娅轻声说,把她的手伸到桌子的另一边,捏了捏罗娜的手,"谢谢你。"

终于有了好结果——欧文找到了适合他的学校。关键在于,课堂作业、一起去吃午饭的朋友、各种活动和校内交流都处于适合他的可控环境里。学校的环境不是完全受控的,而是正合适,能符合多数学生的需要。他们有机会按照自己的节奏行动。节奏是重要的,对于与他们同龄的典型孩子来说更是如此。与有学习障碍的孩子相处时,很多人都明白这一点。正是这个缘故,他们在考试时才会得到更多的时间。

对于典型的孩子来说,有没有更多的时间都没关系,他们生来就反应迅速。他们要么写得出答案,要么写不出,做完一题就去考虑下一道题。对于有学习障碍的孩子来说,处理与整合信息的不稳定状态就意味着他们需要更多的时间,这会帮助他们克服学习障碍,发展潜在的理解力……并且在考试时发挥出来。许多有自闭症的孩子则需要增加成倍的时间,因为他们对于书面或者口头信息的处理方式更加复杂,他们潜在的理解力往往埋藏得更深或者表现得更不稳定。

那就意味着不能对凯托学校每间教室里的孩子做出统一要求,因为他们就像一群奔跑的猫咪,各自有着不同的速度与方向。可是只要给予足够的时间,他们就会理解题意,经常可以独辟蹊径,找出正确答案。

从学术的角度来讲,情况就是这样。但类似的差异性也适用于这所学校里的其他一切,以及在每所高中里形成的小社会。这里存在什么不同或者需要什么不同呢?这里的一切都需要减缓或者放慢节奏,包括社交在内。

在社交方面,许多孩子表现得小心谨慎,需要拖延一段时间看清楚情况才能敞开心扉。这使他们显得敦厚老实。相对而言,凌厉张扬往往是过于自信或者过度沮丧的产物。正因为如此,这些孩子没有形成通常的那种等级制度,没有出现典型的高中里面那样为了取得高人一等的地位而不断进行的争斗。倒不是说他们潜在的愿望会有什么不同,只不过他们内心坚强而纯真,也许比我们其余的人更加坦诚。

我们开始渐渐看到的情况,恰如罗娜告诉柯妮丽娅的那样——他一直在这个微妙的受控生态系统里茁壮成长。

2007年12月初的一个早晨,欧文在七点十分醒过来。他七点十五分起床,七点二十五分吃完早饭(他吃得快),七点四十五分洗完澡、穿好外套,七点五十分上车(今天是老爸开车),八点二十分到校。

今天跟任何一天都没什么不同，或者欧文会在一年以后详细告诉我，过去的每天都有什么不同，让我重温那些记忆。他能记住的太多，而有些事情却是他宁可忘记的。

在这个冬日，他迂回地穿过杂乱的人群，走向他的储物柜。他把手套放进帽子里，把带有绒线球的帽子塞进羽绒服的袖子，再把羽绒服在储物柜里挂起来。随后他走向大教室，他当初就是在那里遇到布赖恩和康纳的（他们都在那里）。他们三个谈起了梦工厂在2007年假期推出的动画片《蜜蜂总动员》。在他们看来，这部动画片没什么意思。欧文说，他昨晚看了《白雪公主和七个小矮人》，虽然很久以前就已经看过，但是这次看起来还是那么棒。布赖恩也喜欢它。欧文模仿小矮人爱生气的声音，康纳和布赖恩笑起来，因为他们一听就知道那是爱生气的话。他们都跟着说出其他小矮人的对白。

第一堂是音乐课。欧文走进音乐教室，悄悄地坐在书桌旁，心思游移不定：《白雪公主和七个小矮人》，爱生气，为什么康纳喜欢电影《超人》的第一部呢？欧文察看着周围。这里有鼓、钢琴和其他几种乐器。别的孩子马上就会过来了。教室里现在有五个男孩和两个女孩。

欧文不愿意与其他孩子交流。他彬彬有礼——总是如此——可是，他不跟别人来往。他已经有了两个自己的朋友。

坐在欧文身边的是个高大强壮的男孩，他叫威廉，身材跟欧文差不多，在班里挺有人缘。威廉趴到书桌上，向欧文凑过去。"嘿，欧文，我想和你说点儿事，"他低声说，"我知道你住在哪里。"

欧文转过身，他看不懂威廉脸上的表情。他有一张英俊的脸。他也许是在开玩笑，但欧文说不准。他的父亲总是说："要是你觉得有人是在开玩笑，那就假装他确实如此。你要表现得好像在听笑话，接着就会发现他是不是在开玩笑了。"

第八章 / 不幸之幸

"你想开玩笑吗?"欧文说。

威廉摇摇头。不是开玩笑。

"听着,欧文,我知道你爸妈是谁,真的,我还知道别的事呢。他们不爱你,他们打算抛弃你。总有一天,你会在回家时发现房门上了锁。"

欧文的心里感到一阵惊恐。他不会撒谎,也不能轻易看出来别人是不是在对他撒谎。这恐怕是许多自闭症患者面对的最危险的事情,不管对于孩子还是成人患者来说都是如此。他们可以相信一切。他当然知道什么叫作谎话,但他听不出来。

"我爸我妈都爱我。我是好人,心地善良,而且爱看动画片,多数是迪士尼的。"他尽量用最坚决的语气说,好像正在举起盾牌。

这只是暴露了他的弱点。"不错,你老是说起迪士尼。我知道你爱看它们的片子。说真的,我了解你的一切,欧文,"威廉继续说,"我跟你讲过,我知道你住在哪里。要是你把我的话告诉你爸妈,我就把你家的房子烧个精光。"

欧文恍恍惚惚地度过了这一天,无论在世界史、数学、美术课上,还是在吃午饭、去科学实验室、体育馆或者学习英语的时候。他不停地东张西望,脑子里乱成了一锅粥。威廉真的认识妈妈爸爸吗?要是我把他的话告诉他们,他会不会把我们家的房子烧个精光呢?

2008年4月的一天早晨,我和柯妮丽娅一起坐在汽车里,欧文在后座上,望着掠过的风景。

欧文就跟丢了魂似的。我们不知道怎么回事,只知道他成了这个样子。我们问他在学校过得怎么样,他露出装出来的明显笑容,扬起眉毛,嘴唇紧贴牙齿,然后回答说:"学校里好极了!一切都很顺利!"他每次都这样说。

可是他吃不下，也睡不好。我们毫无进展。已经好几个月了。这可能是药物造成的——也许他长得太快，服用的百忧解剂量又太低了；也许他需要服用更高剂量的药物，或者别的东西。

他不再谈论迪士尼，甚至在我说出动画片对白时也是如此，他不会做出相应的反应。即使我模仿他喜欢的父亲角色——木法沙、特里同国王——我说的对白还是得不到任何回应。

星期一下午，与丹·格里芬医生在一起的时候，也发生过同样的事情。我们说起了迪士尼动画片，欧文却没有表现出什么兴趣。

今天我们都在汽车里，因为校方打来电话说，今早要跟我们会面。他们没有告诉我们具体原因，只是说欧文的表现很奇怪，等我们到校时他们就会做出解释。我们建议说，丹也应该到场。

上午九点钟，孩子们依次进入各自的教室，准备上第一堂课，我们仨——丹刚来——则依次走进会议室。罗娜表情严肃地走进来，跟着她的是欧文的社工（凯托学校的每名学生都会加入通常由三四个孩子组成的小型社交技巧小组，小组的主持者则是一位社工）。

罗娜直奔主题：欧文想用铅笔去扎一个孩子。没有造成伤害，也没有擦破皮肤。"可是他的表现太反常了，"她说，"我知道你们受到了不少打击，因为柯妮丽娅的好几位家人去世了。家里的一切都还好吧？"

柯妮丽娅吃了一惊。"他想用铅笔扎人？欧文不可能干出这种事。"

罗娜点点头，没有完全否认这个想法。"我们也是这么想的。"她回答说，接着讲出了一些细节。在科学实验室里，有两个孩子可能想要跟他"开玩笑"，"可是那些话不应该引起这样的反应"。

我告诉她，家里没有什么巨变，至少我们没有发现。我们通常不清楚，哪些事会对欧文造成怎样的影响，也许今年要上大学的沃尔特表现出了一些潜在

第八章 / 不幸之幸

的反应,也许欧文服用的药物给他造成了影响。

丹说,欧文在治疗时看起来忧心忡忡,但不太愿意透露内情。他告诉他们,欧文好像不再对迪士尼动画片感兴趣了,转而没完没了地谈论对于蒂姆·波顿导演的前两部《蝙蝠侠》的看法。这两部电影的调子都挺悲观。"欧文会通过谈论他喜欢的电影暴露自己的想法,"丹补充说,"也许这只是进入青春期焦虑时产生的剧变,也许是别的情况造成的。"

一般来说,青春期的孩子经历着迅速的变化,我们很难读懂他们的心思,但就某个具体的孩子而言,还是能猜个八九不离十的,他们的成长烦恼往往体现在这样几个方面:离开父母、测试极限、性意识觉醒、鄙视成人世界。霍尔顿·考尔菲尔德在《麦田的守望者》里基本都写了。像欧文这类患有自闭症谱系障碍症的男孩却不怎么符合这些情况,至少我们不太肯定。

"他的心思经常是捉摸不透的,"我沮丧地说,"我们走不进他的内心世界。"

"你知道,我们是喜欢欧文的。"罗娜在片刻之后打破了沉默。

"我们了解。"柯妮丽娅说,她还在试图想象欧文——这个世上最温柔的孩子——追赶另一个学生的情景,"把你看到的所有情况告诉我们。我们也会这样做的。我们要看一看,能不能发现跟铅笔有关的情况。"

欧文待在拐角处的音乐室里,长长的过道通向那里。他坐在那儿,想要吸一口气。

威廉带来了朋友托尼,当作他的同伙。他们两个每天早上都会等着欧文。那个令人痛苦的诡计还在继续得逞,因为揭露威胁就会导致灾难。学校里有那么多房间供他们即兴表演呢!每天都有新花样。

"嘿，欧文，我昨晚开车路过了你家，"威廉低声说，"你没瞧见吗？我昨晚差点儿把它烧个精光呢。我想你一直在跟我撒谎，你已经告诉了你爸妈，对不对？"

欧文摇摇头，从左往右，"我不会撒谎。"

"好吧，那你就去死。"一个孩子说。

"我不喜欢那个词。"

"好吧，那你就是个小王八蛋。"

他不愿意去看威廉的脸。在他的身体仿佛绷得不能再紧的钢琴弦时，坐在他后面的另一个男孩托尼使劲捅了捅他的肋骨。他"啊"地喊了一声，猛地呼出一口气。

"请不要这么干。"他说。

"欧文，有什么事吗？"老师问。平时负责上音乐课的老师从去年秋天就休假了，这位代课老师是头一次教音乐，感觉力不从心。

"没有，什么事都没有。"欧文用嘶哑的声音说。

他听见有人在身边和身后偷着笑。

自从托尼给威廉当了帮手以来，欧文发现到处都有危险，而且不清楚威廉会不会招募新兵。他昨天在科学实验室用铅笔去扎的那个孩子甚至都不是他们两个之一，那只是一个认识他们的孩子，有点儿想要跟他们学坏而已。欧文感觉局面变得越来越混乱，而那个孩子在科学实验室里听说了音乐教室里发生的事情，也打算跟着冒坏水。

音乐老师告诉每个人都要学会演奏自己的乐器。一周后将要举行年终音乐会，每个人都要自己表演一段节目。下课铃响的时候，欧文跑出教室，来到远离他们的地方，一边在走廊里踱步，一边喃喃自语："加油，孩子。加油。还击。赶紧的，你可以对付这个懒骨头。这家伙是个熊蛋包，瞧瞧他的德行。"

这不是欧文的声音,而是《赫拉克勒斯》里面的由丹尼·德维托配音的硬汉菲罗的。他没有抛弃迪士尼动画片,只是把它们埋到了地下,免得给欺负他的那些人留下任何用来攻击他的口实。他几乎把希望都寄托到菲罗那里了。菲罗经常跟他交谈,就像顾问。他们总是用德维托的声音交谈,说的都是那部动画片里面的对白。欧文经常背诵的对白就是这个,也就是把那个人说成没用的熊蛋包的那一段。今天他又补充了一句对白,即赫拉克勒斯的回答:"你始终是对的,菲罗。想做梦的都是菜鸟。"

接着他又用菲罗的声音回答说:"不,不,不,不,孩子,想放弃的才是菜鸟呢。我回来是因为我没有放弃你,我愿意坚持到底。你呢?"

这一天,他用几乎听不见的声音把那段对白嘀咕了一百来次。似乎只有这样做,才能消除他的恐惧。

— 5月中旬的一个下午,停车道上发生了大惊喜。

"沃尔特!"欧文大喊,跑向那辆汽车。沃尔特从接送点排着的第五辆车里跳出来迎接他,他们在停车处拥抱起来。

欧文把他搂得死死的。"悠着点儿,老弟。你没事儿吧?"

欧文点点头。"我想你。"

"我也想你。"

他们的身后响起了一阵汽车喇叭声,于是他们进入了引擎空转的汽车。

"最近怎么样呢?一切都好吧?"

欧文点点头。"你放假了吗?"

沃尔特解释说,他们的大学放假比较早,这个周末将会举行典礼,然后他要回家住几周,接着就去营地,他现在是那里的顾问了。汽车慢慢地向前挪动着,没有转弯的地方,他们要经过接送点。前面有一群人,接孩子放学回家的人们小心翼翼地来回穿行着。为了避免事故并且帮助几个残障儿童,老师或者过来帮忙的人护送着所有学生坐进汽车。

欧文看着混在人群中的威廉,飞快地开动脑筋。他的机会来了。真是太过分了,他想。威廉说会把他们家的房子烧个精光,除非他不把事情告诉父母。可是威廉没说不能告诉他的哥哥。在欧文看来,这就像是破解了密码,他已经想象着沃尔特会怎么办了。威廉是大家伙,可是沃尔特更加高大,差不多有两百磅,浑身都是肌肉。欧文觉得,沃尔特和赫拉克勒斯差不多少,可是他只想稍微反击一下,因为迪士尼动画片里的英雄从来都不会杀掉反面角色,至少在迪士尼经典中是这样的。反面角色总是死于他们的贪婪或者仇恨,或者就像《狮子王》里那样,死于他们的邪恶同伙之手。英雄永远不屑于谋杀,即使那个人坏到了骨子里。沃尔特缓缓地朝着前面的空隙开车,欧文看着他摆弄收音机。沃尔特可以杀掉他。但要是这样做,他就不再是英雄了。他会违反迪士尼的规则,还会惹上天大的麻烦。

他从乘客位置的窗口向外望去,恰好看到威廉,对方也看到了他,露出惊讶的表情。这是怎么回事?欺负他的人正在盯着他吗?欧文从来没有跟威廉对视过。敌人望着车里,发现方向盘的后面坐着一个酷似欧文的大块头,接着他就撤退到那群等着过马路的学生当中。

沃尔特把汽车开远的时候,欧文感觉全身都放松了下来。

我和柯妮丽娅一边把午饭时用过的盘子放进洗碗机,一边听着欧文在起居室里用钢琴弹奏准备在明天下午的学校音乐会上演奏的乐曲。我们不禁感到兴奋。这是应得的奖励。过去的五年来,他每周都要去钢琴老师鲁斯丽·阿德勒那里上课。他可以演奏一些经典曲目，比如此刻正在演奏的这一首。

第二天，当我们准备在举行音乐会的凯托学校体育馆里悄悄落座时，我对柯妮丽娅说，我们知道他迷上了《希望之歌》，尤其在我告诉他要是能够演奏得完美无瑕就再也不必演奏它以后。

"我想这是修正过的历史，"她风趣地说，"要是我记得不错的话，我们当初还说不准他会不会'出席'受诫礼呢，可是他出席了。那天的会堂非常温暖，又是个安全的地方。"

学生们进来了，多半坐在父母身边。有些马上登台演出的学生去了前面，有些要轮到他们演出时才会被叫到前面去。欧文属于后者，他排在演出快要结束时才上场。

可是他看起来很紧张，显得心不在焉的。他没有在别人演出结束以后鼓掌，而他通常喜欢这样做。还有，当叫到他名字的时候，他只是坐在那里，就像没听见。我们坐在拥挤的人群中间，被一百二十多人包围着，所以音乐会的主持者看不见他。

"欧文，该你上场了，"我低声说，"他们在喊你的名字呢。"

他只是坐在那里，目视前方。一位坐在前面的老师发现了他，开始往后排走。"快去呀，小文，"柯妮丽娅说，"快去。"

他过了好一阵子才站起来，手里拿着乐谱，犹豫不决地走向钢琴。他坐下，把乐谱打开，放到乐谱架上，之后却什么都不做。一群等待演唱的学生纳闷地看着欧文，他们就在钢琴跟前，离舞台更近。

二十秒过去了，他开始时断时续地演奏，勉力演奏到曲终。他猛地站起来，在稀稀落落的掌声中跑回座位。他还没有在我们身边的椅子上坐稳，下一个节目就宣布开始了，那是原创歌曲，创作者是"我们最有才华的学生之一"。一个高大英俊的年轻人站在钢琴旁边，占据了整个舞台的中心。他看起来自信满满,趾高气扬,在这样的学校里显得惹人注目,因为有特殊需要的孩子基本不会流露出这种得意忘形的神色。

可是他准备好了,刺耳的歌声真的有了效果。他一边唱歌一边傲慢地拍手,直到整个体育馆活跃起来,大家都跟着他一起拍手和欢呼。音乐会到此结束。

欧文在座位上吓呆了,我却没有留意,我光顾着去看那个孩子了。"真想知道他的'问题'出在哪儿,"我嘀咕说,"他看起来像准备拍摄MTV似的。"

"你想取消聚会吗?"柯妮丽娅问我,忍住不快。

"不,咱们还是办吧,人总得吃饭嘛,所以我要吃一顿,完了就回去工作。"

她同情地看着我,尽管我如果留在地下室里她会同样感到高兴。最近我一直在那里写新书的结尾,因为在那里的沙发上打盹比在我的工作室里打盹更加舒服。就像所有的书一样,这本书的结尾同样令人伤脑筋。在我写第一本书的时候,柯妮丽娅曾经跟我开玩笑说:"这简直跟男人生孩子差不多,你最好还是享受一下这种快乐吧。"现在,我写到第四本书的时候,她再也不跟我打趣了。

我看起来就跟要死了似的,实际感觉则更加糟糕。她只是来看看我饿不饿,想知道丈夫什么时候才会回到楼上。

这一天是6月7日,星期六,我们家的厨房真的挺适合拍摄电视购物广告,因为坛坛罐罐里都在炖着采集自世界各地的各种食材,而它们都可以从全食超市买到。沙发和椅子被推到墙边以后,那张租来的大桌子才实现了把无边无际的起居室填满的目标。柯妮丽娅加入了一个电影俱乐部,成员都是女人,她们每年要举行一次晚餐聚会,邀请丈夫出席。今年的聚会则安排在今晚。

"请在七点钟冲个澡,刮刮脸。"柯妮丽娅对我下达了指示。我怯生生地点点头,来到楼下。

第八章／不幸之幸

我开始意识到,人有可能在这个地下室里迷失自我。它就像个洞穴,落地窗被遮住了,墙壁又是隔音的,因为墙壁是砖石结构,木镶板的后面抹着水泥。

最近几天,我把欧文撵到了他的卧室里,因为"爸爸要用地下室"。在这个阳光明媚的下午,我命令他骑着自行车去附近的市场替妈妈购买纯奶油。这种事其实用不着他去做,但这可以使他忙上一个钟头。

我坐在神圣的长沙发里,它是柯妮丽娅在单身的时候购买的,当时是20世纪80年代初,我们正在纽约约会。它质量上佳,二十五年之后历久弥新。我们也是如此。从与欧文展开的漫长拉锯战,到上本书出版后,我和柯妮丽娅在恶毒的政治环境里并肩战斗,我们的婚姻一直经受着重重压力。可是,即使有过战斗,也只会巩固我们的关系。

这些日子里,我们都感到幸运。这没有丝毫理由,很多情况又刚好和"幸运"相反,尤其是欧文古怪且令人烦恼的行为。但我们相信问题会渐渐得到解决,这种信心仿佛一个杯子,我们似乎都从中汲取了力量。只要尽了力,那就可以等待黎明了。他们来了,这真是不幸之幸呢。

去年秋天,柯妮丽娅的父亲逐渐病重。就在我准备与早就期待返回巴基斯坦的贝娜齐尔·布托一起旅行之前,柯妮丽娅突然插手了。她知道父亲的来日不多,所以就问我有没有办法推迟旅行。尽管不太情愿,我还是没有出行,这就意味着那年10月,布托的卡拉奇车队遭受自杀式爆炸袭击,一百四十人身亡,五百人受伤,我不在她的身边。关键时刻,她正在有机玻璃屏幕后面润色准备发表的演讲,因而在这次袭击中幸免于难。我本不想跟着她去采访,但出于记者的天职,我还是不顾危险地去了。

两个月以后,也就是12月底,在塔利班政权控制的巴基斯坦西部城市基达,我和她坐在一起。那一天,我们一直被自杀性爆炸者追赶着。那是她接受的最后一次重要采访。九天以后,她去世了。

那时我已经好不容易从阿富汗离开,刚刚回家过节,简直感激得不知如何是好,因为我们一家四口团聚,可以安全地享受家庭的温暖。

在基达的时候,我在一个友善的军阀的城堡式的家里和布托度过了一个长长的下午,她说起自己被指控有所谓的腐败问题、她怎样两度成为一个父权制国家的总理,以及人生中的给予和索取是怎样经常被归结为债权与债务、谁解救谁、谁欠谁的情。她说,无论对一个家庭还是一个国家而言,这都是成问题的,属于错误的算计。"但如果事情还行得通,那是因为人们明白这不过是骗人的说法,我们大家实际上都是互相救助的。这是世道常情。"

于是,在返回美国以后,我决定把下本书的名字叫作《世道常情》。也许还有更好的书名,但我总得定下书名,而我感觉她的说法非常正确。对这个世界来说,这种说法正确吗?希望如此。那么对于我最熟悉的自己和我家人的生活来说呢?肯定正确。

晚餐时不止能吃到美食,还能见到我们的好友。大家不停地喝酒、欢笑,又拿我多少天没有睡过觉的事开涮。深夜两点钟,柯妮丽娅上床睡觉了,我则悄悄地返回地下室。

这本书一直萦绕在我的脑海里,仿佛一个近乎五百页的谜,它的内容则包括人物与阴谋的转变、阿富汗的孩子与情报高官、涉及权力人物如何经常破坏原则的文件与解密。一切都条理清楚地摆了出来,但最后我要设法总结一下他们是怎样联系到一起的,在随后的十个小时里又是怎样将我们与某些比我们更重要的人联系起来的。中午时,我就应该写出一篇进行最后思考的短文,当作这本书的最后三页。所有碎片拼合起来以后,这个谜将会揭示什么呢?

在这个思路飘忽不定的清晨,海吃海喝和失眠使我尝到了苦果。我发现,我正在紧抓着楼下盥洗室里的马桶。我想这回可能要丢脸,欧文早晨悄悄下楼去看动画片时也许会发现我在这里。痛苦过去以后，因为担心被欧文发现，我十分苦恼，所以我的解谜方向转到了他那里。

他究竟出了什么毛病呢？哪些碎片拼合起来了，哪些碎片还没有拼上去呢？目前了解的只是基本情况。哪些情况不对头，就像不能拼合的碎片呢？把它们拿起来，左右转动一下方向，它们都会找到合适的地方。

我近来经常于无意中听到他自言自语，听起来他似乎总是在用菲罗的声音说话。在这种情况下，他总是压低了嗓子，但你听得出丹尼·德维托的刺耳的声音。为什么要用菲罗的声音说话呢？嗯，他是训练赫拉克勒斯作战的，他本身则是个好斗的小个子。难道并不好斗的欧文正在或者即将面对某种冲突吗？为什么他想用铅笔去扎一个孩子呢？这不符合他的性格，我了解他。那么，他一定是受到某种环境的驱使，遇到了令他极度紧张的情况。

在脑子里把他显得不安的许多时刻过一遍的时候，我想到了那次音乐会。在起居室里，他闭着眼睛也能用钢琴把那首乐曲弹奏十来次。他从不会在观众面前发呆，瞧瞧他在参加受诫礼时的表现就知道了。我们的起居室，还有甚至显得更加拥挤的会堂，与那个体育馆有什么不同呢？嗯，就像柯妮丽娅说的那样，举行受诫礼的会堂是个安全的地方。那个体育馆里出了什么事情呢？我通常会记得那些表演者——除了欧文、柯妮丽娅和台上的人之外，我确实没有关注其他人。这使我想到了那个在体育馆里哗众取宠的惊人的孩子。随后我想起了一件与此有关的事——别人都站起来鼓掌，欧文却坐在那里，看着地板。

几天以后，那本书即将付梓。我连着睡了几宿好觉。欧文收回了地下室。此刻，我们一起坐在地下室的沙发上。

"唱最后一首歌的男孩是谁呀？你认识他吗？"

欧文不愿意看我的眼睛。"不认识。"

"你们音乐班里是不是有好多参加演出的学生？他是你们班的吗？"

他暂停片刻。"是的。"

"那么他整年都跟你在一个班里了，你怎么会不认识他呢？"

"我现在可以走了吗？"

"除非你跟我谈谈这件事。"

一个钟头之后，欧文做出了回答："要是我告诉你一次，以后可就不要再让我说了。"

我郑重其事地表示同意，这是我对他常干的事——先答应，再食言。"好的，就说这一次。"

他默默地坐了五分钟，开始滔滔不绝地说起整个事情来。他每天都要寻思它。他不愿意转述那些话。我告诉他，我要听到每句话。接着我向他重复那些话，感受着每下打击，好像正在挨揍。"把房子烧个精光！""杀掉我们！"还有"要是你告诉我们，那就杀了你！"

他没有哭——他很少如此——可是他在颤抖和呕吐。吐了又吐，吐了又吐，吐出每个威胁与诅咒。

现在一切都讲得通了。两个喜欢欺负弱者的家伙把欧文逼入了困境，拿他耍着玩。他说，他差点儿就告诉了沃尔特。他几乎是用不耐烦的口气说的，好像是在暗示：嘿，在这件事情上，我不是彻头彻尾的白痴。可是他怕沃尔特杀了他们。我可以想象得出车道上的全部情景，好像事情正在发生。幸亏他没有告诉沃尔特。"可是那一定挺不好受吧。你又没有别的人可以告诉。"

接下来，他喘了一口气，跟我说起菲罗。他不能跟我们说，于是就转向菲罗。当然……是为了训练他进行战斗。"我可以跟菲罗说，这会给我提供帮助的。"还有幸运的杰克，另一个可以训练他的伙伴。此外是蟋蟀先生吉米尼。

"他说,就让良心来为你指路吧。他还说,告诉你的父母,他们会理解的。"

我问他为什么不听吉米尼的话,把事情告诉我们。"这些日子里,你每时每刻都在独自担惊受怕呢。"

他张开双臂,搂住我的脖子。我把他抱得紧紧的,很快就感到他的泪珠打湿了我的棉布衬衫。"我怕他们烧光我们的房子。"

我听见楼上的前门打开了。是柯妮丽娅。没过多久,我们仨都置身于地下室里。

她的反应好似火山爆发,一下子就达到了极点。她变得雷厉风行,好像抬起汽车去救自己孩子的母亲。知情人迅速增多。那天下午,罗娜·施瓦茨来到我们家。我们不必告诉她,只要捉弄他的两个男孩还在那里,欧文就不会回去上学。他亲自告诉了她。柯妮丽娅补充了一个杀气腾腾的眼神,于是罗娜就去工作了。那两个男孩将在秋天离开学校。

欧文的精神科医生 C.T. 戈登休假了,这可是稀罕事儿。于是我们接受学校方面和许多人的推荐,通过电话请来了兰斯·克劳森医生。他是医生中的翘楚。最重要的原因是,欧文正在与强迫性神经官能症进行搏斗,因为他总是在脑子里反复重播那些威胁和诅咒,吓得呆愣愣的。

他因此而服药。兰斯给我们推荐了一位专业治疗师,他开始对欧文采用一种认知行为疗法,也叫作"暴反阻疗法",即"暴露、反应、阻止疗法"的简称。这种疗法的要点是,使他一点点地接触那些可怕的思想或者话语,但同时要使他保持平静,不让他突然变得惊恐或者瘫痪。经过一段时间,他就会脱敏的。神经正常的普通人从很小的时候就开始经历这个过程——但纷至沓来的世事使我们变得麻木和厚脸皮了。

以连番轰炸和逐渐脱敏为轴心,而且需要越来越强的冲击才能引起反应,这在许多社会理论家看来是当今技术时代存在两难问题,因为我们生活在充斥着暴力、性和恐惧这样一个通称为媒体文化的大竞技场内。欧文当然更是遭受了特别的打击，但我们尽力把他与媒体文化的典型内容，即谎言、威胁和咒骂这类致命冲击隔绝开来。

我和柯妮丽娅夜复一夜地讨论了无数次。一方面，我们认为他已经满十七岁了，又是个高中生，他避不开外部世界，我们也一样，如果事情发生了，他就得承受。另一方面，我们感到有些震惊和怜惜。我们经常担心他会轻易遭人利用，每向自立迈出一步都会受到威胁，而这个担心不幸得到了证实。

"我费了九牛二虎之力才把他弄到这里，现在却出现了这种事。"7月的最后一个晚上，柯妮丽娅在沉思片刻之后说。

我在反复考虑的是什么呢？他在素描簿上写过，他是"伙伴的守护人"。我总觉得保护他是我的分内事，可是我失职了。

我们开车带他前往马里兰郊区的中年心理学家谢丽的治疗室，她要他说出那两个男孩做出的每件事。当他的身体绷紧的时候，她就会让他放松下来，然后要他继续往下说。

按照卡尔·荣格的概念，这种事就叫作"阴影"。格里芬医生在去年秋天的一堂治疗课之后告诉我，欧文激动地细数了迪士尼动画片中的许多反面角色的缺点：贪婪、有邪念、喜欢追求权力、嫉妒，这或者也是阴影之类的东西吧。

我说，我从没有听说过荣格的阴影概念。作为我的心理学领域的万能搜索引擎，丹在那天晚上送给我一张便条：

> 根据荣格的理论体系，性爱与生的本能通常是某个方面的象征，属于阴影原型的一部分。它们源于我们人类存在以前（原文如此）或者说还是动物的时代，那时我们所关注的问题仅限于继续生存与繁殖，并没有自我意识。这是自我的"阴暗面"，其中经常包含着我们也许会具有

的邪念。阴影其实并无道德观念,不好也不坏,就像动物一样。动物能够精心照料幼仔,也能为觅食而凶残杀戮,但两者均非自我选择的结果。动物只是在做自己能做的事而已。这就是"无邪"。但从我们人类的观点来看,动物世界显得相当残暴,所以阴影也就变成了垃圾桶般令人厌恶的东西,我们不愿意完全接受它。

阴影的象征包括蛇(就像伊甸园里的那一只)、龙和妖魔。它们经常把守在洞穴或水池的入口,这就是集体无意识。下次再梦见与魔鬼角力的时候,正在和你角力的也许只是你自己!

荣格是早期给丹带来重要影响的人物之一。当然,长期以来确定无疑的是,欧文一直在想象世界里悄悄地穿行,试图搞清楚他喜欢的反面角色的心理和阴暗欲望。他知道,人们可以撒谎、欺诈、伤人,甚至互相残杀,他熟记于心的每部动画片里其实都有这些情况;但他似乎只能在迪士尼的可控世界,即他可以拥有并掌控的地方,与那些角色的双面性角力。

过去的六个月则完全处于失控状态。他总是向动画片学习,那是他的办法,但生活并不是允许你通过遥控器倒带、暂停和破译的动画片。它可以迅速向你发起攻击,快得超乎许多自闭症谱系障碍症患者的想象。每天早晨,在音乐教室里,阴暗扑面而来。由我们和他自己小心控制的生活陷入了混乱,他却无论如何也想不通其中的缘由。

欧文回到学校去读三年级了,但完全是抱着试试看的心理。他左右为难,仍然有明显的焦虑感。

欺负他的人不在那里了,但他走的是同样的过道,坐的是同样的教室。余毒无处不在。

有些却是可贵的，那就是康纳和布赖恩的友谊。在他到校的第一天，他们都在教室里等着他。几个"电影大仙"团聚了。他们各不相同，就像我们彼此不同，可是他们共有某些明显的特点：难以发现交流的信号，固守着原来的习惯和理解力，难以养成从具体到一般的思路，在不熟悉的环境里感到迷惘，在注意力和接受语言方面有困难。

表达语言则是另外一回事，他们三人的内心浮现的是一个可以通过动态影像进入的世界。就像罗娜画的由互相结合的圆圈构成的维恩图，三个电影大仙之间显出了许多重叠之处。

布赖恩是个"小火车托马斯"式的孩子。那部英国儿童电视动画剧里只有一个人物，也就是由林戈·斯塔尔或者乔治·卡林扮演的列车长先生。其余角色全是火车，比如托马斯、珀西、威廉，等等，它们沿着轨道行动，遇到人类的小小的戏剧性事件，通过在火车头前端的排障器上固定不动的脸来展现微笑、生气和惊讶的表情。患有自闭症的孩子之所以特别喜欢那部剧，正是由于这样的结构、简单的内容、轨道的重复和容易辨别的情感。

康纳也像托马斯，可是如果用个未必恰当的词来比喻的话，他已经毕业了，开始把兴趣转向超级英雄系列电影。那些电影有好多呢。他熟悉那些电影里的每个人的一切，就像布赖恩熟悉托马斯的一切。

布赖恩的兴趣不仅仅限于小火车托马斯系列。他是梅尔·布鲁克斯的影迷，基于犹太人的抱团思想，他熟悉电影史上的每个犹太演员。康纳不是犹太人，但也喜欢布鲁克斯主演的电影，尤其是《神枪小子》，只不过不像布赖恩那样迷恋它们而已。

两个男孩都喜欢迪士尼动画片，这就是他们与欧文的共同点。欧文是这个领域的发烧友，而他们在说起迪士尼动画片时可以谈得来，欣赏他的专门知识，就像欧文欣赏布赖恩对于托马斯的了如指掌，以及康纳对于几十部超级英雄系列电影的全面了解。可是，在他们的友谊进入第三年之际，三个圆圈开始互相融合了。就好像应一位电影大仙同伴之邀，恰如典型的大男孩在更加宽广和明晰的三维世界里会做的那样，他们正在冒险进入相邻的区域（主要是电影领域）。

欧文到校的第一天，康纳和布赖恩在早晨八点半欢迎他，欧文显然感觉好多了。他拥抱他们两个。他后来告诉我们，他觉得学校变得不同了，"它看起来跟欺负我的家伙去年在的时候差不多，可是又不一样"。不管怎样，康纳和布赖恩都在该在的地方，微笑着做好了欢迎他的准备。康纳是个体格魁梧的孩子，头发打着卷儿，身高将近六英尺，他高兴地说："电影大仙回来啦！"布赖恩是个黑头发、宽肩膀的孩子，身高与欧文相仿，一直都在微笑，不管这意味着开心、紧张、困惑，还是狂喜，都没有什么关系，因为他说的是："三合一！"

他们都想知道同样的事情：欧文有没有看过希斯·莱杰出演的《黑暗骑士》呢？克里斯托弗·诺兰导演的第二部蝙蝠侠系列电影在这年夏天特别火爆，这多半归功于莱杰的表演，他在片中扮演的小丑邪恶暴虐，有人相信他的表演也许导致了他在7月中旬电影公映之前的死亡。他最后的表演也是那么迷人。谁都想把这部电影一口气看完，片中的反面角色大搞破坏的明显理由只有一个，那就是布鲁斯·韦恩的管家阿尔弗雷德所说的："有些人就是想看着这个世界燃烧起来。"

欧文听说，这部电影的黑暗与残酷大大超过了他喜欢的由蒂姆·波顿导演的两部最黑暗的《蝙蝠侠》系列电影。那两部电影同样黑暗、忧郁，但喜剧和虚幻成分缓冲了片中的暴力，杰克·尼科尔森在前一部电影里扮演小丑，丹尼·德维托在后一部电影里扮演企鹅人。

可是，欧文在第一天放学时显得不知所措，拿不定主意。他点点头，朝着维恩图的另一端前进。"嗯，我会看的。"他们全都乐坏了。

"等你看完了，我们可以谈谈它！"康纳说。

那个周末，我和欧文走进了我们家附近位于康涅狄格大道的上城剧院，它与曾经作为小天堂学校的教堂地下室只隔着几个街区。

我从没有看过这样的电影。欧文紧盯着屏幕，专注得令人吃惊。通过把铅笔从眼窝刺进大脑的办法，小丑杀掉了一个人。这只能让我想到欧文用铅笔去扎那个欺负他的孩子的情景。我问他想不想回家。

"不，"他说，几乎是在自言自语，"我没事儿。"也许这就是"暴反阻疗法"打算解决的问题，学着在面对无数令人震惊的事情时保持冷静和超然的态度。

我说不准他的心思，每当琢磨什么事时他总会背着我，现在他却没有这么干。电影世界与现实世界在我的椅子上碰撞着。为了宣传我的新书《世道常情》，这个夏天我一直在接受采访，从《今日》专题节目到乔恩·斯图尔特主持的《每日秀》，再到拉什·林堡主持的广播脱口秀。这本书的主要人物是美国一位忙着满世界奔波的情报高官，试图阻止大规模毁灭性武器落入恐怖分子之手。他们发誓要采取恐怖手段破坏文明准则，引起无政府状态，证明我们珍视的信念是可以轻易推翻的，就像电影里莱杰扮演的角色宣布的那样。

  小丑：瞧着吧，我会证明给你看，真正到了危难时刻，这些，嗯……文明人，就会互相吞食的。

后来，法律捍卫者与社会准则的管理者，也就是地方检察官哈维·丹特身受重伤，躺在医院的病床上。

  小丑：我看起来真像个有计谋的人吗？你知道我是什么吗？我就是追逐汽车的狗。要是追上了一辆，我连应该怎么办都不知道呢！你知道，我只是跑腿儿的。黑帮有计谋，警察有计谋，戈登也有计谋。你知道，他们都是阴谋家。凡是阴谋家都企图控制世界。我不是阴谋家，我想让大家明白，阴谋家有多么可悲，他们的控制企图真的是……只要制造一点点混乱，搅乱现有的秩序，一切都会变得混乱的。

第二天，也就是星期日，我听见欧文在背诵这段话，把希斯·莱杰扮演的小丑的声音模仿得惟妙惟肖。

我目瞪口呆。我要他再说一遍，又把柯妮丽娅带过来听。她没有看过这部电影，但那些话无疑是表示谴责，以及他们给欧文的生活造成的影响。

我们走到后院，私下交谈。

"他真该跟欺负他的家伙评评理，"柯妮丽娅气愤地说，"这也太气人了。"

我们谈了一个钟头。9月的暖日就要落山了。在柯妮丽娅打理得优美如画的后院里，夏末的虫子嗡嗡地围着花朵来回飞舞。

我暗示说，他之所以要背诵希斯·莱杰的那一大段话，是为了用这种办法摆脱精神创伤给他造成的影响。就像许多年来观看迪士尼动画片那样，这是欧文特有的自我治疗方式，因为动画片就好比他的罗盘或者教堂司事。"现在他打算采用行得通的办法，试着应对他这辈子见过的更黑暗的东西。"

"嗯……显然如此，"柯妮丽娅说，"这其实与某种更深层次的问题有关。控制能力的失去。我们失去的和他失去的一样多。我们不能保护他。我认为，他也不能自我保护。这就意味着我深爱的那个人——我对他的爱就像对生活本身的一样多——将会一再地受到伤害，而动画片不过是动画片而已。"

在佛罗里达州那不勒斯城的旅馆里，我们把那些卡片摆到了桌子上。

这是圣诞假期，我们觉得应该带着孩子们去旅行。我们四个集体出行，感觉真不错。尽管欧文渐渐恢复了正常，但这个学期还是过得挺不容易。希斯·莱杰兴许帮了忙。治疗显然正在缓慢而又稳定地产生效果。

除了治疗，还有作业。那些卡片就是作业。在旅馆房间的吊灯的映照下，二十张卡片在小桌子上面摊成了四排，每排五张。我们的手里也拿着卡片。这是匹配小游戏，大致介于红心大战和钓鱼游戏之间。

那些卡片上写着各种污言秽语。欧文把一张写着"放屁"的卡片放在一堆同样写着"放屁"的卡片上。"我还要'放屁'。"他不好意思地说。

沃尔特笑起来。

"欧文，这可真有意思。"

"我讨厌那个词儿。"

"我知道，宝贝儿，"柯妮丽娅说，"可这是为了不让这种词儿把你压倒。"

我一提到喜剧演员连尼·布鲁斯，沃尔特就把话茬接了过去，因为他肯定明白我的意思。他说："打消它们的气焰。"

柯妮丽娅发现了一张与"狗娘养的"相配的卡片。欧文摇摇头："我讨厌那个词儿。"

轮到沃尔特了。他看了看桌子："我真的想要'去你妈的'。"说完这句话，他笑起来。我们都笑了。欧文挨个看了看我们，也笑了起来。

我想起了沃尔特五岁时发生的那件事，就在我们离开戴达姆之前。我进入他的卧室，告诉他应该熄灯了，他感到挺不高兴，就试说了在无意中听到的新词。"去你妈的！"他大喊。我看着他，然后吻了他一下，祝他晚安，接着就悄悄地离开了，任凭他不知所措地留在那里。后来我们便经常在家里提到，沃尔特当初是怎么想要说出那个词的，之后却发现其实不该说。

再次发现写着"去你妈的"的卡片时，我提到了那件事。他点点头，笑了。

第八章／不幸之幸

"以后再想说那个词儿的时候,我都会事先考虑一下。"

可是我相信,欧文永远也不会说出那些词汇,因为一年前的那天早晨在音乐教室里遭遇的创伤性灾难意外带来的好处是,在他冒险进入这个世界的时候,那些词汇从也许会影响到他的丑恶情况目录中划掉了。

星期一下午还是由我送欧文去治疗,除非我不在城里。那是 2009 年 2 月末的一天,我开车带着欧文前往格里芬医生的治疗室,准备在下午三点上治疗课。

在他看来,前方的道路令人畏缩。他在自己身上看到的,只是微妙的光暗变幻,就像在我们所有人身上看到的那样,那预示着难以控制的危险。正如我们去年秋天坐在后院时柯妮丽娅说的那样,"我们不能保护他",而他正在意识到"他也不能自我保护"。

他的结论是,前方有太多可以伤人的东西,旅行会有风险。他的罗盘失灵了,总是来回摆动着——从希斯·莱杰和他的污言秽语治疗游戏,到主持儿童节目《罗杰斯先生的街坊四邻》的罗杰斯先生。

我们在圣诞假期结束、回家以后注意到,这个罗盘正在指向后面:简直是彻底倒退了。任何涉及成长、改变、成人世界或者未来的暗示都开始变得让他受不了。高中和着实不可捉摸的青年时代令他心神不定,因为这一切都潜藏着危险,而且难以把握。他见识了外部世界,而他不想跟它有什么瓜葛。

柯妮丽娅发现,他在一天天地后退。我们一直想让他用手机,但他不愿意用。他把手机藏到背包里,从不开机。他开始重看《小火车托马斯》,又从乒乓球台底下的箱子里拿出他还是婴儿的时候看的旧画册。

如果这种情况继续下去,恐怕就会给他与康纳和布赖恩的大有希望的互助关系造成不良影响。

这种后退最终导致了防御反应,就像先修筑堡垒再躲进去一样。我们告诉他,不能再去搞小孩子的那一套,这是行不通的。我们也有一定的责任,他以为我们想要把他往前推。这是可以理解的。我们确实理解。

要是我们劝了不他,谁能呢?

这使我想起了《赫拉克勒斯》里的菲罗。开车去丹的治疗室的路上,我一直在想着他。当欧文担心我们也许就像欺负他的孩子说的那样不再爱他的时候,当他感觉自己必须奋力向前的时候,他毕竟曾经向菲罗求助,滔滔不绝地与他谈心。

可是正如我们现在完全了解的那样,他有各种各样的伙伴。

我们来到丹的治疗室以后,我告诉欧文在等候室里等一等,因为我得跟格里芬医生交谈一分钟。

我和丹在关闭的门后交谈着。我们说到了菲罗,他完全熟悉菲罗。他知道退步的事情。总的说来,我们知道的一切如今他差不多都知道了。

"好的,我有个主意。我想通过欧文的一个聪明伙伴的声音,帮助他解决他这样的男孩遇到的害怕未来的问题。"

丹马上明白了。他追问起来:"哪个伙伴呢?"

丹的右肩上方的墙壁上挂着一幅镶在镜框里的画,那是欧文画的拉飞奇。

我指着那幅画。

他点点头。"没问题,我们就用拉飞奇吧。"

我把欧文喊进来,大家各就各位——欧文坐在长沙发上,我坐在他身边的高背椅上,丹则坐在可以转动的办公椅上,把椅子一直转到我们跟前。

"好啦,欧文,"格里芬医生说,探出身子,扬起一只手,"假如有一个和你差不多的男孩,他跟多数男孩都不一样,害怕将来,害怕长大,想要回到小时候，"他暂停下来，"拉飞奇会怎么告诉他呢？"

"我更喜欢梅林。"欧文立刻平静地回答说。

"嗯。好……好吧。梅林！"丹结结巴巴地说。

"听着，我的孩子，知识和智慧是真正的力量！"欧文用给梅林配音的卡尔·斯温森的口音大喊，然后说了一些新内容，"现在记住，小子，我把你变成了一条鱼。嗯，你要把水想象成未来。如果不在水里游泳，你就不清楚它的情况。你游得越久，你就越了解，了解水的深度和你自己。所以游吧，孩子，游吧。"

丹看着我，眼睛瞪得溜圆。他把那部动画片看过多少遍了，却不记得其中有欧文之后说起的那些话。我摇摇头，那不是动画片里的台词。不过，动画片里确实有梅林把自己和亚瑟变成鱼的情节。那似乎是欧文根据那些台词即兴增添出来的。可是那些话是打哪儿来的呢？

丹向欧文提出了更多的问题，那个和欧文"差不多的男孩"则得到了温和而又明智的忠告。十分钟以后，我开始明白了，欧文生活在颠倒的世界里，而他对这一点的明白程度超出了我们的想象。现在我们也进入了这个世界。梅林正在用欧文以前达不到——也许永远达不到——的深度和微妙程度往下说，至少他在没有模仿梅林时永远达不到这种程度。难道演说能力可以独自在他的心里发展，不会受到自闭症的影响吗？也许由于决定言语发展的正常神经中枢被堵塞了，自闭症患者就把它重新装配了吧？

四十五分钟以后，我和丹不知所措地离开了房间。我开车带欧文回家，他则忙着思考，在病例笔记里写下那些不可思议的时刻。

那天傍晚回家以后，我迫不及待地把这件事告诉了柯妮丽娅。她立刻醒悟过来，看出了这个突破性进展，想要做出周密的安排。

"听着，我知道你能显得什么都明白，但你不是心理学家。给丹发电子邮件吧，告诉他找一找，有没有谈到这样使用声音进行治疗的心理学文献资料。"

接下来的几天里，丹发来了一些近年发表的论文的网页链接，那些论文提到了在行动功能的发展过程中使用的某种"内化的语言"，这是个笼统的术语，可以包括推断、计划、解题、联系过去与现在，以及一系列其他认知功能方面的内容。根据20世纪初期的俄罗斯心理学家列夫·维果茨基最初提出的理论，它是儿童得以"全盘考虑"的手段，始于他们的自我指导和大声说话——边想边说——在幼儿园时期便已成为性格的一部分。近年的研究表明，对于患有自闭症的孩子而言，也许从很小的时候起，这种内化的语言能力就从他们的行动能力之中被逐渐削弱了。事实上，如果普通孩子的内化语言能力被人为地削弱了——通过制造破坏性声音或者敲击声——他们在解题测试时的各种表现就会与患有自闭症的孩子大致相同。

许多患有自闭症的孩子都会牢记和背诵剧本，"剧本行为"这个词专用于描述这种行为，而治疗师和心理学家普遍认为这属于重复的无用功，应该加以限制和矫正。

我们当然没少和欧文念剧本，目的是帮助他在学校和公共场合控制自己的行为。但我们的意外支持显然使欧文从剧本那里获得了好处，欧文由此得以形成和发展这个关键性的内化语言能力，而这个办法看起来取得了成功。

说实在的，他的内化交谈似乎在逐年增多，涉及的不仅仅是行动能力，而且包括情感的控制甚至完善。

在一个月后与丹上治疗课的时候，梅林或者说欧文扮演的梅林让我们领略了一番"内化的语言"。

他也会动用其他朋友。为了满足不同的需要，他选择了某些朋友的声音，通常是明智或者善于照顾他人的朋友。在帮助和他"差不多的男孩"应对眼前的挑战时，他尤其喜欢这样做。

他有着敏锐的洞察力。多数时候他会首先引用一句对白，可是就像梅林

第八章 / 不幸之幸

初次登场时那样,他的话逐渐超越了剧本的内容。不管是扮演拉飞奇、塞巴斯蒂安还是蟋蟀先生吉米尼,每个角色都提供了态度和蔼的指导,每次提供的办法都跟梅林的差不多。欧文正在获得潜在的话语能力,而他能够在这种情况下想起并有力地表达似乎不能在别的情况下表达的观念。

在家里,我和柯妮丽娅把这种情况叫作回到未来的时刻。她解释说,从某种角度来看,我们要回到早先在地下室里进行角色扮演的日子了。然后我们还得忠于剧本,在恰当的时刻找出合适的台词,以便进行交流。现在就开始即兴表演吧!

柯妮丽娅照例对活动做出了周密安排,帮助有关各方做好准备。即兴表演的主意使丹变得活跃起来。他在我们的治疗课上策划了一些与欧文的生活有关的情节——迷失或困惑,受骗或受挫,或者遭到孤立。然后他提到塞巴斯蒂安,问作为塞巴斯蒂安的欧文应该怎么应对。

可是这比模拟剧场更进一步。柯妮丽娅在与丹上治疗课时指出,我们已经打破了剧场里的所谓"第四堵墙"。那是分隔舞台与观众座位的无形的墙,演员可以边演戏边从墙的另一边走下舞台,与观众进行交流。

在家里,这开始变成老迪士尼动画片对白的真实的现代版。无论何时,只要遇到了挑战,我们就可以问欧文:"拉飞奇会怎么说呢?"

他的内化交谈显然已经持续多年了,所以现在可以由我们加以利用和影响。

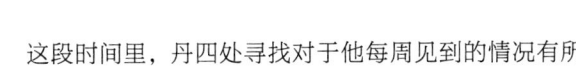

这段时间里,丹四处寻找对于他每周见到的情况有所支持和启发的理论与疗法。从叙事疗法(一种通过叙述故事帮助人培养耐心的技术)到个人构想理论(这种理论发现,我们在幼年如何形成各种构想,以具备对于世界秩序、自己在世上的位置和未来事件的感受)的相关资料,他统统涉猎了一遍。

2010年春季，欧文多数时间都能去上治疗课，后来却中断了几次，所以我会把欧文生活里的事情告诉丹，这样我们就可以商讨，什么角色最能取得治疗效果。时间很紧张。缺课几乎就像比赛场上的暂停那样，我和丹则好比教练，趁机凑到一起商量，之后再召唤欧文上场。

不出所料，梅林仍然是那些伙伴当中的首选。动画片《石中剑》有八十七分钟，内容是一位叫梅林的老者指导一个少年朝着生活更深切的真实迈进。它提供了最完全的课程安排。梅林的伙伴，即那只叫阿基米德的猫头鹰帮助小亚瑟开发智力（教他阅读），梅林则在他的情感完善和性格形成方面提供指导。

可是梅林何时才会离去，欧文何时才会出现呢？在3月中旬的一次治疗课上，丹开始摸索这两者之间的界限，想要看看梅林能否说出他和欧文是如何，以及在何种情况下相互契合的。这毕竟与欧文有关系，他可是这位心理学家正在治疗的病人。

丹仔细斟酌起来。他想，应该开始跟欧文交谈了。

丹：欧文，我能问梅林一个问题吗？

欧文：当然。

丹：梅林，你通常都能发表非常深刻的见解。你是怎么做到的呢？这些见解到底是打哪儿来的呢？

欧文从长沙发上站起来。

他用梅林的声音做出了回答，声音中带有近乎愤怒的不耐烦的语气："你永远也不该问一个巫师，他的力量源泉到底来自哪里！这一定会使他失去力量的！"

第九章
完全是好事

在我们开车回家的时候,作为梅林的欧文向丹发火的事情已经过去好几分钟了。

我上次向欧文打探,则是大约一年前的事情。

"对了,儿子,你有没有再次想过去写你自己的动画片呢?"

欧文看着我,皱起眉毛。我想,我大概把梅林惹火了。

可是我没有。那是他的声音。他望着窗外:"我正在琢磨呢。"

自从他说起十二个伙伴寻找英雄的故事以来,每年我都有可能这么打探一次。按照他的构思,他们在旅途中遇到各种障碍,但每个人都找到了自己内心的英雄。

我问他有没有动过笔。

"我是在脑子里想的。"

我沉默了一分钟。

"有点儿像詹姆斯进入他的脑子那样吗?"

"不太像。"

"主题歌的歌词是什么呢?"

"我不知道。"

"你当然知道。"

《詹姆斯与巨桃》里的插曲有不少,但欧文从来不唱它的主题歌。真奇怪,他偏偏不唱那首歌,尽管它似乎最能反映出他的现实生活与奋斗经历。我和柯妮丽娅觉得,这说明它在某些根本方面触及了他的内心,进入了一个秘密地点,又被封锁在了那里。

于是,我边开车边唱起了那首歌:

> 我的名字是詹姆斯,
> 妈妈就是这么叫。
> 我的名字是詹姆斯,
> 一直都是这么叫。
> 要是孤独或害怕,
> 我会把自己忘掉。
> 那么我会进入脑子里,
> 去把詹姆斯寻找。

欧文没有跟我一起唱,他只是望着窗外,把脸转过去。

"你去脑子里寻找欧文了吗?"我问。

车里一片寂静。

"有时会。"

"他在那里过得怎么样呢?"

"他过得挺好。"

我仿佛听到了钥匙在锁眼里转动的声音。

"那些伙伴都还好吧?"

"他们都挺好的——他们跟他在一起。他们都在黑暗的森林里。"

"他找到了心里的英雄吗?"

"还没有。"

"你知道为什么会出现这种事吗?"

他陷入了沉默。从格里芬医生在马里兰州塔科马帕克的治疗室到我们在华盛顿特区西北的家,大约需要十五分钟的车程。

我想我最多还有十分钟。我故意错过了几次绿灯。汽车发出嗡嗡声和震颤声,掠过路上的风景,关闭的车窗隔绝了外面的声响。他不看我的眼睛,我也就无法读出他的表情。行驶的汽车始终是个绝妙的环境。几分钟过去了,现在差不多只剩下五分钟。

他轻轻地唱起来,那是詹姆斯唱的那首歌的后半部分:

我梦见了一个城市,

与这边相隔千里,

路途迢迢。

那个城市里的人们,

对我很好。

可是那边相隔千里,

路途迢迢。

我们就快到家了,必须抓紧时间。

"那个城市在哪里呢?"

"加利福尼亚。"

他暂停下来。

"伯班克。"他补充说。

他不看我更好,这样他就会尽力去领会我的笑容,而那将会打破咒语。不久前,亲戚朋友来看他的素描簿,并且问他想不想绘制动画片的时候,他照例迅速做出了回答，就像每次一样："我想去加州伯班克的迪士尼动画工作室当动画师，为手绘动画开创新的黄金时代。"

再拐两个弯儿就到地方了。我们在家门口停车的时候，这扇窗户仍然不会打开。他的伙伴的经历、他与那些或聪明或糊涂或机敏的伙伴对于内心的英雄进行的搜寻，显然在某种程度上真实地反映了他对于自己个性的看法。如果他们的目标也是伯班克，他的生活中的象征与真实——也就是那两个平行的世界——也许就该合为一体了。可是事情一定不会解决得这么容易。为了把内心的英雄召唤出来，那些伙伴一定要采取措施才行。

"在伯班克发生了什么事情呢？"

"他和他的朋友们运用传统的手绘动画技术，制作了一部讲述伙伴旅行故事的动画片。它会感动人们，拯救世界。"

我被搞糊涂了。"那是动画片，还是现实生活里的内容呢？"

"都是。"

我停顿了一分钟，仔细琢磨。现在我只有一次机会了。

"你的意思是，动画片讲述了一个虚构的男孩和伙伴们试图在黑暗的森林里找到各自内心的英雄的故事，而制作动画片的是一个真正的男孩，所以也可以说那个真正的男孩找到了他内心的英雄？"

"对，通过手绘动画。"

"那就是你吗？"

"是的。"

汽车在路边停了下来，他突然转向我，用明显的笑容掩饰自己，又大喊了一声"行了吧！？"随后，他跳下汽车，一下子就把车门关上了。

沃尔特看着自己的好友迈克·莫里斯，迈克刚刚在收发室边晒着太阳，现在冲他走了过来。迈克也是一个辅导员。

"看起来真是一场冒险呢。"迈克说。

沃尔特疲倦的表情足以说明一切。迈克轻轻地笑了一声，从十二岁来营地的时候起，他和沃尔特就是朋友了。

迈克听其他辅导员说过，坏天气给大家造成了影响。沃尔特和另一个辅导员负责率领八个十三四岁的营员，冒着倾盆大雨进行了五天的"远征"，也就是在几个潮湿的夜晚与漫长的白天艰苦步行至少三十五英里，穿越泥泞的山间小路与渐汇为河流的小溪。跋涉接近尾声的时候，太阳突然出来了，他们胜利地返回营地。

"唉，那些营员觉得就像在攀登 K2 峰，"迈克与沃尔特一起看着返回的营员们在阳光下放下湿背包的情景，一边说道，"现在他们什么都做得来了。瞧，他们乐得屁颠屁颠的。"

第二年担任辅导员的时候，将近二十一岁的沃尔特清楚地看到了那些有助于塑造自我的力量，这种力量通常是在他这个年纪展现出来的。这没有什么神秘的，不过是如今已被大量研究证实的古老的智慧：可控的逆境——既不过分到使你像华盛顿特区塞德里克那些邻居的孩子那样被摧毁，又足以称得上是一种真正的搏斗、一种比拼。它考验的主要是决断力和机智，而不仅仅是在某个考试中获得高分的能力。

这种行为准则已经在营地运转自如了，而沃尔特的工作是把它传授出去，因为他现在是这里的工作人员。他们闲聊了一会儿定在下周开展的几项营地范围内的活动，随后迈克忽然提到，刚刚在他的率领下远征回来的营员当中，碰巧有一个是沃尔特负责指导的学生——每个辅导员要给三四个营员当导师——而那个学生"不止有一个，而是有两个患有自闭症的兄弟"。

迈克刚发现这个情况。那个孩子叫克雷格，今年十二岁，是个新营员。他想知道，沃尔特是否清楚这件事。"不，他从没跟我提过。"

迈克点点头。"我估计你会感兴趣的。"营地里只有少数人知道沃尔特的弟弟患有自闭症，而迈克碰巧是知情人之一。

事情就这么发生了，而沃尔特并没有假装它从未发生过。起先，十二岁的时候，他觉得此事与别人无关。营地里的许多孩子都不怎么谈论家里的情况。每年有两个月的时间彻底回避自闭症的事，这使他感觉不错。这件事在家里造成的影响非常大，那种气氛笼罩了整个房子。

不过，沃尔特在这里可以取得控制权，好像他可以在这里成为不同的人，觉得自己就像其他人一样，没有什么特别之处。这似乎使得每个挫折都成为可以吸取的教训，每个成功都成为甜蜜的幸福。有时人们会听说他有个弟弟。由于会有几代家庭成员来营地度假的情况，所以他们会说："嘿，又来了一个萨斯坎德家的人。"于是沃尔特会说："他可不是愿意参加夏令营的人。"此外他就再也不说什么了。

一切都属于更复杂的方程式的一部分——沃尔特现在看得出来，他赢得的独立或者对丁独立的认可，再加上与家人为陪伴欧文花费的大量时间与精力，使得他有点过着一种双重生活。在某种程度上，那正是父母所希望的。他每天都会尽量过着正常的生活——无论你如何定义"正常"。

可是这个孩子有两个患有自闭症的兄弟的消息，使他想到了以前没怎么想到的问题：他的家庭与别的有自闭症患者的家庭从来没有形成过真正亲密的朋友关系。结束了与迈克的闲聊之后，沃尔特向自己的小木屋走去。他想，结识——真正地结识——另一个自闭症患者的兄弟肯定是件好事，因为他们将会相互理解。

下周的雨水来得更多。全营的人通常每周都要在一片松林中找一个可以俯瞰纽芬湖的露头岩，他们在那里集合并且进行"树下交谈"，所以那个露头岩又叫"树谈岭"。这是为人师表的时刻，凡已经第二年进入营地的辅导员都要上前讲述也许是好不容易得来的真知灼见，那会给营员们带来帮助。今天，营地在山顶的露天会场上聚集了一百名营员，还有辅导员和全体职员。大雨滂沱，雪松瑟缩。沃尔特使自己平静下来，低头看着手里的打印稿。他们现在应该知道他的真实生活了。

我首先想跟你们简单说一说我见过的最好的老师。

他十八岁了，喜欢没完没了地画着动画片里的角色，每个星期五我们都会到音像店去。他就是我的弟弟欧文。

欧文在三岁那年确诊为自闭症，我真的不清楚这意味着什么。我只记得母亲告诉我说，欧文跟别的孩子不太一样。以后的十五年里，欧文一直在搏斗，跨越了前进途中的一道道障碍。

有时日子会十分艰难，但有个欧文这样的弟弟可以使父母和我懂得我们从其他地方永远也学不到的东西，帮助我们变成像今天这样的一家人。也许我们在十八到二十岁的年纪，不该年复一年地回到迪士尼世界里，是的，也许我们对于《美国鼠谭》续集《西部历险记》里面的角色了若指掌，并不太值得多数家庭效仿，但对于我个人来说，我不愿意改变现状。

我弟弟从多数人都会不屑一顾的东西中寻得的欢乐，有助于我的家人意识到，对于我们来说什么才是重要的。有些人会认为，生活中的波折并非潜藏的恩宠。我认为，波折就是恩宠。每当设想假如欧文"正常"的话，生活会不会变得更容易，我总是记得，正是由于他，我才会成为现在的样子。欧文为了应对挡在面前的无数挑战而日复一日地付出的艰辛努力——我知道，他在一天之内付出的努力甚至都会超出我的想象——帮助我意识到，尽管艰难的事情会经常出现，但正是在面对看起来难以应对的挑战时，你才会取得最大胜利，了解到你一直想象不到的潜力……

他继续说起他们在最近一次的远征时面对的那些难以应付的挑战，冒着倾盆大雨跋涉的那些日子，以及他们是怎样对付紧急情况的。

他的话结束之后，男孩们走过去，逐一跟他握手，克雷格则走到他的跟前。

"哇，沃尔特，你说得真给力。"

"很高兴你喜欢。"

"我感觉你就像是专门说给我听的。"

沃尔特把一只手搭在他的肩膀上。

"嗯，这是多数人都难以理解的。"

2009年9月13日，沃尔特二十一岁生日那天，我们用即时通信软件Skype与远在西班牙的沃尔特顺利通话，他正在那里开始国外的大学三年级生活。我们这边是下午五点，塞维利亚那边则是夜里十一点钟，夜生活刚到好时候。我们都唱起歌来。他笑了。我爱你们。

一切顺利。他告诉我们，他参加了塞维利亚足球队的选拔赛，这个队在欧洲属于踢美式足球的联盟队，其性质大致介于俱乐部和半职业之间，成员多半是当地球迷，也有少数美国大学生。他入选了。他挺开心。毫无疑问，集体合作当然会有助于他的西班牙语学习。听见了吗，我该走了，同学在喊我呢。今天是他的生日。夜色撩人。

我和柯妮丽娅看着屏幕黯淡下来。我们当然会在他过生日的时候想念他，可是看着他进入了更宽广的世界还是感到兴奋。我们尽量不给他太高的评价——不会把他做的一切都看成什么巨大的胜利。就像他经常告诉我们的那样："不要对我大惊小怪——我只是在做和别的孩子一样的事情而已。"

他说得对。除了踢足球的事出乎意料，他在国外的大学三年级生活中只有基本的阅历，当时的大学生活都是如此。

可是一想到万事开头难，那种基本的阅历仍然令人感到惊叹。比如说，要在塞维利亚一晚上逛遍酒吧，你得规划出社交图式（即组织和诠释信息的认知结构），或者在黎明时叫出租车回宿舍。还有更基本的，比如与室友相处。或者比那更基本的——在迷路时求助，学着规划自己的支出。还有更基本的——不要进入有陌生人在内的汽车，或者在车水马龙的街道上闯红灯。

这就是我们在沃尔特结束谈话的时候想到的：规划生活。欧文已经是毕业班的学生了。有谁知道，之后将会怎么样呢？

第二天一大早，我和柯妮丽娅匆匆地走进马里兰州卡宾·约翰的一家治疗室，它位于河边的一块飞地，华盛顿特区以北的波托马克崖顶。我们每月都会来这个与我家相距不远的地方拜访一次欧文的精神科医生——这次来的只是我们。我们偶尔会这么做，上治疗课时不带欧文。这样我们可以交谈得更为坦率，还能探查一点儿我们或者说我们两个队共享的知识以外的内容。有好多要讨论的，因为欧文已经进入毕业班了。

欧文受到威吓的事情曝光之后，也就是一年零三个月之前，我们请来了兰斯·克劳森医生,随后就喜欢上了他。他专注而又体贴,语气平静。我们需要什么呢?我们怎么办呢?有没有正确答案呢?我和柯妮丽娅这些年来积累了那么多知识,医生经常把我们当作同事般对待。在某种程度上,我们喜欢这样。不过我们毕竟不是医生,所以才要拜访他。

我们坐在治疗室的锻铁桌周围的心形椅子上,悄悄地给我们的百吉圈涂上奶油干酪。

她问:"别的夫妻闲着的时候都会干什么呢?"

"我不知道,打高尔夫吧,也许。打桥牌。或者带着芝士火锅叉参加聚餐。"

"我想明年我们就是空巢老人了,那时我们可以做点儿这一类的事。多有意思啊。"

她的语气轻松而又诙谐,带有一丝听天由命的意味。我们默默地吃着百吉圈。通过在小天堂学校付出的艰辛努力,她帮助他进了高中,也许还会引导他做好修习几门大学课程的准备。这几年里,我们做过一些考察,发现学习大学课程的孩子都被安排到大学附近住宿,以便获得结构性支持,课业负担通常较轻。许多校区都不太大,好像学院一样,或者就在现有的校区之内。他们的目标通常不是获得学位。有些学校提供大学生活体验项目。有些孩子可以在这里获得学位,多数情况下,花费八万美元得到的却只是体验。

这种事情是不会发生的。"他没有做好上大学的准备,"过了一会儿,柯妮丽娅说,"照我看,他在一年之内也做不好准备。"

几个星期之前,我们拜访了他的同学的家长,讨论有没有可能让包括几个电影大仙在内的孩子合住并修习高中和大学之间的衔接课程,也许明年就搬出去合住,每周至少一起住几天。柯妮丽娅简单说了说我们怎样雇人,也许可以雇个兼任顾问、教练和老师的年轻人,帮助他们培养生活技能。尽管不免迟疑,别的孩子家长却很感兴趣。这当然是个大事业,比小天堂学校大得多,为此需要租房子，还得雇管理员。此外还要开展各种活动，安排一门必修课。这恐怕要白手起家，而柯妮丽娅知道事情多半会落到她的头上。

我知道自己不能给出任何令人宽心的回答，因为凡是"这就是我们解决问题的办法"之类的回答都等于暗示我是她招之即来的得力干将。这毕竟多半是她的负担，也许要负担很久。

"他不想在毕业以后就坐在地下室里，这对他或者对我们都不会有好处。"柯妮丽娅坚决地说，而她说得不错。可是他能去哪儿呢？或者说，如果他在家的话，我们每天要拿他怎么办呢？

"听着，亲爱的，还有一年的时间呢。"

"九个月。"

几分钟以后，我们在兰斯的治疗室里把最新情况匆匆讲述了一遍。他服用的多半是极低剂量的百忧解，用药效果不错，没有不良反应。上次，也就是8月来访时，柯妮丽娅说，他在今年夏天偶尔会不由自主地大喊"不！"，或者"我不喜欢那个词！"，因为受到欺负的事给他造成的伤害还没有完全消除，可是她在上个月再没有听他这样说过。

兰斯说，这些爆发会不时地发生，可是欧文在这些年来的进步一直挺明显。他觉得，我们应该让他停服治疗强迫症的药物了。

他问，欧文进入毕业班的时候，我们是否发现他对未来有什么焦虑。我们都给予了否定的回答。

"你们两口子怎么样呢？"他淡淡地说。我们笑了。

柯妮丽娅匆匆地谈了一些初步打算，又说了说与孩子家长的会面，还有修习衔接课程的可能性。

兰斯立刻看出了这是个巨大的事业。"他可以暂时留在家里，"兰斯说，"等到有房子、有工作、有责任，也许就能自立门户了。许多年轻人都是这样成长起来的。"

"倒不是我们不愿意把他留到家里,兰斯,"柯妮丽娅说,"这些年来,我们一直看着他健康成长,不管在家庭以外,还是在受到挑战的时候。他也该自立了。"

"欧文对此有什么想法呢?你们跟他谈过吗?"

这使我有了插嘴的机会。自从去年春天以来,欧文对我说了更多与他的动画片有关的话,我想知道兰斯对此有什么看法。

"欧文并不担心。他觉得他会去加州的迪士尼动画工作室当动画师。他要创作一部动画片,内容是我们大家结伴寻找各自内心中的英雄——那将会挽救这个世界。"

"嗯,他的目标倒是挺高的。"兰斯笑着说。

我说我怀疑他的目标行不通,他刚得自闭症,我们就放弃了他将来会成为大人物的念头,从来没怎么想过他也会有梦想。就连我们都没有梦想了,他怎么能有呢?这么多年了,他对社会上普遍认为值得追求的东西、巨大的奖励,很少有什么感觉,也不太明白一般随着青春期的到来而被唤起的那些希望是多么遥远,世界是多么广阔又充满挑战。

兰斯点点头:是的,当然,欧文的这些空白点是自闭症的共同特征,对规模的认知和自己的尺度都是建立在对环境的整体理解之上的。

我觉得我可以理解环境,整体环境对欧文来说可是高山仰止。我回忆说,欧文只有四岁时,我在罗得岛州的普罗维登斯写作《黑暗中的希望》那年,布朗大学的孩子们——那些善于绘画的年轻艺术家和数学奇才——就已经大批地投向了动画制作行业。在 1995 年,《玩具总动员》上映之后,这个行业渐渐成长起来,而且扩大到电子游戏领域,没有衰落的迹象。

柯妮丽娅插进来,进一步说道:"每个做父母的都不希望自己的孩子不开心，而我们只会加倍地为他担心。他还是信心满满的，不知道这个社会的评价标准，也不知道人们有可能变得多么残酷。好像他只是为了这个梦活着。我们可不想让他受到伤害。"

兰斯的表情变得轻松起来。"那本书的名字是不是叫作《黑暗中的希望》？这是我们的天性。"他说到十几岁的孩子怎样与命运角力，又是怎样意识到自己不可能成为红人队的四分卫，"孩子最终会调和生活与梦想的矛盾。有个女孩说她无论如何都会爱他，然后他们会一直过着幸福的日子。我们生活的一部分内容就是独自解决这种问题。"

不错，总的来说是这样，但是难点在于每天都要划定界限：哪些通常的观念适用于自闭症患者，哪些不适用。作为发育精神科医生，他十五年来见过成千上万有自闭症谱系障碍的青少年。

"我相信你以前处理过这种问题。"

他处理过。"有人会不同意，但我的方针始终是任由他们梦想，并且以自己的方式了解这个又大又糟糕的世界的运转情况，不管那是不是他们应该了解的。"

"我们还允许有梦想呢，"他说，"为什么他们就不该有呢？"

我们都默默地坐了一分钟。

"我相信，很多人一直都在做梦，"我说，"那些环境盲和心满意足的人。"

他点点头。"不错。可是这其实没有什么坏处，这样他们的梦想就不会死掉了。说不定这就是通往幸福的途径呢。"

12月中旬的一个雪片纷飞的星期日，莫琳·奥布赖恩站在她位于华盛顿特区西北的住宅旁边，一座古怪的两层楼的工作室门口。这座高高的小房子本身就挺古怪——每逢星期日，莫琳和五个文艺少女就会愉快地来到这里。我们一直到这儿来，秋天的大部分时间都是如此。就像往常一样，欧文到来时受到了热烈欢迎，领着他进去的则是在附近的私立学校开办艺术课的莫琳，一位大眼睛、红头发，即将进入天命之年的孩子妈妈，同时也是画家、摄影师、书法家、撰稿人和雕塑家。

我们是通过朋友认识她的，那个朋友有个患自闭症的儿子，或许会参与我们未来的衔接课程。她是我们今年找到的最合适的人。

与她的工作室同样古怪的莫琳把欧文看成了富有创造力的同行。她说他是个艺术家。她也是。那些女孩也是如此。她们或坐在楼下的溅满颜料的桌子旁，或待在楼上的阁楼，这会儿都向他望过来，和他打招呼。这是艺术家的画室，里面有古色古香的枝形吊灯和壁炉，墙上钉子上挂着各种艺术品，到处是水果片和甜点，挂在角落里的珠串下面摆着一把珍贵而又舒适的椅子，楼梯下面吊着纸型作品。那是他的椅子。旁边有一张低矮的小桌子，莫琳在那上面摆放了许多绘画用品，过去的三个月来，欧文似乎用得特别顺手。

9月的一个星期日，欧文初次来访那天，莫琳看了他的画着迪士尼角色的素描簿，宣布那些画都是艺术品，她从此对他有了真正的了解。她告诉他，下周来的时候要带上他根据迪士尼动画片改编的厚厚的画册。

迪士尼动画技艺源于不同风格、不同时代的各种艺术传统，而她可以迅速地拆分解构这些传统。她能看出在他画的角色及角色给他的感受之间的规律。

这样过了几个星期日以后，她不用主动找他了。他径直来她这里，已经做好开始的准备。他们会随便翻开他带来的画册，挑选他愿意重画的角色。她会让他自己拿主意，督促他用木炭、水彩、油画颜料等一系列材料在任何背景上描绘人物，涂上他愿意选择的各种颜色，突出人物的情绪与感受。换句话说，这就是搞艺术创作。欧文在地下室里独自绘画了许多年，不由自主地完善着技艺，现在总算找到辅导老师了。

欧文抖落身上的雪，挂起外套，坐在桌子前就画，好像等不及似的。我的手机铃声响了，那是我一直在追查的新闻线索。打了几分钟电话之后，我急忙走回来，说我要离开九十分钟。就在这时，莫琳把夹在腋下的几幅欧文的新作拿给我看。我看了一会儿，就注意到令我惊讶的情况。令我惊讶的不是任何一幅画，而是欧文就在几步远的地方，一边埋头画着特里同国王，一边平静而又自信地对附近桌子旁边的女孩说话。她是个漂亮的金发女孩。

这怎么可能呢？如果有迷人的女孩对他说话，或者只是从他身边经过，他就要扭过头去。这种情况已经持续好几年了。我们对兰斯和丹·格里芬都谈过这种情况。他们的解释高深莫测，就跟摸彩袋似的。对于有自闭症谱系障碍的患者来说，性是个复杂的概念。要是有迷人的女孩经过，一般的大男孩会满脸通红，心跳加快。对于有自闭症的大男孩来说，这往往显得太刺激，他们的神经系统难以承受。于是他们扭过头，或者使劲压下这种反应。

有些人则随着极为迟缓的性觉醒，不慌不忙地往前走，兴许要到而立之年才会拥有爱的初体验。至于欧文究竟属于哪种人，这倒是难以知晓的事情。可是，在这个安全而又温暖的地方，艺术似乎起着恒温器的作用，朝着一个方向抑制某些感觉——显然与情感表达有关——又朝着另一个方向释放它们。欧文低着头告诉她，他正在画特里同，那个美丽的女主角爱丽儿的父亲，女孩说她从小就喜欢爱丽儿的故事，就像他一样。接着他又问女孩在画什么。

房间另一头的女孩此刻也加入了谈话，她是另一个有艺术气息的迷人女孩，穿着宽松的衬衫。他告诉她，自己对于爱丽儿、她的冲动与恐惧有什么感受。说话过程中，他一直低头看着铅笔，揣摩合适的画法。

在我身边的莫琳发现我没有在看画，而是在听着他们的交谈。在她的画室里，欧文正在用自己的方式学着控制难以控制的感受，给它们套上挽具。她看着我观察这一切,我注意到她的目光,就转回了头。

"她们喜欢他。"她说。

"我想,他愿意受人喜欢。"

她点点头:"我认为,他想当画家。他就是干这个的料。这就是那些女孩子看到的情况。"

神经科学家之所以对于自闭症患者着迷,是因为自闭症患者大脑功能的异常——这就是他们与常人不同的地方——使他们的大脑拥有不同于普通大脑的洞察力。另外还有一层潜在的含义。过去十年中,对于著名的大脑功能结构图的解读——大脑的额叶负责这个,大脑的左半球负责那个——已经为观察所取代,因为大脑要比我们想象得更有活力、更有适应性,也更变幻莫测,它的各个区域和亿万细胞能够在瞬间连接和开创许多"神经系统的"通道。

尽管这会使得某些聪明绝顶的人变得谦恭,人们还是对这个具有说服力,并且越来越引起共鸣的看法达成了共识:在遇到挑战时,大脑可以找到解决办法。

早先,柯妮丽娅谈及对欧文每天实施再生疗法时,她其实就像千方百计与孩子沟通的其他父母一样,在试验大脑随机应变的能力,也就是后来所谓的"神经可塑性"。

科学的发展追上了这些母亲,这种情况其实并不罕见,而且科学现在给自闭症患者带来了希望。因为自闭症具有弥漫性,几乎涵盖整个脑部,影响各方面的功能。语言处理的缺陷可能是由模式识别能力的加强引起的,或者反过来造成模式识别能力的加强;这种方式与某些记忆类型之间显然有一种联系。在正常人脑中,语言处理、模式识别,以及记忆这三种核心功能却是难以测试和评价的。

但是你能够看到,大脑的功能因自闭症而加强或减弱时,神经元齿轮是怎样转动的,因此而遇到难题的大脑又是怎么忙着发现自己的。科学家通过这种观察懂得了大脑的内在能力是什么。你不妨把这称为发现原则。

所有这些都变得重要起来,因为父母会以不可思议的方式允许自己以为,自闭症患者并不缺少什么,只是显得不同而已,患者既会遇到棘手的难题,也会具有随之而来的长处。可是知道为什么——为什么一个人会变成现在这个样子——在每天的奋斗过程中并没有起到多大的作用,因为每天的奋斗都是以"什么"和"怎么"为基础的:什么办法可以有效地帮助他过上更好的生活,怎么才能设法做到这一点;而父母的每个小时的战役都是为了使他们跟上时代的脚步。

根据著名的海森堡测不准原理,对运动着的粒子进行观测,会产生改变粒子路线的能量。从父母和孩子那里,可以发现一些观察改变结果的例证。现在,将那个一般情况扩展到我们专心致志、持续不断地观察欧文的特殊情况,我们很快就像许多家有自闭症儿女的父母那样,成为无与伦比的专家,知道激励和督促他的方法,了解何时提到哪些事会产生效果,以及怎样疏导他、何时让他发泄出来。

十五年来,我们一直在试着用我们学到的知识启发那些教师、精神科医生、治疗师之类的专业人员,以便使他们自己的专长与我们的知识互相配合。关键在于,他们不是我们。如果那些方法像我们希望的那样有效,这种信息交流的需要就会减少,因为欧文的能力在渐渐增长,可以有效而又恰当地对待也许不太了解迪士尼动画片的人,而这会带来喜忧参半的结果。

可是不存在真正的选择余地。如果他生活在我们的家庭之外的某个地方,就算那里边界清晰而且完全受控,他也必须具有起码的能力,以便应对那些对他不太了解、不太清楚怎样引导他或者帮助他发现自己的人。

欧文不得不独自摸索道路。

对于他从小就喜爱——近年甚至更是如此——的迪士尼动画片的利用,当然可以证明神经的可塑性。他的大脑一直在利用迪士尼动画片避开自闭症的障碍,寻找办法。他的大脑在用迪士尼动画片发现大脑本身,正如他在用迪士尼动画片发现他自己一样。

他能够开辟或者找出道路,带着那种专注、那种活力与敏锐,接触不熟悉或者不感兴趣的课程、人和各种地方吗?所以,试图教导患有自闭症的孩子是相当费力的事。怎么才能让他们从自己喜欢的某个岛进入大陆呢?

可是,莫琳每个星期日早晨都在她的艺术家工作室里搭起一架桥,桥的一部分则建造在素描簿和画布之上。当他的绘画水平提高了,能画得极为逼真时,她就帮他松一松在他的画作上缠紧了的缰绳。每次上课的时候,她都会先让他画一幅人物素描,以此热身。她说:"不错,画得好极了,可是现在让我们再选个角色吧,把他带到新地方,给他换个模样,让他具有新的色彩和神韵。在他周围画点儿别的东西。"

他的迪士尼角色或者说第二自我走向了新地方。把他们画出来的人也是这样。那些女孩正是在这方面发挥了作用。

二十五年来,莫琳一直在这个工作室里跟各种小画家相处,其中包括形形色色的孩子,他们在绘画时比干什么都要起劲儿。在每个星期日的两小时绘画课上,她一定要孩子们站起来看看对方的画,说说他们的观感。

于是,每个女孩都停在欧文的舒适的角落里,从他的肩头看过去。他仍然低着头,她们扶着他的桌子,手指上戴着戒指,头发披散下来,对他说他的画给了她们怎样的感受,这个或那个角色也许会在她们小时候吓着她们或使她们唱歌,以及他是个多么了不起的画家。

几个星期以后，莫琳在他的耳边低语："要是你希望她们过来看你的画，你就得去看她们的。"所以他去看了画着水果与花的静物画，画着弓背跃起的马的炭笔素描，画着流浪街头的妇人与无依无靠的孩童的色彩柔和的油画，接着又告诉那些女孩每幅画给了他怎样的感受。他说得不多，不过自从他进入青春期以来，还没和漂亮姑娘说过这么多话呢。

尽管如此，那些女孩还是经常来到他的桌边。那时是2010年年初，这一年最令他头疼的是历史，而历史课要上一年，又是高三的重点课程。从历史老师送到家的年终总评里，我们照例看到了好坏参半的评语：他能够认真地完成作业和准备考试，但也需要"经常提醒，以便保持注意力集中"。

其他评语指出，欧文"经常需要鼓励才能更加彻底地回答问题"，而图像化学习法有助于"他渐渐做出更有条理、更有见地的回答"。他的历史课程涵盖了整个美国历史，里面都是公民至少应该熟悉的基本知识，从建国历程、奴隶制、南北战争、强盗式资本家、大萧条、两次世界大战、肯尼迪总统，一直讲到越南战争。

欧文从来就没有喜欢过这些内容。这些重要历史事件当中的任何一件都是苦难或者灾难。他一点儿也不明白历史有什么可学的，除了我或柯妮丽娅找得到的某些可以与迪士尼动画片挂钩的内容。那些事件都发生在很久以前，跟他的生活毫不沾边。每一章的丑事都会使他感觉受到冒犯，于是他转过脸去，几乎不屑一顾。

可是历史老师在年终总评的末尾写了一些少见的话："欧文可以利用艺术天赋帮助他理解和记忆历史事件。有时，他会用画漫画的方式来表现可怜的农夫、奴隶或者工人的形象，画里的细节准确无误。不过，更值得注意的是他的漫画人物面部表情丰富，而那些漫画本身给相应的历史事件提供了不少丰富的含义。那些漫画会在班级的公告板上贴出一段时间，每个看到的人都说，画中人物的面部表情特别感人。"

上面那些话里面的一切评价都是前所未有的。这说明那架桥从莫琳的美术班通向了学校。于是他开始运用绘画技能,借助于莫琳的培养和那些女孩在她的"小房子"里面的鼓励,努力理解历史的创痛与胜利,即使那些内容令他反感。他的大脑发现了道路,身体的其余部分则跟着往前走。

而我们与此毫无关系。

"你得从饭厅搬过去几把椅子。"柯妮丽娅在厨房大喊。她正在忙着弄咖啡,收拾垃圾。我把饭厅的椅子搬进了起居室。

她拿着奶酪蛋糕,从我的身边悄悄走过。"这次聚会准得花不少钱。"她打趣说。

"嗯。得花多少呢?"

"你不想知道的。"

"是呀。你说得对。"

我们就是这么过日子的。我挣她花。这两样各有各的难处,不过老实说,精打细算,量入为出更伤脑筋。从欧文三岁起,自闭症就无止无休地狮子大开口,露出永远填不平的无底洞。由于不知道什么办法确实管用或者有帮助,所以避免不必要的花销几乎是不可能完成的任务。

你会尝试各种各样的办法。我们试过的,从改变饮食(给他吃不含谷蛋白的食物)到听觉训练(让他用几个钟头的时间边听各种噪声边接受计算机高速测试),应有尽有。许多家庭因此一贫如洗。据说这类家庭离婚率变得极高,不过似乎并没有确凿证据。可是每个家庭都能体验到持续的压力造成的破坏。柯妮丽娅曾经开玩笑说,假期花销应该纳入心理健康保险的范围。要是这样就好了。到目前为止，我们去了七次迪士尼乐园。现在我们拨打电话的时候，总是特定的客服来接（我猜想是坐在客服中心的什么豪华办公室里面），像在拉斯韦加斯应对赌场豪客那样，滔滔不绝地说："你们什么时候回来呀！"

假期的花销不过是小意思，因为我们每年都要为欧文花费大约九万元。说实在的，那只比正常花销略高一点儿。据自闭症组织估计，每年要花费六万多元才能为一个自闭症患儿提供足够的教育和医疗服务。如今，约有半数的患儿的学费通常会获得公共资助。

我们送欧文上学的大部分费用是没有公共资助的，可是我们不在乎十七年的时间与金钱。我们勇往直前，知道事情就该这么办，也许在很长时间里都是如此。

今晚，我们想要知道的是，未来——长远的未来——会有怎样的光景。

敲门声响起来，欧文队的成员陆续抵达。十五分钟以后，六位成员全都惬意地闲聊起来。心理学家丹·格里芬医生为见到精神科医生兰斯·克劳森而感到高兴，他们两个素未谋面，尽管彼此交换过关于欧文和另外几个患者的报告。作为各领域的一流专家，其他人也多半互相认识。他们都是通过欧文联系在一起的。教育专家苏茜·布拉特内从欧文三岁起就对他进行辅导，比尔·施蒂克斯鲁德对欧文的初次测试差不多也是在那时进行的。十五年了，除了这六位，还有六位每个人都认识并且定期提到的专家，在我们的生活里循环进出。

帮助我和柯妮丽娅教养儿子的正是这些人和那些没有出席的人。这是个谦卑的想法，而这个想法模糊了聘请的专家、同事和朋友之间的界限。所以，在提到与六位专家两个钟头的聚会将会花费多少钱时，柯妮丽娅的话至少是半开玩笑的——其实是大约一千五百元。与欧文朋友的父母不同，我们在公开场合也会跟他们当中的一些人交往。作为这个正常世界里有着良好声望并且充分了解自闭症的人，我们毕竟是有共同语言的。

当下的燃眉之急是下一步怎么走——怎样才能让欧文的自闭症世界与正常世界配合到一起呢?他离毕业只剩下五个月了。讨论进展得非常顺利,安排集体住宅的可行方案有两个,我们应该挑选其一,以便开展我们考虑过的大学教育课程。柯妮丽娅听说,马萨诸塞州的鳕鱼岬有一所河景中学,它提供了一个课程项目,适合高中生和该上大学的有自闭症谱系障碍的孩子。兰斯瞧不起那所学校,因为他认识去过那里的孩子。他说,那里每年要收六万五千元的学费,"三年以后,他们却回到了地下室,一切照旧"。

柯妮丽娅变得激动起来。"他会过上什么样的生活呢?如果他要住在地下室,他就在那里住着好了。我们永远都会在那里,在各方面帮助他,直到我们死去那天。但愿天主保佑,让我们活得更久一点儿。我们只是不清楚,再过二十年情况会变得怎么样。"

可是,谁都不清楚。自闭症谱系障碍患者的兴趣越广,出路就越多。他们当中的一些人会结婚,多数人则不会。有些人会有工作,过着宁静刻板的生活,而他们也依赖着这种规律的生活。有些人住在合租住宅里,干一些杂活儿。许多人渴望爱情,却只能单相思。对任何人来说,恋爱都不是容易的事。

"许多青年人——甚至不太年轻的,"兰斯说,"都跟父母——有的父母已年迈——住在一起,父母给了他们独立的生活,就像公寓地下室的独立入口。"

只要提到地下室这个敏感词,我就会看到柯妮丽娅露出惊恐的表情——欧文五十岁时在地下室看录像带的情景就是可以把人惊醒的噩梦。在这一点上,我与她有着相同的看法。

但每个人都承认,欧文一直在取得长足进步,尤其是进入小天堂学校和高中以来。

"不过,他的考试成绩总是不理想,"比尔说,"而这会……扯他的后腿。人们将会看着他的成绩,做出错误但难以反驳的假设。要是按照圆凿方枘的说法，欧文这样的孩子甚至连方枘都不是。他们是圆的，他们可以滚动，往往表现很出色，但要在自己的道路上前进，还得凭自愿才行。试着做一下这方面的测试吧。"

可是下一个钟头讨论的却是下一个问题。丹越来越多地谈起我们所说的迪士尼治疗法。每个人自然都知道欧文对于那些动画片的喜爱，这一直是他们工作的一个要素。苏茜帮助柯妮丽娅制订教案时利用过迪士尼动画片，欧文画的许多迪士尼动画片角色都镶在画框里，挂在他们的治疗室里。不过，我们还是第一次听见他们专家会诊般地谈论在丹的治疗室里发生的事情。

好像我和柯妮丽娅并不存在，尖锐的问题就跟连珠炮，有些回答使用的是专业术语。你差不多能够听见集体意识飞速运转的声音，因为他们是六位不同领域的专家，各自对于自闭症谱系障碍患者的治疗经验加起来能有一百年。

"问题不在于他如何运用那些动画片帮助学习，"苏茜说，"而在于他如何运用它们引导情绪成长，这当然是更大、更复杂的挑战。"

每个人都点头同意。

丹转述了欧文最近表达的某些惊人见解，当然是通过不同角色的声音传达的：拉飞奇谈的是改变何以艰难和我们如何设法改变，蟋蟀先生吉米尼谈的是良知的意义和怎样与"你的脑袋里面的声音"交谈。

丹回忆说，他上周问欧文，梅林会对欧文这样为高中毕业和以后感到担心的男孩提出怎样的建议。"那么梅林会说：'听着，小子，用口哨吹奏毕业歌，每天吹一会儿。等到那个重要日子到来的时候，你就不会犯愁了。'"

这时他们似乎都注意到，我和柯妮丽娅也在房间里。

比尔·施蒂克斯鲁德转向我，说："你们有没有想过写本书呢？书名是《迪士尼的智慧——欧文·萨斯坎德对他父亲的讲述》。"

第九章 / 完全是好事

我本想做出充分的回答,却没有这样做。我只是礼貌地说了一句:"是呀,嗯,我们想过。"

那个词阻止了我:迪士尼的智慧。

接下来,我环顾房间里的每张面孔,注视着每个人的眼睛,喃喃低语:"可是我不太清楚,迪士尼动画片里面究竟有没有智慧。"

我们当然会不时地想给欧文买本书,可是他还太年轻,不能完全看懂。至于迪士尼动画片,当然算不上什么智慧宝库。

可是我在随后的几天里多次想到这次聚会和那个问题,尤其是在无意中听到他们谈话的时刻,每个人都显得好像我和柯妮丽娅不在场。作为记者,你盼望的正是这种事——几位专家认真地尝试评估问题,也许会从中发现解决办法;记者虽然在场,却没有影响他们的交谈。即使他们加起来拥有一百年的经验,又为欧文进行过长期治疗,这个房间里还是没有人能够能把自己一直看到的情况彻底弄清楚。

可是我和柯妮丽娅清楚,这与迪士尼的智慧无关,而是与家人——有时是智慧的,但经常不是——还有塑造生命的故事的影响力有关。迪士尼动画片提供了可以公开获得而且无所不在的原料,而欧文靠着我们的帮助,把它构建成了一种语言和工具包。我相信,只要拥有足够的创造力和精力,这是可以通过大量的兴趣与锻炼做到的。

欧文选择的爱好显然打开了一扇通向神话、寓言与传奇故事的窗户,那些故事则是迪士尼从巨大的民间文学宝库里面提取并改编的,就像格林兄弟做的那样。无数文化传统中有不同版本的《美女与野兽》,它可以追溯到三千年前的希腊神话"丘比特与普赛克",而且肯定可以追溯得更远更广——人类总是给自己讲述这样的故事,以便在世界上闯出路来。人们就是以这种方式接受那些原型故事,利用它们寻找自己的道路——那就是智慧所在。这仅仅是一个样例而已。

矛盾的是,怎样才能让我们的样例帮助其他家庭和孩子,不管他们的强烈兴趣是什么——这似乎是欧文队的成员讨论的问题。这是怎么起作用的呢?有没有什么方法呢?能不能从这件趣事中转化出分析结果,帮助其他有需要的人呢?他们毕竟是专家,他们就是干这个的:年复一年地观察从他们的治疗室进出的父母和孩子,寻找问题的答案。一天的工作结束以后,他们回到家里,还要观察自己的孩子。

但毫无疑问的是,迪士尼无意间闯进了一个出乎意料的陌生地方,也就是自闭症领域。沃尔特·迪士尼曾经对他的早期动画师说,应该把角色和场景绘制得极其鲜明生动,即便关闭声音也能让人看得懂。这个要求不经意地为那些与听觉处理障碍进行抗争的人们创建了一个梦想的入口,尤其是近几十年来,动画片还可以倒带并反复重播。

我和柯妮丽娅看到的一项最新研究表明,自闭症的一个特征就是缺乏传统的、习以为常的处事方式。人们通常能够整理各种信息,将其保留或丢弃,还能把它们贮存起来;我们的大脑则因此而渐渐习惯自己熟悉的东西。把一部好电影观看三遍,或者把最喜欢的电影观看十遍以后,你会觉得看够了。许多有自闭症的人可以把最喜欢的电影看上一百遍,却与第一次观看时有着同样的感觉。不过,他们经常会在每次观看的过程中寻找新细节和模式,这就是所谓的超系统化思考,即一种可以给某些自闭症谱系障碍患者带来特殊能力的刺激。在某种程度上,这差不多就像著名音乐家用一星期的时间练习演奏几个和弦,或者电影导演反复不断地审查一小段场景。在自闭症领域,这就是经常提到的"过度学习";在艺术领域,老威廉·布莱克的标准表达却是"一沙一世界……

刹那即永恒"。这样迥异的观点是不是反映了一种由于眼界狭隘造成的价值判断呢？不可否认的是，许多自闭症患儿都离不开迪士尼动画片。近年来，至少在我们的圈子里，有自闭症儿女的家庭最常做——有人也许会说"最乐此不疲"——的事情就是游览迪士尼乐园。有些人甚至把家庭搬到了佛罗里达中部地区。

接下来是一个普遍性的问题。迪士尼的成功意味着全世界的每一个人都能看到那些动画片。这可是了不起的"众头平等"，最终促使我、柯妮丽娅、沃尔特和欧文的每个治疗师提出同样的问题：我们也看了同样的动画片，可是他怎么能达到而且超越我们被这些动画片激发出的最深刻的洞察力呢？他会在许多方面利用有可能激起共鸣的迪士尼动画片，把它们变成用于分析的工具包和表达情感的画笔，这显示了相当的能力。如果他能在那个环境做到这一点，那么在别的环境呢？

他只是个孩子。我们的家庭也许比较特别，孩子的父母显然不太正常，而且痴迷于故事——所有这些或许增强了欧文的天生癖好。我们相信，他与各个地方的自闭症谱系障碍患者共享着基本的神经系统结构。2010年，我们的治疗师在起居室聚会的时候，美国有两百万自闭症患者，其中有五十万名儿童。未来十年之后，自闭症患者的总数预计可达四百万。在经常提到的八十八分之一的儿童发病率的背后，有着更加令人吃惊的情况。由于男孩的发病率是女孩的四倍，所以每五十四个男孩当中就会出现一名患者，这个数字在流行病学上是少有先例的。相比之下，唐氏综合征的儿童发病率是691∶1。在世界范围内，自闭症的发病率惊人的一致。全球的自闭症患者共有几千万。

如果能准确描述爱好如何激发潜能，那么就可以对此重新评估。换句话说，许多人有可能获得帮助，过上有意义的生活。否则，就得靠联邦政府资助，联邦政府在2010年提供的资助将近五百亿元，而这个数字一定还会继续猛增。

以上差不多就是我们在请治疗师聚会之后的几天内暗暗揣在心里的小九九。也就是说，直到大约一周以后，我和柯妮丽娅出去吃饭时，我们才第一次认真地讨论这个问题：写一本书。

我在揣摩她会有怎样的反应，于是就试图先发制人。我说，写一本书就意味着把我们生活中那些互不相容、互不相交的部分——无论是专业的、个人的，还是公共的、私密的——都一股脑炖成一锅诚意满满的大杂烩。她点点头。她当然知道这一切。当时我们坐在华盛顿特区的一家饭店的餐桌旁，我不停地表示反对，直到她打断了我的独白："那又能怎么样呢？"

她盯着我。"这本书说不定会帮助别人，就像我们需要帮助那样。"

我只要点头就够了。

第十章
电影大仙

现在是 2010 年 3 月 6 日下午一点四十分,几天之后就要过十九岁生日的欧文正在享受着我们赠送的礼物——在纽约观光一天,观看午后场的音乐剧《玛丽·波平斯阿姨》,随后与几位姨妈共进比萨饼晚餐。

再过二十分钟就要开始演出了。我们在时代广场的新阿姆斯特丹剧院的人山人海之中,从装饰华丽的门厅里慢慢地往前挪。我和柯妮丽娅——欧文在我们中间——都有同样的想法:我们以前来过这里。20 世纪 90 年代中期,看到首次涉足百老汇的迪士尼音乐剧的时候,我们觉得他一定会迷上这里。戏剧就是演员和观众之间的某种对话。欧文总是在心里与他喜欢的角色进行对话,就像在脑子里上演小戏剧。在舞台上,他们会把他心爱的电影展现得栩栩如生。戏剧肯定是最适合他的。

百老汇在 1996 年上演《美女与野兽》的时候,这个猜想初次得到了试验。贝儿刚刚唱起第一首歌曲,当时五岁的欧文就惊恐地扭动起来,好像溺水了。我急忙把他拉出去。柯妮丽娅和沃尔特留在座位里,连同她的两个妹妹和她们的孩子。我们既不解又遗憾,一张票要花上一百块钱呢。我们以为这是所有亲戚可以一起参与的事情,也是一种分享爱好的集体活动,欧文准会乐在其中。

他在大厅里平静下来以后,我把他举到剧场后部的弹簧门的小窗跟前。透过那个跟便携电视屏幕差不多大小的玻璃框,他可以远观野兽与贝儿,还有葛士华与卢米埃跳舞的情景,只是听不到声音。我把他举得高高的,鼻子贴着玻璃,直到我的胳膊开始颤抖为止。

起初我们以为都怪声音——只不过是剧院里面的声音太大了，自闭症专家称之为过度刺激的问题。

接下去的几年里，我们开始有了更深的了解。我们的盟友，也就是那些动画片对我们儿子独具影响力，也为我们理解欧文提供了一条通路。它们用复杂的舞蹈吸引着他，要是不熟悉那些动作，你就会在蹦蹦跳跳时用胳膊肘把鼻子捅出血来。对欧文来说，动画片《美女与野兽》就是可以带来安慰的好朋友，这个关系是通过数十次观影稳步建立起来的，因而值得信赖。但剧院舞台上突然出现了山寨货，这就像把他扔进了龙卷风，结果使他彻底失控。被龙卷风抛来抛去的，正是他根据动画片角色在片中的表演苦心建立起来的朋友关系。

第二次听感实验——电影对抗戏剧，自闭症对抗正常人——就是在这里，在新阿姆斯特丹剧院举行的。迪士尼在1997年接管了这家壮观的老剧院，限制了时代广场的城市改造。他们与剧场签订了99年的租约，耗资数百万进行整修，恢复了它那富丽堂皇的法国古典装饰风格。

可是观众不是来看包着金箔的飞檐的。他们是来看演出的，因为迪士尼用《狮子王》最终解开了如何把动画大片变成剧场大片的秘密。《美女与野兽》改编得与动画片非常接近，尽管口碑不佳，却在商业上取得了成功。对于《狮子王》，他们决定让剧本真正贴近原作，具有与之类似的情节、主题和角色，在其他方面却差不多都做了改变。剧本的导演朱丽·泰莫原先当过木偶操作师，她设计了用人工操纵的十英尺高的大象和长颈鹿，可以在通道上移动；演员扛着操纵动物角色的架子，轻松地来去；在歌曲和对白方面，剧本具有更为浓郁的非洲风，给观众带来一种真实感。

难得的是，评论家和观众都喜欢它，欧文也一样。至少他在2002年春天和几个月以后与我们一起观看的时候如此。发现他不想再看的时候，我们可以明白其中的原因。这不像两种版本的《美女与野兽》那样造成知觉冲突，更像持续数月的你推我挤，如同竭力在动画版旁边站稳脚跟的戏剧版。那时我们已经明白，即使只对欧文心爱的动画片做出一点点改变，他也会觉得刺心难忍。他鄙视山寨货，不管是他心爱的动画角色的涂鸦版还是狗尾续貂般的作品，比如迪士尼的《阿拉丁》续集《贾方复仇记》。

可是，那时他也更有适应能力了，在他的两个平行世界，即迪士尼世界和现实世界之间游走得更加自如，尤其善于带着动画片进入外部世界。比如说，欧文本人在剧中扮演兔兄弟或者《詹姆斯与巨桃》里的角色的时候，不会出现任何问题——他只要把一直在脑海里上演的动画片搬到现实世界里就行了。

由别人扮演的戏剧不是动画片原作，也不是他在现实世界里的表达，而是强行挤进两个平行世界之间的东西。既然泰莫导演的戏剧版能够与他心爱的电影版并存那么久，这就可以说明他有了真正的进步。他一直在设法让两者相安无事。电影版最终胜出了，这不足为奇。我们在新阿姆斯特丹剧院大厅里用四十块钱买来的《狮子王：百老汇的荣耀石》图书，最后落得了在欧文的床底接灰的下场。

坐在蒙着天鹅绒的座位上准备观看《玛丽·波平斯阿姨》的时候，我们却满怀希望。1964年的同名电影是真人动画版，它的主演是茱丽·安德鲁丝和迪克·范·戴克。据我们所知，这部电影的戏剧版的演员不准备对欧文心爱的任何伙伴进行改编。

最重要的是，我们希望他能过一个愉快的生日。这才是重点。如果他喜欢这部戏——如果这次一切顺利——这就是令人愉快的一天，是我们可以在今后数日甚至数年中深情重温数月的一天。所以，我和柯妮丽娅愿意相信我们感受得到每一点儿激动人心的情况。这是他的日子。这是迪士尼的剧场。

观众席的灯光闪烁了一下，通知大家该落座了。我看见，欧文正在我身边专心地浏览着节目单。说句公道话，对于这个想法，起初他并不感冒。所以

270

第十章／电影大仙

柯妮丽娅才要欧文喜爱的爱丽丝和玛丽塔姨妈务必从康涅狄格州过来参加比萨饼晚餐。

此刻,他还在浏览节目单。这部戏的演员可真不少,他似乎在察看演员表,尽管他们差不多都是舞台剧演员。为了缓解紧张情绪,他正在寻找自己熟悉的东西。看到他在阅读,我感到很高兴。他翻开一页,吸了一口气。

"我真不敢相信!"

"怎么了,宝贝儿,怎么了?"柯妮丽娅从另一边问,希望不会出什么乱子。

"乔纳森·弗里曼——他扮演阿德米拉尔!"

我急忙在脑子里搜索着。对了,阿德米拉尔是《玛丽·波平斯阿姨》里面的人物,戴着礼帽,留着络腮胡,总是从樱木街附近的屋顶开炮。

弗里曼是谁呢?

"爸爸,《阿拉丁》里面的贾方就是由乔纳森·弗里曼配音的!"

我敢肯定,欧文是这个剧场里唯一知道或者确实非常在乎这个的。

大幕升起了。弗里曼过了一阵子才在一小段场景中出现,用夸张的英国海军上将的口音说话,郑重地向烟囱清扫工伯特敬礼。

我可以在朦胧的光线里看清欧文的脸,他就像认出了一位思慕多年却难见踪影的著名隐士。

这部戏不错。欧文似乎看得津津有味,高高兴兴。他哼唱着那些歌曲,它们是舍曼兄弟创作并且因这部片子的上映而流行的。

演员第二次鞠躬谢幕的时候,他拉住我的衬衫袖子,两眼放光。

"我们能不能去后台的门口跟他见面呢?"

我们的下一个钟头就是在后台度过的。主要演员从门口走出来,一些戏迷请求他们签名或者用苹果手机合影。欧文别的全不留意,只是踮起脚尖,伸着脖子,盯着后台的门口。

后来，那里差不多只剩下我们了。柯妮丽娅看着我，扬起眉毛，露出"现在怎么办"的表情。

"说不定他从别的门出去了。"我解释说。

我们都看着欧文。他已经露出了假笑，那就等于他的面具。"没关系，爸爸。没……没……没关系。"说到"没……没……没"的时候，他使劲地点着头，好像谁冲着他的胸口捶了一拳。

我悄悄从毡绳下钻进去，轻轻地拍了拍保安的肩膀。他有些吃惊，但我马上告诉他，我们在等着乔纳森·弗里曼。保安是个相当年轻的非洲裔美国人，穿着印有《狮子王》海报的黄色汗衫，似乎认识弗里曼——"是呀，他是个好人"——但又拿不准。我问保安，要是我们给弗里曼写个便条，他能不能把它放到弗里曼的化妆间里呢？他琢磨了一会儿。"行，怎么都行。"保安回答。

随后我们聊了几句，我跟他说了说欧文的情况，发现他的表情有了变化。真是不可思议，真的，我们大家竟然走得这么远。要是向后穿越一百年，欧文或者某个患有唐氏综合征的孩子会遭遇什么样的命运呢？难以想象，真的。很多这样的孩子都会被抛弃，或者有着更悲惨的下场。肯尼迪总统的妹妹做了脑白质切除手术。现在你对什么人说，一个有特殊需要的孩子遇到了问题，他们就会放下手头的一切事情，准备帮忙。当然，我没有什么需要帮忙的。保安走进去，给我找来了便笺本和铅笔。

我告诉柯妮丽娅和欧文先去附近的餐馆，我则在不远处的门廊上坐了一会儿，把迪士尼戏剧制作公司的便笺本放在膝盖上。就算要花费一个钟头的时间才能把这个便条写好，那也是值得的。

黄昏降临，风速转疾，把垃圾吹向中城区的各个门洞，给人带来荒凉的感觉。垃圾的飞扬愈显出这个城市的广漠，以及坐在肮脏门阶上的我的渺小。

欧文的奋斗让我显得比实际做的还要好，这终归有些不大对头；但是正是由于他的努力，我在一门心思帮他恢复时，也清楚地知道，这是他注定要走的路。我会为两个儿子去做任何事情，即使也许更好的做法是让他们从失败中学习和自我恢复——那是我们力量的来源。至于二十一岁的沃尔特，其实早就不太需要我的帮忙了。

可是欧文仍然需要我们，也许一辈子都需要——至少我们是这么告诉自己的。

与所有父母一样，我们在孩子有难时就会有挽救他的冲动，这种冲动不但与欧文有关，而且肯定与我和柯妮丽娅有关——关系到我们需要什么、怎样才会给我们带来完整性和价值感。多年以后的此时，我们依然初衷不改。在望着垃圾的漩涡时，我却说不清楚，自己有没有从惯常的不知羞愧转为绝望。

纽约城那高贵冷酷的灵魂仿佛在上空俯瞰着我，我一定像是绝望了。我在这里，准备替家人给那位在二十年前成名的配音演员写下表示仰慕的便条。我斟酌着用词。柯妮丽娅老是说永远别提普利策奖的事。那不合适，她说。要是别人的事，那倒没有问题。我同意。管它合不合适呢。

亲爱的乔纳森：

我是获得普利策奖的记者罗恩·萨斯坎德。您是我们家人眼中的真英雄，我的朋友。我的儿子欧文今年十八岁，他从小就迷上了您的配音。他是个有自闭症谱系障碍的孩子，总是通过他的爱好和艺术作品来理解这个世界。我们在后台门口期待晤会，想必与尊驾失之交臂。

不过下周三是他的生日，倘若您得暇给他通个电话，必将令他感到兴奋无比。贾方和伊阿古于寒舍陪伴我们许多年，欧文能够背诵与之有关的一切对白，并且满怀爱意地得知了五十多年来的迪士尼的配音大师的一切情况。

因此，即便无缘聆听您的雅音，我们依然感谢。

祝您万事如意！

罗恩·萨斯坎德

我在末尾草草地写下我的手机号和我们家的座机号码，随后把便条递给保安。

四天以后，我们围着免提键已经打开的电话机。

"欧文在吗？"

"您是谁呀？"

"我是乔纳森·弗里曼。"

我在前一天跟弗里曼交谈过，他给我的手机打来了电话。他是个亲切的六十岁单身汉，百老汇的终身演员，迪士尼的常客。对他说了几分钟热情的感谢话之后，我告诉他在明天傍晚来电话最为合适，那时欧文的生日宴会已经结束，他会在家里过生日，只有我们三个。今晚听到电话铃声的时候，我们若无其事地告诉欧文电话是打给他的，随后就围到三楼的电话机跟前。那是一台摩托罗拉座机，一切功能都不缺少。

欧文一听到乔纳森的声音就沉默下来，只是看着电话机。

"你是欧文吧？"弗里曼问。

"是的。"

"你说什么？"

"真的是你，我简直不敢相信。"

接下来的声音更大了。

"真的是你,我简直不敢相信!"

"生日快乐,欧文。我听说,你是迪士尼的大粉丝。"

我和柯妮丽娅站在他的身边。他望着我们,眼睛瞪得溜圆,随后恳求地看着我。

我在他的眼里看见了一个映象——我们在老房子的卧室里,我从床罩下举起木偶,与他交流。那是我们的重大时刻。他希望获得改换身份的许可。

"接着说呀,伙计。"

他的身体突然进入状态,两手叉腰。

"好吧,好吧,贾方,你你你可以成为那个笨老公……"他突然发出了吉尔伯特·戈特弗里德的短促刺耳的声音。

这一次,贾方的声音通过摩托罗拉座机传了过来。"伊阿古,我喜喜……喜欢你的小头脑琢磨事情的样子。"

欧文几乎蹦起来,感觉美滋滋、轻飘飘、晕乎乎。

"天哪,我感觉就像跟吉尔伯特说话似的。我的意思是,欧文,我熟悉吉尔伯特。我熟悉他们所有人。"弗里曼说。

欧文打听他想得起来的那部动画片的每个配音演员,乔纳森尽量为他提供他们的最新情况。他们一起哀悼为苏丹王配音的英国演员道格拉斯·希尔,他在1999年去世了。

"他是个大好人,欧文。"弗里曼说。随后他们都为乔纳森的挚友艾伦·孟肯感到高兴。"你认识艾伦·孟肯!他是最棒的作曲家!"欧文惊呼。

"欧文,我要把你的话告诉他——他会非常开心的。"

接下来他们开始说那些对白。欧文滔滔不绝地往下说,说的多半是伊阿古的对白,但也掺杂了一小节精灵的和一句苏丹王的。乔纳森说的自然是贾方的对白,直到他停下来大笑为止。"欧文,帮个忙……我的下一句台词是什么来着?"欧文说出了贾方的台词,弗里曼跟着重复了一遍。这简直成了交响乐。

二十分钟以后,乔纳森渐渐停下来。"欧文,我没词儿了。我说不下去了。听着,跟我聊一聊吧。你喜欢这部动画片,你喜欢它的哪些地方呢?"

他们交谈了几句。欧文说起了不同角色的可爱之处。乔纳森试图把话题引向欧文对于那部动画片的内容和主题的看法,于是他们开始讨论起来。

我和柯妮丽娅听着那些对话。

她抓住我的胳膊。

"怎么了?"

"你听出来了吗?乔纳森正在走着我们的路,"她低声说,"整整十年的路,从那些声音到主题的深层含义。"

直到现在。

"它讲的还不就是善与恶的力量相斗,"乔纳森说,"以及最后好人如何取胜吗。"

"嗯。差不多吧。我觉得它还有更深的含义。"欧文反驳。

欧文露出了在深入思考时才会有的表情,他向下凝视着,好像眼珠正在往里翻。他在深入思考呢。

乔纳森看不到欧文,但肯定感觉到他正在思考。谁也不吭声。片刻之后,欧文回到现实中来,他的声音轻飘飘的,仿佛来自另外的世界。

"我觉得它讲的是你最终要接受真正的自我,而且不必介意。"

电话的另一头传来了叹息和吸气声。"我的天!我怎么就从没有看出来呢。"

三个月以后,柯妮丽娅坐在马里兰州郊区的犹太会堂的听众席上,欧文的高中每年都在这个会堂举行毕业典礼。

第十章／电影大仙

沃尔特在她的身边，我们的大家庭则在两旁占据了整整两排，三年前，这个大型代表团为了沃尔特的高中毕业典礼集合过一次，此前的集合则是为了欧文的受诫礼。

柯妮丽娅看看左右，发现大伙似乎既安稳又高兴，这是航班、旅馆和周末日程统统安排妥当的结果。现在，离典礼还有五分钟，一切都已准备就绪、井井有条。她已习惯了年复一年地坐在椅子上替两个儿子做活、策划、筹备、鼓劲、创造机会，再做出最后的安排……她的丈夫却习惯了走上讲台。我在几个孩子的毕业典礼上讲过话，初次讲话则是在沃尔特的小学六年级毕业典礼时。我总是感到内疚，因为上去讲话的不是柯妮丽娅。她是个演讲能手，但生来就不喜欢抛头露面。这是明智的分工。我能说会道，她对其他一切都挺在行。

她禁不住把这当成了获奖时刻。经过她十六年日夜不停的努力——耗费了她的大部分成年时光，真的——他就要高中毕业了。真正的毕业。他可以拿到毕业证了。

对他来说，学校一直挺好的，也许算得上完美吧。她常常想知道，欧文受到欺负的噩梦是不是可以避免。如果学校可以或者说应该早点儿发现此事，那两个孩子怎么能到了最后才离开学校呢？可是校方无疑给予了强力的回应，此后的两年来对他的照顾和关注堪称典范。

他一直在健康成长，尤其是去年。也许是知道就快毕业却不清楚未来怎样的缘故，他欣然接受学校提供的一切，不论体育馆、艺术教室，还是每晚的家庭作业和舞会，就像是在校的最后一周似的。他穿着太姥爷的刚好合身的普莱诗牌旧燕尾服，看上去令人惊叹，此刻，你看待孩子的眼光完全不同了，尽管他们甚至都没有意识到自己的变化。他们只是报以微笑，接着就继续前进了。

她只为明年的衔接课程召集到了三个孩子，即欧文、布赖恩（三个电影大仙当中的两个）和另一个男孩本（就是他的母亲把我们介绍给莫琳的）。本比欧文大一岁，已经有了一份在当地一家超市为顾客包装食品的工作。有太多的事情要做，为欧文找工作是眼下正在做的大事之一。

高中的最终总评令人烦恼地明确了将来的复杂情况。正如施蒂克斯鲁德所言，考试成绩始终是个问题。即使他这样善于引入创新性测试方法的专家也难以弄清楚欧文不均衡的潜力。

外部世界不可能这样有创新性或者有耐心，甚至也不可能像学校的职业评估办公室这样体贴，在去年春天就把最终总评送到家里来。他们在可供考虑的工作一栏中写道：收票、清洁助理、协助布置与养护苗圃或温室植物，此外可以协助为儿童、成人与老人组织开办的艺术活动——这是出于对他的艺术才能的考量。只有最后一项才暗示认可欧文具有某种成熟的技能——绘画。

一个月以前的一个特别不巧的时刻，柯妮丽娅给我看了这个总评。当时我耳中只是回响着欧文早先对于那些伙伴的评价。说的是他们没有受到足够的重视，还有就是不能丢下任何伙伴。

我的反应——虽然未必算是补救措施——是设法找一位顶级的毕业典礼发言人。我要用这种办法向孩子们和每个人表明，不管考试分数高低、进展大小，这些孩子取得的成绩比任何毕业生都了不起。春季的大部分时间，人们已经在争当毕业典礼上的发言人了。去年我已经在凯托学校的毕业典礼上发过言了，所以我本来觉得今年应该坐在台下——我也希望如此——看着欧文在《威风凛凛进行曲》的音乐声中上台。乔纳森·弗里曼在电话里为欧文庆祝完生日的那个晚上，欧文却非要我发言不可。"你在沃尔特的毕业典礼上讲过话，"他干脆地说，"我希望你也在我的典礼上讲话。"

不出所料，校方说他们不能连续两年用同一个发言人，于是我开始寻找一位我可以推荐的发言人。

第一个电话打给了达斯汀·霍夫曼的办公室。很抱歉，他在拍电影呢。这个主意很不错,可是不行。

过了两个月、打了一百次电话以后,我自己想办法找到了施莱弗兄弟(我会自选其一的),他们的日程都安排好了,也许可以改变一下……可是并没有改变。最后的希望是去找马里兰州的参议员芭芭拉·米库斯基,她可以说是美国参议院里残疾人的主要拥趸。她觉得她能去,可是后来又不能去了。

我什么辙都没有了,火气却有的是。"我想,这意味着他们不该有毕业典礼发言人。谁也不能舍出一个钟头的生命,使这一天成为他们难忘的一天!"我对柯妮丽娅说。

柯妮丽娅把她的手放到我的肩膀上。她的声音十分平静。"咱们只要好好想一想就明白了。这些孩子不在乎前来发言的是施莱弗兄弟还是芭芭拉·米库斯基,他们的父母也许认识那些人,这些孩子却不认识。"我看得出来,她想到了什么,"毕业生只有十八个。你去学校办一个写作演讲稿的学习班,让他们每个人写一篇简短的演讲稿。你可以当主持人——他们会成为明星的。"

讲台的另一侧摆着六排折叠椅,十八个戴帽子、穿礼服的学生吵吵嚷嚷地坐在其中的三排上。柯妮丽娅一边看着他们,一边向沃尔特低声说:"等着听演讲吧——我看了几份你爸爸带到家里的演讲稿。"

"他肯定很高兴,因为今晚不用讲话。"

"我相信,你爸爸准会有话要说。"

他笑了。他现在二十一岁,开始真正了解我们了。

我仅仅在正东三十英尺、四英尺高的地方说了几句话,大部分是讲欧文取得了和沃尔特一样的成绩,随后说的是:"我们今晚有十八位毕业生代表致辞。"

他们过来了,一个接着一个。我拿着每份最多不过两段话的演讲稿的副本,他们则拿着自己的演讲稿。有几个孩子紧张得不行,要我替他们朗读。我仅仅替一个孩子这样做了,其余的振作起来,有几个则表现出惊人的自信。

一个叫罗宾的男孩说,他在凯托学校"找到了自信的步伐",懂得"即使有可能失败,也要向世界宣示,你为自己感到高兴和自豪",可是就算"像老鹰一样翱翔的时候,你也需要支持、关爱和激情"。

有个叫特妮莎的女孩谈到在之前的学校受到欺负的事情,可是"现在我有了好多可以拥抱的朋友"。

一个叫米奇的男孩是比欧文提前一年被实验学校扫地出门的,他说的是在凯托学校里学到的对于友情的感悟:"在我看来,如果能够在你陷入逆境时不离不弃,在他人有难时挺身相助,那个人就是好朋友。我就是好朋友,因为我总是不离不弃。"

一个叫艾琳娜的女孩也谈到了对于友情的感悟,而"与我在课堂上学到的知识同样重要的是,我学会了认识自己"。

三个电影大仙当中的布赖恩称赞老师使他懂得了什么叫"善良与同情",他的电影大仙伙伴康纳说他要在"完全成为男人"之后做一个"无畏、聪明、风趣的人",最后则像《王牌播音员》里的朗·伯甘蒂那样,做了一个夸张的动作,说:"那么继续保持领先地位吧,凯瑟琳·托马斯高中。"

第三个电影大仙欧文先是用梅林的声音吟诵了一句从自己的动画片宝库里引用的对白:"知识和智慧是真正的力量!"最后讲述了与他的故事有关的经历:

> 很久以前,我写过一篇短故事,讲的是一个男孩寻找魔法石的经历。那块石头就像一面镜子,望着它就可以瞥见未来。有一天,男孩丢了魔法石,但感觉自己并不难过,因为他知道自己会有美好的未来。在我看

来,凯托学校有些像魔法石。凯托帮助我看到了未来,看到了前方的光明和美好的东西。离开这里有些像失了魔法石,可是这没有关系,因为我现在知道,未来将会极其美好、充满快乐。谢谢你,凯托。

我就站在演讲者的身边,从这里可以清清楚楚地看到人群脸上闪现的各种各样的表情。这是许多演讲者没有看到或者不能马上感悟的细节,也是那些听众今天显得迷人的地方。演讲者面对听众的时候极少能表现得和平时完全一样,因为他们都在乎——我们都在乎——听众会怎么想。你站到讲台上不就是为了这个吗?一张张脸上不时变化着的表情影响着演讲者的表现——任何演讲者都会受影响,因为每个演讲者都要迎合听众,除了一些例外。

今天的演讲者有十八个人,每个人只说他们晓得的真话。正是这个缘故,才有这么多惊奇的面孔仰望着讲台,等待着他们说出自己晓得的真话的那一刻。不错,每个毕业生都超水平发挥。轮到众人有机会欢呼的时候,他们就欢呼不已。

停也停不下来。

柯妮丽娅觉得,结束这一天的最佳方式就是与二十二位外地客人共进晚餐。

她预订了我们家附近的法国餐厅的楼上包间,因为欧文请求去沃尔特举行毕业午餐的地方吃饭。她又一次把事情安排得格外漂亮,为每个人都摆好了餐具。

虽然尽量未雨绸缪,实际发生的事情还是令她不知所措。晚餐即将结束的时候,柯妮丽娅向大家敬酒,接着是我,随后是柯妮丽娅的一个妹妹。欧文非常感激,但还是不满足。他转向母亲身边的一位姨妈:"您有什么要对我说的吗？"她有些惊讶地站起来，说出了心里话。他走近另一把椅子。"您觉得我今天怎么样呢？"

就这样，他走过了每把椅子。二十二把。

不过，这还不算完，不算。

"不在这里的人又会怎么说呢？谁能代表姥姥讲几句话呢？"

柯妮丽娅站起来讲话，代表她的母亲，那位一年前去世的长辈。她的另一个妹妹代表欧文的姥爷讲话，其他人则代表欧文已逝的莉齐姨妈和马丁舅舅讲话。他要我替"大沃尔特"讲话——他就是那么称呼我父亲的。

参不透人们的表情，不意味着你不想知道他们有什么感觉，尤其是他们对于你的感觉。

这是你生命中的重要日子。

一周以后，也就是 2010 年 6 月 24 日，欧文·萨斯坎德终于回家了。

我们仍然住在华盛顿。在脑子里和心目中，他却一直居住在这里，早在知道洛杉矶是市名或者加利福尼亚是州名之前就是如此。

汽车停下来的时候，他默默地坐在后座上，轻声呼吸着。

保安拿着我的身份证明，消失在他的岗亭里，返回时带来了三张通行证：一张给我，一张给柯妮丽娅，另一张给欧文。

"欢迎到迪士尼动画工作室来，"他愉快地说，"停车场在你前方的右手边。"

弗里曼事先打过电话。我得为下一本有关经济下行与奥巴马崛起的书去纽约拜访前美联储主席保罗·沃尔克，所以就给他去了电话——我说的是弗里曼。我带了一个扁扁的大盒子去跟沃尔克吃午饭，他看了看它，却没有提问，所以我就没有解释。那个盒子里面装的是一幅两英尺见方的图画，上面画着一个阿拉伯贵族和他的鹦鹉。后来，我匆匆赶到城市另一头吃晚饭时，看到等在饭店门外的那个男人生着一双蓝眼睛和富有表情的眉毛，看起来就像盒子里面的画中人。我和乔纳森谈了三个钟头。那个电话深深打动了他。我把欧文的整个经历告诉了他，又把贾方与他肩头的伊阿古的肖像画递给他。他给伯班克那边打了电话。

正是由于这些奥妙，我们最终才会来到这里，看着罗伊·E.迪士尼动漫大厦门前那个戴着钴蓝色巫师帽的小矮人。

事情的真实情况更复杂，涉及一个用动画片对白跟自己对话的沉默男孩，一个寻找内心的英雄的人。我和柯妮丽娅把这一切——欧文的经历——写成了几千字的文章并事先发送出去。

所以他们才会知道要来的人是谁。

如果说对众人意见不管不顾是有独到见解的表现，那么他在信念方面就特别有独到见解。在他的心目中，那些人是世界上最了不起的，总统和教皇都得靠边站呢。

在漂亮的金发女助手的陪同下，长期担任迪士尼宣传员的霍华德·格林在大厅前的迎宾柜台会见了我们。乔纳森的电话就是打给他的，后来他看了我们给欧文写的简介，现在则为我们提供了通道。我和柯妮丽娅每走一步都变得更加幸福。我们知道这件事有多么重大，从我们的地下室到这里有多长的距离。欧文愉快地跟霍华德打招呼——他们是迪士尼家族的成员——但是因为缺乏沟通感，他转而关注的是想象中的等着他的动画师们。

我想要鼓励欧文，催促他感谢霍华德促成了这一切，却在转向欧文时把话咽了回去。他穿着干净的土黄色条纹马球衫和漂亮的棕色鞋，腋下夹着素描簿，显得专注而又务实。他在去迪士尼乐园参观时表现得如鱼得水，在这里甚至更是如此。他觉得，这里就是适合他的地方。

一分钟以后，我们一行人来到二楼，敲了敲那扇敞开的门。一个黑发男人从画架跟前转过身。

"你是安德烈亚斯·德嘉吧。"欧文用怀疑的口吻说。德嘉从房间里走过来，伸出右手。他是个矮小但富有活力的中年人，范·戴克式衣领包围着一下子露出来的开心笑容。

"你一定是欧文了。"

"我真高兴。我喜欢你的创作。"欧文说。

德嘉有些吃惊，几乎感到不好意思了。他和另外几个中年或者年纪更大的高级动画师被视为"九元老"的传承人，而人们所说的"九元老"是莱斯·克拉克、马克·戴维斯、弗兰克·托马斯、沃德·金博尔、埃瑞克·拉森、约翰·朗兹伯里、沃尔夫冈·瑞德曼、米尔科·卡尔、奥利·约翰斯顿。从《白雪公主和七个小矮人》开始，这九个最负盛名的艺术家与沃尔特·迪士尼创作了第一批具有鲜明特色的经典动画片，影响了迪士尼公司的动画片在过去五十年里的发展。埃瑞克·拉森在1980年创办了迪士尼动画工作室的培训部，指导年轻的德嘉和其他动画师，他们造就了被称为"新黄金时代"的最新辉煌期，陆续创作了以1989年《小美人鱼》为起始的四大动画片。

"那么你最喜欢哪个角色呢？"德嘉温和地说。

"所有的角色！"欧文大喊，如数家珍地说出了安德烈亚斯创作的十个动画角色，包括《小美人鱼》里的特里同国王、《美女与野兽》里的加斯顿、《狮子王》里的刀疤，当然还包括贾方。

"我见过乔纳森·弗里曼，他是我的朋友！"欧文几乎不能自控了，他简直变成了惊叹号。

安德烈亚斯点点头。"噢，乔纳森，了不起的人。"说完，他稍稍放慢了交流的节奏，搂着欧文闲聊起来。

欧文把素描簿拿给安德烈亚斯看，这些画给他留下了深刻印象。"这些画真的很不错。"随后欧文的肩膀稍稍转动起来，这是自闭症患者的抽搐，要是做出这样的动作，那就说明他的欢乐超出了神经的承受程度。

我们挤在门口，聚精会神地听着。"欧文，"柯妮丽娅说，"你愿不愿意把你的画送给安德烈亚斯一张呢？"他点点头，小心翼翼地撕下一张拉飞奇的画像。

这时，安德烈亚斯乐得一下子蹦到绘图桌边。三分钟以后，他转身交给欧文一幅特里同国王的画像。"现在我们扯平了。"

欧文似乎要乐晕了。他踮起脚尖，像要起跳似的。可是安德烈亚斯似乎也有这种感觉——他的头号粉丝原来是个有自闭症的孩子，这个孩子的最大乐趣和天赋就是不断地画着安德烈亚斯及其同事创作的动画角色，这使他美得晕晕乎乎。那些角色活在那个男孩的心里。永远。

"我真要非常感谢你的光临，欧文。"他们拥抱起来。

这一幕又上演了几次，因为欧文在大厅里拜访了另外两位高级动画师，戴尔·贝尔和埃里克·古德伯格。与他们会面时的疯狂节奏就跟与德嘉会见时差不多，欧文滔滔不绝地列举着他们创作的一切动画角色，最早可以追溯到20世纪70年代。他们把自己的新作与旧作拿给欧文看，他则把画在素描簿上的他们创作的角色展示给他们看。这给人一种团聚的感觉。

与古德伯格的会面增添了新内容，因为他是创作伙伴形象的专家。他创作了由罗宾·威廉斯配音的精灵、由丹尼·德维托配音的菲罗，以及2009年上映的名利双收的新片《公主与青蛙》中富有特色的伙伴鳄鱼路易斯。欧文与埃里克进行了许多与伙伴有关的谈话，欧文模仿菲罗的声音，又称呼精灵为"最强大的伙伴"。与我们其他人聚集在门口的霍华德突然插嘴说："等一下，精灵不是伙伴。"这换来的却是欧文的纠正，埃里克也表示同意："他当然是，霍华德，我跟欧文的看法一样。"欧文的肩膀又转动起来，一股自我肯定的电流传遍了他的神经中枢。

我们一行人最后走向格兰·基恩的办公室，他可以算是这群人的老板。说实在的，其他动画师也都有着孩子般纯真的个性，他们喜欢绘画和配音，总想互相开玩笑。基恩是漫画家比尔·基恩，即连载漫画《家庭马戏团》的作者之子，也是两个成熟的动画师的父亲，一辈子都在干这一行，善于应对变化和承受打击。他与德嘉同辈——创作过爱丽儿、野兽、阿拉丁、宝嘉康蒂、泰山的形象——却具有教师或者牧师的风度与韵律。

他看了欧文的素描簿。就像其他人一样，他称赞那些画及其精确性，接着问欧文绘画的感觉怎么样。

"如果那些角色开心、难过、害怕或者放松，"他说，"我可以看到并用手指感觉到。我在画的时候就可以感觉到。"

欧文以前从来没有说过这个，即使对我们也没说过。

基恩露出笑容，与他深入交谈。看来只有他一个人阅读了我们寄给霍华德的有关欧文的简介，特意想要了解在他面前的这个人。

他领着欧文在他的大办公室里到处转，房间里的画作在墙边堆积了十英尺高。正如我们全都看到的那样，他希望欧文随意接触他的某个英雄，这也许是千载难逢的时刻呢。可是无意中听到他问欧文画一幅画需要多久的时候，我察觉到了面试官的巧妙的探询口吻。

我的目光变得专注起来，脉搏加快。看到第一本画着伙伴的素描簿的那天晚上，我们当然就梦想着他也许能成为迪士尼的动画师——两个儿子在戴达姆的旧家的院子里跑来跑去的时候，我们就曾对他们抱有这种梦想或者说幻想了。

那是在八年之前——在那八年里，我们看到了他在前进途中的周期性变化，即向前走一步，向后退两步，当然一切还是在进步的。可是这还不够，远远不够，我们仍然无法想象这样的事情——再次对他抱有梦想——我们都死心了。这可要日复一日地工作，还得充分利用那些时刻。

此时此刻，死灰却开始复燃了。万一能行呢？谁能说得准呀？奇迹会有的。在几英尺以外的地方，欧文又说起了他常说的一句话："我想回归手绘动画的传统，尤其是迪士尼的，开创新的黄金时代。"他在一个钟头之前说出这句话的时候，令进行纯手绘创作的安德烈亚斯感到非常高兴。

格兰却把欧文领到了墙角的一台大电脑跟前，又示意我们都跟过去。电脑屏幕上有一个动画人物的大致轮廓。他递给欧文一支粗大的手写笔，要他直接在屏幕上改变那个人物的外形或者画出五官，告诉他电脑屏幕的内部可以根据他绘出的线条改变人物的形状。这属于联合创作，电脑可以接受艺术家画笔的指引。欧文全力以赴，但一切都乱套了。他要看着迪士尼画册上面的画才能画出来，他需要实实在在地感觉到有一支铅笔握在指间，有厚纸在手掌上滑过。除了技术上的问题，电脑动画也让他深感不安。

他根本画不好——画出来的都是乱糟糟的线条——所以就放下了手写笔。我的心一沉。

柯妮丽娅扭过头去——她不敢再看了。

可是，基恩抓起鼠标，点击了几下。屏幕充满了一个展开的场面，是长发公主正在旋转，同时她那著名的头发——在迪士尼的版本里是金色的——也像翻腾的瀑布一般飘荡着。这是动画片《魔发奇缘》里的一个片段，它讲述的是长发公主的故事，定于11月上映。

这部动画片就是基恩的孩子，与他联合监制此片的另外三个人当中包括约翰·拉塞特，此人于20世纪80年代末期辞职创办皮克斯动画工作室，该工作室最终在2006年为迪士尼收购。他们正在致力于一个结合手绘艺术与灵活易用的CGI（电脑生成图像）技术的项目。为了使两种对立的技术互通有无，迪士尼耗资近两千万开发了这个软件，它的应用成果将会在《魔发奇缘》中得到展示。

在进行剪辑时，基恩提出把这几秒与长发公主的头发有关的片段展示给他的导师奥利·约翰斯顿，硕果仅存的九元老之一。那是2008年，就在奥利·约翰斯顿去世前不久。"我请他看看她的头发飘荡的样子，看起来就像可以流动的油画，这就是手绘与电脑技术珠联璧合的成果，"基恩说，"奥利看了看，说那个挺不错，'不过我感兴趣的是她的感受'。"

奥利·约翰斯顿的话使欧文的注意力高度集中起来。

"重要的不是动画制作，"格兰目不转睛地说，"在动画制作方面，我们如今可以在屏幕上做出任何事情。重要的是故事。"

他端详着欧文。

"记住，一切伟大的电影都始于一个故事：我们需要的正是故事。"

欧文咂摸着这句话的滋味，使劲地点点头："我明白。"

格兰迅速地画出一幅爱丽儿的画像，签上名字，递给欧文，与他拥抱。我们一个劲儿感谢他，随后就离开了。在大厅里，欧文起劲地走来走去，指指点点。柯妮丽娅看得出来，他累坏了。交谈一个钟头，尤其是交谈得这么频繁，简直相当于普通人交谈十个钟头。这是自闭症的另一个难以辨认的特征——与他人打交道需要耗费太多的精力。

可是我们还要去楼里的另一个地方。转了几个弯之后，霍华德把我们领进了一个布满条纹的圆房间，天花板上带有高穹顶。这个房间清凉而又质朴，宛如宁静的圣地。欧文慢慢地走进去，转动身体，伸出手臂，仰望那些条纹。

我和柯妮丽娅看着他那慢慢转动和手掌向上的样子，就像狂喜的朝圣者。

迪士尼当过司机。他在不满二十岁时创立的第一个动画工作室在一个月之后就倒闭了，后来又在两个经销商那里吃了不少苦头，因为他们想要窃取他的动画角色。在动画产业尚未成熟的时代，绝大多数动画片都制作得好像夸张搞笑的高飞连环画的动画版。通过《白雪公主和七个小矮人》的创作——这曾经被看成"迪士尼的傻事"，令他那规模依然不大的工作室濒临倒闭——他试着表达复杂的人类情感。为了帮助动画师理解他的设想，他总是给他们讲故事，有时还会扮演那些角色。他们的工作是把这部动画片画得使人们可以感受得到。观众一边欣赏着这部活生生的艺术品，一边震惊地体会着它带来的乐与悲，感觉十分愉快。他们竟然在剧场里站起来，鼓掌喝彩。

他把任何人都可以在素描簿上手绘的精美图像——尽管是由职业画家起草的——拍摄出来，变成具有生活真实性的东西，其中蕴含着基本的人类情感。他真正的创新就在于此——在屏幕上表现逼真的情感，从而引发真实的情感。

这其实就是欧文到这里来的原因——情感。看起来令人感到不安的是，他虔诚而又幸福地坐在那个有条纹的房间里的孤零零的沙发上，好像坐在天主的大腿上。那个人开创了公司，专门制作动画片，售卖各种产品，还经营主题公园。

有时我们感觉像是沃尔特·迪士尼把欧文绑架了，欧文更多地是在沃尔特·迪士尼的世界里而不是在我们的世界里生活。我们发现迪士尼产品让我们能够与他交流，与他相处，但有时我们也真的对那些在生活中举足轻重的角色感到恼火。这种火气如今已经平息了一些。听着欧文与动画师的谈话——看到他们因为他不得不依赖他们的动画片而受感动并且时常感到吃惊——使我们想起这永远是个对白：欧文从很早以前就跟银幕交谈了。那些动画片表现出的逼真情感一直而且仍然引发的是他的情感,是他作为我们的儿子而不是沃尔特·迪士尼的儿子的生命中最深的情感。

柯妮丽娅的汽车差点儿与前面的追尾。

听到刺耳的刹车声,女司机把车停到十字路口,从驾驶座上扭过头,想看看几乎撞上她的是什么样的白痴。柯妮丽娅耸了耸肩膀,表示"请原谅",迅速停下车,跳出车外。

她简直不能相信,在离我们家只有六个街区的一座房子的草坪上立着招租的牌子。那座房子看起来挺不赖,一层楼,也许有三个卧室,还有个封闭的后院。她在杂货店的购物小票上匆匆记下租赁中介的电话号码,随后低声自语:"天主啊,请让这件事顺利办成吧。"

她只要再办成一件事就可以完成衔接课程的设置工作,即找到上课的场所。别的都安排好了。一个从前与沃尔特在帕斯坎奈伊营地共事的辅导员在读大学心理学学位期间辅导过有自闭症的年轻人,他将会担任课程负责人,负责管理、教学和就业指导,指导欧文、布赖恩和本进行一年的独立生活技能训练。为了创设课程和一系列的活动,她忙活了整个夏天。她刚刚在易趣网为宿舍管理员泰勒买了二手面包车,以便他开车送他们三个人前往要去的地方。她将负责管理和监督他,费用由三个家庭分摊。

一个月之前,也就是 7 月末,她把这一切告诉了在贝塞斯达看中的一座公寓楼的房地产经纪人。对方已经同意出租了。在谈论签订协议的安排时,她说准备入住的是三个患有自闭症的年轻人和一个管理员。对不起,免谈。柯妮丽娅解释说,多数时候,他们甚至不会在这里过夜。他们将会在此学习技能,比如煮饭、打扫卫生、乘坐公交车和地铁。对不起,我们不能让人在这里"群居"。

她急坏了。"可是这跟三个人合租有什么区别吗？"她没有得到回答。没有商量的余地。

她打算租用下一座公寓楼的时候，他们说这属于违约。她要求他们指出来，租约上的什么地方说这是违约。我们稍后再告诉你，他们闪烁其词地回答说。

第三座公寓楼不太理想，但那时是8月中旬了，所以她不能挑肥拣瘦。房东说，他不反对有自闭症的人，可是他得跟房主商量一下。听到"不行"的说法以后，我们去网上做了调查，发现房主是个拉比。我花费了半天的时间查阅《塔木德》之类的参考书，起草了一封充满激情的信件。他回绝了我们——《塔木德》里没有提到租赁公寓楼——这促使我随后写了一封简短的信，它的开头是："您说您是拉比吗？"

我们开始为泰勒支付工资。孩子们准备好了。我说我可以腾出房子后面的工作室。那是个大房间，恰好适合四个人，这就足够了。我可以想办法去别处租一间工作室，或者在房子里面工作。

这天早晨，看到招租的牌子之后，柯妮丽娅和我出去吃早饭，免得欧文听到我们的话。

"我们不能再被人拒绝了。"她在我们点餐以后说。

我告诉她，我愿意让出我的工作室。她不同意。"这完全是冒傻气。你的书还没有写完。你去哪儿写呢？前院吗？"

"不……我会想办法的。"

这是典型的交换行为。就把它称为"牺牲游戏"吧。看谁牺牲得更多。双方同时做出牺牲是困难的——所以要讲究行动和对抗的策略。没有额外的奖金。但无私的牺牲可以换来定期的礼物并占据道德高地。在这一点上，柯妮丽娅通常都会胜过我,可是我正在准备牺牲工作室。

她完全拒绝考虑——这将是一场灾难——而且转变了策略。

"今天的基本问题是,"她说,"我要不要撒谎呢?"对她而言,这是巨大的道德牺牲——令人满意的进步。

柯妮丽娅不喜欢也不太擅长撒谎,不过现在是特殊情况。我们开始推敲基本理由。我曾经用生命中的大量时间试着去理解消息爆料人或者采访对象这样做的"足够的理由"。虽然没办法很快就一锤定音,但这会有助于呈现"全部的来龙去脉"。

柯妮丽娅喜欢坚持原则。她希望我试着帮助她说服他们。那么,需要解决的问题是:人们对于自闭症的错误印象。未知的东西使他们感到恐惧,即使他们认识某个自闭症患者,但这一系列的病症具有各种表现,他们不清楚自己能够理解多少。你千万不要在今天中午告诉他们,租用房子的四个年轻人——三个小伙子,外加泰勒——与其他人有什么不同。泰勒可以替他们三个讲话。

最终看见并且发觉另外三个人有些小毛病的时候,他们也会看出来,这些人温和开朗,而且严守规矩。房主就算打着灯笼也找不到更好的房客,而且将会初次认识有自闭症谱系障碍的人。未知会引起恐惧,而恐惧就是这样消除的。

"只要目的正当,可以不择手段。"在煎蛋卷上桌时,柯妮丽娅沮丧地说。

"不打破鸡蛋就做不成煎蛋卷。"我说,这句话引起的笑声不算大,却足以使她不再说什么。

三个小时以后,她把那座房子彻底参观了一遍。那个五十多岁的非洲裔女房主问柯妮丽娅有没有问题,包括房子是否适合她的需要。真是太完美了。它有三间卧室,还有起居室、餐室、厨房和后院。租金两千五百元,虽然不便宜,但可以由几个家庭分担。随后房主问了几个与房客有关的问题。柯妮丽娅已经做好准备。她排练过了。三个大学生,一个刚刚大学毕业,而且……

"听着,我必须告诉你,房客是三个有自闭症的人和一个管理员。"她说明了他们的情况,又说他们真的不会带来麻烦,而她已经被三个地方拒绝了。

房主沉默了很久。"我把房子租给你了,因为你说了实话。"

根据演员工会与百老汇联会(制片人)几十年来的一系列谈判协议,纽约的舞台演员往往从周日下午起歇工,直到周二晚场才表演。

2010年秋天的万圣节前夕恰好也是在周日。

这几件好事凑在一起,意味着一种更加真实的声音取代了欧文脑子里的声音——当时他就坐在莫琳的艺术家工作室的角落里,正在用极为柔和的色彩描绘精灵。

"欧文,你在这儿……"

"天哪,是乔纳森·弗里曼!"

欧文跳起来,伸出手臂,迅速地看了看今天给弗里曼当司机的我——我点头认可,表示可以拥抱——然后伸出手臂,搂住那位梳着漂亮发式的笑眯眯的男中音,他今天抽出一天来参加周日下午的活动,他是乘早班火车来的。

这当然会引起女同胞的欢呼。欧文向莫琳和所有的女孩热情地介绍说,他是"有史以来最伟大的演员之一,也是我的好朋友"。

这让所有相关的人感到兴奋:几位女艺术家在过去一年里见识过多个版本的贾方画像,乔纳森这位遇见了知心观众的演员也满心高兴,他没有令人感到失望,过一会儿就把焦点转向欧文,轻轻地问他:"欧文,今晚是不是有什么事情呢?"

他只沉默了一秒钟。"是的,我今晚要在我的俱乐部举办万圣节晚会,每个人都受到了邀请。"

那座租来的房子被称为"俱乐部"——这个名字很合适,因为几个年轻人很少在那里睡觉。它的正式名字是新得学院,其中的"新"字源于沃尔特工作的夏令营附近的新罕布什尔湖,"得"字则是希望欧文在此获得一些他哥哥的那种自力更生的能力,无论是显意识还是潜意识的。

课程负责人泰勒大力推行了营地的传统的积极乐观主义(泰迪·罗斯福担任总统时的文化准则)。三个小伙子毕竟没有发达国家里广泛存在的那种愤世嫉俗的态度。在自闭症患者中间,愤世嫉俗也像撒谎一样完全不存在,但与不会撒谎相比,不会愤世嫉俗带来的问题更少。除掉令人腻烦的世故的称赞、疏远与鄙视以后,你保有的就是欣赏和积极参与的活力了。泰勒把这种跃跃欲试的热情引导到烹饪和对账课程、出行训练(乘地铁和公交车)、骑自行车出游或定期去林地小径远足之类的活动。在那座房子里可以进行许多角色扮演活动,泰勒在这一天表现得好像心不在焉的面试官,下一天则好像愤怒的顾客。要想在职场上取得成功,几个小伙子就得学会应对这种不合作和不耐烦的局面。

本已经在当地的超市有了工作,欧文现在则想去那里兼职。于是,万圣节的前一周,泰勒与欧文就在俱乐部的厨房里练习包装商品的速度、手法和待客之道了。

欧文和乔纳森在厨房挂起蜘蛛网的时候,装满罐头、清洁品之类货品的"练习用袋"还在柜台上摆着呢。随后他们来到起居室,为晚会进行布置。

等到房间里布满蜘蛛网时,他们两个就在沙发上坐下来。欧文说他真想再察看一下房间,免得那些蜘蛛网掉下来。过了一会儿,乔纳森建议他们继续布置房间,因为快到傍晚了,还有很多事情要做呢,欧文却说再等几分钟。

几年以后,有人要欧文说说他在那天有什么感觉的时候,他提起了坐在沙发上的时刻。"那是万圣节前夕,乔纳森·弗里曼就在那里。那是我一生中最美好的一天，可是一切都过得太快了。我想让那天慢点儿过，尽可能把它过得越长越好。"

在一生中，我们是逐渐觉醒的。有些标志性的日子就像跨过的门槛，表示过去与未来的界限。

欧文的那一天就是这样的。

几年以后，当他得知高中的孩子不许参加万圣节化装晚会的时候，他不明白这个禁令为什么在他到了上大学的年龄反而解除了。我们从车上往下抬食物的时候，他问我为什么。我没有真正的答案。我告诉他，大学的万圣节晚会就像传奇故事一样。

"我很高兴，又可以过万圣节了。"他仅仅说了一句话，就迅速穿上了蒂姆·波顿编剧的电影《圣诞夜惊魂》里的奸诈而又浪漫的南瓜之王骷髅杰克的服装。这天傍晚，我们都在跟他一起忙活着，把橡胶骨骼与他的黑手套缝到一起。他刚刚穿好化妆服，有着几十年丰富演出经验的乔纳森就在俱乐部的洗手间里用一只手灵巧地给他化妆。

这么多年以来，欧文和他的自闭症朋友经常装扮成迪士尼角色，他们怀着比多数人保持得更久的小孩子特有的魔幻现实主义念头，微笑着敲响每扇门，仿佛在说："瞧，今晚我是谁？我是我想象中的人。"

他们赶上了高中禁止参加万圣节化装晚会的时候，欧文却不明白其中的原因。孩子们在十或十一年级时不参加万圣节化装晚会和挨家敲门，因为那是他们的人格基础开始稳定的时期。他们的内在自我开始形成，也觉察出包括家长和老师在内的每个人，在面对这个世界时展现出何等样貌。他们开始深深地感受到自己的感觉与行为之间的分歧，被迫承认这一分歧会导致的结果，不管这个结果是好是坏。

一旦孩子们进了大学，他们就会认识到，我们的内心生活———个限制进入的地方——是我们生活与爱之地，而我们在公开场合都是戴着面具的。他们很愿意为了成年人的万圣节抛弃那些面具，代之以自己选择并精心制作的面具，登场表演。

欧文对于这些变化能够感觉到多少，仍然是难以说清的事。不过今晚的情况发生了大逆转：那些戴着面具的人来找欧文了。来的是他在艺术班里的女同学，莫琳和她的丈夫也来了，此外是他的俱乐部伙伴及其家人，还有学校里的朋友们——康纳当然也来了，但还有不少别的高中同学。与欧文同岁的表亲劳拉现在是乔治城大学的一年级新生，她也和朋友们顺便来访了。

摆放着旧家具的三间卧室里很快就挤满了来自欧文的各个生活领域的人们，享受着彼此相伴的愉快，一起吃吃喝喝，欣赏音乐。在这个漩涡中心的是向来自欧文的学校的孩子们致意的乔纳森，他们对他相当了解，却不仅仅是由于欧文的介绍。

他当然深受康纳这样的电影大仙的赞赏，并且得到了毕恭毕敬的对待。不过欧文还是向每个人介绍了他，就连菜鸟都早已知道那部动画片和那个角色，尽管不一定知道是谁配的音。他还在互联网电影数据库上获得了好评，受到某个影迷小组的青睐：他是给蒂托·斯温配音的人，那个角色则是公共电视网播出的《明亮时光车站》里住在自动点唱机之中的爵士钢琴乐手。那天晚上的大部分时间，化装成《加勒比海盗》里面的杰克·斯派洛的布赖恩都在他的身边，激动得不行，与欧文在新阿姆斯特丹剧院初见弗里曼时的表现没有什么区别。逐渐地进入这个颠倒的世界以后，乔纳森愿意受到关注——"哎，布赖恩，那是哪一集来着？第一百六十二集吧？"在这里，他是深受欢迎的明星。有特殊需要的孩子可以与他们所说的"典型的"同龄人轻松地交往。一个房间里播放着蒂姆·波顿编剧的电影《圣诞夜惊魂》，另一个房间里响起了摇滚乐和说唱歌曲，一个有自闭症的瘦高的小伙子穿着画有白脸的骷髅服，热情周到地四处走动，他行动自如，不像是神经系统有问题的样子。

他只想让大家玩得开心。

第二天早晨，在沃尔特的卧室里过夜的乔纳森被敲门声惊醒了。

"谁呀？"他问了几次。没有回答。是我们的名叫格斯的狗在摇晃尾巴呢，它在欧文的卧室门外翘起鼻子，大尾巴啪啪地不断击打着沃尔夫的卧室门。欧文之所以没有听见，是因为他的房间里正在响起《阿拉丁》里面的那首激动人心的歌曲《一个全新的世界》。

几分钟以后，乔纳森在吃早饭的时候问："你播放那首歌是为了我吗，欧文？"

欧文疑惑地从粥碗旁边抬起头。"不是，我每天早晨都播放它。"为什么？如果能够跟乔纳森说清楚的话，他就会说那首歌可以净化和滋养他的内在自我，帮助他越过感觉与行为方式之间的门槛。

从根本上说，就像看过的大多数迪士尼动画片那样，那首歌为他打下了基础，给了他面对这个世界的力量——每个早晨看起来都是个全新的世界——如果难以看出人们对你的看法，这是很不容易办到的。

可是他一直在努力。他正在通过自己和别人的眼睛认识并且接受自己。

我们不太清楚那些情况，直到他在几年以后向我们做出解释。一点儿也不奇怪，他这样做是想使用动画片里的情景认识自我。令人吃惊的是，他使用的不总是迪士尼动画片。他会定期以非迪士尼影片为原型，依靠那些角色和情节架构，从自己身上梳理出一些真实情况。

在这种情况下，他使用过《巨蟒与圣杯》。那是他在高三时使用过的真人动画电影之一，该电影拍摄于1975年片中的巨蟒剧团对亚瑟王和圆桌骑士进行恶搞。它是我最喜欢的电影之一，几十年来好评不断的另类经典。我也看过从英国广播公司引进的《巨蟒剧团之飞翔的马戏团》，20世纪70年代中期曾在公共电视网播出，深受观众的欢迎。

这部电影上映的时候，我还在上高二呢。我与欧文重温了它，欧文一开始就被吸引住了，因为扮演兰斯洛特爵士的约翰·克里斯和埃里克·艾多尔都为这部他喜欢的真人动画电影做了大量的配音工作。

我们一起看，交流对白。他总也表演不够的是一位身为中世纪领主的父亲，在家族城堡的高塔上对异想天开的蠢儿子谈话的情景：

父亲：总有一天，孩子，这一切都是你的！

赫伯特：啥东西？窗帘吗？

父亲：不，不是窗帘，孩子。一切你能看到的东西！一直到这个岛的山谷的另一头！这将是你的王国，孩子！

赫伯特：可是，老妈……

父亲：老爸，我是爸爸。

赫伯特：可是，老爸，这些我都不稀罕。

父亲：听着，孩子。我白手起家，建立了这个王国。我在这里建造城堡的时候，这一片都是沼泽地。所有的国王都说我是大傻帽儿，竟然在沼泽地上建造城堡。可是我照建不误，就是为了让他们瞧一瞧。它沉进了沼泽地，于是我建造了第二个。第二个也沉底了，于是我建造了第三个。它被烧毁了，沉进沼泽里，可是第四个没有沉下去。你要继承的就是这个，孩子，这些岛屿中最坚固的城堡。

欧文喜欢表演这个情景，总是让我扮演那位父亲，然后在表演时哈哈大笑，几乎无法演到最后。

有一次，这样的表演结束之后，他在我和柯妮丽娅的面前平静地说："我的生活就是这样的。"

我们向前探出身子，他则解释说：

> 我在实验学校建造了第一个城堡，却掉进了沼泽地，所以我只好离开。在下一个地方，也就是我喜欢的艾维芒特，我建造了第二个城堡，可是它掉进了沼泽地，于是我只好在家上学。成功地进入高中以后，我建造了第三个城堡。我受到欺负的时候，它烧毁了，掉进了沼泽地。接到乔纳森·弗里曼的电话以后，我建造出第四个城堡，打算做一个了不起的迪士尼动画师和专家。这个城堡没有沉下去，它是这些岛屿中最坚固的一个，因为它是在所有下沉的城堡之上建造起来的。

听到这个，听到他把我们的胜利与失败的尝试都说成下沉的地基的一部分，我们既惭愧又难过。我们把家庭学校看成了一场大胜利，他却没有这么想。他希望跟别的孩子在一起，而不是跟母亲留在某个房间里。

乔纳森打来电话的时刻当然是最重要的。我们干吗要大惊小怪呢？我们容易忘记的是，就像所有的孩子和我们所有人那样，欧文既有自己独特的地方，又有与大家相同的地方。他的独特之处是令人相当吃惊的，发现了他与大家的共同点以后——在欲望、需求和享乐方面，我们都是基本相同的——你还是会感到吃惊。

他在幼年陷入沉默以后，我曾在为《华尔街日报》撰写的文章里写到，塞德里克收到了麻省理工学院的录取通知书，一封直接寄给他的、对他的价值和能力给予肯定的信。他把信贴在胸口，说："就是这个。我的生活就要开始了。"

这封信就是他离开贫民区的车票,他的母亲想要拥抱他,因为这也是她的胜利,但是他已经转身离开了,正在望着地平线。

爱与放手,这种事在沃尔特身上发生过,如今则正在他弟弟的身上发生。他精心编织的以乔纳森为中心的四个城堡的人生隐喻使我和柯妮丽娅后退一步,看清了乔纳森打来的第一个电话的真正价值。

当乔纳森通过免提电话问欧文对于阿拉丁的看法时,欧文说:"我觉得它讲的是你最终要接受真正的自我,而且不必介意。"

那是真正的欧文在谈论自己,虽然他用阿拉丁来当自己的代言人。

他就是在那个时刻看到了这一点。现在,我们也能看到。

那就是正在他的内心出现的英雄。

那个万圣节晚会结束几天以后,欧文与柯妮丽娅一起坐在厨房里。我去工作了。她给他们两个做了晚饭。这么久以来,一直是他们俩在一起。她如今可以与他更坦诚地交谈了。她谈到了有关新得学院的想法,他的表现有多么好,并且相信他以后仍然会表现得这么好。

他怀着同样坦诚的态度,专注地看着她,等待彼此的目光相遇。

"我想上大学,就像沃尔特那样。"

第十一章
做出自己的选择

英雄的出现是怎么回事？是从哪里出现的，又会导致什么结果呢？

唯一能肯定的是我们在很久以前就知道的情况：只有我们的儿子才会有那个想法，即使它是自我指导的结果。他必须指导自我——没有别的选择。我们必须察言观色，从各种迹象推测，以便给他提供支持，就像他在孩提时代说些自己想出来的、谁也不懂的话语的时候，我们一直做的那样。可是，事情现在要难办得多，我们要帮助他策划出一个离开我们的办法。

他发表打算像哥哥那样上大学的重大声明的那个晚上，我们照例试图弄明白，这是一个玩笑，还是因为希望效仿他的唯一榜样沃尔特而产生的无知想法？这里面有没有藏着自由地走自己的路、尽情地看电影、举办跟那个万圣节晚会类似的聚会，以及从衔接课程的压力下解放出来之类的其他愿望呢？或者这只是需要离开父母、寻找自我，并且变成自己的孩子该走的正常道路？

他只是想像别人一样吗？

也许这一切都包括在内。

不容置疑的是，在意义重大的六个月之中，从弗里曼的电话到前往迪士尼动画工作室的毕业之旅，再到那个万圣节晚会，他渐渐地进入了外部世界。每个经历都使我们有机会看到其他人在与他初见时的反应，还有他的反应。我们长期以来的忧虑减轻了，因为他没有惹人讨厌，也没有遭到一般人或陌生人的误解和怠慢。受到欺负和倒退的事使他退步了一年，他的心里现在还有伤痕呢。可是内心的声音的介入——他与那些明智的伙伴不断进行的对话曾经表明，我们可以默默地引导他——帮他取得了进步。虽然欧文刚刚开始控制感觉和行为之间的分歧，但是他似乎越来越能够迎接挑战，可以向陌生人展示自己了。

在进行这些会面时，复杂的问题仍然不少，因为他在做出回答时只能讲实话。他只能展示自我或者说出他的本质，然后期待着好的回应。而那些回应都是好的——不是一般的好。

现在他想要更多。

我和柯妮丽娅有些兴奋地安排着参观大学课程的事。这是欧文想做的——他真的要求去做的首要事情之一。我们怎么能帮助他实现这个愿望呢？这是唯一的问题。要是他被某个大学录取了，能够顺利地参加明年秋天的学习，那么许多情况都需要改进，而且要快。他的口语表达能力很强，不管发表毕业演讲还是跟迪士尼的铁杆粉丝交谈都没有问题。顺利的社交互动——我们多年来一直在为此努力——却是另一码事了。两者的区别就好比对话与独白，或者篮球场上的罚球与真正的打球。

自从欧文三岁起，自我刺激的行为就是他的劲敌。这种行为当然已经大幅减少，但还是没有根除，尤其是与多人热烈交谈或者焦虑不安、心神不定的时候。他已经取得了进步，现在可以参与一个活动五分钟，即使那是他不太感兴趣的活动。然后他却仿佛突然跳起了快步舞，轻轻地摆手或者甩起胳膊，有些像贾奇·葛利森在电影《蜜月期》里说"我们走"时做出的动作，或者金·凯瑞在电影《变相怪杰》里做出的动画角色的姿势。保持注意力集中和减少刺激是有明显联系的——除了与他人单独交流时之外，他在教室之类的高度结构化的环境里也表现得比较正常。可是多数场所和一切大学宿舍都是对任何人开放的，就像购物中心、繁忙的街道——几乎所有地方。

柯妮丽娅向丹·格里芬咨询，告诉他时间紧迫。欧文明年初可能就得去参观那些需要评估的学校，现在只剩下三四个月的时间了。

丹每周访问一次新得学院，与男孩们进行分组讨论。他与柯妮丽娅、课程负责人泰勒一起制订了各种各样的行为改进方案，有的已经试用，有的则是亟待使用的新办法。首先要有的东西是"刺激计量器"，以便评估每个人受到的刺激，刺激可能造成的影响分为一到五级。这与某些刺激替代治疗法相符，发现高度紊乱刺激的行为即将爆发——比如欧文跳起来和走来走去，这显然属于五级——就把它换成还能接受但属于低度紊乱刺激的行为——二级——比如反复握紧拳头。

满意度的问题十分重要。有的自闭症孩子要理顺自己的感情和思绪，让自己平静下来，这会让他们心满意足。可是这也与注意力有关。为了防止注意力分散，柯妮丽娅和丹利用欧文手机的振动功能创建了一种提示系统。在一封向兰斯·克劳森医生求援的电子邮件里面——尤其在谈论欧文的混合药物治疗时——丹写道："根据这个小小的曼哈顿计划"，"如果有人提供可以通过电脑或者智能手机远程控制的不定期发出振动的谷歌应用程序，我们准会感到高兴的。"柯妮丽娅到处寻找这样的程序，却找不到。

如果注入愿望的"燃料"，这种行为改进器就可以立刻运行起来。经过许多年来为减少刺激和增加社交活动而付出的诸多努力，欧文的明确目标一直是"受到欢迎"。这听起来令人心碎。真的连一个朋友都没有的时候，他就这么说过。他的多数交流都在大家庭内部，这不算数。他在学校里有两个朋友，他们是孤立的三人组，没有社交影响力。可是他开始明白受到欢迎的感觉了，比如在毕业典礼上听到令人温暖的掌声时，在万圣节晚会上接受艺术班的女孩的拥抱时，或者把以熟人或者朋友的朋友为主的来宾介绍给他的迪士尼导师乔纳森·弗里曼时。说出这些介绍词，同样使他感觉很好。

现在的关键词是"自主选择"。根据《韦氏字典》，这个词的意思是"做出选择或决定的行为",这本字典上列出的例句则是这样的:抽动秽语综合征是一种神经系统疾病,其症状是不断地抽搐和发声,患者却无法抉择或者控制。

这个例句也适用于许多有自闭症的人,尤其适用于那些谈话很少或者从不"参与"(这是个治疗上的术语)的患者。他们的许多行为都无法控制。也许他们不该这样。对欧文来说也是如此。可是,能力与热情渐涨使得他可以在越来越多的方面做出抉择。

欧文决定选用的可以奏效的关键词是"宾果"。这不是你每天都能听到的词,却是不会特别引人注意的。这是个暗语。就像丹在一封电子邮件附带的进展报告里告诉兰斯的那样,欧文最近已经学会在听到这个词时做出"自主选择的冷静表情和身体姿态,而不是受到五级刺激时的样子"。

难怪巨人食品超市的顾客们在感恩节的前几周里感觉就像进了宾果游戏厅。欧文正在这家位于切维蔡斯转盘道附近(邻近马里兰州)的超市里试着做兼职。他戴着帽子,穿着黄衬衫,系着黑围裙——巨人食品的工作服——负责在付款处帮忙。泰勒就在十步以外,一边在架子跟前翻看杂志或者在可乐贩卖机前摆弄零钱,一边嘀咕着"宾果"。欧文的耳朵对某些词汇特别敏感,比如迪士尼动画片里出现的,或者我和柯妮丽娅低声说的词,现在"宾果"这个词也在其中。他知道自己的刺激行为需要控制。你的感受……是心里固有的,你的行为……却是由想法决定的。他开始做出选择。他自己的选择,不是我们的。

有个朋友告诉柯妮丽娅,她应该看看娱乐时间电视网在今年夏天播出的一部纪录片。另一个朋友碰巧认识那部纪录片的导演,知道他的联系方式。等到11月中旬,她打开一个信封,取出那部叫作《爸爸与尼克松在天堂》的碟片,放进我们的影碟机。当时是深夜，欧文睡了。那是适合我们观看的片子，主角是个有自闭症的成年男子，只比我们俩小一岁。

是出于尊重而不想承认吗——它可是在每个阶段都会表现出来呢。我们有好多年都不愿意使用"自闭症"这个词，后来却不再这样了。可是，即使到现在，我们也从不盯着完全长大成人的自闭症患者。从不。不忍心。

这并不是说我没有见过欧文成年以后的样子。我见过……在梦里。承认这一点是痛苦的，即便是偷偷地承认，但是在自闭症的事出现一两年之后，我多次梦见长大了几岁的欧文，他看起来好像什么毛病都没有。他挺正常。在第一个梦里，我去接参加完橄榄球训练的欧文回家。他跳进汽车，累得脸上红扑扑、汗津津的。梦里的他比自己的真实年纪要大几岁，就跟沃尔特差不多大，但那就是他——打着卷儿的头发，同样的面孔，瘦长的身体，穿着球衣和防滑运动鞋。他告诉我，他是怎么进了一个球的，又问妈妈中午准备了什么吃的，显得十分轻松。我边开车边跟他聊天，就像跟沃尔特聊天似的。

在另一个梦里——我在两个儿子十几岁的时候做过几次这样的梦——欧文参加完舞会，刚刚开车回家。他把车钥匙抛给我，说今晚玩得挺好。他那红润的脸上泛起了笑容，暗示着没有提及的青少年时期的探索。每次醒来时我都会感到内疚，就好像我辜负了他——真正的欧文。可是，这并不能阻止那个梦一再出现。

大约在他受到欺负的那段时间，我终于在一个梦里遇见了成年以后的他。我的年纪与当时一样，他却三十多岁了，在一次出差之后，坐飞机来到华盛顿。他看起来很不错，穿着整洁的套装，露出风趣机灵的笑容，卷起的头发剪得很短，面目变得有点儿像我父亲。他在路上提到了妻儿，又问我的母亲也就是他的奶奶怎么样。我告诉他，她在几年前就得了老年痴呆症，我们打算把她从佛罗里达接过来——这是真事，就发生在做那个梦的时候——他说这样挺好，他可以经常看到她了。这是那些梦当中的最后一个,醒来以后,我感到既难过又愧疚。我把它归咎于我母亲(几乎任何事我都可以找到归咎于她的办法)和她培养我所用的激励方法:让我知道如果取得成功就能得到更多的爱,却绝不称赞我,而是一个接一个地设立我总也达不到的新目标。尽管知道这总是能够鞭策人进步,我还是对此感到怨恨。如今我也在做着同样的事情,为欧文招来一个个下凡的神灵,尽管我完全明白,而且至少自觉、自愿地承认,他永远也不会变成梦里那个卷发男人,在他的繁忙生活中给我带来慰藉。

可是他会变成什么样子呢?

把那部纪录片播放了几分钟以后,我们看到了一个人,似乎是欧文三十年以后该有的样子。我和柯妮丽娅在地下室的沙发上,她抓住我的手的时候,我们听见五十岁的克里斯·莫里用跟欧文差不多但更为稳重老道的声音说:"我是个了不起的艺术家,我才华横溢。"就像一个巨浪打了过来,我们好不容易才坐直身体,接着又遇到了下一个巨浪的冲击。

那部纪录片的导演汤姆·莫里,即主人公克里斯·莫里的哥哥为我们解说画面。画面是由一一闪过的照片、家庭录像、母亲和六个同胞兄妹关于克里斯的回忆剪辑而成的。从根本上说,这些画面描述的也是我们与欧文的生活——好像是在沃尔特引导下剪辑出来的。在那部纪录片里,现在已人到中年的莫里兄弟在康涅狄格州的纽黑文市碰面了,克里斯就住在那里的一个小公寓里,为一家保健食品市场工作,经常绘制精美的城市风景和每座房子的每扇窗户,画面上永远阳光灿烂。他患有躁狂抑郁性精神病的父亲在中年便去世了,这个沉重打击使他突然与艺术结缘。克里斯的画在画廊里出售,那些画具有同样的表现力——而且他画起来没完没了——就像欧文素描簿上的画。

克里斯也和欧文一样,在遭遇挫折之后开始绘画,而我和柯妮丽娅打算下个月参观的又偏偏就是克里斯上过的教堂港湾学校,这种巧合真是奇怪。我们不但瞥见了欧文的未来会是什么样子,也瞥见了我们自己的未来。这是克里斯的自闭症如何影响每个家庭成员的真实写照,他生活在一个信仰爱尔兰天主教的富有的大家庭里,他们的生活圈子跟柯妮丽娅家的差不多,家族的领导者是"始终怀抱信心"的克里斯的母亲。那位塑造了感人的复杂形象的八十二岁的老太太甚至也与柯妮丽娅的母亲明显类似,仿佛柯妮丽娅的母亲——一位总是热情不减地相信欧文的女人——就是养育了那个有自闭症的孩子的人,此刻正在和在沙发上握住我的手的女人进行直接对话。

在纪录片的末尾,对克里斯照顾了半个世纪的白发苍苍的珍妮丝·莫里试着让他为自己不在的日子做好准备。当克里斯声音沙哑地说"不要……不要死,妈妈,求求你",柯妮丽娅承受不住了。我也一样。"爱也会死吗?"欧文也许会提出这个问题。不,通常不会的,我会这样告诉他。可是其他一切都会的。他们离开时,你会苦苦地思念他们。可是你会转向但愿能够找到的另外的爱、朋友、生活的召唤,任何可以填补空白的东西。但我知道柯妮丽娅在想什么,她紧挨着我的脸湿润了。谁会照顾他呢?谁会想到他并不生气,只是感到困惑呢?谁会在那里,记住他在用谁的声音说话,随后说出下一句对白呢?

接着我们听到了这部纪录片名字的由来。那位父亲痛恨尼克松——尼克松是许多令他痛恨的人之一。"他和尼克松在天堂里,"克里斯在这部片子就要结束时说,"他们一起溜达、打扑克、吃饭、看电视。"这种荒谬的观点——也许没有那么荒谬呢——与欧文及其伙伴的倒是不相伯仲。

我和柯妮丽娅那天晚上没怎么睡觉,只是在那里交谈着。深夜时分,我们已经谈论了那部纪录片里的许多人物,以及导演的最终领悟。汤姆·莫里总结说,从幸福的角度来说,他那患有自闭症的弟弟"拥有的幸福是屈指可数的",但"他的为人和生活方式"一直在"指引着我"。

我们睡眼蒙眬地谈论说,所有的研究都表明幸福是相对的,在拥有基本的食物、庇护所和衣服以后，至少还要寻找一群与你的年纪和阅历相似的伙伴，确定你在群体（这通常是宁缺毋滥的）中的地位，或者在社区里与你交往的人们中间找出自己的位置。我们承认，欧文已经为我们做到了这一点，或者说我们为自己做到了这一点。然后我们承认，他是否找到伙伴都没有关系。尽管我们可以从他身上同时看出与其他孩子的相同和不同之处，但谈论这件事可以把我们引入梦乡，暂时不去琢磨那种难以理解的事情。

一周以后，沃尔特"咚咚"地走进我们的卧室，被迫观看那部纪录片。

柯妮丽娅的大家庭涌进我们家过感恩节的时候，她认为他们应该瞧瞧这部片子。她的两个妹妹及其丈夫坐下来准备观看，连同沃尔特和几个表亲。他们都看得聚精会神，不过沃尔特是唯一可以像我们那样体会片中人物甘苦的人。对他而言，主角汤姆，也就是那个导演最能引起他的共鸣。屏幕上的内容简直是噩梦成真。他扭过头看了看我们。

他已经大四了，刚满二十二岁，在土耳其度过了艰苦的一学期。他十分担心的是，有一天会由他来照顾欧文和年迈的双亲。他用不着这部纪录片为他描绘未来的情景。二十分钟以后，他找机会溜了出去。

没有被邀请来卧室看纪录片的人是欧文，他正在地下室里看《风中奇缘》呢，那是他每年过感恩节时要做的事情之一。每个节日他都有相应的一系列影片要看：万圣节前夕要看的是蒂姆·波顿编剧的《圣诞夜惊魂》和由他导演的《断头谷》，圣诞节要看的是《查理·布朗的圣诞节》《圣诞怪杰》《生活多美好》和《小鬼当家》。不看它们就不算过节。这不仅仅是由于电影主题。他有一次跟沃尔特解释说，这样做会将他与历年的每个节日联系到一起——比如从他小时候起度过的所有感恩节——想起他当时在哪儿，有什么感觉。

"嘿，欧文。"

"嘿，沃尔特。想跟我一起看《风中奇缘》吗？"

"当然想，可是先暂停一下吧。"欧文有时喜欢在播放动画片之际谈话，但只谈与片子有关的内容。

一个月之前，沃尔特开始从宾夕法尼亚州立大学回来过周末，并且从艺术班接欧文回家。开车返回宾夕法尼亚州立大学的时候，他渐渐想到了什么。

"嘿，欧文，你认识艺术班的那个女孩吧，那个漂亮的金发女孩，总是跟你说话的。"

欧文点点头。

"她在西德瓦尔教友会学校上学。我认识她。现在的情况是——她也开车。"

欧文看着他，没有流露任何情感。

"嗯，你应该这么做。下个星期日去上艺术课的时候告诉她，你也许需要搭车回家。接着再问问她，能不能捎你一段路。要是她说行，你就出去一会儿，给爸爸打电话，告诉他有个女孩要开车送你回家。爸爸一听就会明白——他会感到高兴的。"

看到沃尔特的兴奋，欧文也很兴奋，可是他不明白原因。

他匆匆地算计着——请求那个女孩去做他用不着请她去做的事情，爸爸会感到高兴吗？

"爸爸不愿意开车接我回家吗？"

"愿意，愿意——爸爸很高兴开车接你。这是你想做的事情。"

欧文困惑地望着他。"我想做？"

沃尔特暂停下来，重新斟酌用词。

"那个女孩真的很漂亮，她似乎喜欢你，要是她开车送你回家，那不是会很有意思吗？她的车里只有你们俩。那不是会很有意思吗？"

现在他明白了。"是的，那会很有意思的！"

沃尔特的心里涌起一阵胜利感。欧文不会是那部纪录片里的孤独的老头子，五十岁了还跟母亲住在一起。

"还有，听我说。你和她在汽车里。你知道以后会怎么样吗？"

欧文笑了——他知道答案。

"回家！"

欧文早就告诉过我们，伙伴的作用是"帮助英雄完成使命"。在他设法给使命下定义的时候，我们越来越习惯于扮演伙伴的角色了。

柯妮丽娅觉得这没有什么不好，她仍然保留一点点儿时的害羞，从不习惯于成为注意的焦点。我从小就认为英雄是我唯一想当的角色，因为母亲教练从一开始就对我进行这样的填鸭式灌输：英雄不是一切，而是唯一。

不过我受到的是不同的教育，由于为人父母和我们的特殊情况，自从欧文三岁的时候，我们的课程便开始增加了。可是，那个时代——将近二十年，一直追溯到我们婚后不久养育两个小男孩的日子——就要结束了。

2011年4月初，欧文加入了河景学校的创新性的中学兼大学课程，校园在鳕鱼岬的海滩附近，那里有两百个孩子，有全面的设施与活动。他将参与一个叫"准备迎接外面的世界"的课程，一直上到二十二岁。节假日的安排与一般的大学相同。有室友，有食堂，有必修课和选修课——真正的大学生活。

再过短短的四个月，我们就要把他送走，经历在宿舍给他铺床、含泪拥抱，然后上车离开的时刻。

可是现在每天都像是开车把他送走的日子，我们仿佛沉浸在冰冷湍急的大河里，正在随波逐流。

这就是我们来到加利福尼亚的缘故。

欧文希望最后去一次洛杉矶梦剧院。他如今经常说——说得跟唱歌似的——有一天他要搬到那里去，给迪士尼当动画师。我们告诉他，他要用接下去的几年在大学里学习——如果他努力学习的话——这样才有可能最终实现搬到好莱坞的梦想。他问我们，能不能最后去一次那里，以便获得"灵感"——这是他的原话。

柯妮丽娅想去探望住在那边的难得见面的童年挚友，于是事情就这么定下来了。我们仍然控制着他的日程安排，不必担心他何时放圣诞假或者春假，这是由我们自主选择的。

在向目标推进的过程中，伙伴毕竟是有选择的。

目前还不清楚，在欧文自己制定的框架内，他的自我定位在哪里。这也是他多年来一直在众多深井中最深的那口井里面构建的东西。他在十一岁时显然就确定了自己的伙伴角色，兴致勃勃地画在素描簿上，又把自己当作"伙伴的保护人"，保证"不能丢下任何伙伴"。十四岁时，他已经明确讲述了他的动画片的出发点，在这部动画片里，包括他自己在内的十二个伙伴将会遭遇种种障碍，促使他们发现自己心里的英雄。

说实话，他几乎不可能想到在未来几年里有哪些挑战在等着他，或者他将如何依靠某些伙伴为他提供建议——为他这个伙伴提供指导，就像他们往往可以指导英雄那样。

在某种程度上，他走得比他能想到的更远。在4月7日这一天早晨，取得的进展将包括再次前往迪士尼动画工作室总部，还有比他去年大胆进入的地方更高一级的办公室。

有关欧文及其"伙伴"的简介——把欧文的生活经历和简介的最后几段内

容加在一起，就可以大体上拍摄成某种真人与动画角色结合的电影——已经传到了唐·哈恩的办公室。他是迪士尼片场中最成功的制片人之一，迪士尼历史上两部最重要的动画片《美女与野兽》和《狮子王》都是由他担任制片的。他还在 1996 年制作了《钟楼怪人》，在 1988 年与人联合制作了《谁陷害了兔子罗杰》，最近又制作了不少获奖的迪士尼自然系列纪录片。

我们在这里住了好几天，昨天是在迪士尼乐园度过的。明天欧文要去好莱坞环球影城。我们要做几件他渴望在这个圣地做的事情，比如去位于好莱坞大道的好莱坞蜡像馆，在格里菲斯公园顺着蜿蜒的道路开车前进，最大限度地接近那个著名的好莱坞标志牌。

今天我们要去见唐·哈恩，虽然尚不清楚这是什么性质的会面。我们去年夏天访问过那些动画师以后，唐·哈恩看了一份有关欧文及其伙伴的简介。他同意在我们家到西部旅行时会见我和欧文。这是社交访问还是推介式会面呢？欧文已经变成了迪士尼这一带的稀有动物。可是自从欧文跟我们说起与"四个城堡"有关的话以来——这表明与乔纳森的初遇，还有去年夏天与几位动画师的友好交流对于他渐渐明朗的身份和个性起着多么重要的作用——我们就开始觉得，不管出于什么原因，与一位迪士尼首脑的任何会面都属于黄金时刻。这会使他高兴好几年，说不定高兴一辈子呢。

我一边开着租来的车顺着阿拉美达大道前往迪士尼片场，一边回想着欧文在那次上完丹·格里芬的治疗课以后与我的谈话。欧文在谈话中告诉我，在那个与他的生活经历类似的神秘故事里，他的伙伴是怎样在黑暗的森林里行事的，内心的英雄又是怎样出现的。那天他说得很清楚：他要制作的是"一部拯救世界的动画片"。

可是，跟他解释推介的概念——推销自己和自己的想法——就像跟他谈论量子物理学。不管是否理解，这都是事务性的约会，他的本性之中的每个染色体都抵触这种约会。

我要使用欧文能够听懂的语言。"你知道,他是制作电影的——他可以帮助人选定影片。也许你可以跟他多讲讲森林里的伙伴和他们要做的事情,他说不定会感兴趣。"

"我正在琢磨呢,"他说,"可是,我真的很高兴见到他!"

他当然高兴。

哈恩是个留着胡子的大块头,有一双温柔的大眼睛,他进入外间办公室的时候,欧文喊出他的名字并且拥抱他。他告诉助手只需要几分钟——暗示着这次会面的时间也许不会太长——然后把我们领了进去。

他先看了看欧文的素描簿,结果似乎真的被打动了。"你这里什么都画了一点儿,哇,你真行,这些真的很不错。"他诚恳地说。他每次看着一张画补充说"这张拉飞奇画得挺不赖"或者"这是坚强的塞巴斯蒂安"时,沙发那边就会传来欧文模仿那个角色说话的声音。

他们很快就给那些角色配起音来。或者主要是欧文配音,唐则在大笑。不久,我和唐都鼓励他接着说。

我的担心消失了,也许是我自以为是吧?推介?谁稀罕!欧文正在用各种声音讲述他的故事。我或者唐提到一个角色,欧文就模仿出角色的声音,从伊阿古到拉飞奇再到梅林,一个又一个伙伴。欧文说出了唐制作的一切片子里面的角色的声音,还曾用弗兰克·西纳特拉的声音唱起"巫术,不过是巫术"——这是欧文喜欢的《谁陷害了兔子罗杰》里的一个情景。当他唱到"虽然我知道,这是完全禁止使用的……"唐也跟着他一起唱。

经过我的提示,欧文说起了初次与乔纳森通话的事,还有他是怎么告诉乔纳森,《阿拉丁》讲的是"你最终要接受真正的自我,而且不必介意"。唐告诉他,他们会把每部电影的主旨贴到绘图室的上方,以便赋予动画师灵感:《美女与野兽》的主旨是"人不可貌相",《狮子王》的主旨是"记住你是谁"。经过这番交谈,我能想到的只是,欧文的阐释及他的看法全都变得更加深刻了。

"你把我们看透了——这不公平。"唐笑了。可是,他也马上察觉到这一点,"你在那些故事里看出的东西比多数人看出的更多。"

这把谈话直接引向了欧文构思的故事的深层含义——几个伙伴出去寻找英雄,却无法找到,他们别无选择,只能唤起内心的英雄精神。

"我喜欢这个想法,"唐说,"这是每个人都有的。你能真真切切体会到那些伙伴寻找时的感受,这真是太酷了。"

我感觉晕乎乎的,我们真的在谈论这个想法和它的可能性。唐正在动脑筋——"这非常符合生活中的真实情况——我们也许会当一天的英雄,然后恢复伙伴的身份。甚至不止当一天的英雄。"

很好,我想,现在我们有些进展了。

"我可以问你一个问题吗?"欧文插嘴。他要问的是玛丽·威克斯,她曾经为卡西莫多的三只滴水兽伙伴之一配音,在《钟楼怪人》影片制作进入最后阶段时去世。"简·威瑟斯接替了她,是不是?"

欧文知道这个问题的答案,知道与那两位老夫人有关的一切。他很小的时候就喜欢那个由威克斯配音的角色,而她的去世时间就在1996年,那部动画片即将完成之际。她的工作由威瑟斯接替,而威瑟斯的名字只是在片尾字幕中神秘莫测地泛泛一提。发现这是怎么回事以后,他用几年的时间去分辨哪些对白是威克斯说的,哪些是威瑟斯说的。他认为他能根据最细微的声音变化加以辨别,但他希望从唐那里得到证实。唐对于欧文掌握的事实性知识感到惊奇——"差不多谁都不知道这个,欧文"——却没有发现这是悬崖的边缘。

坐在欧文身边的我意识到的是，有个老天爷在午休时间逗乐子：就让那个推销员父亲和他的自闭症儿子参加推介式会面吧，然后——到底是怎么回事呀——让一千磅的压力落到他的脖颈上。真好玩！

我把心里的恐慌压下去。如果我们掉进了威克斯或者威瑟斯的兔子洞，他们不出半个钟头就会叫来迪士尼的保安，把我们拖出去。我去过那下边——仿佛天王星上的沟槽，深不见底。欧文会把那部动画片的对白逐句地说一遍——哪一句是他认为是威克斯说的，哪一句是威瑟斯说的，然后就是否该把大多数配音的名分完全归于玛丽·威克斯发表意见。这样做还涉及更深一层的忧虑：谁配了多少音和谁的名字应该写在片尾字幕上的问题如果悬而未决，就会削弱他的信心，令他怀疑在脑子里编好目录并且灌注了情感的几千个片尾字幕的真实性。如果这个信息都不准确，别的信息会准确吗？这就像美联储主席伯南克在准备买东西的时候发现手里的钱是假币一样。他应该把假币花出去，还是给联邦警察打电话呢？

欧文和唐艰难地列出了玛丽·威克斯参与配音的影片目录，唐说她和平克·劳斯贝是朋友。

他刚才说的是劳斯贝吗？

"欧文，为唐表演一点儿劳斯贝！"我急切地说。于是欧文离开了威克斯或者威瑟斯的漩涡，说了几句劳斯贝为迪士尼动画片《睡谷的传说》里的伊卡博德配音的台词。

我和唐又回到了与伙伴有关的话题，哈恩似乎感到高兴。

可是欧文提出了另外的问题，就像从电视智力竞赛节目《危险边缘》转为《钟楼怪人》里的"双赌"，他想知道的是，那部动画片的主题歌为什么会在片中和片尾采取截然不同的演唱风格。

"嗯，欧文，这个问题有点儿复杂，"哈恩笑着说，"我能不能稍后再回答你呢?"

然后唐突然想到了什么。"等一下,欧文,我要给你一本书,我可以签名。"他拿出一本与《美女和野兽》有关的大画册。

欧文毫不感冒地看着它。"我已经有一本了。"

"可是你没有唐·哈恩的签名本!"我绝望地大喊。

"嗯……是的。"

助手把他的脑袋伸进来——我们已经逗留一个钟头了。哈恩挥手示意他离开。欧文打开了那本书——谢天谢地。我和唐马上接着说,谈话从几个伙伴内心出现的英雄气概迅速转到经典伙伴的混搭与新观众,直到跨越某些无形的界限为止。他做起了制片人做的事情,即把关键人物组织起来:谁可以帮着写剧本,迪士尼的什么人应该参与——"埃里克·古德伯格是最擅于绘制伙伴的人"——以及我们可以从这里走向何处。他说他会想办法为一名来自东部的年轻剧作家筹集一些研发资金,试着推行新概念。

每个人都站起来。欧文从素描簿上撕掉一张拉飞奇的画像,递给哈恩,他给欧文画了一张《美女与野兽》里的时钟葛士华的画像,作为回报。

我们与他热情道别并且保证尽快取得联系,然后走进大厅,回到车里,驾车离开片场大门。

我说不准,我是否清楚刚才发生的事情。

欧文却把这看成重大时刻或者说显而易见的突破,正如他在我驾车离开片场以后解释的那样。

与《钟楼怪人》的最大权威的座谈使欧文豁然开朗。"这与配音演员无关,"他梦呓般地说,仿佛囚徒在咂摸自由的滋味,"重要的是要把声音弄对,这样你甚至不会注意到配音的存在,角色也可以永生了!"

若想生活得像个样子，你就得有最基本的东西。

住所：合格。那个俱乐部完全符合要求，里面配备着最起码的东西：一个沙发、一台电视机、两把舒适的椅子、四张小地毯、几张床、书桌、落地灯、台灯和电灯泡，此外要在厨房和浴室里各放一套去污粉、水桶、抹布和清洁用具——吸尘器、垃圾桶和垃圾袋、扫帚、拖布、簸箕，还有一把门钥匙。

交通工具：合格。在高峰期，华盛顿的市内公交车每隔三十五分钟就在俱乐部的大门外经过一次，与贯穿华盛顿特区和马里兰州的许多其他线路的公交车和地铁相通。

工作：合格。欧文现在是马里兰州贝塞斯达的巨人食品超市有限公司的雇员。正如在工作中了解到的那样，这份工作需要的时间并不算多。每周工作两天，每天两个小时，总共四个小时。每小时的工资是七块两毛五，每周的总收入为二十九块。他现在还是代表食品工人、零售职员、农场工人的食品与商业工人联合会的会员呢。他每个月应该交给食品与商业工人联合会的会费是二十五块钱。这使欧文有可能成为美国最无私的劳工，因为他把百分之八十六的薪水交给了工会。

尽管柯妮丽娅觉得第一张支票是个开展家庭预算课程的好机会，她却和欧文去网上找出塞缪尔·龚帕斯和约翰·L.刘易斯的照片，试着向他解释，工人们是怎样在百年前赢得权利的。

"就像我！"欧文大喊，然后困惑地看着一张世界产业工会的会员遭到私人侦探和保安痛打的照片。

"说得对。"柯妮丽娅说着，让窗口画面最小化。你不需要知道别的。

在那段时间里，欧文的花钱方式是值得学习一下的。一个国家如果都是欧文这样的人，任性的消费主义将得到抑制。他不看电视，他上网查找电影纪念品的情况，却对网站上的广告视而不见。那些广告对他来说不过是耳旁风，尽管它们摆着诱人的姿态，似乎买点东西就会使买主身价提高，至少也会让人更加满足。买东西差不多是除了缅甸和尚之外的每个人与生俱来的权利，但一个人可以因其购买的东西而发生改变或者因此而快活的说法，从来没有在他心里扎根。

他有需求，但需求有限，而且由我们来满足。愿望？几乎没有。他的唯一不变的愿望是每周五晚上去我们家附近的波托马克音像店租两盘录像带，因为他也把所谓的新电影比以前的一切电影更好的塞壬之歌当作耳旁风。他很高兴能在这么多年里陆续发现需求不大而且在音像店里租金最便宜的各种流派的老电影——主要是动画片。而且老片子往往是VHS制式录像带，特别适合他。早先他喜欢倒带，逐帧播放自己喜爱的片段，接着再倒带重播，而直到最近以前，数字影碟都不具有慢放功能。除了功能合用之外，录像带还让他感到熟悉：老式的VHS录像带格式让他觉得看起来很舒服，尽管它的画质不如数字影碟精细。

最终花销：每盘VHS制式录像带的租金是一块两毛五分，租下两盘之后还能节余一块五毛钱，因为每周的实发工资是四块钱。与父母或者哥哥不同，他总是按时归还录像带——规则是让人遵守的——以免支付滞纳金。他是个节俭的小伙子。

柯妮丽娅在大厅前面，手里拿着车钥匙。她要在周一，也就是2011年4月25日的晚上开车前往巨人食品，接他回家。他的工作时间已经增加为每周两天，每天四个小时。他每周往银行存入三十元。她出门时看了看手表，祝即将与唐·哈恩通话的我听到好消息。

我们离开加利福尼亚之后，唐给我发了一个振奋人心的短信，但是一回到华盛顿,我就得降低期望值了。通读了《黑暗中的希望》的两份完整的剧本和三份备选文本以后,我发现它们并不完备,有趣的想法和落实到有人拍摄,或者就此而言落实到有人拿着电脑手写笔绘画之间还有很大距离,我对此不抱幻想。在折磨人的筹备阶段,延宕得没完没了的项目多得不可胜数,宛如银河繁星。

准备前往办公室打出今晚的电话时,我却觉得那些八字没有一撇的事情几乎是无关紧要的。比加工那些剧本更为重大的事情正在发生着。我们在装满镜子的大厅里游荡了十多年——在欧文的充满幻想的世界和他满是艰巨挑战的现实生活之间。如今那些镜子正在移动,因为他越来越偏向于我们世界里令他满意的互动与体验。

他明确说出的愿望是有朝一日把心里的故事变成动画片,以便把他和像他一样的人,像康纳和布赖恩这样显然具有创造力的自闭症孩子结合到一起。这个愿望是把内在的自我和不断增加的需求整合起来的一种方式,把他最熟悉的东西改装为一种交通工具、一辆车子,使他能够逃离太过孤单的自我封闭的生活,作为一个具有自我意识的健康的成年人出现——那就是目标。

对于这个镜子大厅来说,唐是一位特别重要的访客。他既熟悉欧文的素材,又有和欧文一样的把故事精心打磨为生活之镜的主张。

就从我们离开加利福尼亚时谈的事情说起。"我一直在想,"唐在电话里说,"让伙伴自己去寻找的做法改变了英雄身份早确定和预期角色不由人的模式。这会彻底颠覆传统,无论孩子还是家长,都可以具有进入角色的多种方式。"

对于欧文的情况,他想知道得更多。他在干什么呢?他现在的生活怎么样?我稍微说了说他在超市的第一份真正的工作,还有他将要在今年秋天修习大学课程的事情。"我相信,他会带着他的伙伴导师一起去的。"我半开玩笑地说。

"他现在依赖他们吗？"唐问。

"我看是的。那是他的内心声音的一部分。"

"你的意思是，就像蟋蟀先生吉米尼和良知的声音？"

我听见了汽车驶入车道的声音。

"听，他刚刚下班回来。我要去跟他谈谈。我马上就给你打过去。"

片刻之后，我看见欧文一屁股坐在厨房附近的日光室的沙发上。他戴着巨人食品的黑帽子，身上系着围裙。

"嘿，儿子。"

"嘿，爸爸。"

"你看起来挺累的。"

"我累累累累累坏了。"他说，学着母亲的样子，挥了挥手。

他谈到，每天上四个小时的班太辛苦，因为分心的事情太多，他要花费很多精力才能集中注意力，专心工作。

"问你个问题——你会带上任何一个伙伴吗？你知道，为了帮忙。"

他点点头。"两个。"他漫不经心地说。对他来说，这是常有的事情。

"哪两个呢？"

"嗯，我会带上菲罗，"他说，"要是我累了，他就会说：'听着，小子，把你的最佳状态保持一分钟或者一小时是不够的。你要把最佳状态保持……每一班，每小时，每分钟！'"他用的当然是菲罗的声音，在说出"每小时，每分钟"时提高了声调，露出一丝笑容。

"还有塞巴斯蒂安。"

带上菲罗，我能够理解。可是，为什么需要塞巴斯蒂安呢？

欧文看出了我的不解。"嗯，爸爸，要是人们正在排长队，我又在忙着给食品装袋，塞巴斯蒂安就会对我说：'在你没有多少话可说的时候，微笑可是大有帮助哟。'这使我想到对他们露出微笑，对他们所有人，即使我没话可说。"这是对那部动画片的对白的巧妙改编。

他暂停下来。"可是我有时真想跟他们聊聊天儿！"说到这里，他笑着跳起来，扭转了一下他的手，让一股能量——伙伴的能量——流过全身。

我悄悄地回去向唐汇报这些有关菲罗和塞巴斯蒂安的最新发现。我描述了欧文穿着工作服在沙发上的情景，他说过的话，他又是怎么说的。这就是我所做的——讲故事。唐也一样。我的故事无疑是真实生活的真实精选，但我最近经常因此而苦恼，因为我不得不根据令人心情沉重的自我参照的分析结果进行筛选，这多半是为了隐藏而非揭示问题根源。他和他的团队也在讲故事——他们编出来的那些。可是我没有妄想。你经常会发现，微妙的真理多半蕴藏在源于内心的感人的纯故事（无论这个故事是虚构的还是真实的）里面，而不是合乎常理、强调事实的现实观点之中。

我们交谈的时候，我回头看了看粘在电话机旁边的墙上的名言，那是我喜欢的英国小说家 G.K. 切斯特顿的话："人生并非逻辑不通，对逻辑学家来说却是个陷阱。它其实不完全像看上去的那样缜密而规整；它表面上显得精确，却隐含着模糊不定，野性伺机而发。"

我用这句名言作为我正在撰写而且即将完成的书的标语，它讲的是华尔街对于表面的世界运转方式的逻辑模式的信心错位，以及竭力重置国家走向的奥巴马也许过于依赖自己对于逻辑和苍白的推论的坚定信心。伺机而发的是不精确但令人震惊的野性，它可以大大激发我们的人生与这个国家的活力，我们可以把它随意泼洒到自己的故事里。就像任何人一样，奥巴马也知道这一点：他讲述了自己生活中的一个救赎故事，然后作为候选人在众人眼前按照这个故事所说的那样生活——以至于和所有合理而精确的预期相反，他登上了总统的高位。

在 2011 年 2 月的一次访谈中,他以总统的身份告诉我,他失去了自己的"叙事线"——正在陷入与强大的政治和经济利益有关的政策斗争之中,每个人都在挥舞着自利的分析结果和不容怀疑的数据。他忘了他说过,"总统能够办到而别人都办不到的事情,就是对美国人讲一个有关我们在哪里和要往哪里去的故事"。

对于他的斗争,我越来越感到同情。欧文已经斗争过了。那些数据也算一种语言,或者构成了所谓的精英政治纲领的辞典,可以用来分配金钱和社会权力,判断个人的价值。与此同时,那些诠释性而且难以控制的故事是危险的,故事促人谦恭、自省和沉思,而更深层的答案往往就在这里。

唐琢磨着欧文刚才说过的话,仿佛看到了他戴着黑帽子坐在沙发上的情景,然后变得达观起来:"这部电影表现的是所有每天努力工作的人们,正是通过他们的辛劳才使入选的英雄看上去那么好。他们从来得不到感谢,动不动就被忘掉。这也差不多就是世界上的每个人。这是全球性的电影……该死的,这会引发一场新的劳工运动。"

他说到这里的时候,我们笑起来,但我情不自禁地想到了系着围裙的欧文。他会怎么样呢?那些掌握了分析工具并做出判断的人领导着这个精确、合乎逻辑、缜密的世界,以便确保胜利,赢得尊敬。我相信,他长大以后将会遇到许多这样的人。他没有在精英体制里挂号,不过是个受到忽视的人,这意味着他应该为后半辈子有工作服可穿而感到高兴和感激。

我等待了五天,直到周六下午,我走到欧文旁边。他在家里无所事事,也没有什么安排。柯妮丽娅去看朋友了。一切静悄悄的。

他在厨房里，刚刚吃完午饭。饭菜总是他自己预备的——涂抹着花生酱和果冻的全麦面包、三块奥利奥饼干、一个苹果和一杯橙汁。

每当我表情严肃地走近时，他总是说："没有什么事吧？"

我总是回答："什么事都没有！"为了强调，我会在说最后一个字时加重语气。我瞥见了他正在跟莫大的忧虑进行斗争的情景，可是我不愿意让他产生总会出现什么状况的想法。

这次我没有加重语气。我希望他觉得一切都挺好，只是我有什么要事想跟他商量而已。

我与唐结束通话之前，我们谈到了日程安排。欧文要在9月份上大学，我的有关奥巴马的书也将在那时出炉。唐很快就要埋头于下一个项目，即与蒂姆·波顿制作一部名叫《科学怪犬》的定格动画电影。要是能够搞到一些研发资金，也许还能找到一个协助我们的编剧，这个计划就该启动了。他想知道，我有没有探听到更多与欧文的伙伴的旅行经历有关的细节。

我开门见山。"欧文，唐·哈恩想知道那部动画片更多的情节，你知道，也就是那个男孩和伙伴们在森林里发生了什么事情。"

他在厨房工作台的一侧，我在另一侧。

"我正在琢磨呢。"

我估计他会这么说，所以在过去的几天里一直在琢磨着应该怎样回答。他的一切进步都是独自取得的——从第一个素描簿及其题词，到剧本的改写，再到魔法石的故事。沃尔特在那次万圣节前夕的救援行动之后催促他取得的进步是一个例外，他因此第一次提到了几个伙伴前去寻找英雄的故事。可是，沃尔特能够进入欧文的内心深处，而欧文的那个地方有一个强烈得令人吃惊的渴望——变得像哥哥那样。

或许这并没有什么可吃惊的。在生活中，我和柯妮丽娅往往站在错误的一边,这次我又犯了这个毛病。我们经常琢磨着相同对不同的难题:他的哪些情况跟别的孩子一样,哪些情况则相反。十几岁的大孩子都不愿意让父亲督促着干什么。不过话又说回来,多数大孩子也不需要父母为他们划出这样的界限:这边是他们明确说出的梦想,那边是他们唯一的机会。

"欧文,要是你的心里有了什么一直在琢磨的想法,现在正好该说一说了。"说到这儿,我心里想的是:管他呢。"听着,要是需要帮忙的话,那就试着跟我说说你的想法。要知道,我对故事可是很在行的。"

他点点头,往下看去。

"是的,爸爸,我知道。你是说故事的高手,可是我不需要帮忙。"

一个小时以后,他过来找我。他之前去过他的卧室,现在则回到厨房,默默地把他的一幅画递给我。

这幅画表现的是《阿拉丁》中的一个著名的场面,即刚刚被释放出来的精灵在奇幻谷用一系列的声音——从威廉·F.巴克利的变成阿诺德·施瓦辛格的,再变成杰克·尼科尔森的——向惊诧的阿拉丁解释了他的能力,证明罗宾·威廉斯天生就是给动画角色配音的料。精灵在这个过程中展示了他最初的形象,但阿拉丁"不应该接受冒牌货!"——那是一个蓝色的玩偶,腹语表演者的仿制品,刚刚在精灵的大腿上露面就被抛到一边去了。

欧文准确地画出了精灵,连同精灵大腿上的那个玩偶。

我低头看着那幅画。

"我可以成为精灵,"他轻声说,"而不是冒充精灵的玩偶。"

和普通的孩子一样,没什么不同。这是欧文版的青春期叛逆。说实在的,他的叛逆还相当明显呢。

"好的,孩子。我明白了。"

那个时刻到来了。

作为新生，欧文需要去河景学校上暑期课程。一过完7月4日的独立纪念日，我们就得开车从在佛蒙特州的湖畔住处送他过去。这意味着他要在6月26日离开在华盛顿的家，去上大学。

如果要他想出一个适用于简单文字题的数学式子，他很可能只会用茫然的眼神瞪着你。可是如果增加一个关键成分——6月26日——他就会反过来建构一个等式，把他每天要在心爱的洞穴里最后看一遍的录像带数目分配到能看录像带的天数里去，以便做好准备，嗯，为了将来。

当然，除了二十个小时不间断、马拉松式地看录像带，还能怎么度过最后的日子呢？

每天看一部片子。都是他心爱的迪士尼动画片，也有一些其他公司的出品挤进了万神殿，比如《美国鼠谭》的续集《西部历险记》，或者《寻找卡米洛城》。多数情况下，他喜欢有人陪着他看。

我和柯妮丽娅可是求之不得呢。看不了多少次，我们就得体验乌云罩顶的空巢感觉了。

我们也许该看看家里拍的录像带。

孩子要上大学的时候，父母通常会在开车把他送走的那天遭受重击。开车把沃尔特送到宾夕法尼亚州立大学宿舍的那天，我们去得有点儿早，只能把他留在差不多空荡荡的宿舍里。我们拥抱他，对他说他已经知道的话——我们爱他，为他感到骄傲。柯妮丽娅在拥抱他的时候就流了泪，现在则快要哭出声了。

在这一点上，他是个坚强的孩子，并且因此而自豪。他露出了表示"我可以搞定"的笑容。但在我们开车回家的时候，一想到他独自站在宿舍里的情景，柯妮丽娅再次受到重击。"这么长时间了，他一直独自一个人，他就在那儿呢。"

我只能说这会使他坚强，而这至少可以给柯妮丽娅带来点安慰。

为了欧文，我们都在陪他看电影。陪伴他，其实一直是我们生活的重要内容，自从我们坐在乔治城旧家的床上观察他有没有眨眼时就是如此，因为当一个场景为下一个代替时，他的眨眼就表示我们的儿子还在那里。

在这个地下室里，我们逐渐地遇见了我们的儿子。作为一家人，我们唱歌跳舞，接受他的角色的生活，直到它们开始接受我们的生活，加入我们位于地上的喧嚣的阳光世界。

有那么几年，我和柯妮丽娅痛恨迪士尼动画片，无法忍受再次观看《彼得·潘》或者《小飞象》。随着时间的推移，这个看法却基本改变了。我们喜欢那些片子，因为我们喜欢我们的儿子，而它们就是他的一部分。

在马拉松式看电影的末期，我们观看《狮子王》那天，他从椅子上跳起来，站在屏幕前面，迎接他一直等待的场景——尚未成年的辛巴告诉拉飞奇，改变是多么困难的事情。

"改变很难，"拉飞奇回答说，"但这是好事。"

片刻之后，拉飞奇告诉它以过去为鉴，指导未来，然后就让它去实现自己的使命。那只狒狒胜利地扬起双臂说："走吧，走吧。"于是欧文就走了起来。当他转弯时，我们听得见他的低语："谢谢你。"

这不是对我们说的。

《狮子王》是最后观看的四部电影之一。他似乎打算以相反的顺序重看最初看过的片子。这意味着接下来要看的是《阿拉丁》，之后是《美女与野兽》。等到《美女与野兽》开播时，柯妮丽娅离开了，因为她要列出一份详尽的清单，为欧文的离家做好准备。

《美女与野兽》即将播完时，他站起来，哼唱片尾曲。我跟着他一起唱。关机之前，他照例要等到片尾字幕滚动播出完毕——阅读所有的人名，好像在察看老朋友的下落。

我在楼梯底部喊住了他。

"欧文，你能不能帮我搞清楚一件事呢？你一直在不停地看这部动画片，自从你三岁……"

"说实在的，自从一岁起，我就在不停地看它了。"

他迅速地指出来，我们对于患上自闭症以前的他和以后的他总是区别看待。他没有改变。他患病以前就是这样，以后也是。我笑了，高兴地接受纠正。

"是呀，你说得对，自从你一岁起。那么给我解释一下，你在这部动画片里看到了什么？以你的眼睛来看，它是怎么样的？"

我马上就看得出，礼物就要到来了。也许这就是合适的时机和地点，也许他心里的什么东西已经到了成熟的地步，因为他准备出发了。可是他的声音变得轻柔起来，降低了一个音调。

"那部动画片从没有改变过。这就是我喜欢它的地方。可是我变了，每次我都会觉得它看起来不一样。小时候，它使我感到害怕。后来我明白了，它的内容是寻找美好，即使在难以找到的地方也要去找。可是现在我觉得它的主题是别的东西，更加重大的东西。它的主题是要在你自己的身上寻找美好，因为直到那时你才真的能够从别人那里，还有在每个地方真正看到它。"

他转动了一下肩膀和脑袋，为自己能够用语言和动作表达这个感受而心满意足。

"现在我可以在每个地方看到美好了。"

他终于看到了最后一部片子。《小美人鱼》是他看过的第一部动画片,第一艘帮他救急的救生艇。

回溯他的足迹,这是最后一部片子。

我们两个陪着他一起看,这使他非常高兴。我们将在明早动身。那些清单已经核查完毕,新增添的一系列大学里需要的东西也已经装进了手提箱。

我们坐在沙发上,他坐在黑皮椅上。爱丽儿失去声音的时候,房间里变得静悄悄的。我打算说点儿什么。当时我只想着他昨晚对于《美女与野兽》的评论,因为我想听到更多,可是柯妮丽娅捏了捏我的手,打消了我的念头。"让他看吧。"她低声说。

他继续看着。我们也一样。气氛比往常更宁静了。直到最后,特里同国王看着孤独的爱丽儿——她终于安全了,她的爱人埃里克也是,但她还是美人鱼——考虑要不要把她变成人类:

特里同:她确实挺爱他,是不是,塞巴斯蒂安?

塞巴斯蒂安:是呀,就像我常说的那样,陛下。孩子们的生活应该由他们自己做主。

特里同:你常这么说吗?那么我想只剩一个问题了。

塞巴斯蒂安:什么问题呢,陛下?

特里同:我会多么想念她。

欧文按下暂停键,朝着我们扭过头,露出沉思的表情。

"没有什么事吧?"他问。

我们都告诉他没有。"我们会非常想念你的，欧文，"柯妮丽娅说，"不过事情就该这样。这是好事。我们会非常想念你，因为我们实在太爱你了。"

他点点头，作为回报，然后让片尾字幕滚动播下去。

第十二章
激活的生命

我们到来的时候，欧文正在带有天窗的舱式厨房里打开微波炉。

"我是不是该把奥维牌爆米花放进微波炉里？"他冲着房间外面的宿舍辅导员大喊。得到的回答是"好极了"。然后，他出来帮助我们把杯子、果汁和玛氏牛奶巧克力糖摆到有电视的休息室里。学生们正在陆陆续续地到来。

这是迪士尼俱乐部在2012年4月中旬的一个星期日的夜间聚会。欧文在八个月之前来到河景学校，不久便决定创办这个俱乐部。迄今为止，他的第一年大学生活过得很不错：他一直在同时应对学业和社交的挑战，已经交了一个好朋友，正在逐渐学会独立生活。

创办迪士尼俱乐部是他的生活中最出彩的部分——他以前没有加入过俱乐部，也没有想过去当俱乐部主席。每周有十几个学生来到欧文的宿舍，坐下来吃爆米花，聊聊天，观看他们喜欢的片子。此外就没有什么事了。过去的几个月里，他向我们讲述过几次俱乐部的事，我们则打电话建议他多搞活动。几周以前，他问我们能不能以迪士尼俱乐部的家长顾问身份过来一趟。

我们一直都知道，还有一些密切关注迪士尼的有自闭症谱系障碍的孩子——过去的这些年来，我们毕竟遇见过几个。通过创办这个俱乐部，欧文把他们聚到了一起。

去见这群孩子的时候，我和柯妮丽娅做了充分准备。我们带来了点心；我们去迪士尼商店购买了问答游戏牌，以便开展讨论。当然，我们生活中的大部分时间都在为此做着准备。

第十二章 / 激活的生命

今晚的选择是《小飞象》，一个有关自我认知与展示的富有想象力的故事。柯妮丽娅负责提问，我则做着我拿手的事。因为与众不同，丹波受到了嘲笑。

"在座的有谁遇到过这种事吗？"我向把沙发和椅子坐满了的孩子们提问。休息室里安静下来。

学生们开始说起他们受到嘲笑和欺负的故事。每个人都有一个故事。有些人显然从没有谈论过这个。

"我也被人欺负过。"欧文说，加入谈话。一个叫苔丝的女孩说，在遇到这种事的时候，"我真想成为正常人"。

很快，我们就搞明白了，这些学生当中几乎没有谁把自己对于迪士尼动画片的热情看成重大和有意义的事。《小飞象》里有好多值得他们学习的内容呢。他们看了一会儿动画片，我们就让他们暂停下来，说一说令小象遭到排斥的大耳朵最终是怎么让它飞起来的。

我问他们，每个人是不是也有"潜在的耳朵"之类的东西，"使他们与众不同甚至有可能遭到排斥，但他们已经发现了它的巨大力量"。

一个女孩说，使她容易受伤的是她的温柔性格，但这种性格让她很容易与搜救犬交流。另一个女孩说，"拥有巨大力量的是我的大脑，因为它可以带着我进行幻想中的冒险活动"。

一个叫乔希的男孩问我的生日是哪一天，他的声音特别死板，听起来就跟《雨人》里面的差不多。我告诉了他——1959 年 11 月 20 日。他的眼睛泛起光芒。"那天是星期五。"他也向柯妮丽娅提出了同样的问题，然后说那天是星期一。他的"潜在的耳朵"是什么呢？"我能说出生日是星期几！"

我问大家跟哪个角色最有共鸣的时候，现在变得活跃的乔希说是匹诺曹，又说他"生来就有着木呆呆的眼睛"。接下来，他更加清楚地说出了他的选择：

"我感觉自己就像个木头男孩,我一直梦想着体验真正的男孩的感觉。"

一个事先告诉我乔希不太守纪律且难以交心的宿舍辅导员称赞他:"说得真好,乔希。"说完这句话,她惊奇地看着我。我耸了耸肩膀。他早已通过内省的方式与他喜欢的角色相互融合,我只要问他是哪个角色就行了。

欧文拿起遥控器,快进到关键镜头。当丹波松开了据说是飞行时必备的魔力羽毛时,与欧文的能力相仿的女孩莫莉——她的大腿上放着一叠精致的迪士尼动画角色的素描画——说,有时候我们都需要那根羽毛,"因为我们的心里没有自信"。别的孩子也赞同这个观点。

一个钟头就是这样过去的,像决堤似的。虽然有不少学生的语言表达能力非常有限,但他们还是尽力说出了奥妙的感人至深的真理。

当我问"你在心情糟糕时跟哪个反派角色最有共鸣"时,我们甚至知道了一些欧文的新情况。

"哈得斯。"他轻声说。《赫拉克勒斯》里面的冥王哈得斯吗?我问他为什么,同时与柯妮丽娅交换了一个不解的眼神。

"因为哈得斯总是感到失望,谁也不邀请他参加任何聚会和庆祝活动。他想对宙斯复仇,因为宙斯把他赶出了奥林匹斯山。"欧文说。作为宙斯的兄弟,哈得斯当然住在天堂里,直到被打入归他统治的地府。"那么宙斯特别受欢迎吗?"我问。

他点点头。"嗯。哈得斯却是不受欢迎的!"

聚会结束以后,我们与旁观的宿舍辅导员握手——有几个此刻还在观察呢。他们告诉我们,欧文比我们猜想的还要自闭和孤独,仍然没有找到什么朋友,而且非常想要一个朋友。事实上,日夜看着那些学生的宿舍辅导员全都感到困惑。"这些孩子当中的很多人都不怎么说话,"一个宿舍辅导员说,"他们从没有像今天说得这么多。"

第十二章 / 激活的生命

我和柯妮丽娅感到矛盾。一方面,我们为在迪士尼俱乐部的发现感到狂喜。另一方面,我们觉得不该来。这是期待已久的过渡年,对我们所有人来说都是如此。这是一个结束和开始的时期。一切都该按照精心制订的计划进行。

我们成了华盛顿的空巢一族,家里只剩两个家长、三层楼,却感觉这非常合适。当然,我们经常与欧文交流。我们在去年秋天的家长周末活动中参观了鳕鱼岬。他在感恩节时回了家,就像上了大学的其他孩子那样。柯妮丽娅开始考虑重大的计划——写一本早就想写的书、进入花匠学习班、去朋友在海地开办的诊所帮助更多人。

我得到了一个在哈佛大学的肯尼迪学院任职六个月的机会。2012年1月,我们在哈佛广场租下一套公寓房间,准备在沃尔特的出生地附近度过这半年。所有的老朋友都在等着我们。去而复返,感觉就像一个新开始。

令人欣慰的是,我们距离欧文所在的鳕鱼岬只有一个钟头的路程,去河景学校参加2月末的过渡周末活动也不算什么麻烦事儿。

这有些像第二学期的家长周末活动,但讨论的是那些学生毕业以后要往何处去的计划。

我们在第一次家长会开始几分钟以后明白了,为什么两百名河景学校的学生家长,包括许多像我们一样,孩子还有好几年才毕业的,会心事重重甚至沮丧地坐在海恩尼斯旅馆宴会厅里。

我们当中的许多人显然把大学想得太好了。这个词承载着获得回报和光明前途的含义,意味着年轻人辞别父母、开始进入广阔天地。宴会厅里的每个人都认识到,尽管我们有各自不同的人生道路,但向别人说到自己的孩子正在马萨诸塞州上大学的时候，我们的感受是一样的。要是设法让他们拥有与别的孩子相同的体验，取得大学学历，我们就会感觉特别好。然后要做什么呢？嗯，到时候我们就会想出来的。

一组在宴会厅长桌旁的河景学校毕业生家长给我们来了个"竹筒倒豆子"。他们告诉我们，在学校上学的几年会在不知不觉中过去。接着他们又讲述了他们的孩子在二十多岁和三十五岁之间的日子是怎么度过的。有一对小夫妻是在河景学校相识的，现在刚刚年满三十岁，他们的家长讲了给他们做绝育的事（不然的话，如果他们生了孩子，谁来抚养呢），而他们的"婚礼"只不过是一个小小的宗教仪式而已，因为如果按照法律结婚的话，他们就会失去联邦伤残津贴。

其他家长说，他们的孩子住进了集体住宅，有时会感到孤独，十分想家，多半找不到工作。尽管就像一位家长说的那样，让孩子"搬回家对他们或者你们都没有好处"，但还是要做好永远参与他们的生活的准备，即使你们或者他们也许不愿意这样过日子。

另一位家长提到，孩子们离开河景以后有可能变得很孤独，这个大家志趣相投的集体仿佛短暂的绿洲，而他们离开这里之后就得进行残疾人的长途跋涉，因为为自闭症孩子提供的服务不再覆盖他们。有的家长则提出了他们如何在父母死后养老的问题。

痛苦的一天开始了。家长们从这个房间走到那个房间，其中的许多人都跟我们差不多，感觉脑子有点儿乱。我和柯妮丽娅坐在由一位律师主持的分会场里，根据这位身有残疾的专家仔细查看过的对于合法监护人的基本规定，我们的孩子不许在资金或医疗方面自行做出决定，不过他们在遇受欺诈、医疗事故或者……但愿不要……法律纠纷时可以受到保护。在法律层面上，他们永远是孩子。

第十二章 / 激活的生命

这里提到的某些事情不会适用于欧文,或者说我们觉得不会。可是我们也说不准,所以柯妮丽娅做了笔记。她专心地在拍纸簿上——从我们收到的礼包里拿出来的——匆匆记录着利弊得失,我则望着她的侧脸,想着在我们的戴达姆旧家收拾行李的那个年轻的孩子妈妈。那些日子简直与我们相隔甚远。现在我们都可以看到我们长久以来不想面对的情况:我们的路究竟还有多长。即将举行的成年仪式不完全标志着大学生活的到来,而是标志着更加重大的事情——带着各自的复杂问题向成人期的过渡。

不管我们孩子的童年与普通同龄人的童年有多少不同,他们的成年生活似乎注定会有更多的不同。我想我不会这么看,甚至都不会意识到这一点。我感觉,最后一丝隐藏得极深的父母的期望被我从胸口扯了出来,粉碎在角落里。

环顾房间里的那些跟我们一样的家长的脸,我意识到,这里总算是属于我们的地方。就像我们一样,他们中的很多人好像宁愿不在房间,即使这里有许多同伴。紧接着,这个房间里甚至出现了更令人不安的情况,因为一位心理学家给如何向我们的孩子谈论性定下了基调,尽管这使我们感到不自在。然后她试图率领三十桌吓昏了头的孩子家长进行脱敏训练:"好了,现在每个人都说'阴道'!"我觉得我们似乎与欧文回到了拿到诅咒卡的日子,而这正是我们想要竭力避免的。

正是因为上述情况,欧文在两个月以后打电话找我们参加迪士尼俱乐部聚会时,我们没有表示反对,尽管我们应该反对。这是他在学校的控制与保护系统之下独自尝试做事和接受成败的时候。他很孤独。他有自己的专长,而且创办了一个俱乐部。不管在那个俱乐部里发生了还是没有发生过什么,都是由他自己来决定的。

可是，我们在过渡周末活动结束以后，迫切想要尽一切努力采取必要措施为他开路，使他受到正确培养；我们还感到，这几年是我们最后的机会，或者不如说其实是他交到朋友、培养技能、在同伴中安身立命的最后机会。

于是我们走进停在哈佛广场上的汽车，去看《小飞象》。这毕竟不费什么力气，只需一个钟头的车程。

下个星期日晚上，我们又去看了《美女与野兽》。这次又是我和柯妮丽娅领头，运用了我们学到的一切知识。我们很快就看出来，我们正在目睹有真正价值的情景：这个俱乐部的成员正在通过互相"谈论迪士尼"来谈论他们自己和内心的感受。我们又听到了真诚的声明——这些孩子的真诚程度超出了多数人的想象——还有歌声。他们都在演唱那些歌曲，包括每一句歌词，好像他们的生活就靠它们。最后，欧文和莫莉——那个对于迪士尼动画片的了解与他不相上下的同龄人——即兴合唱起来，一起把今天选择的动画片主题歌唱完。

"这一次事情也许会变好。"她唱。

"如果有人理解我。"他接着唱。

然后他们合唱："我的需要超出他们的设想……"

我和柯妮丽娅不知不觉地高声与他们合唱起来。

深情而又郁闷地回顾过去时，人们会这么觉得：想做什么就去做，不管你想做的是什么，因为你的时间多半属于你自己——回想起年轻时代时尤其如此。在年轻时代，有些东西几乎不会引起注意，直到它消失为止。

第十二章／激活的生命

或者说即将消失为止。这就是沃尔特在五月的最后一周从萨加莫尔桥驱车前往鳕鱼岬时的感悟。他刚从西班牙回来,在那边读了一年的研究生,还曾在那边的一所高中里担任英语老师。他刚刚申请了一份在华盛顿消费者金融保护局的工作。他就要进入真实的世界了。

但现在还不到时候,所以他一时兴起,觉得可以驾驶我们的汽车来到鳕鱼岬,带欧文出去吃午饭。

每到中午,河景学生中心就满是前来就餐的学生,欧文就在那里等待着,然后到处向人介绍沃尔特,好像他是个显要人物。

"欧文,这就是你的哥哥吗?"——他们在通过握手表达热切的心情,因为沃尔特已经为他们所熟知。对于这里的许多像欧文一样的孩子而言,他们熟悉的同龄人当中唯一正常的就是兄弟或姐妹,每个来访的同胞都是来自外部世界的友善的代表,是理解他们的人。

沃尔特在努力尽快了解欧文的大学生活。就一所大学来说,这个地方太小了,更像是寄宿学校。在一个布置整洁的自助餐厅里,男生和女生混在一起吃饭。欧文急切地把沃尔特介绍给一个叫艾米丽的女孩,她告诉沃尔特,她和欧文都是迪士尼俱乐部的成员。他们三个交谈的时候,一个名叫查尔斯的喜欢社交的男孩加入了谈话,他向沃尔特做了自我介绍,又说艾米丽是他的女朋友。

"走开,查尔斯。"欧文说,没有威胁的意味,但态度坚决。那个男孩走开以后,沃尔特和欧文与艾米丽道了别,坐进汽车里。

"哇,刚才是怎么回事呀?"

"他说他是她的男朋友,可是他不是。她没有男朋友。"

"这辆车里会不会有人想当她的男朋友呢?"

"她真的挺不错,又漂亮又温柔。"欧文说。

等到他们在海恩尼斯的一家叫"友好"的餐馆兼冰激凌连锁店里坐下来的时候,他对于欧文在第一学年的生活有了相当的了解。听起来,他在功课方面好像没有遇到什么麻烦。欧文喜欢艺术老师奈特·奥林,除了室内艺术课之外,这位老师每周还要单独给他上两次课。他的一个好朋友约翰跟他住在一个寝室里,而另一个同学经常猛敲他宿舍的房间门,抱怨他播放的迪士尼动画片插曲声音太吵了。听起来都在意料之中。沃尔特在宾夕法尼亚州立大学的第一学年也没有过得一帆风顺。

迪士尼俱乐部是他生活中的亮点,艾米丽也是。

沃尔特知道需要慢慢来——与每个人搞好关系可不那么容易。捕捉细微的迹象,对彼此的情况有默契,这样的事情多得很。不过,欧文是个直肠子,怎么想就怎么说。没准她也是这样呢。

"你有没有告诉她,你喜欢她?"他问,戳了一下显然拌得不够均匀的鸡肉恺撒沙拉。

欧文看了一会儿他的烤乳酪三明治,摇了摇头。"没有。我没有。我应该告诉她吗?"

然后沃尔特做了我们都会做的事情——尽力估量欧文与别人有哪些相同与不同之处,以便让自己的建议提得恰当。"要是你直接走过去就说'我喜欢你',任何女孩都不会愿意听的。"

欧文吃到热巧克力圣代时,他们已经解决了约会的基本安排问题。他必须请她出来约会。好的。

也许可以邀请她去他的寝室吃午饭。他可以给她做意大利面条,饭后他们可以看电影。她有朋友吗?是的,她们当中的一个,朱莉,是他的朋友约翰喜欢的女孩。

这个主意挺不赖,双重约会。邀请两个女孩来寝室吃午饭看电影。

可是再过三周就该离校了。"现在是你的机会,小文。你可得快点儿。"对于沃尔特的多数建议,欧文都听得很认真,一直在说"我知道,我知道"。现在他专注地看着沃尔特,似乎在说:我还需要知道什么呢?

沃尔特斟酌着用词,希望说得有条有理。"我知道这没有什么道理。更容易的做法也许是直接走过去说'我喜欢你,你喜欢我吗?那么我们走吧'。不过这样是行不通的。你要通过行为来表达感觉。男子汉必须首先行动。"

"好的,沃尔特……我知道。"

那天傍晚开车返回坎布里奇市时,沃尔特感到一阵惊喜的乐观。他想到欧文的职业道路,需要多少套装,什么事情会导致什么结果,还有成年以后事关重要的各种选择——他在脑子里一遍遍过着他们之间的讨论——这是他想象在十年或者二十年以后会与欧文进行的有关人际关系的真正谈话。

最重要的是:他们甚至一次都没有谈论过迪士尼动画片。

那次双重约会出了点儿小差错。也许是欧文与宿舍辅导员沟通有误,结果欧文不知道需要提前多少天告诉他的宿舍辅导员给艾米丽打电话;或者欧文知道,但没有提前告诉宿舍辅导员;或者宿舍辅导员没有打电话。问题本来就很多,而恋爱关系和约会是这些孩子面对的最棘手问题之一。在他们当中,有人想涉及性爱,有人不想,有人会结婚生子,多数人则不会。但多数人都想保持朋友关系。这是河景与典型大学的最大差别。

约会过程是受到严格监管的。有许多咨询辅导、讲授恋爱关系的课程和性教育,还有诸如要求情侣在分手以后的两周内进入没有约会的"冷静期"的新规定。欧文这样的孩子往往喜欢按规定做事,他总是四处转悠,频频察看日历上的下一个"开始约会日"。在涉及身体上的问题时,学校可不想冒险。公开示爱是受到劝阻的,因为这会让别的孩子感觉不自在,就像我们在家长会上听到的,学校的政策是"接吻只能在私下里进行……而我们务必使情侣们没有多少私下相处的时间"。在爱情方面,更要命的条款是,一切约会都要由宿舍辅导员来安排。这真是一桶冷水,但从保障他们的安全和缓解家长的焦虑的角度而言,这些规定显然是必要的。

对欧文而言,沟通有误就意味着他只能在这个学年的最后一个周末"采取行动",就像沃尔特说的那样。

星期六,也就是5月26日的早晨,他把室友约翰叫醒,制订了一个计划。他们要在河景坐上公交车,用大约二十分钟的时间前往海恩尼斯的商场。他们准备理发、吃午饭,给两个女孩买花。他们要告诉两个女孩在运动场的跑道上等他们。"我们要向她们献花,"欧文说,"然后跟她们一起在跑道上散步。"

一切都在按照计划进行着。他们赶上了公交车,这条公交线路被称为康加线。他们在帕内拉面包连锁餐馆吃了午饭,然后一起理了发。这是个大商场,里面什么都有。可是他们来回走了几次以后发现,这里显然没有鲜花。

欧文和约翰登上了返回的公交车。

"你一定要帮帮我们,"欧文恳求司机,"你一定要带我们去个可以买花的地方。"

公交车司机说,不走规定的路线就是违反规定。

"请允许我试着解释一下,"欧文说,尽量让声音保持平静,"下周学校就放假了。我们想让两个女孩明白我们有多么喜欢她们,而这是我们最后的机会。"

第十二章 / 激活的生命

碰巧这个司机——女司机——够浪漫的,就向别的乘客解释说这是个紧急事件,他们要绕一段远路才能回家。

两个男孩走向跑道时,两个女孩果然如期在那里等候着。欧文拿着一打长茎红玫瑰,约翰拿的是紫玫瑰。

欧文把花束递给艾米丽。约翰把他的花送给朱莉。随后,两对情侣互相亲吻。

几个钟头以后,欧文在电话里说:"这是我们的初吻,真正的吻。"他们没有在跑道上散步,他补充说。两个女孩想回到自己的寝室,把鲜花插进水里。

"所以我和约翰走回了寝室。"

电话里沉默了整整二十秒。他正在深入发展这段关系。不管在任何年龄,初吻毕竟都是至关重要的事。

"我们都感觉不错。"

每个孩子都收到了一封电子邮件:迪士尼俱乐部的年终聚会将于音乐教室举行,聚会时间是暑假前一天,即星期四下午。

可是我们收到了家长们发来的电子邮件。

他们也可以参加吗?

当然,柯妮丽娅回信说。我们急于见到那些家长,就像学生们急于赞美最新发现的共同体那样。

6月1日,也就是星期四的下午,他们大批到来了,每个孩子至少由一位家长作陪。

柯妮丽娅简直为这次年终聚会发狂了,准备了足够一支军队吃的食物——

高档的小零食，比萨饼、饮料、大块蛋糕、迪士尼动物角色形状的大块糖霜饼干。几分钟之后，我们自然而然地分成了两组：家长与孩子。学生们一直在跟家人谈论这个俱乐部的事。每位迪士尼俱乐部成员的家长都准备讲述他们家与迪士尼动画片的断断续续的、通常是勉强维持的关系。有的家长解释说，在早先的艰难日子里，很多孩子不会说话的时候，孩子唯一的安慰就是那些他们看得没完没了的动画片；那些不说话的孩子往往喜欢不说话的角色，比如不必说话就可以表达丰富情感的丹波和高飞；他们长大以后，医生和治疗师经常一再打击孩子的家长——"我们什么时候才能超越迪士尼动画片呢？"——有些医生则劝家长让孩子少看或者不看迪士尼动画片。

许多孩子家长都是这么办的，其他家长则拿不定主意，可是似乎没有一个孩子能够放弃这份热情。只有少数家长能够正视迪士尼动画片，或者把它用作工具。莫莉得到了例外的对待，她从阿肯色州赶来的母亲南茜是个治疗师。在对于故事的感知和运用方面，莫莉与欧文不相上下。

孩子们拥到一起，在欧文收藏的录像带里面挑选着。音乐声响起的时候——欧文也带来了他收藏的迪士尼唱片——他和莫莉挤在角落里交谈起来。

他们似乎在进行哲学辩论，论题则是对于《狐狸和猎狗》中竞争性的解读。细节是非常重要的。这部有些偏离迪士尼风格的动画片是紧紧围绕两个角色展开的——陶德（这个词也有小狐狸的意思）和年幼的侦探犬小铜成了最好的朋友，与别的小动物泡在一起，直到它们长大，因各自的天性和社会对它们的要求而分开。可是这部片子没有出现经典寓言的结局。那只侦探犬和狐狸长大以后拯救了彼此，却不得不分离，最后一个场面是陶德在远处的小丘上看着小铜，想着它们的长久友情如今已经不再，而猎人和猎狗则准备回家。

欧文和莫莉的辩论与友谊的性质有关，但他们都没有弄懂对方的关键潜台词。莫莉的母亲后来解释说,她与丈夫的婚姻破裂时,莫莉和比她大两岁的姐姐经常观看这部动画片。当时莫莉四岁,有着跟欧文差不多一样严重的自闭症,几乎无法与人沟通。但这部动画片使她们想通了。它不偏不倚地触及了令人痛苦的分离问题,她们的父亲离开以后,两个女孩都同意不再看它。

至于欧文,他担心的是失去在华盛顿的朋友。我们打算永远搬到坎布里奇去。搬家的理由有许多,从希望在欧文附近陪他度过在河景的两年时光,一直到希望成为马萨诸塞州的居民,拥有国内最好的自闭症成年人福利。

哈佛大学的伦理学中心设立了一个高级研究员的职位,我可以在伦理学中心写书,而我们的许多挚友仍然在波士顿。几周前的一个晚上,我们告诉欧文,就算我们真的搬了家,他还是可以去看华盛顿的朋友。柯妮丽娅简单扼要地说:"小文,永远记住,家是心之所在。"欧文点点头,说他明白——每当我们这样说的时候,他都会相信我们——但他担心与康纳、布赖恩和一个叫罗伯特的男孩的友谊陷入岌岌可危的境地。对他来说,无论是交朋友、找到电影大仙,还是与某个人分享爱好与欢笑,都不是什么容易的事。他觉得自己就是在小丘上往下看的陶德。

我在摆弄蛋糕时无意中听见,他们的辩论到了总结陈词阶段。

"他们认为,这是个苦乐参半的结局,欧文,"莫莉说,"但这个结局其实是痛苦的。陶德和小铜再也不能在一起了。这完全是悲剧。没有另外的解读方式。"

"这是个乐多于苦的结局,"他眉梢紧锁地说,"虽然将会分离,但它们的友谊永在,还有记忆。谁也不能把那些东西夺走。"

我看见,乔希坐在不远处的手提音响跟前,露出苦恼的表情。我走过去,问他有没有事。他说他想请伊丽莎白跳舞。我明白,这里也有潜台词。他爱上了伊丽莎白，但她总是驳他的面子。星期六是在校的最后一天，他就要离开了。现在是他最后的机会。

"萨斯坎德先生，要是我请她跳舞而她同意了，我会不会感觉不太像木头男孩了呢？要是她不同意，那又会怎么样呢？"

我绞尽了脑汁，才提出一点点建议。"我认为，乔希，不管怎样，你都会感觉自己更像真正的男孩。"

房间里弥漫着音乐声。孩子们开始起身走动、跳舞、打手势，每个人都在一边唱着歌，一边在脑子里播放着与每句歌词相配的画面。这里的每个人都在唱歌。那些年轻人正在紧紧拥抱着青春，随着一首关于美好和如何让美好常驻内心的歌曲走来走去——这就是河景的迪士尼俱乐部结束这一年的方式。他们中间有几个发现了潜在的耳朵的《小飞象》的粉丝，还有一个真真正正的男孩，他刚刚找到了舞伴，迈着轻快的舞步，一点儿也不木讷。

我听见欧文大喊"艾米丽"，因为她刚刚到来。莫莉也许在很多方面都与他相配——他们非常相似——在各个方面都令他倾心的却是艾米丽，她使他有了重生和活着的感觉，而此时离陶德的伤心小丘要有十万八千里。

他迅速穿过房间，向她走去，她也在走向他。就在这时，我和柯妮丽娅去见她的母亲嘉贝丽，这是我们的第一次会面。我们走到她跟前的时候，欧文和艾米丽已经开始拥抱了。我们都吃惊地旁观着，他们两个则热情地拥抱在一起，脸贴着脸。耳闻是一回事，目睹却是另一回事。我们默默地站在那里，不知所措。出于父母的本能，我们一起慢慢地转过身去，背对着他们。让他们拥有自己的私人空间吧。这是他们的生活，不是我们的。

那天晚上，欧文回到宿舍度过最后一夜，我和柯妮丽娅则一边开车前往鳕鱼岬旅馆,一边试图划定界限。

迪士尼俱乐部里共有十二个学生。大家都说,有意在明年加入俱乐部的学生已经越来越多了。

"这个俱乐部是要由欧文打理的。"她在我翻看苹果手机说明书的时候说。

"是呀,那就是目标。"我简洁地说。她知道,我和欧文如今在每次会面之前都要通一次话。在九十分钟的俱乐部聚会时间里,除了观看五个关键的动画情景,还要开展猜字谜或者回答十个问题之类的活动,进行重要讨论。欧文挑选情景,解释他的选择,谈论他在每次聚会开始时向大家解说过的每部动画片的创意。他掌握着遥控器。可是她说得对,我是主要负责人。

"现在我会和他一起办。我希望,最终由他来接管。"

"你可要想清楚了。"

"想清楚了。"

"那么,我们在这次聚会上做得完全过头了,"我说,"没有人会希望这样。"

她点点头。她做过头了。她就是这样的女人,凡事都要做到最好。

"我们必须让事情保持平衡,"她在片刻之后说,"我们需要支持他,同时尽量给他更多的独立空间。"

"清楚了。"我重复说。

但结果不是这样——这再清楚不过了。我们冲上了新的浪潮。我们和欧文就坐在浪峰上。我们今天感觉到了,那些家长的热情和积极性,孩子们表现出来的复杂关系。在最激动的时刻,欧文和艾米丽脸贴着脸。观看了无数小时的迪士尼动画片里表达浪漫爱情的场面以后,他们两个正在发现,爱情为什么令人激动。此外,在欧文需要与我们分开的时候,我们再次进入了他的生活。

所以，我们反复琢磨这件事，旧调重弹地估量着相同与不同，看看受自闭症影响，我们的表现与通常的亲子关系有何不同。

就此而言，还要看看我们的婚姻关系受自闭症影响，有哪些不同寻常之处。

自闭症使我和柯妮丽娅形成了一个进行某种圣战的团队，肩并肩地生活与相爱着。人遇到什么情况，就要造就与之相应的生活，希望用爱来激活生命。欧文做到了这一点。沃尔特当然也一样。我们也做到了。我们从来没怎么想过将来，早就放弃了那个念头。我们只是感激地紧紧抓住彼此。

载满开胃冷盘和半满的果汁瓶的旅行车颠簸着驶过准备迎接暑假的海恩尼斯，我们则默默地坐着，露出无奈的苦笑。她拉住了我空着的那只手。我们在乘着浪潮前进。

7月中旬的一天，欧文没来由地起得特别早。他吃过早饭、洗了澡，在八点钟就穿上了卡其布短裤，扎好网状腰带。他试穿了几件马球衬衫才选定了一件，接着穿上白色高筒袜和运动鞋，系好鞋带，因为这样穿很不错。

太阳驱散湖边最后的晨雾时，他坐在门廊的椅子上，拿着拍纸簿和削尖的二号铅笔。他透过桦树林注视着从门廊边上升起的太阳。几分钟之后，他这样写道：

亲爱的艾米丽：

感谢这个有着美好结局的学年。对我来说，你非常重要。在我见过的女孩当中，你最美好，也最可爱。我们相望之时，简直像在做梦。你对我太好了，我情不自禁地感到开心。你和家人要来我们在佛蒙特的消夏屋，我很高兴。我希望这是一个令你愉快的暑假，就像它令我愉快一样。非常感谢你。我全心全意地爱着你。

爱你的欧文

她将在今天中午到达，这是差不多一个月前就已经约定的。这是一次期待已久的仲夏来访。她住在纽约近郊的斯卡斯代尔，但她的家人在佛蒙特州的偷运者小路边有一个住处，距我们的房子北部大约两个小时的车程。他总是用他的手机察看时间，但他用不着这样。

他来到楼上，去他的卧室进行最后的准备。一个小时以后，接近中午的时候，他走出卧室，带着一张作为贺卡的画，那上面精确地描绘了《小姐与流浪汉》里的吃意大利面条接吻的场面。

他把一整天都安排好了。骑着自行车去他最喜欢的惠普—迪颇吃烤乳酪三明治和冰激凌。也许该骑车逛逛费尔利附近的小型商业区，再去一趟查普曼杂货店。他希望他们能去湖里游泳。

沃尔特知道这个期待已久的日子，而且打来了电话。"我知道你一个月没有见到她了，可是她的妈妈会带她一起来的。不要马上过去亲吻她。你一定要冷静。"

欧文点点头。他明白这个，可是他更担心她的父亲。他对沃尔特说，在迪士尼动画片里，"爸爸和女儿的关系是相当复杂的"，然后他简单地说了几个例子，比如特里同国王和爱丽儿，苏丹王与茉莉公主。

沃尔特表示同意。"我知道，小文，父亲们都是这样的。可是他们和母亲们没有太大的差别。"

十一点四十五分，欧文站在车道的尽头，开始踱步。十五分钟以后，那辆汽车停了下来。

"欧文,我想你!"艾米丽从敞开的车窗旁大喊。

看到她,他感到说不出的快乐。可是他在脑子里听见了沃尔特的声音。他迅速拥抱了艾米丽一下,就把注意力转向她母亲,过去握手。"您好,杰特斯夫人。欢迎到我们在佛蒙特的家里来!"

嘉贝丽和柯妮丽娅刚刚进屋,欧文和艾米丽还留在外面,他就转过身与她亲吻起来。

现在他甚至更快乐了。他们手拉着手走进厨房,他在那里把贺卡送给她。贺卡说出了他的心里话。

对于在老木屋里的两个有自闭症的年轻人而言,下雨天也可以很快乐。

一周以后,艾米丽参观了我们那座建于1889年的沥青木瓦的湖边房屋,我们就知道他们在一起很开心了。欧文的日子过得很惬意,在夏日风暴期间安全地留在干燥的房子里,跟我们说起我们早就想听到的事情。比如下雨天发生了大事件,也可能让人在雨天开心起来,但我们发现了一个规律。

因为一年前,即2011年8月末的一个大雨天也发生过同样的事,那是欧文在河景度过第一学年之前。他坐下来,在几个钟头之内勾勒出我们的整个人生。我和柯妮丽娅看得出思绪清晰的一刻已经到来,就打开了我们的便笺簿。为了理解这个世界,他多次使用电影——多半是迪士尼动画片——当作路标。在佛蒙特州的那一天,他六岁那年初次与伊阿古谈话时,我们发现的两个平行的平面——动画世界与真实世界——一目了然,展示出精密的结构。

他完全就事论事地详细说明了两个平行世界的所有连接方式。那个结构的精密度是令人吃惊的,包括几十部电影的首映日期、观看时间与影院名称、谁陪他去的,尤其是多次重复观看的录像带的发行时间,还有他的资料库里的哪些动画视频在重要时刻对他提供了帮助之类更为广泛的内容。这些情况多半是我们这些年来一点点地汇集起来的。现在他亲口说出了答案。但使我们惊讶的是，一切真实发生的事情同样被精心安插进去：家庭旅行、沃尔特做的事情、度假地、学校、朋友、治疗师、因接受特别挑战或成功而获得的表扬。

雨点（那是8月的飓风带来的暴风雨）不断击打屋顶的时候，他叙述了我们1993年在华盛顿的最初的日子，当自闭症发起全面打击时，整个结构开始形成。他说，他不能理解我们所说的一切，觉得那都是"胡言乱语"，却又不能对我们说出他的需要。柯妮丽娅问，这会不会使他感到害怕和沮丧，但他似乎转向了内心世界。尽管时刻生活在当下，有自闭症的人有时却可以回到某个时刻，重温当时的经历。这"很奇怪"，他吞吞吐吐地说，"而且令人担心"。在这个可怕的变故前后，唯一保持不变的就是迪士尼动画片。我问他，既然听觉处理功能出了毛病，他是否能够听懂动画片里面的对话。他说时间一长就能听懂了，因为那些动画片总是"夸大"一切。然后他一口气说出了十几部他喜欢的动画片。没有那些动画片，"我永远不会有现在，"他说，"也不会说这么多的话。"

此刻，一年以后的又一个阴雨绵绵的夏日，我们坐在同样的房间里。他一边吃着柯妮丽娅做的烤乳酪三明治（这是他最爱吃的食物，或许也是使他的感觉功能恢复正常的另一个因素吧），一边像在多数时间里表现的那样，谈论艾米丽的来访，谈论他们骑自行车和在湖中戏水的情景。潜在的生活事件再次发挥了作用——他为大学生活的第二年即将开始感到激动。他喜欢"既有趣又疯狂"的艺术老师，为可以很快见到迪士尼俱乐部的朋友而感到高兴。他的生活——他希望拥有的生活——正在渐渐成形。

然后，他相当突然地主动对我们说起了那些伙伴在黑暗的森林中遇到的事情。

"有一个男孩,就像别的男孩一样,"他说,"他很幸福,经常玩耍,有妈妈、爸爸、哥哥,还有一些朋友。直到一天晚上,他从窗前看到了地平线上的风暴。他很小,只有三岁,所以他吓坏了。"我跑着去拿新的便笺簿时,柯妮丽娅告诉他暂停一下,唯恐他只说一次就消失在自己的世界里。但他没有,他适应了这个世界,哪里也不会去。几分钟以后,我们都稳住情绪的时候,他显然用什么办法做好了准备。他说,那个男孩——他把他叫作蒂莫西——迷了路,不能回家,只好在一个森林里长大,那里是迷失的伙伴的土地。

他们为什么困惑呢?"他们的英雄已经完成了自己的使命。他们失去了目标。"在人生的不同阶段,他们当然对欧文产生过十分重要的作用,"可是森林里有些坏蛋,他们不得不在没有英雄的情况下面对那些坏蛋,"他说。然后讲述了三个坏蛋的情况,每一个都与他曾经面对的情况相对应:一个是喜欢恶作剧的勋爵,经常"向那个男孩的头上喷火",这标志着他深陷自闭症迷雾的初期;一个是怪兽,喜欢把人冻结起来,遗弃到一边,这符合他遭受实验学校抛弃的那些艰难日子;最后一个是个聪明的家伙,"他说起谎来就像说真话一样,你根本无法辨别他的话的真假",这应该暗示着他受到欺负的苦难经历。

其他内容也一点点地公开了,但他是以轻松愉快的态度披露它们的。"现在是时候了!"他说,拉飞奇发现失踪许久的辛巴仍然活着时就是这么说的,因为辛巴已经长大,可以准备完成自己的使命,"现在是传统的手绘动画技术回归的时候了!"他希望他的动画片是用这种传统技术制作出来的,尽管他知道这种决策和制作技术都有极大的风险。

为许多项目忙碌的唐·哈恩已经不去考虑欧文的故事了。欧文似乎并不在乎,这使他感到轻松。至于运用手绘技术是否更合适的问题,既可以从客观的角度探讨，也存在个人立场的不同。他详细解释说，你必须"准确感觉到你要画的线条"，而他在开始画的时候意识到，他能够"用手指看见和感觉"。他曾经告诉我们，动画师过去常常使用镜子。现在，他去楼上取来一本老画册，给我们看其中的一幅 20 世纪 40 年代的迪士尼动画师的照片，他的桌子上有一面镜子。"他们会冲着镜子做出要为角色画的表情，"他说，"这是确保感觉准确的办法。他们必须感觉到自己要画的线条，就像我一样。"

这帮助我们把一切看得更清楚了一些：在他的整个生活中，镜子一直具有十分重要的地位。这不是隐喻，而是非常真实的情况。那些动画片就是镜子，他借此找到了终于看清自己的办法。制作这部动画片的想法是顺理成章的——通过他从那些片子里借来的各种角色的组合创造一个新故事，反映他迄今为止的真实而又复杂的生活。其中，甚至有一个以艾米丽为原型的角色，他把她叫作阿比盖尔。

柯妮丽娅建议他把这个故事的某些部分写出来，他也这么做了。但在接下来的几天里，他显然喜欢在讲述这个故事时踱步和打手势，而且请我们轮流当他的速记员。他终于把富有想象力的镜头完全转向了自己。这是一次令他开心的观察。

他"琢磨"——他常说这个词——了那么久的原因，如今显而易见了。首先，他必须有生活经历。就像任何故事一样，他的故事已经到达必须收尾和成形的时刻；作为一个年轻人，他现在终于开始采取回溯性的视角了。或者换个常见的说法：你不能写长大以后的事，除非你已经长大。

我开着汽车，和欧文一起前往丹·格里芬的治疗室。他现在很少有机会见到丹,只在去年的感恩节和圣诞节假期时各见到丹一次。

他也许在相当长的一段时间里都不会再有机会见到丹了。这个夏末,我和柯妮丽娅一直轮流住在不同的房子里。她在准备出租或出售的华盛顿特区的房子收拾行李的时候,我负责照看欧文,间或在佛蒙特或者坎布里奇的房子里工作。8月的这一周,我们换了地方,因为她要去北方迎接几位夏天来湖边的客人,我和欧文则在他的假期只剩下几天的时候返回了华盛顿特区。

我们的心境也不同了。十九年前,兴冲冲地到达华盛顿的时候,我们是个前来冒险的年轻的家庭。那些人到哪儿去了呢?我说不准。欧文在我们到达时就消失了。没过多久,我们也一样。

渐渐替代他们的那些人就是此刻正在继续前进的。我们当然从不希望欧文面对过去面对的情况,但对于我们其他人而言,我们并不想念那时候的我们。不想念。就像沃尔特在"树下交谈"时说的那样,欧文使我们成为现在的样子。不是祸中得福。这里面没有隐藏着灾祸。

驾车带欧文经过市区时,我不住地说着"在那儿发生过"和许多"想当初"之类的话,但他很快就把话茬抢过去了。这倒不只是因为他记性好。在我们前进过程中,他一直在拼合生活的细节,从中寻找可以弄懂的模式,把它们指出来。

那是他和沃尔特在上小学时经常玩耍的地方。这是他学习骑自行车的地方。那是他每天早晨去小天堂学校的地方。我们因绕道而经过实验学校的时候——我要去办事——他没有说出多少关于这个朋友或者那个游戏的美好记忆。"我感觉就像进了一个王国,后来却被流放出去了。"他几乎无动于衷地说,他现在一点儿也不在乎了。

第十二章／激活的生命

我们经过实验学校后,我不由自主地想到了那个词的更换——是"学习异能"而不是"学习障碍"——我们是在那些辉煌的晚会上初次听到这个词的。虽然我和柯妮丽娅对这种政治正确的说法不以为然,但我们还是迅速改变了态度,看着那些取得非凡成就的有阅读障碍症或者注意力缺乏多动症的人走上讲台。关键在于找到他们潜在的长处。

可是实验学校并没有把欧文当成著名的成功人士看待,我们在当时也是如此。我和柯妮丽娅认为,我们永远也不能发现或者帮助他开发出与他的缺陷抗衡的能力,就像众多有学习障碍但遇到的挑战不如他严重的成功人士能够做到的那样。

但我们改变了这个看法——用多年的时间逐渐承认欧文是不同的,通过与他和他的迪士尼俱乐部成员关于"恶与善"的微妙问题的辩论,这个认识丝毫不变。我和柯妮丽娅的坚信已经得到了证实,即欧文和许多与他类似的人本质上就跟我们其他人完全一样,只不过有的地方多点,有的地方少点。

少的地方在于欧文这样有自闭症的人隔绝于外部世界,由此人们迅速判断出他们的局限性;多的地方却往往难以捉摸且看不清,比较隐蔽。我们从欧文和加入他的迪士尼俱乐部的其他孩子那里认识到,每个人自己选择的偏好和热爱,不管是哪方面的,都可以成为通向他们内心的途径。

我们碰巧发现了其中最令人吃惊的事,那就是对于欧文来说,尊重他的爱好是非常重要的——不管在外部世界的人看来那是多么狭隘或难解。它证明了他的价值。要是仅仅把它当作手柄,以便抓住并且把他拉进我们选择的什么爱好,或者把他的兴趣变成难以得到的奖赏,那就等于贬低他的价值。

为什么每个有自闭症的人都会有一样特别的爱好呢?这里有一个理由,

一个非常充分的理由。发现了这个理由,你就会发现躲藏在那里的他们,也许还能瞥一眼他们的潜在能力。真正的爱好,再加上有助于引导他们发展成长的"地图"和"导航工具",将会帮助他们感受到尊严,促使他们向你展现更多。反过来,那些展现的能力会使人更好地理解,如果受到了激励,许多人能够在生活中有所作为。有爱好就有能力,就有可能。

正如迪士尼俱乐部的成员现在说的那样,重要的是在他们自己心中"发现潜在的耳朵",摆脱条条框框的束缚,并且最好别人也能这样做。这与萨莉·史密斯为有学习障碍的成功人士进行庆祝的事没有本质的不同。这是观念的改变。有学习障碍者被看成了不同的人,而不是有缺陷的人。

参加完 5 月末的迪士尼俱乐部聚会以后,我和柯妮丽娅在开车回家时说起了我们当时对史密斯有多么恼火——欧文遭到驱逐的事至今还令人耿耿于怀——但我们现在更加理解她的公关策略。

如果世人能参加几次迪士尼俱乐部的聚会,柯妮丽娅说,那么,人们对于自闭症患者,以及许多被抛弃的其他人的看法就会得到改变。人们会用全新的眼光去看待他们,她说,而那会改变一切。

我们进入马里兰州的塔科马帕克并且接近丹的治疗室之际,欧文说,让我们来表演那个跟"爱"有关的情景吧。

最近我们一直在表演那个情景,至少每天一次。

"好的,你扮演梅林。"我说,这意味着我可以扮演年轻的亚瑟了,谢天谢地,他只有一句对白。

"你知道,小子,爱是强大的东西。"他用梅林的尖厉苍老的声音说。

"比地心引力更强大吗?"我用亚瑟的声音问。

"嗯,是的,小子,如果从某一立场看。"欧文暂停下来,充分考虑着各种因素,就像那个巫师做的一样。在所有对白当中,这也许是他最喜欢的一段,"是的,照我看,它是世上最强大的力量。"

浪漫的爱。新鲜的初恋在他的内心奔流着——这就是欧文告诉丹的话,当他们再次坐在那个有魔力的治疗室里面的时候。"我爱上了一个奇妙、善良、美丽、温柔、文静的女孩,她和我喜欢同样的东西——动画片,大部分是手绘的,而且是迪士尼出品的。"

丹简直乐晕了。他想知道有关艾米丽的一切,欧文则来了个"竹筒倒豆子":他们是怎样相遇的,他们的初吻,她在佛蒙特的访问。

这么长时间以来,在这间舒适的治疗室和华盛顿特区附近的其他治疗室里,我们经常与欧文队的专家们谈论积极性。不管在学习阅读、理解一般和必需的知识方面,还是在与同龄人沟通方面,他都要有积极性。他可以利用那些自我指导的能力,来获得满足感或者让努力得到肯定——或者得到未来的奖励。在这方面他还是像我们所有人一样,只不过有的地方多点,有的地方少点。谁不曾为了获得延迟满足而努力呢?为了实现一个遥远的目标,我们往往要做必须做的事,通常每天都要费力不讨好地苦干。我们的社交互动却与工作的感觉不大一样。我们凭借本能参与交流,在寻求的过程中无拘无束地收获激动,经常还能得到满足。

对欧文而言,这在很大程度上仍然是比较吃力的事。尽管他常告诉丹,他的目标是受到欢迎——这是与他人接触的快乐的统称——但这个目标在很大程度上是纸上谈兵,就像掺了水的燃料在他的引擎里"噼啪"作响。现在却换成了毫不掺假的燃料。这就是初吻的效力。在这方面他当然还是像我们所有人一样,只不过像的地方更多而已。他能够高度集中注意力,把准确记得的时刻系统化,反复思考,从中梳理线索,这意味着他一直以来每天都在回想着在佛蒙特的那天——也许每天要想五十次。每个交流的眼神、艾米丽说的每句话——她在心情好的时候可以十分健谈、他们的亲吻方式。他们经常亲吻一整天，因为在学校里不能这样做。

艾米丽没有带游泳衣，但他们还是在湖边蹚了水。当她坐在码头的躺椅上时，不用她开口，欧文就温柔地擦干了她的脚。

这个觉醒造成的特殊治疗效果表现为：他终于能够密切关注多数人出于本能关注的事情——人际交往——而且是最高形式的人际交往，即两个人怎样才能合为一体的奥秘。

在他选择的爱好方面，他又发现了很多要做的事情。他告诉丹，阿拉丁和茉莉公主一直对他很有帮助。"我要给她空间。阿拉丁学到的就是这个。茉莉公主得为自己做出选择。她必须做出选择，而他得询问并了解她要什么。"

丹在椅子上向前探出身子，他的脸靠近了欧文的脸。"可是你怎么才能知道她要什么呢？"

欧文立刻点点头。他已经想好了办法。"我有一首歌。"

他解释说，那是一部讲述亚瑟王传奇故事的电影《寻找卡米洛城》的插曲，这部电影是几个迪士尼的前雇员在1998年为华纳兄弟电影公司制作的，迪士尼的《花木兰》和皮克斯动画工作室的《虫虫特工队》也是在那年夏天制作完成的。

好的，我知道了，欧文，丹说。那首歌叫什么名字呢？

"噢，那首歌叫作《透过你的眼睛》。"

丹没有听说过。欧文唱了几句他最喜欢的歌词。

> 你的笑让我看到天堂。

你的心怦怦跳个不停。

我突然明白了人生的价值，

透过你的眼睛。

他解释说，他每天早上都要听这首歌，就是"为了让我记住透过她的眼睛去看人生"。

近十年来，他一直来这间地下治疗室跟丹见面，试图弄清人们彼此沟通的各种微妙方式。在与人沟通方面，欧文现在显然以他自己的特别方式取得了相当大的进展。

"欧文，我的好朋友，"丹·格里芬说，眼睛闪闪发光，"说实在的，你就要成功了。"

欧文站起来，报以自知的会心微笑——那个头发打着卷儿的小男孩现在是大人了，差不多跟丹一样高。

"谢谢你，拉飞奇。为了这一切。"

"友谊是永存的吗？"

"是的，欧文，通常是的。"

"但不总是。"

"对，不总是。"

那天深夜，看了迪士尼和皮克斯最新出品的动画片《勇敢传说》之后，我们驱车行驶在康涅狄格大道上。这简直是我们在华盛顿度过最后一夜的最好方式了。

这部片子很不错，就像多数动画片那样，它的结尾包含着一连串与信念、家庭有关的寓意和教训。

　　我想，我现在从更深层次理解了欧文和迪士尼俱乐部的某些朋友是怎样利用这部片子的，还有它为什么会给人不太真实的感觉。我们多数人的成长方向与之不同，是从单纯的试验摸索开始，通过梳理炫目嘈杂的混乱局面，学会判断"这个好，那个不太好"和"这个行得通，那个行不通"，逐渐形成一套我们所遵循的原则，最终达到道德判断的顶峰。

　　欧文从幼年起就特别信赖黑白善恶分明的神话与寓言，他把那个金字塔倒了过来。他从道德——各种各样的道德——出发，年复一年地始终在一个不同深浅的灰色世界里进行检验。他检验这些古老原则（多数迪士尼影片结尾都有这么一条原则）的历程的紧张是切切实实的。

　　这是他如此频繁观看他喜爱的动画片的理由。这使得他在每天的黑白和各种灰色之间的对话中、在道德准则——美在于内心、做真实的自己、爱征服一切——与纷乱生活之间的对话中振奋起来。是他的众多伙伴帮助他在这种辩论中行进，就像他们经常在电影里帮助英雄那样。

　　我让这个有关友谊是否永存的对话悬而未决，可是他打破了沉默。"我知道，爱是永存的！"他说。

　　我们在离家还有五分钟车程的切维蔡斯转盘道。我现在也看出了一些模式——每当他取得突破性进展的时候，我们总是在安静、颤动的汽车里，离我们住的街道还有五分钟车程。这次我做好了准备。我得口气缓和地谈谈对于交朋友或者寻找爱情可以招致风险的担忧。没有关于永远的保证，可能会有心碎的情形出现，但是我们不能因此而逃避。

　　我把这点苦涩混合到忠告里，外面包裹上肯定的态度：当他远离朋友和家人，去鳕鱼岬的陌生地方并找到爱情，就是冒了风险的。我开始告诉他，由此得到的经验是："永远也不要害怕与人接触。"

他打断了我的话。"我知道,我知道。"说到这里,为了寻求支持,他开始模仿《钟楼怪人》里的滴水兽韦尔纳的声音。

"卡西,"他用他深爱的玛丽·威克斯的声音说,"相信一位老看客的话吧。生活不是看客眼中的运动。要是只想旁观的话,那么你就会看着生活在没有你参与的情况下溜过去了。"

他低声笑起来,随后转了转肩膀。

"你知道,它们跟别的伙伴不一样。"

他的思绪又跑到我的前面去了。我急忙询问:"不一样。怎么不一样呢?"

"别的伙伴都是片子里的活生生的角色,可以到处行走和做事。那些滴水兽却只有在卡西莫多跟它们独处时才是活的。"

"那是为什么呢?"

"因为他为它们注入了生命,它们只活在他的想象里。"

"嗯,我明白了。可是它们还是聪明的,它们指导着他,就像别的伙伴那样。"

他点点头。我也一样。一切都静止下来。

"这说明了什么呢,儿子?"

他努起嘴唇,微笑着翘起下巴,好像在下国际象棋时被将了军。可是也许他想要这样呢。

"这说明答案就在他的心里。"他说。

"那么,他为什么需要滴水兽呢?"

"他需要为它们注入生命,这样他就能跟自己交谈了。这是他认识自我的唯一方式。"

"你知道有谁也是这样的吗?"

"我。"

他微微一笑，短暂而甜蜜，轻柔而深情。

接下来是长久的停顿，给这个清醒时刻留出了空间。

"可是自言自语会使人觉得太孤独了。"我的儿子欧文最后说。

"你还是要生活在这个世界里。"

伙伴们

（这个故事里的许多情景和角色都被我删去了，但目前仍保留了大部分内容）

作者：欧文·萨斯坎德

插图：欧文·萨斯坎德

    有一个男孩，就像别的男孩一样。他很幸福，经常玩耍，有妈妈、爸爸、哥哥，还有一些朋友。直到一天晚上，他从窗前看到了地平线上的风暴。他很小，只有三岁，所以他吓坏了。他向父母发出呼喊，却听不到回答。他觉得他是独自在家，就跑进夜里寻找他们，却在可怕的风雨雷电之中迷了路。他刚刚走过一座桥，它就在他的身后塌了下去。他没法回家了。

    他不知不觉地闯进了黑暗的森林里。他独自一人，到处乱走。后来，他看见森林里有什么东西，而且听见了一个声音。

    "你好啊，孩子。"他熟悉这个声音，就扭过头，看见了一个动画角色。那是蟋蟀先生吉米尼，它说："咦，你好像认识我呢，孩子。你是谁呀？"

    男孩说他叫蒂莫西，他迷了路，回不了家。"这里是什么地方呢？"他问。

    一只螃蟹冷不丁地冒了出来。男孩也认识它，它是《小美人鱼》里面的塞巴斯蒂安。

    它们告诉男孩，这个森林是迷失的伙伴的土地。

    "你们为什么迷失呢？"男孩问。

"因为我们的英雄已经完成了自己的使命，"塞巴斯蒂安回答说，"我们失去了目标。"

吉米尼说，森林里游荡着许多像它们一样的伙伴。可是，森林里也有坏蛋。"有几个坏蛋，真正的坏蛋，我们不得不在没有英雄的情况下面对它们，"它说，"我们所做的是讲述我们过去的冒险经历，试图在我们自己或者彼此的心里找到英雄本色，尽管我们的身份还是伙伴。"

蒂莫西说："我的身份也是伙伴！"

于是它们收留了他，作为它们的一员。

过了一段时间，他们遇到了一个坏蛋。他是法兹布赫勋爵，喜欢以毁灭性的方式搞恶作剧。他披着斗篷，手里拿着小小的权杖。他可以发出吼叫，向你的头上喷火，使你陷入浓雾，意识模糊，原地转圈。

吉米尼和塞巴斯蒂安尽力保护蒂莫西，不让他受到法兹布赫的伤害。他还是个小孩，而它们是伙伴——保护型的伙伴——负责保护小孩和弱者。在法兹布赫接近的时候，他们接二连三地唱歌，男孩聚精会神地看着他们，这让他放松下来，充满快乐。音乐的力量挡住了法兹布赫的火。他发现，他的火不能喷到男孩头上，反而回到他的黑斗篷里，直把他烧得来回转圈，浑身冒烟，心慌意乱。

可是那些伙伴很快就遇到了另外的坏蛋，一个又大又笨的野兽，它穿着钢铁般冰冷的铠甲，名叫格雷特龙。它喜欢把遇到的任何人冻结起来。一旦被冻起，就分不清谁是谁了。他们被它困到冰里以后，就会失去鲜明的颜色。然后它会在他们之间走动，看看他们冰冷的灰影跟它的是不是相配，同时决定要不要用它的剑把他们打碎。他们三个就遇到了这种事。当格雷特龙在他们之间走动并且想要做出决定时，森林里走出了两个新伙伴。它们既可笑又有趣，总是活在当下，唱着它们的歌曲：《最起码的必需品》和《哈库拉—马塔塔》。它们给格雷特龙捣乱，又告诉那些被冻结的伙伴，恐惧让格雷特龙有了力量，尽量多想想拥有的单纯快乐的时刻，就会恢复鲜明的颜色，他们的本来颜色，把冰融化。这些话说得正是时候，因为格雷特龙正在准备挥舞毁灭性的剑。他们唤起的温暖的力量非常强大，把格雷特龙给融化了。

现在他们是五个伙伴了，包括蒂莫西在内。他们想要看清自己，试图找出彼此的英雄本色。保护型的和可笑型的。接下来，他们遇到了一个坏伙伴——鹦鹉——它说它已经弃恶从善了。起初他们不相信它，可是它很逗笑，巴鲁又说"凡是有幽默感的家伙一定都会有些优点"。它的名字叫作伊阿古，它在离开之前告诉他们，戈尔泰兹勒非常可怕，是森林里最厉害的坏蛋，可以随便变形，而且经常这么干。他能变成一切，说变就变。他是个变形人。他喜欢撒谎，但你不可能辨别他的话的真假，尤其是在他的谎话变成可怕的怪物，而那些编造出来的情景似乎把你团团围住的时候。

这些介绍听起来太可怕了，男孩就去寻找可以训练他作战的伙伴，于是在这个迷失的伙伴的土地上找到两个新伙伴：一个是训练过赫拉克勒斯的菲罗，一个是《牧场是我家》里的足智多谋的长耳野兔幸运的杰克。他们是指导型的伙伴，可以培养你的力量和技能，训练你面对世间的各种挑战。他们训练这几个伙伴，从他们各自的身上找出隐藏的力量。可是，戈尔泰兹勒在激战中显得十分勇猛，蒂莫西和别的伙伴都打不过他。他们害怕地逃跑了，跑了很长时间。

他们就是在那时遇到拉飞奇的。它问："你们在逃避什么呢？"七个现在远离了戈尔泰兹勒的流浪的伙伴全都回答不出来。拉飞奇说他们一直在逃避"内在的真相"，然后向他们介绍了他的伙伴梅林。最后两位伙伴——明智的伙伴——已经到来了。他们是四个不同类型的伙伴：保护型、可笑型、指导型和明智型。

两个明智的伙伴把蒂莫西介绍给另一个在森林里流浪的女孩,以便帮助他找出"内在的真相"。她叫阿比盖尔。像他一样,她也是因为迷路而没有办法回家,陪伴她成长的是两个她自己的伙伴:《小飞象》里的老鼠蒂莫西,《狐狸和猎狗》里的大妈妈。

这群伙伴已经聚齐了——现在是十个。加上蒂莫西和阿比盖尔,那就是十二个。十二个伙伴开始寻找英雄。反思过去——"想要从中学习"——的拉飞奇问梅林:"你到底是怎么变得这样聪明的呢?"

梅林生气地回答说:"你永远也不该问一个巫师,他的力量源泉到底在哪里!这一定会使他失去力量的!"

可是蒂莫西有话要说。他说,他和阿比盖尔差不多。"我们都记得许许多多的时刻,每个时刻。不过我们一直在脑子里浏览那些时刻,因为其中的一些可以提供有关我们是谁的线索。"

梅林被说服了。他研究了一番魔法书,施了一个使他记住"我睁开眼睛的那一刻"的魔法。

在一团旋转的火焰中,他回到了那个时刻。他看见自己在绘图桌上显现出来,然后看到了一面镜子。"桌子上有一面镜子,"这个巫师说,"我可以在镜子里看到动画师的映象。"

伙伴们聚集在一起,想着梅林的话。他们正在面对着一个坏蛋的不可抗拒的力量,但他们只不过是伙伴。

"如果能找到那面镜子,"拉飞奇告诉大家,"也许就能找到我们每个人自己的动画师,让他们把我们画成英雄。"

于是,大家都去寻找了。不久,他们不知不觉地进入了一个神奇但破落的地方,到处是灰尘。风在吹着。他们在一张废弃的桌子上发现了梅林的镜子。铅笔和拍纸簿都被抛到一边,堆成了几堆。他们的动画师不见了。大家似乎都不知所措。

当伙伴们要回到森林里的时候,阿比盖尔垂头丧气地抓起镜子装进她的书包。在他们行进的过程中,她与老鼠蒂莫西交谈,让它告诉她应该怎么办。它告诉她,丹波怎样发现,正是那些与众不同的东西——它的两只耳朵——帮助它飞起来的。

"可是,伙伴们飞不起来呀。"阿比盖尔说。

"我们当然会飞起来,亲爱的,"大妈妈告诉她,"只要发现我们每个人的天赋,我们就能腾飞。这是决定我们是谁的天赋,也是一个我们可以给予别人的天赋。"

"我的天赋是什么呢?"

她笑了。"这正是那些你要独自了解的事情之一。你为什么不问问这个男孩子呢?看看你们两个能不能把它找出来。"

戈尔泰兹勒在森林里等待着。当他靠近时,变出许多巨大的妖怪,蒂莫西转向阿比盖尔,想要保护她。他从她的书包里伸出的镜子的边缘看见,戈尔泰兹勒在镜子里没有显示映象。里面只有数据:许多1和0,成行的编码数字。他转向伙伴们。

"他是电脑生成的,机器制造出来的,所以他才会变形变得那么迅速,那么轻松。可是他没有心跳。我们比他更真实。"

"可是那对我们有什么好处呢?"塞巴斯蒂安大喊。

"他很强大,太强大了。"菲罗大喊。

戈尔泰兹勒变出了一大堆旋转的火焰,森林里升起一座火焰山,朝着大家渐渐倒下去。它会把他们压烂的。

蒂莫西告诉大家手拉着手,排成一圈。

"闭上眼睛,不要看!"阿比盖尔大喊。

"梅林,"蒂莫西大喊,"有没有比地心引力更强大的力量?!"

"只有一种……我的孩子,爱——是世间最强大的力量!"

听到这里,阿比盖尔拿出镜子,把它举起来。

"蒂莫西,快点儿!看着镜子!"

男孩睁开眼睛,第一次看见了自己。那是他的脸——不是画的,而是真的。正如他真正的样子。

他吃了一惊。"那是我,对不对?我一直在这里吗?"阿比盖尔放低镜子的时候,他在她的眼睛里看见了同样的映象——他的映象。

他轻轻地从她那里拿过镜子,朝着她举起来。她第一次看见了自己的脸,美丽而又真实。"那真的是我吗?"他放低镜子的时候,她在他的眼睛里看到了她的映象。

"就是这样,小子,"梅林说,"那是真的。那是唯一真实的东西。你们在彼此的眼睛里看到的。"

"彼此的心也是真的。"大妈妈说。

他们周围的世界好像突然开始消失了,首先消失的是准备把他们压烂的火焰山,接着是散落成电脑编码的戈尔泰兹勒,接下去是森林本身的黑暗。蒂莫西扭过头,看见身后渐渐出现了一座桥——很早以前塌掉的那一座。

他扭过头的时候,发现那些动画角色正在变形:大妈妈变成了他的妈妈;巴鲁变成了他的哥哥,拉飞奇变成了他的朋友和治疗师。至于梅林,变成了他的爸爸。

"原来你们一直都在这里。"他对他们说。

他的妈妈温和地笑着。"可是你也一直都在呀。你帮助我们塑造了自己。你用特别的爱给我们的生命注入了活力。"

他看着那座再次朝着家的方向延伸的桥。

"现在我要往哪里去呢?"他问她。

"你的心指引你去的地方。家毕竟是心之所在。或许你该问问朋友。"

他转向阿比盖尔。

"我知道我的心在哪里。"她说。

于是他们亲吻起来。

"可是我们的伙伴怎么办呢?"阿比盖尔突然说,"我们能带上他们一起走吗?"

他们两个转过身的时候,那些伙伴正在微笑着,再次作为动画角色,陪伴着那个真正的男孩、他的家人和那个真正的女孩。

"嗯,我当然希望我们能一起走了,小子,"梅林说,"关于这件事,我们有好多要谈的呢。首先,这件事讲的是几个伙伴做出了英雄的举动……"

"不,讲的是一个伙伴,也就是我,发现了内心的英雄,"男孩笑着说,"也许这就是伙伴的命运呢。你知道,伙伴也可以有梦想。"

拉飞奇插嘴。"又错啦——伙伴必须有梦想!"(几个伙伴这样互相交谈是最后一幕情景,一群动画角色和真人讨论着英雄怎样才能出现的大问题,一起离开。)

"你也能,梅林,"男孩说,"你,大妈妈,还有其他人当然也能做出英雄的举动。"

"嗯,我想是的。我们都是寻找内心的英雄的伙伴——我都这么大岁数了,我可不想让自己被重新画一遍!"

鸣谢

  这本书是我们全家完成的。作为指定的撰写人,我主要的工作是鼓励我妻子和两个儿子表达出他们的心声、感受与观点。要使纪实文学作品在主题与素材上忠实于有时难以捉摸的情感与思想,必然会有压力。就本书而言,那个愿望甚为强烈,把私人体验转换成公开文稿的复杂之处也更多。我的大部分生活是在公开场合度过的。这本书的主角——在这个世界上对我来说最重要的人——却不是这样。

  在我妻子——幸运的是,她是个经验丰富的作家和编辑——的带领下,我们一起拨云见日。她安排好我们的生活,使我有余力写成这本书;然后又使我们坚强地经受了情感探索的严酷考验。我们很快就仿佛一对幽灵般穿越了过去的二十年,俯瞰着我们的小家庭——一个困惑的演员四人组,心里既有亲切感又保持着超脱的态度。不得不把生命里的艰难时刻再回顾一遍是令人痛苦的事,然而最终却是深深打动心灵的事。

  我们需要一幅地图,而那堆原始资料——大量的神经心理测验报告和成绩单、家庭录像、贺卡和信件、录音带和笔记本——就提供了这样一幅地图。我们经常运用我们的记者技能来记录发展中的事件,以便至少在向老师、治疗师、艺术家、教练，自然还有医学专家们咨询时能有很好的了解。

我们与这个紧密团结的共同体度过了两个十年，其中的几位成员是这本书里最重要的顾问。为此，我们要向下述人士表示感谢：艾伦·罗森布拉特医生、C.T. 戈登医生和兰斯·克劳森医生；我们的测验专家比尔·施蒂克斯鲁德医生和治疗师克里斯蒂娜·斯普罗特、沙伦·洛克伍德、詹妮弗·比尔扬、黛比·里根；还包括鲁斯丽·阿德勒、托尼·莱尔、莫琳·奥布赖恩、泰勒·奥斯特霍夫、卡伦·索尔泰斯、D.J. 巴特勒、杰里米·詹金斯、龙德·巴奇、弗兰克·斯卡尔迪诺、法伦·尼克尔森和梅甘·霍兰在内的许多艺术家、音乐家、教练和顾问。最后要感谢的是几位富有奉献精神的教育学者：艾维芒特学校的露西·科恩、简·温特罗尔；全国儿童研究中心的苏珊·惠特克、科琳·贝恩和卡茜·帕克；实验学校的帕梅拉·克努森、詹妮弗·欧文、莉迪娅·克皮奇；凯托学校的罗娜·施瓦茨、乔纳森·戴维斯、奥黛丽·艾哈迈德、丽萨·霍洛韦和达斯汀·哈特维希。我们也要特别感谢欧文杰出的艺术老师奈特·奥林，还有在无与伦比的莫琳·布伦纳的领导下的河景学校的全体员工。至于两位盟友嘉贝丽·杰特斯与乔治·杰特斯，我们要感谢你们的所有信任和好脾气。

苏茜·布拉特内和丹·格里芬二人多年与欧文密切合作，他们给予我们所有的指导，并帮助我们的儿子打开一道道门，我们对此怀有最深的感激。衷心感谢你们。

我们与一个做出英雄举动的反派角色的会面是早期的一个转折点。为贾方配音的乔纳森·弗里曼是个温柔且富有同情心的演员，他进入了我们的轨道，从此成为我们的挚友和欧文星座里最灿烂的星辰。我们还要感谢欧文这些年来遇到的非常慷慨地为我们腾出时间的所有动画师，还有配音演员吉姆·库宁斯。这些人帮助我们的儿子意识到他的才能，让他相信一切皆有可能。

还有太多的朋友需要感谢——我们在戴达姆的朋友们、在"农场的朋友们"、波士顿大学的伙伴们、我们心爱的华盛顿居民。在这本书的构思和写作期间,这些友情始终支持着我们。

肯尼迪学院的新朋友和助手格雷格·拉森曾经在本书高强度的早期研究过程中参与进来。我们深爱的格雷格·杰克逊,即我的前助手(已经成为著名小说家)出色地完成了这部书的前三分之一的编辑工作,而且帮助制订了其余部分的结构。接下来要提的是一位早已为世人所知的作家,即小说家霍华德·诺曼,他一直是我不可缺少的童年伙伴,同时是我的生活和写作方面的顾问。从这个工作最初启动时起,他就在指导着我,直到最后还在帮忙,逐章地阅读文稿,总是准备接听电话,不管是白天还是晚上。我再怎么感谢他也不为过。

每本书都会触发一次旅行,这本书把我们带到了洛克菲勒基金会在意大利的贝拉焦中心,我们在那里工作了一个月,拟出书的提纲并着手撰写,柯妮丽娅每天提供关于我们生活经历的长长的备忘录,我再据此把它写成记叙文字。值此开端,我们有幸得到所有在这个工作中志同道合的卓有才华的伙伴和朋友们的帮助,还有基金会的罗伯·加里斯和布拉吉奥中心的副经理皮拉夫·帕拉西亚的支持。

坎布里奇也有我们的支持者,从我在哈佛大学肯尼迪学院绍伦斯坦中心的朋友亚历克斯·琼斯(这个计划是 2012 年在绍伦斯坦中心正式启动的),一直到埃德蒙·J. 萨夫拉伦理学中心(我在伦理学中心做过两年的高级研究员)的负责人拉里·莱西希。

我们旅行了很久,以便根据专家观点检验我们的想法和认识。为了试着理解我们观察到的情况并且将其置于最新研究的范畴内,我们会见了加利福尼亚大学戴维斯分校神经发展障碍医学研究中心的戴维·阿玛拉，及其同事、麻省理工学院的黑泽尔·西韦、英国剑桥大学自闭症研究中心的西蒙·巴伦—科恩、斯坦福大学的里卡多·多尔梅奇、国家心理卫生研究院的院长汤姆·因泽尔、纽约西蒙斯基金会的杰拉尔德·菲施巴赫，还有哈佛大学的玛格丽特·鲍蒙。他们都提供了极大的帮助，慷慨地献出了他们的时间。

出版社的编辑主任温迪·莱夫科尼孔从一开始就看出了这本书的潜力，用她高明的编辑手法对它进行优化和改进。从第一天起，她一直是我信任的合作伙伴与朋友。我们还要感谢埃利斯·李的创造性的艺术指导，斯卡莱·巴伦杰的重要努力，阿琳·戈德堡对我们直到最后一分钟还在进行的修改表现出的无限耐心，玛丽贝思·特里加森的制作才能，还有这个有才华的出版社团队的其他成员。

感谢我的代理人安德鲁·怀利，他总是对各种工作做出冷静的判断，并且精于确保工作完成。

一切还要回到我的家人……

感谢萨斯坎德和肯尼迪家族的堂表兄弟姐妹、叔伯姑舅姨妈和祖父母，他们始终与欧文和我们在一起，给予支持、信任与爱。"没有你们，也就没有我们今天的一切。"

我们的大儿子沃尔特刚刚步入成年生活，并没有在繁忙的日程中为这本书专门腾出时间。可是，就像他做过的其他一切一样，他以博大的胸襟、高超的记忆力和绝妙的幽默感参与了此事，为这些书页增添了不少光彩，就像他为我们的生活增光一样。多谢了，沃尔特。

最后要提到的是激励和引导这个计划完成的人。他现在差不多是个小伙子了。我们本来不会着手撰写这本书，假如欧文没有达到成熟和自知的程度，而且能够真正坚定地说出这样的话："是啊！我希望人们了解我是什么样的，也希望了解那些像我这样的人是什么样的。"

他信任这个世界,即使知道它往往并不完美。他的故事远远没有结束,在某些方面可以说刚刚开始。可是,他对于故事的力量和我们互信互爱能力的信心照亮了这本书的每一页。直到最后。

附录

给儿子的一封信

蔡春猪

吾儿喜禾：

这封信本来打算在你十八岁的时候写给你。你在外地读大学，来信问我对你找女朋友一事的看法。我再次重申，大学四年是人生最美好、最宝贵的四年，应该用在有意义的事情上，要以恋爱为重。至于学习，如果还有时间，就去抄抄同学作业。

这封信提前了十六年。提前十六年写的好处是：有十六年的时间来修改、更正、增补；坏处是：十六年里都得不到回信。

提前十六年写这封信，确实有难度——不知道收件人地址怎么写。因为你就住在我家里。虽然没有法律规定收信人跟寄信人的地址不能相同，但是邮递员会认为你父亲脑子有病。

吾儿，我都能想到你收到这封信的反应——你撕开信封，扯出信纸，然后再撕成一条一条的，放进嘴里咽下去。你这么做，我认为原因有三：一是信的内容让你生气了；二是你不识字；三是你是自闭症，撕纸就是你的一个特征。不知道你是哪一点，盼回复。

一年三百六十五天，每天都差不多，但是因为有人在那天出生，上大学，结婚，第二次结婚……所以，那一天就区别于另外的三百六十四天，有了纪念意义。吾儿，你也一样，在你的生日之外，还有一天，对你父亲和整个家庭来说，都意义重大，你父亲的人生方向都来了一个一百八十度的大转弯——那天，你被诊断为自闭症，你才两岁零六天。

那天凌晨两点，我就和你母亲去医院排队挂号，农历新年刚过，还是冬末，你母亲穿了两件羽绒衣还瑟瑟发抖。

在寒风中站到早晨六点，你母亲继续排队，我开车回家去接你。到家把你弄醒后，带上你的姥姥，我们又匆匆赶回医院。那天你真可爱，一路上"咯咯"笑个没停，一点都不像个有问题的孩子。你姥姥本来就不同意带你去医院检查，半路上就说不去了。但我还是要带你去。

你都两岁了，不会说话，没叫过爸爸妈妈，不跟小朋友玩，也不玩玩具——知道你是想替父亲省下买玩具的钱，但有些玩具是别人送的，你玩玩没关系；叫你名字，你从来都没反应，就像个聋子一样，但你耳朵又不聋；你对你的父母表现得一点感情都没有，很伤我们的心。你成天就喜欢进厨房，提壶盖、拎杯盖的，看见洗衣机就好像看见你的亲爹。你这个样子，我怎么能放下心？

到了医院才知道，你母亲差点白排一晚上队了，中间进来几个"加塞儿"的眼看把你母亲挤掉。你母亲急了，撂下一句狠话："如果我今天看不成病，你们谁也别想看成！"你母亲字正腔圆的东北话发挥威力了。有个老头脱下假发向你母亲致意，还有一个人则唱起了赞歌："这个女人不寻常。"

吾儿，在大厅候诊的时候我们很后悔，怎么把你带到这个地方来了：一个十来岁的女孩一直都很文静，却突然大声唱起"老鼠爱大米"；一个七八岁的男孩一直在揪自己的头发——揪不下来，就说明不是假发，但还要揪；还有一个十来岁的男孩一直在候诊室晃荡，不时笑几声，笑得让人发毛……北大六院是个精神病医院，我们不该带来你这个地方。

好在很快轮到我们了。你像是有所感觉，开始哭起来，死活不肯进诊室。吾儿，医生其实没那么可怕，医生也抠鼻屎，刚才我闲逛时看到的，而且跟我们一样，医生抠鼻屎也是用小拇指，而不是用镊子。可能的区别在于：医生抠鼻屎前会先用酒精给小拇指消毒。

给你检查的医生是个专家，我们凌晨两点就来排队就是想给你找最好的权威专家。专家确实是专家，跟我们说的第一句话就很不一样："等一会儿，我接个电话。"专家打电话也很有风格，干脆简短："不卖！以后别给我打电话了，烦不烦！"

但是，我希望专家跟我们说话还是别太简短了，最好婆婆妈妈地多问几句，我们凌晨两点排队，不能几句话就给打发了。

专家问了你很多问题，但我们都代劳了。你太不喜欢说话了，以听得懂为标准：迄今为止你还没说过一句话。你不能跟小狗比，小狗见到我会摇尾巴，你有尾巴可摇吗？

专家还拿了一张表，让我们在上面打钩、打叉，表上列了很多问题，例如，是不是不跟人对视、对呼唤没有反应、不玩玩具……符合上述特征就打钩。吾儿，每打一个钩都是在你父母心上扎一刀。你也太优秀了吧，怎么能得这么多钩？！

专家说，你是高功能低智能自闭症——吾儿，你终于得到了一把叉了，还是一把大叉，叉在你名字上。你的人生被否决了，你父母的人生也被否决了。

专家说完，你母亲说了三个字："就是说……"就是说什么啊，就是说可以高高兴兴去吃早餐了？就是说将来不用为重点小学发愁了？就是说希望在人间？还是就是说："医生，吓人是不符合医德的哦。"

吾儿，你母亲当时只说出了"就是说"三个字，之后就开始哭了。专家拿出了人道主义精神，说："也不是完全没有希望。"

人道主义是催泪弹。你母亲泪如泉涌——天啊，也太多了吧，我看她以后三年都没泪可流了。

我问专家："自闭症是什么原因造成的？"专家说了很多很多，什么神经元，什么脑细胞……我不想知道这些医学术语。我对专家说："您就简单说吧。"专家去繁就简，一言二字："未知。""那怎么医治呢？"专家曰："无方！"不知道病因，又没有方法治疗，这是什么医院？！

正如专家所说，也不是完全没希望。有几家康复机构可以选择。专家开始化身指路神仙了：机构分别叫什么，在哪儿，怎么去。你知道的还不少啊，专家。

"入机构就能康复吗？"你父亲又问专家。专家说："目前世界上还没有一个完全康复的案例。"

吾儿，你知道"绝望"有几种写法吗？你知道"绝望"有多少笔画吗？吾儿，你还不识字，将来你识字了，我希望你不需要知道这两个字几种写法，多少笔画，你的人生里永远不需要用这两个字来表述。

专家说你这病是先天的，病因未知。就是说，你姥姥姥爷把你带大，免责！你父亲母亲把你生出来，免责！我们都没有错，有错的是你？！

是你父亲母亲的错，吾儿，父母亲把你生下来，让你遭受这种不幸。

吾儿，知道那天你父亲是怎么从医院回的家吗？对，开车。你说对了。

你父亲失态了，一边开车，一边哭，三十多年树立的形象，不容易啊，那一天全给毁了。你父亲一边开车,一边重复这几句话:"老天爷,你为什么这么对我?我做错什么了?"

你的姥姥双唇紧闭,一言不发,把你抱得紧紧的,就像在防着我把你扔出窗外。

你的母亲没哭,她没哭不是因为比你父亲坚强——车内空间太小,只能容一个人哭。你父亲哭声刚停,你母亲就续上了,续得那么流畅自然。这就是江湖上失传已久的"无缝续哭"?

吾儿,到家后你父亲没有上楼,你母亲、你姥姥抱你上的楼,你父亲还有几个电话要打。第一个电话打给你在哈尔滨的姥爷。你出生后不久,你不负责任的父母把你扔在哈尔滨,自己在北京享乐。这两年都是姥姥姥爷带的你。你父亲要打电话跟你姥爷解释:你现在这样不是他们带的不好,你在他们手上得到了最精心的照顾和呵护,我要深深感谢他们。

第二个电话打给你湖南的爷爷奶奶。这事跟他们不太好说。后来发现不用怎么说,只要说个开头就可以了:"你孙子将来可能是个傻子……"电话那头就开始哭了。OK!电话别挂,放一边,吃完晚饭回来,再拿起电话,还在哭。电话还是别挂,放一边,吃宵夜去。

后面几个电话是打给你的大伯二伯,还有你的姑姑。他们的表现?你姑姑跟你奶奶一样,两个伯父表现不错,至少没哭。

父亲的朋友圈里,第一个电话打给了你胡吗个叔叔,他是你父亲的死党。胡叔叔还没生小孩呢,吓吓他,吓他以后不敢生小孩,收你为义子,他的房子车子将来就都是你的了。

你父亲还想打电话,却发现没人可打,电话里存了二百多个号码,跟谁说?怎么说?"嘿,兄弟,我儿子是自闭症……""嘿,姐们,你听说过自闭症吗?"

那天你父亲哭得就像个娘们，花园的草看到了，你父亲可以拔掉；树也看到了，你父亲没办法，他们受绿化条例保护。杀人的心都有，却奈何不了一棵树。力拔山兮气盖世，时不利兮树不逝。

吾儿，一个人不吃饭，光喝水，七天不会死，你知道吗？这点应该不需要你父亲验证，所以第二天你父亲就进食了。

吾儿，自打从医院回来，你父亲发现家里面可以坐的地方多了。台阶上，坐；门槛上，坐；玩具车上，坐。到哪儿都是屁股一坐。

吾儿，你父亲做错过很多事，但最正确的就是跟你母亲结婚，你父亲未必伟大、光荣、正确，但你母亲确实勤劳、善良、勇敢。你母亲为了照顾你，果断地把工作辞了。

吾儿，你父亲只是三日沉沦，沉沦三日，他马上振作了。振作的标志就是：又开始肆无忌惮地开玩笑了。

吾儿，你父亲每天在微博上拿你开玩笑，不是讨厌你，是太爱你了。你举手投足都是可爱，你父亲胡言乱语也都是爱。希望你明白。

吾儿，你收到这封信后，我知道你会把他吃掉。你爱吃饼干，但我找遍了全世界，也没找到饼干做的纸。Sorry。所以你就别在意口感了，至少比烟头、泥土好吃吧，你又不是没吃过。

信里面絮絮叨叨说了很多医院的事，那些事情忘不了，索性写出来，你吃掉，以后也就没有了。

那些都是你的过去，不是你的现在，更不是你的将来。现在你一天比一天进步，我看在眼里，乐在心里。你势头很猛啊，小朋友，不得了啊，照此发展，你八十岁的时候就可以说："其实我也是个普通人嘛。"有的人八十岁还未必能达到。不经过努力、没有奋斗，能成为普通人吗？

你父母也是普通人，一生下来就是，到死还是，一点变化都没有，无趣。所以，虽然你最后还是沦为普通人，但你的一生比你父母有趣多了。不许骄傲。

我曾经对你有很多期待和愿望，这些期待和愿望有的冠冕堂皇，上得了台面，比方你成为诺贝尔奖文学奖获得者；比方你当上省委书记；比方你成为考古工作者……其实，这些都是浮云，算不得什么，父母对你最大的期待和愿望是你能够成为一个快乐的人。这个愿望说大就大，说小则小，但希望你能帮父母亲完成，我们也会尽力协助，但主要还是靠你自己。

你父亲年轻时，情书写得才华横溢，以为会收获爱，结果只得到两个巴掌，颇意外。你父亲后来总结出的经验可以作为家训，世代流传下去：写给 A 的情书，务必装到 A 收的信封里，而不能是 B 收的那个信封。子孙后代切记！

但父亲这次给你写信，真情实感，句句发自肺腑，尤其没有装错信封。

希望能得到你的爱。

你的父亲
2011 年 5 月

蔡春猪，前时尚杂志编辑，早年主持万国马桶文学网站；中国第一档时事脱口秀《东方夜谭》策划兼副主持；现从事影视剧编剧。儿子喜禾两岁时被诊断为自闭症，后在新浪开设微博"爸爸爱喜禾"。被誉为"自闭症之父亲"。

不再让你孤单[①]

田惠萍

其实,我是一个大学老师出身,本来讲一堂课,在这里面对着一个时代处于花季的最具智慧的一个群体,对我来说,应该是家常便饭。但是,我今天觉得很紧张。刚才走上来的时候,我看着你们,恍惚又有一种感觉。我想到了二十年前,我作为中国改革开放后第一批公派留学生到德国留学,留学回来以后特别风光,特别风光地站在重庆一所大学的讲台上。二十多年以前,在我一方面享受着大学老师的风光的时候,另一方面,我的生活开始出现一些变化。

我的儿子叫杨弢,他是 1985 年 11 月 1 日出生的。他出生五个月后,我就出去留学了;他两岁半的时候我回到了他身边。那个晚上我至今都记得。我到家的时候是凌晨两点多,第二天起来,我的母亲这么对我说:"弢弢跟别的孩子不太一样。"然后,我爸爸就立刻说:"没事儿,他就是说话晚点儿。"我们就坐在那里,弢弢从那儿走过去,我爸妈就喊:"弢弢,你看,妈妈来了。"他理都不理,就从那个地方往厨房走过去,我妈就说:"你看,他就像没听见一样。"

这个时候是 1988 年。于是,我把他带回了重庆,由我自己去带他。到 1988 年秋天为止,这一年的时间是我一生中最艰难的时刻。我必须得承认,我的这个孩子真的和别的孩子不一样。我记得那时候我自己跟我自己说:

[①] 本文原为田惠萍女士于《开讲啦》第 24 期节目的励志演讲稿。收入本书时略有改动。

"田惠萍,你这一辈子都觉得自己跟别人不一样,但到现在你会发现,能够活得跟别人一样,原来是那么奢侈。"我特别、特别害怕,我希望他是一个跟周围所有的孩子一样的孩子,哪怕他是一个最普通、最普通的人,我只要他能说话,只要他能跟别的孩子一样。用我自己的话来讲,这一年里我就是交织在一种希望、失望和绝望的情绪当中。我找不到生活的感觉,我每天都在想着有什么办法可以让我死去,很早我就下了这个决心。如果在我走的时候,我不能看到弢弢有尊严地、安全地、有保障地活着,我就带他一起走。在死之前,我首先做的事就是,浏览当时我们这一代人翻译的所有的社会科学、哲学方面的书籍,寻找人为什么一定得活着的理由。我找了半天,在哲学家这里找,最后我自己还是给出了一个答案。我的答案是:如果生命继续存在下去只意味着被践踏的话,那么,结束生命更人道。我就真的去实施了一次。我把一堆安眠药放到了粥里边,我准备带着弢弢一起走,我觉得我已经在伦理上说服了自己。当然,现在我还活着在这里跟你们讲这个话,说明那个行动肯定没成功,对不对?我如实地跟大家说,在熬了那碗粥之后,我的大脑一片空白,我不知道发生了什么,我今天都回忆不起来,所以说那个时候我真的是求死不能啊!然后,我就对儿子发脾气,我说:"因为你,老子连死的权利都没有!"那么,对我来说,我明白了一件事,那就是我们只有权利把一个生命带到这个世界来,但我们绝没有权利决定这个生命的消失。

从那以后,我的生活态度就发生了很大的变化。很多朋友都这么说:"弢弢改变了你的人生,弢弢挖掘了你的智慧,弢弢发挥了你的权利。"我说:"是弢弢让我活得幸福,让我活得明白!"那么,我就知道了:所有以前附在我身上的,我自以为值得去骄傲、值得去自豪、值得去得意的那些东西,其实都是那么的表面。我发现，最后拷问你的尊严和支撑你的骄傲的这些东西，其实是你能否担当得起责任。

1992年10月，我带着孩子来到北京，我想最后尝试一下，医学还能做些什么。到了北京以后我才知道，当时的全中国只有三个半医生能开具自闭症的诊断书。当时我跟医生说："如果我要有条件，我就办这样一所学校，我把这些孩子都领到我身边。"当时医生看我雄心壮志，忍不住给我泼冷水，他说："田惠萍，你做不完的，全中国有五十万呢！"

在1992年和1993年的时候，世界上统计的自闭症的发病率是万分之四到万分之五；而今天，据美国加利福尼亚州统计，每一百个人里边有八个——就是这个发病率。如果田惠萍还真有什么不一样，大概就在这种时候——那时，我一听这个数字，就蹦了出来，我说："你要跟我说，全中国就四十个，那就拉倒吧，我带着孩子回家认命吧。但是，如果你跟我说中国有四十万，我觉得这就是一件值得去做的事。"

这当时还真激励了我，我唯一的遗憾就是，我要跟大学老师这个职业说再见。因为我觉得那是一个我十分喜欢的职业。但是，我依然义无反顾。

1993年2月12日凌晨两点四十分，火车因为晚点，进北京站时就是这个时间。我在北京站看到的所有建筑物都是个剪影。在那一瞬间，我有一点胆怯，我说："田惠萍，你是不是有点太大胆了！"说实话，多年后很多人问我那时候我有什么条件来创业，我说，就是一个旅行包，旅行包里装着我带的两样东西：一个是换洗衣服，一个是我内心的想法。我要做一件事，通过做这件事我要告诉社会：有这样一个群体，他们有孤独症，他们有自闭症。就是带着这两样东西，我来到了北京。

1993年3月15日，第一批六个孩子，真的招进来了！开学的第一天，我们见到这六个孩子时，全都吓坏了。我在北京西城区招了四个老师，当我们走进去的时候，我形容这六个孩子为"海陆空"。什么意思呢？在床底下钻的有，床上跳的有，在窗台上站的也有。招来的这四个幼师是普通的老师，都被吓坏了：那个孩子的鞋掉了，那个孩子拉了大便以后自己拖着大便在跑。我盯了三天三夜，后来他们说："田老师，你去睡一会儿吧。"后来听他们说，我这一躺下就没气了，他们都过去摸我的鼻子，看我是不是真的死了。我当时就累成那样。

我是一个单亲妈妈，一边带着弢弢在北京，一边办着"星星雨"。那么，我要是每天都要接送他上下学的话，真的是什么都不用干了。因为从我租的房子坐公交车到"星星雨"去，来回是四个小时的车程，所以我根本不可能二者兼顾。最后我想，不行，我要试试看弢弢能不能够独自去上学。我发现他不认识车牌，所以我就带着他到公交总站去，问"弢弢这是几路车？"，让他去摸这个车牌。"5路，哎呀，弢弢真棒！""那是27路，那是54路，那是多少路……"直到弢弢都能认出来。那天，弢弢坐的车如往常一样又到了，我看见他在后车门门口背着书包这样站着，我从心里面说："弢弢真棒！"结果发生了一件事情，就是这个车一共三个门，前面两个门开了，关上，车启动走了，我们弢弢站的那个后门没开。我就冲过去拍那个车门，我嗓门本来就大，你知道我就这么喊，我愣是喊到前面那个司机停车了，不等售票员说话。售票员问："有人下车吗？"我说："后门有人下，你开门。"他一开门，弢弢就下去了。那个售票员气不打一处来："我问了他了，我问了他那么多声了，他都不回答，他怎么不答应？"我当时就冲过去跟售票员说："我只想跟你说，不是所有的人都能回答问题！"车接着开走了。一车的人用异样的眼光看我。所以，在家的时候我得练，于是我就模仿北京售票员说话，然后叫弢弢回答下车。他在三年级下半学期时，就完全可以自己背着书包上学、放学了。所以，我想说，每当我今天路过这种普通小学下午放学时的门口，看着那么多的家长，我就在想，看我们家弢弢多能干！

2008年8月，在北京东郊的村庄里面，也就是"星星雨"现在所在的地方，我做了最后一次工作汇报，因为从下个学期开始我就退休了。我觉得创办"星星雨"是我人生中最骄傲的一件事，而且我们这个团队的工作带动了中国从特殊教育到立法、法律上对自闭症的关注。近年，新媒体社会监督的能力增强，拷问中国的民间公益组织、慈善组织的财务有很多，但是，"星星雨"已办了二十年，却从来都没有被质疑过，难道我们不该为此感到骄傲吗？

人有多皮实，这无论你怎么想象都不过分。回顾我的一生，有过高峰，有过低谷，在别人的眼里我曾经很悲惨。但是，今天我想跟大家说，每一种人生的路上都有独特的风景线，每一种人生都是精彩的。不管你们这一代人面对的社会有什么样的独特的挑战，相信自己，走自己的路，过自己的人生，你们也是改变时代的一代人。

谢谢大家！

田惠萍，中国第一家自闭症服务机构——北京星星雨教育研究所的创始人。毕业于四川外语学院德语系。

本书提及的影视作品目录

编写说明

本书提及的美英动画、电影、纪录片与音乐剧,基本列入本目录,片名之后均附录英文原名与首映时间,同时尽量附上其他中译名,以便读者检索和在观看前做出准确选择。许多片子都有一部或多部续集(如《阿拉丁》有续集《贾方复仇记》),但本书一般不提及续集)。除《小火车托马斯》与《巨蟒与圣杯》为英国拍摄外,其余片子均为美国拍摄。——译者

一、迪士尼公司的动画片与电影

A. 手绘动画

1.《白雪公主和七个小矮人》(Snow White and the Seven Dwarfs), 1937年。

2.《幻想曲》(Fantasia), 1940年。

3.《木偶奇遇记》(Pinocchio),又名《匹诺曹》,1940年。

4.《小鹿斑比》(Bambi), 1942年。

5.《彼得·潘》(Perer Pan),又名《小飞侠》,1953年。

6.《小飞象》(Dumbo), 1941年。

7.《仙履奇缘》(Cinderella),又名《灰姑娘》《辛德瑞拉》,1950年。

8.《阿丽思梦游仙境》(Alice in Wonderland),又名《爱丽丝梦游仙境》,1951年。

9.《小姐与流浪汉》(Lady and the Tramp), 1955年。

10.《睡美人》(Sleeping Beauty), 1959年。

11.《101 斑点狗》(*101 Dalmatians*)，1961 年。(另有真人电影版，1996 年)

12.《石中剑》(*Sword in the Stone*)，1963 年。

13.《丛林之书》(*The Jungle Book*)，又名《森林王子》，1967 年。

14.《小熊维尼》(*Winnie the Pooh*)，它是几部动画短片与《小熊维尼历险记》(*The Many Adventures of Winnie the Pooh*，1977) 等的统称。

15.《狐狸和猎狗》(*The Fox and the Hound*)，1981 年。

16.《小美人鱼》(*The Little Mermaid*)，1989 年。

17.《救难小英雄澳洲历险记》(*The Rescuers Down Under*)，1990 年。

18.《美女与野兽》(*Beauty and the Beast*)，1991 年。

19.《阿拉丁》(*Aladdin*)，1992 年。

20.《狮子王》(*The Lion King*)，1994 年。

21.《风中奇缘》(*Pocahontas*)，1995 年。

22.《钟楼怪人》(*The Hunchback of Notre Dame*)，又名《钟楼驼侠》，1996 年。

23.《赫拉克勒斯》(*Hercules*)，又名《大力神》，1997 年。

24.《花木兰》(*Mulan*)，1998 年。

25.《星际宝贝》(*Lilo & Stitch*)，又名《扮嘢小魔星》，2002 年。

26.《星银岛》(*Treasure Planet*)，又名《星空夺宝》《宝藏星球》，2002 年。

27.《牧场是我家》(*Home on the Range*)，2004 年。

28.《公主与青蛙》(*The Princess and the Frog*)，2009 年。

B. 定格动画（黏土动画）

29.《圣诞夜惊魂》(*The Nightmare Before Christmas*)，亨利·塞利克导演，蒂姆·波顿编剧，1993 年。

30.《詹姆斯与巨桃》(James and the Giant Peach)，又名《詹姆斯和巨桃》《飞天巨桃历险记》，1996年。

31.《科学怪犬》(Frankenweenie)，又名《怪诞复活狗》《科学怪狗》，2012年。

C. 电脑动画

32.《魔发奇缘》(Tangled)，又名《长发公主》《莴苣公主》《长发姑娘》，2010年。

D. 真人动画与电影

33.《南方之歌》(Song of the South)，1946年。（真人动画）

34.《玛丽·波平斯阿姨》(Mary Poppins)，又名《欢乐满人间》，1964年。（真人动画）

35.《谁陷害了兔子罗杰》(Who Framed Roger Rabbit)，又名《威探闯通关》《梦城兔福星》，1988年。（真人动画）

36.《加勒比海盗——黑珍珠号的诅咒》(Pirates of the Caribbean: The Curse of the Black Pearl)，2003年。（迪士尼公司与杰瑞·布鲁克海默电影公司合作拍摄）

二、其他公司的动画片（剧）与电影

A. 动画片（剧）

1.《查理·布朗的圣诞节》(Charlie Brown's Christmas)，比尔·莫伦茨导演，根据美国漫画家查尔斯·舒尔茨的《花生漫画》改编的系列动画片之一，1965年。（手绘动画）

2.《小火车托马斯》(Thomas the Tank Engine)，全名《Thomas the Tank Engine & Friends》，又名《托马斯和朋友们》《托马斯和他的朋友们》，1984 年开播至今。(英国儿童电视系统动画剧)

3.《史前期的大陆》(Land Before Time)，唐·布卢兹导演，史蒂文·斯皮尔伯格制作，又名《小脚板走天涯》《历险小恐龙》，1988 年开始播出。(共 13 部)

4.《美国鼠谭》(An American Tail)，又名《老鼠也移民》，美国环球影业公司，史蒂文·斯皮尔伯格监制，1986 年。《美国鼠谭续集——西部历险记》(Fievel Goes West)，1991 年。(手绘动画)

5.《从前有一座森林》(Once Upon a Forest)，汉纳与巴尔贝拉公司制作，1993 年。

6.《玩具总动员》(Toy Story)，皮克斯动画工作室制作，1995 年。(电脑动画)

7.《虫虫特工队》(A Bugs Life)，又名《虫虫总动员》《虫虫危机》，迪士尼与皮克斯动画工作室制作，1998 年。(电脑动画)

8.《埃及王子》(The Prince of Egypt)，梦工厂制作，1998 年。(电脑动画)

9.《寻找卡米洛城》(Quest for Camelot)，弗雷德里克·杜周导演，又名《魔剑奇兵》《卡麦勒传说》，1998 年。

10.《海绵宝宝》(SpongeBob)，它是 1999 年开播的系列电视动画剧与动画片《海绵宝宝历险记》(2004) 等的统称。

11.《辛普森一家》(The Simpsons)，它是 1989 开播的系列电视动画剧与动画片《辛普森一家》(2007) 等的统称。

12.《蜜蜂总动员》(Bee Movie)，梦工厂制作，2007 年。(电脑动画)

13.《勇敢传说》(Brave)，皮克斯动画工作室制作，又名《勇敢传说之幻

险森林》《熊与弓》,2012(电脑动画)

B. 真人动画与电影

1.《生活多美好》(It's A Wonderful Life),雷电华影片公司制作,1946年。

2.《奇迹创造者》(The Miracle worker),米高梅家庭娱乐公司制作,又名《奇迹的缔造者》,1962年。1979年重拍,美国广播公司制作,2000年。

3.《巨蟒与圣杯》(Monty Python and the Holy Grail),1975年。(英国真人动画)

4.《雨人》(Rain Man),联美电影公司制作,又名《手足情未了》,1988年。

5.《蝙蝠侠》(Batman),蒂姆·波顿导演,1989年。

6.《小鬼当家》(Home Alone),20世纪福克斯电影制片公司拍摄,1990年。

7.《蝙蝠侠归来》(Batman Return),蒂姆·波顿导演,1992年。

8.《沙地传奇》(The Sandlot),20世纪福克斯电影制片公司拍摄,1993年。

9.《时空大圣》(The Pagemaster),20世纪福克斯电影制片公司拍摄,1994年。(真人动画)

10.《空中大灌篮》(Space Jam),华纳兄弟娱乐公司,又名《怪物奇兵》《宇宙大灌篮》《太空也入樽》,1996年。

11.《断头谷》(Sleepy Hollow),派拉蒙影业公司制作,1999年。

12.《圣诞怪杰》(How the Grinch Stole Christmas),环球影业公司制作,2000年。

13.《黑暗骑士》,克里斯托弗·诺兰导演,2008年。

三、纪录片与音乐剧

1.《爸爸与尼克松在天堂》(Dad's in Heaven with Nixon),汤姆·莫里导

演，2010 年。（纪录片）

    2.《美女与野兽》(*Beauty and the Beast*)，1996 年。（百老汇音乐剧）

    3.《狮子王》(*The Lion King*)，2002 年。（百老汇音乐剧）

    4.《玛丽·波平斯阿姨》(*Mary Poppins*)，2010 年。（百老汇音乐剧）

译后记

  有一个男孩,就像别的男孩一样。他很幸福,经常玩耍,有妈妈、爸爸、哥哥,还有一些朋友。直到一天晚上,他从窗前看到了地平线上的风暴。他很小,只有三岁,所以他吓坏了。他向父母发出呼喊,却听不到回答。他觉得他是独自在家,就跑进夜里寻找他们,却在可怕的风雨雷电之中迷了路。他刚刚走过一座桥,它就在他的身后塌了下去。他没法回家了。

——欧文·萨斯坎德《伙伴们》

刚刚开始翻译《激活生命》,我就纳闷得不行:欧文究竟是怎么患上自闭症的?好容易才看到作者的解释,但作者偏偏惜墨如金,语焉不详:

  我们搬进了乔治城租来的房子里,杂务缠身:打包的行李要解开,为沃尔特找新学校,我在大而嘈杂的新闻处开始新工作。所以,我们没有注意到欧文已经不怎么讲话了,直到我们发现他只能说出几个词。搬家车是在 11 月出发的，仅仅一个月以后，除了"果汁"二字，欧文什么都不会说了。

等到翻译完欧文走出自闭症迷雾以后写的《伙伴们》，我还是不太清楚他的病因，却可以猜出一些端倪。要是弗洛伊德或者荣格当初能够看到《伙伴们》，准会把它当作心理分析的好材料，但我不想在此谈论什么生殖本能、个人潜意识，甚至集体无意识。我想说的是，三岁的欧文"从窗前看到了地平线上的风暴"的那个晚上，"他觉得他是独自在家"，而这会给他的心灵造成影响，虽然未必能引发自闭症。

在翻译此书的过程中，我听到了一则新闻：几个中国留守儿童（大的十几岁，小的只有几岁）平时住在一座小二楼里，不与他人往来，最后全部自杀。有关留守儿童的新闻虽然不少，这却是最令我震撼的。这件事与欧文有什么关系呢？表面上没有。欧文的父母有学识、有爱心，也深爱他们的儿子，堪称为人父母的典范。但成年人总是要工作或者有其他事情要做的，不可能时刻守在孩子身边，一旦出现"地平线上的风暴"，孩子又"觉得他是独自在家"，他与现实世界之间的桥梁就有可能坍塌，这使他从此变得可望而不可即，不管他的名字是不是欧文，也不管他是不是留守儿童。

假如我们的生活节奏不是那么快，假如父亲或母亲留在家里照顾幼儿也能有生活保障，假如每个家庭的孩子都不止一两个，假如每个孩子的身边都有不少玩伴，自闭症的发病率会不会降低呢？什么样的社会环境就会催生什么样的病症。欧文的病既有偶然性又有必然性，你不能因此而责怪欧文或者他的父母。既然问题来了，我们总应该想办法解决，而不是回避它。

今年 4 月 13 日，我正在继续翻译《激活生命》，一则新闻提要"嗖"的一声从电脑的右下角弹出来，标题是《母亲因患自闭症幼子不会说话　将其从九楼推下后跳楼》，内容提要是："4月10日下午，在湖北武汉一医院发生一起坠楼事故，一位二十八岁左右的母亲因为儿子两岁还不会说话，将其从医院九楼推下，然后自己也跳下楼。"

昨晚，我对译文进行最后修改时，收音机里播放着：一个有兔唇的新生儿因被他的爷爷注射药剂而死。

想想这两则令人痛心的新闻，你就会觉得海伦·凯勒有多么幸运，欧文也是如此。

在某种程度上，我们每个人都有可能成为欧文，只要你在童年时有过独处的经历。

如今的小孩子多半不愿意去幼儿园，而我至今还在羡慕那些可以进入幼儿园的孩子。上小学之前，家里没钱送我去幼儿园，只能把我锁在家里。与童年的我或者如今的中国留守儿童相比，年幼的欧文简直像生活在香格里拉。由于成天留在家里，与我做伴的只有《新华字典》和几本破旧的小人书，所以我很小就学会了汉语拼音和查字典，认识的汉字越来越多，渐渐对阅读和文学充满兴趣——这是我的幸运，或者说不幸。

我不悔，也宁愿终生与文学结缘，但独处得太久使我难以与外部世界交往。直到今天，见到陌生人时我也没有什么话说，更别说发表慷慨激昂的演讲了。给我一支笔，我可以充分表达内心；给我一个麦克风，我往往只能报以沉默。在文学世界里，一切都是可亲可控的，不管是悲伤还是快乐，黑暗还是光明，因为那是我的心灵可以自在徜徉的世界。在现实世界里，他们的想法太多，欲望太多，变化太多，猜忌也太多，时刻在估算我是华山派还是少林派的，而我与任何派别都没有瓜葛，只想踽踽独行，凭着一支笔、一颗心和一双脚走向唯一的目标。

或许我一直在逆生长，仿佛本书中的奥地利研究员汉斯·阿斯伯格笔下的男孩那样,"一心钻研着自己特别喜欢的东西,同时又是'自闭的',过着与社会隔绝的孤独生活"。

或许我一直有自闭症倾向,因为本书中关于这种病症的描述非常符合我的情况,比如这一段:

> 约翰·斯霍普金斯医学院的儿童心理学家利奥·坎纳……提到一个特别的男孩,不但"不愿意说话,生活在自己的小天地里",而且"对周围的一切毫不在意"。孩子们通常会有语言表达方面的困难,他的治疗对象则一般不爱与人交谈,如果生活惯例有所改变就会大发脾气,但多半具有极强但范围有限的记忆才能,所以坎纳写道,他们"不能被看作任何通常意义上所说的低能儿"。

这里说的难道不是我吗?我不愿意与陌生人说话,除了文学等少数爱好之外,对于别的全不在意。我背不出数学公式或者折旧率的计算方法,却能够自动记忆我喜欢的文学作品的细节,在毕业从事会计工作以前还可以背得出整部《离骚》(现在却不行了)。除了与文学有关的事情,别的我一律不会。可是,据说牛顿、乔治·奥威尔、安徒生、爱因斯坦、贝多芬、莫扎特等人都有类似自闭症的特征,那么我又不该有自闭症,因为我不是天才。

天才或许有自闭症,有自闭症却未必就有天才。但你不能因为在自闭症患者那里看不到天才就把他抛弃,甚至把他从楼上推下去。人有千差万别,自闭症患者也是如此。如果找到自闭症患者的才能、个性与生活目标,并且与其建立联系,就有可能把他唤醒,使他回到我们的现实世界,而罗恩·萨斯坎德夫妇正是这样做的。

对于中国读者来说,美国作家罗恩·萨斯坎德和他的书并不陌生。他曾是《华尔街日报》的资深国家事务记者，获得过普利策奖的特写报道奖，还曾在获奖的系列报道的基础上写过一本书《黑暗中的希望》，他的其他著作还有《自信的男人们》《百分之一主义》《世道常情》《忠诚的代价》等。中国人民大学出版社 2009 年翻译出版过他的《地球村里的喧嚣：美国反恐战背后的故事》（又名《世道常情》），人民文学出版社 2004 年翻译出版过他的《忠诚的代价：美国前财长保罗·奥尼尔眼中的布什和白宫》。

不过，《忠诚的代价》等书揭示的主要是罗恩·萨斯坎德对于政局或者当代某些历史事件的看法，此书叙述的却是他的家事——非同寻常的家事，尽管其中不乏对于 20 世纪 60 年代以来的美国社会、政治、文化等各方面的描述与评价。

罗恩·萨斯坎德的儿子竟然有自闭症，最后竟然又治好了——这是怎么办到的呢？

尽管早就看过《雨人》，对于自闭症的关注还是最近的事，因为近年来国内有关自闭症的报道越来越多。一想到那些家有自闭症患儿的中国家长，一想到那些家长的焦急心情，我就觉得我应该把此书翻译介绍给中国的自闭症患者家长，尽管此书极其难啃，其中包括大量深奥的医学术语，涉及当代美国的方方面面，我的翻译方向又是以儿童文学为主。

《躲在迪士尼里的童年》自然难弄，从去年 12 月 4 日开始翻译，直到今年 7 月 23 日才算完成，幸好在翻译过程中得到了网友熹微兄的大力帮助，这是令我非常感谢的。此外，对于童书的翻译和具有自闭症特征的狭隘爱好使我在翻译此书时占了一点点便宜。书中提到的六十多部英美动画片与电影及其相关内容，多半恰恰是我在翻译童书时和业余时一直在关注的，即便我没有看过的也基本可以通过网络观看，与书中的描述相互验证，以便更加准确地领会原文的意思，甚至发现原文的不确切之处。

由于细节丰富、涉及知识面广泛、时间紧迫等原因，此书难免会有这样那样的小失误。至于作者的与动画片或电影有关的失误，如果不是熟悉那些片子的情况，你根本就看不出来。比如，第三章说，动画片《丛林之书》的插曲《最起码的必需品》出现在影片开始几分钟，但看了那部片子你就会知道，那首插曲其实出现在二十五分钟以后。

　　再比如，书中的第八章说，在电影《黑暗骑士》中，"通过把铅笔从眼窝刺进大脑的办法，小丑杀掉了一个人"。假如不曾看过《黑暗骑士》，你不会觉得这句话有问题。在电影的第二十三分钟以后，众反派商量如何对付蝙蝠侠之际，小丑不请自来，把一支铅笔扎在桌子上，又把一个人的脑袋向铅笔猛推过去……镜头一闪而过，即便慢放也看不到"从眼窝刺进大脑"的过程，但那个人应该是因为脑袋被推向铅笔而死的。

　　不管怎样，此书都是一部希望之书。通过多年的探索，欧文的父母最终找到了用爱把生命激活的办法。中国的有自闭症和类似病症的孩子家长也能做到这一点，只要心中还有爱的火花。

　　祝天下的一切患儿早日得到救治，祝天下的一切患儿父母早日把子女的生命激活——凭着爱。

　　最后，请允许我把此书里的一句话献给一切孩子和曾经是孩子的家长们：有爱好就有能力，就有可能。

2015 年 7 月 24 日

肖毛于哈尔滨看云居

图书在版编目（CIP）数据

躲在迪士尼里的童年：关于爱、勇气和孤独症的真实故事/（美）罗恩·萨斯坎德著；肖毛译.—厦门：鹭江出版社，2016.7
ISBN 978-7-5459-1192-3

Ⅰ.①躲… Ⅱ.①罗…②肖… Ⅲ.①纪实文学－美国－现代 Ⅳ.①I712.55

中国版本图书馆 CIP 数据核字（2016）第 113823 号

著作权合同登记号
图字：13-2016-032号

Copyright © 2014 Ron Suskind
Life, Animated: A Story of Sidekicks, Heroes, and Autism
was published in 2014 by Kingswell
New York & Los Angeles
Simplified Chinese rights arranged through Big Apple Agency, Inc.

DUO ZAI DISHINI LI DE TONGNIAN: GUANYU AI YONGQI HE GUDUZHENG DE ZHENSHI GUSHI

躲在迪士尼里的童年：关于爱、勇气和孤独症的真实故事

【美】罗恩·萨斯坎德 著
肖毛 译

出版发行：海峡出版发行集团			
	鹭江出版社		
地　址：厦门市湖明路 22 号		邮政编码：361004	
印　刷：北京睿特印刷厂大兴一分厂			
地　址：北京市大兴区星光工业开发区西红门福伟路四条十号		邮政编码：102600	
开　本：787mm × 1092mm　1/16			
插　页：2			
印　张：25.5			
字　数：333 千字			
版　次：2016 年 7 月第 1 版　2016 年 7 月第 1 次印刷			
书　号：ISBN 978-7-5459-1192-3			
定　价：48.00 元			

如有发现印装质量问题请寄承印厂调换